KB196370

THE RAT JAR

THE RAT JAR

쥐독

이기원
장편소설

MIND MARK

차례

서울 연대기

기원전 18년	백제의 도읍 위례성(훗날 송파구, 강동구 지역)
서기 475년	고구려의 한성 함락 후 남평양 지정(훗날 광진구, 성동구, 구리시 지역)
553년	신라의 점령을 통해 한산주 한양군
918년	고려 250년간 개경 이남의 남경
1392년	조선 및 대한제국의 수도 한성부
1910년	한일 강제 병합에 의해 경성부
1946년	독립 미 군정청에 의해 서울특별자유시
1948년	대한민국 정부 수립과 함께 수도 서울 명명
1950년대	6.25 한국전쟁 - 서울 함락 및 수복
1960년대	정치적 격변기 - 4.19혁명과 5.16 군사정변
1970년대	눈부신 경제 성장 - 한강의 기적
1980년대	민주화 운동 - 서울의 봄
1988년	서울올림픽 개최
1990년	인구 1,000만 명 돌파
2002년	한일월드컵 개최
2012년	싸이 <강남 스타일>의 세계적인 히트
2013년	CNN 선정, 세계 12대 쇼핑 도시
2018년	각 분야 전세계 10위권 내에 진입한 대표적 수도로 자리매김
2019년	Covid-19 신종 바이러스로 인한 세계적 팬데믹

2029년	국제금융센터지수(GFCI) 2위(1위 뉴욕) 선정
2033년	서울 인구 3,000만명 돌파(분당, 일산 등 1,2기 신도시, 서울로 편입)
2035년	세계 10대 기업에 서울 소재 기업 6개사 진입
2037년	뉴욕타임즈 선정, 세계 도시 경쟁력 1위 선정
2038년	서울 인구 5,000만명 돌파(파주, 남양주 등 경기권 지역의 서울 편입)
2040년	Covid 219 신종 바이러스로 인한 세계적 대혼란
	- 높은 감염률과 치사율에도 치료약과 백신은 개발되지 않음
	- 전세계 인구의 75% 사망
	- 의료 및 행정을 포함한 전세계의 국가 기능 마비 상황 지속
2045년	제3차 세계대전 발발
	- 아시아, 유럽은 물론 북미를 포함한 전세계가 전쟁터화
2049년	오랜 전쟁과 감염병으로 주요 국가 소멸
	- 유일하게 살아남은 도시는 대한민국의 수도 서울
2050년	대한민국 국가 시스템 붕괴
	- 청와대, 국회 등 정치조직과 시청 등 행정조직의 자동 해체
	- 10대 기업 회장단 모임인 전국기업인연합(전기련)의 도시 경영권 인수
2051년	뉴소울시티(New Soul City, NSC) 공식 출범, 아바리치아 원년 선포

프롤로그

디스토피아, 대한민국, 미래 서울. 인류의 멸망은 어처구니없이 닥쳐왔다.

그런데 대체 어떻게 '서울'만 살아남았을까?

감염병과 전쟁으로 인해 전세계가 궤멸할 위기에 처한 2040년, 대한민국은 세계 최고 수준의 기술적 성취를 이룬 과학 선진국이었고, 특히 수도 서울은 이미 뉴욕과 런던을 제치고 모든 부문에서 세계 도시 경쟁력 1위에 올랐다. 한국은 첨단 기술력을 갖춘 최고 기업들을 보유하고 있었고, 대기업 시스템의 강력한 지휘 통제로 극한의 시기를 버틸 수 있었던 것이다.

한국 대기업들은 매우 합리적인 방식으로 '회사를 경영하듯' 도시를 관리했다. 뉴소울시티 이외의 다른 모든 지

역이 멸망한 과거 인류의 문제점들을 하나하나 개선해 나
갔다.

뉴소울시티의 첫 50년은 그야말로 태평성대였다. 대기
업 경영진들은 타락한 정치인들과는 달랐다. 시민들은 과
도한 육체노동과 지나친 경쟁을 야기하는 기존의 교육체
제로부터도 해방되었다.

그런데 22세기가 시작되던 무렵, 더욱 엄청난 과학적·
의학적 사건이 생겼다.

'죽음의 극복'.

급속도로 발전한 생명과학과 의학 기술은 결국 인간의
뇌뿐 아니라 신체와 생명에 대한 비밀도 모두 알아내게 되
었고, 줄기세포 연구물의 상용화로 인해 인간은 불사의 생
을 누리는 존재가 되었다. 인류 역사와 함께했던 수많은
종교들도 삶과 죽음의 경계가 허물어지자 자연스레 사라
지고 잊혔다.

그런데 문제는, 영생의 혜택이 모든 시민이 아닌 선택받
은 극소수에게만 주어졌다는 점이었다.

'전기련'으로 불리는 전국기업인연합의 도시 운영 시스
템도 바뀌기 시작했다. '모두의 행복과 자유를 위한 서비스'
라는 초기 방침은 사라지고, 극소수의 상류층만이 모든 자
원과 기술을 독점하는 구조로 바뀐 것이다.

비로소 전기련의 강력한 철권통치가 시작됐다.

그로부터 50여 년이 더 흐르자 뉴소울시티는 인구 2억 명의 거대 도시가 되었다. 부의 집중과 계층화는 더욱 공고화되었으며, 상위 2%의 상류층이 거주하는 1구역과 나머지 일반 시민들이 거주하는 2구역으로 나뉘었다. 그리고 2구역에서도 쫓겨난 낙오자, 해고자, 가난하고 힘없는 자들이 모여 3구역을 이루었다. 기본적 치안 서비스도 제공되지 않는 그곳은 '더러운 쥐들끼리 산다'고 해서 '쥐독'이라 불렸다.

변화의 조짐은 가장 비루한 그곳에서 시작되었다.

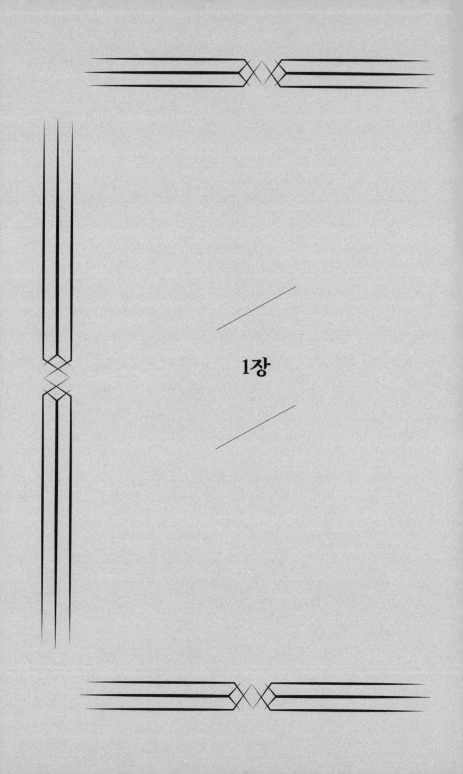

1장

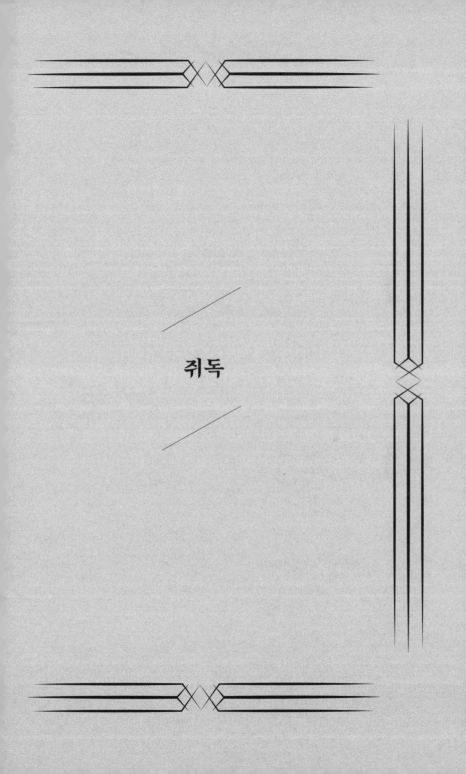

쥐독

항아리 안에 참기름 바른 주먹밥을 넣고, 한가운데를 열십자로 찢은 얇은 한지로 항아리 입구를 덮어둬. 그러면 고소한 냄새를 맡은 쥐가 욕망을 참지 못하고 먹으러 왔다가 항아리 안으로 추락할 거야. 빠진 쥐는 주먹밥을 먹으며 한동안 버티겠지. 그다음엔 다시 주먹밥을 넣어두고 한지로 항아리를 덮는 거야. 그럼 또 한 마리가 빠져. 그렇게 반복하다 독 안에 쥐가 어느 정도 차면 더이상 주먹밥을 넣어주지 않는 거야. 시간이 지나면 서서히 배고픔이 올라오겠지? 그럼 굶주린 쥐들은 서로를 잡아먹게 돼. 그러다 마지막 한 마리가 남았을 때 그놈을 항아리에서 꺼내 풀어줘. 그럼 녀석은 집 안에 있는 쥐들을 모조리 잡아먹기 시작할 거야. 그 쥐는 이미 그 맛에 길들여졌으니까.

귓속은 단조로운 기계음 같은 이명으로 시끄러웠다. 중력은 자꾸만 가슴을 땅으로 끌어당겼다. 팔다리의 근육은 통제할 수 없는 떨림으로 요동쳤다.

민준은 쿨럭거리며 몇 번 기침을 했다. 뒤늦게 밀려오는 통증으로 콧속 신경세포들이 곤두섰다. 콧망울로 몰려든 뜨거운 피가 후두둑 떨어지며 시커먼 흙탕물 위로 번졌다. 그 위로 피투성이가 된 얼굴이 보였다.

'어쩌다 이 지경이 된 걸까.'

후회에 가까운 자문이었다. 옆에 서 있던 깡마른 사내가 어서 일어나라며 으스댔다. 거친 피부에 주름이 깊게 팬 얼굴이 조소로 가득 차 있었다. 먹이를 구석에 몰아두고 실컷 재미를 보는 것처럼.

"왜? 이제야 후회되니?"

깡마른 사내의 독특한 억양이 귀에 거슬렸다. 예전, 안산이라는 지역 출신들에게서 흔히 들을 수 있었다던 연변식 말투였다. 하지만 안산이라는 곳을 정확히 떠올릴 수 없는 이유는, 이 도시가 끝이 보이지 않는 바다 위에 홀로 남겨진 섬이나 다름없기 때문이었다.

"림광석, 이만 끝내라. 사람들이 이리 기다리잖니?"

흑룡파 두목 남춘근의 목소리였다. 홀 안에는 클라이맥스를 재촉하는 흑룡파 조직원들의 휘파람 소리와 웃음소리가 가득했다.

"아쉽슴다. 이깟 새끼, 좀 더 놀아줄 수 있는데."

림광석은 여유를 부리듯 자신만만하게 웃으며 민준을 쳐다보았다. 민준의 거친 숨은 잦아들 기미가 없었다. 민준은 가까스로 몸을 일으켰다.

민준과 림광석이 마주한 공간은 벽면에 달린 램프들이 누런 불빛을 채우는 무대 같았다. 망가진 에스컬레이터와 부서진 계단, 극장 문은 어둠 속에서 어렴풋이 형체만 보일 뿐이었다. 사람들은 흑룡파의 눈치를 보느라 멀찍이 떨어진 채, 두려움과 흥미가 뒤섞인 표정으로 둘의 싸움을 지켜보고 있었다.

상상, 그 이상의 체험! Real 8XD!

세월에 녹슬어 빛이 바랜 네온 간판의 광고 문구는 이 상황을 조롱하는 듯했다. 고작 물건 하나 때문에 목숨을 건 이 상황보다 더 강력한 체험이 과연 있을까?

민준은 주위를 둘러보았다. 사람들 사이에서 무표정하게 지켜보는 혁과 눈이 마주쳤다. 순간 그의 목소리가 들리는 듯했다.

"어중간한 의지로는 절대 놈들에게서 벗어날 수 없어."

55층의 유일한 술집인 '녹색선'의 주인인 최혁은 민준이 이곳에 온 첫날, 민준이 들고 있던 물건을 보고 예언하듯 그렇게 말했었다. 민준은 그 말을 이제야 실감하는 중이었다.

"도망갈 생각은 마라. 어차피 여기가 세상의 끝이야."

림광석은 사냥감을 놓아줄 생각이 없었다. 네모난 푸주칼을 뽑아든 림광석은 습관처럼 손잡이를 빙글빙글 돌리며 입맛을 다셨다.

"미친 새끼."

민준이 중얼거렸다. 순간 림광석이 움직이는가 싶더니 칼의 파리한 날이 번쩍였다.

쉭-.

민준은 몸을 틀면서 간신히 피했다. 그러나 칼날은 민준의 배를 스쳤고, 소름 끼치는 통증이 신경을 타고 전해졌다.

칼에 베인 통증은 욕망이 이성을 삼켜버렸던 그날을 떠올리게 했다. 일주일 전, 쥐독에 숨어 들어온 그날. 생존을 위해 싸워야만 하는 이곳으로 처음 온 날.

*

새벽부터 내리던 비는 계속해서 창문을 두드리고 있었다. 여명 속에 찾아온 눅눅한 아침. 식탁 위에 있는 디지털 시계는 6시 29분을 띄우고 있었다. 숫자 29는 곧 30으로 바뀌었다.

"행복한 도시, 뉴소울시티가 새로운 하루를 선물합니다."

집 안팎에서 시그널 음악도 없이 무미건조한 여성의 목소리가 들려왔다. 침대에 엎어져 있던 민준의 미간이 꿈틀거렸다.

민준은 천천히 몸을 일으켜 침대에 걸터앉았다. 피로가 가득한 한숨을 내쉬자 입안으로 쓴맛이 느껴졌다. 아마도 전날 카푸치노*를 많이 복용한 탓일 것이다.

---

* 뉴소울시티에서 개발한 각성제로 주로 2구역 거주자들이 복용한다. 각성 효과가 사라지면 두통과 속쓰림, 극심한 피로와 무력감 등 부작용을 겪게 된다.

어제는 업무량이 많아서 유난히 고된 하루였다. 2구역에서 판매할 밀키트 제품을 분류해야 했는데, 퇴근 시간인 6시까지 끝날 분량이 아니었기 때문이다. 민준은 카푸치노를 사느라 분각*을 많이 써버렸기에 세시간에 퇴근할 처지가 못 되었다. 어이없게도 어제는 근무한 시간이 아니라 분류한 제품 개수에 따라 분각이 정산되었다. 그러니까 카푸치노를 살 분각을 벌기 위해 카푸치노를 복용해야 했던 아이러니한 하루였다.

'한 통이나 먹어댔으니 속이 남아날 리가 없지.'

멍한 머리를 힘겹게 들어 올리며 어제의 자신을 자책하던 민준은 고개를 들어 방 안을 훑어보았다. 단조로운 카키색으로 이루어진 열두 평 남짓한 공간. 벽걸이 모니터와 식탁, 빌트인 장롱, 냉장고와 전자레인지. 깔끔하고 심플한 방이지만 민준은 지겨웠다. 변화가 필요한 것 같기도 했다.

속옷 차림으로 나가 식탁 위에 있는 작은 통을 집었다. 뚜껑을 열고 뒤집자 하얀색 알약이 스무 개 남짓 떨어졌다. 카푸치노였다.

"한 알에 10분각이라니. 더럽게 비싸졌네."

---

* 뉴소울시티의 화폐 단위. 시간의 단위인 분과 초에서 따온 것이다.

며칠 전에 카푸치노 한 알이 8분각에서 10분각으로 올랐다. 두 달 전만 해도 5분각이었던 것이 두 배로 오른 것이다.

"가격이 하늘을 찔러도 처먹을 놈은 다 처먹게 돼 있어."

공장 관리자들은 무슨 무용담처럼 말하며 으스대곤 했다. 예전에는 전국기업인연합, 즉 전기련이 2구역 시민들에게 카푸치노를 무료로 배급해준 적이 있다는, 믿지 못할 이야기도 관리자들에게 들은 적이 있었다. 가격이 올라도 불평은 잠시일 뿐, 의존적 기호식품은 결국엔 소비되는 법이다. 민준은 카푸치노 한 알을 삼키고 물을 들이켰다. 입안에 남은 쓴맛을 씻어내며 창문으로 가서 블라인드를 걷었다. 유리창을 타고 흐르는 빗물에 일그러진 2구역과 시커먼 하늘이 보였다.

"그래, 이 정도면 괜찮은 날씨지."

민준은 혼잣말을 뱉었다. 살면서 맑은 하늘을 본 적이 거의 없는 것 같았다. 민준은 이 아파트를 벗어나본 적이 없다. 그러니 그가 보는 풍경도 늘 똑같았을 수밖에 없었다. 어둡고 단조로운 회색, 오랜 세월에 벗겨진 페인트칠. 같은 건물 안에는 일정한 크기의 집들이 벌집처럼 빼곡히 들어차 있었다. 숲속 나무들처럼 빽빽한 아파트 건물 너머로 오래된 고층 건물 윗부분은 볼 수 있었다.

"비가 와도 저긴 빛나는 것 같네."

건물 꼭대기만 보였기에 층수를 셀 수는 없었지만 사람들은 그곳을 '55층'이라 불렀다. 그건 마치 불안정하게 금이 간 거울처럼 보이기도 했다.

얼음물을 끼얹은 것처럼 머리가 차가워졌다. 슬슬 카푸치노의 효과가 나타나는 듯했다. 민준은 샤워를 하러 욕실로 들어갔다.

"이제 곧 방송이 시작됩니다."

샤워를 마치고 나온 민준이 식탁에 앉자마자 방송 시작 알림이 들렸다. 민준은 냉장고에서 밀키트 하나를 꺼내 뜯었다. 마른 식빵과 버터, 가루커피 한 잔이 아침 식사의 전부였다.

민준은 식빵을 우물거리며 리모컨으로 모니터를 켰다. 벌거벗은 남녀의 성교 장면이 나오고 있었다. 아침부터 시작된 몸뚱이들의 의미 없는 향연. 똑같은 패턴과 클라이맥스. 허무한 마무리로 이어지는 변화 없는 내러티브는 공허한 욕망일 뿐이었다. 채널 수는 기껏 세 개라서 채널을 돌려봐야 그게 그거였다. 모두 뉴소울시티의 공공 채널이었는데, 그중 두 개는 포르노그래피 프로그램을 방영했다. 저출산과 인구 감소 해결을 위해서라고 했다.

'2구역 인구가 2억 명을 돌파했는데 아직도 저출산이

문제라고? 전기련 홍보팀 말을 어떻게 믿어?'

민준은 한숨을 쉬며 채널을 돌렸다. 다른 채널에서는 최고 시청률을 자랑하는 서바이벌 프로그램 〈인생 역전! 리부트 스타〉 결승전이 재방송되는 중이었다. 어제 최종 우승자가 결정된 듯했다.

〈인생 역전! 리부트 스타〉는 총기류를 제외한 무기를 사용해 일대일 대결을 빌여 우승자를 뽑는 시바이벌 예능 프로그램이었다. 우승자는 1구역에 있는 '소도'에서 새로운 신체를 가질 기회를 얻는다. 뿐만 아니라 1구역 거주 권리와 전기련 소속 회원사의 입사 기회도 얻는다. 뉴소울 시티의 대표 얼굴로 활동하는 것은 덤이었다. 그렇게 활동하다 보면 2구역 거주자들이 꿈도 꿀 수 없는 분각을 벌 수 있다고 했다. 아파트에 울리는 아침 방송도 이전 대회 우승자의 목소리였다. 그러나 보상이 클수록 리스크도 큰 법. 패배의 대가는 목숨이었다.

모니터에 모습을 드러낸 건 십 대 초중반 정도로 보이는 소녀였다. 대기실 의자에 앉아 있던 소녀의 몸은 보호 장구로 뒤덮여 있었다. 소녀의 희고 앳된 얼굴과 우악스러운 보호 장구가 영 어울리지 않아 묘한 분위기를 자아냈다. 소녀 옆에는 우스꽝스러운 검투사 복장을 한 남자 리포터가 있었다.

"드디어 결승을 앞두고 있습니다! 지금 떠오르는 사람이 있나요?"

뻔한 질문이었다. 리포터는 소녀에게 마이크를 들이밀었다.

"……부모님이요."

"지금 부모님께선 어디 계시죠?"

리포터의 위선적인 질문에 소녀는 울음을 터뜨릴 듯한 표정이 되었다. 카메라는 두 눈에 고인 물기를 놓치지 않았다.

"두 분 모두 돌아가셨어요……."

이어서 카메라는 콜로세움의 스탠드를 가득 메운 관중들의 얼굴들을 비추었다. 동정과 연민의 감정들이 관중들의 얼굴을 덮기 시작하는 것이 보였다. 리포터는 기계적으로 안타까운 표정을 지었다.

"저런, 들어보니 혼자 동생들을 돌보고 있다던데, 맞나요?"

"네. 세 명 있어요."

소녀의 목소리가 떨렸다.

"동생들을 키우면서 가장 힘든 점이 무엇인가요? 말을 안 듣거나 그러지는 않나요?"

"동생들은 착해서 제 말을 잘 들어요."

"그럼 힘든 건 어떤 게 있을까요? 필요한 것이나요."

"솔직히 말하면…… 분각이요. 분각이 너무 필요해요."

"아, 그렇죠. 가족들을 부양하려면 분각이 많이 들 테니까. 그럼 초과 근무를 하면 해결이 좀 되지 않을까요?"

소녀의 얼굴이 더욱 어두워졌다. 리포터는 집요했다. 소녀의 치부를 전부 벌거벗기려는 눈빛이었다.

"그게, 저는……."

소녀의 얼굴을 비추던 카메라는 천천히 소녀의 오른쪽 어깨로 이동했다. 이어 소녀의 오른팔이 클로즈업되면서 손목이 잘려나간 팔이 드러났다. 손이 잘렸다는 건, 생산력을 잃었음을 뜻했다. 일을 할 수 없으면 이 도시에서 생존할 수 없다. 소녀는 아랫입술을 꽉 깨물었다가 외쳤다.

"잃어버린 손을 되찾을 수만 있다면 전 뭐든지 할 거예요!"

소녀의 다부진 다짐에 리포터는 고개를 끄덕이며 영혼 없는 파이팅을 외쳐주었다. 하지만 손을 되찾는 일은 결코 쉽지 않을 것이다. 과연 소녀는 새로운 신체를 얻을 수 있을까? 인터뷰를 끝낸 소녀는 경기장을 향해 지하 복도를 걸어가기 시작했다.

곧이어 다른 사람의 인터뷰가 나왔다. 소녀가 결승에서 상대해야 하는 남자였다.

"……뇌와 척추에 모두 퍼졌습니다."

소녀의 결승 상대는 암이 온몸에 퍼져 삶의 시간이 거의 남지 않은 중년 남자였다. 자막에는 42세라 적혀 있었지만 그의 몰골은 칠십 대 노인이라 해도 믿을 정도였다.

소녀를 인터뷰하던 남자 리포터와 짝을 맞춘 듯, 노출이 심한 검투사 복장을 한 여자 리포터는 중년 남자에게 질문을 해댔다. 어디가 아픈지, 어쩌다 병에 걸렸는지, 가족들은 얼마나 상심했는지. 자질구레한 질문을 하던 여자 리포터는 잔인함을 웃음 뒤에 숨긴 채 드디어 본심을 드러냈다.

"자, 마지막 라운드입니다! 어떤 각오로 임하실 생각이신가요?"

중년 남자는 갑자기 기침을 하기 시작했다. 기침은 좀처럼 멈추지 않았다. 리포터는 참을성 있게 기다려주었다. 얼마 후, 중년 남자는 질식할 것처럼 괴로워하며 입을 열었다. 희미해져가는 생의 불꽃을 조금이라도 연장하기 위해 가진 기름을 모두 쏟아붓듯이.

"저는 주저할 생각 없습니다. 고객들의 기대를 저버리지 않을 겁니다."

그의 대답은 비장했다. 주저하지 않겠다는 건 소녀에게 무자비하게 칼을 꽂겠다는 다짐이었다. 그의 가족으로 보이는 중년 여자와 아이들도 화면에 나왔다. 가족들의 표정도 굳어 있었다. 인터뷰는 그렇게 끝이 났다.

결승전 경기장이 공개되었다. 폐허 더미와 미로로 이루어진 콜로세움 안에 구경꾼들의 고성이 들끓었다. 곧 소녀와 중년 남자가 각각 경기장 문 앞에 섰다. 이들이 쓴 투구와 보호 장구에는 광고 문구가 곳곳에 새겨져 있었다. 뉴소울시티를 쥐고 흔드는 전기련 소속 회원사들의 광고였다.

"과연 최종 우승은 누가 차지할 것인가! 고객분들의 선택으로 선수들의 무기가 결정됩니다!"

장내 아나운서의 흥분한 목소리가 쩌렁쩌렁 울려 퍼졌다. 식빵을 씹으며 모니터를 보던 민준은 '고객'이라는 단어가 거슬렸다. 도시의 전권을 장악한 전기련은 사람들을 '고객'이라고 부르고 있었다. 본래의 뜻은 사라지고 그들의 시각으로 재정립된 명칭이었다.

"선택은 5초 후 마감됩니다! 5, 4, 3, 2, 1!"

장내 아나운서의 외침에 구경꾼들은 각자 들고 있던 리모컨을 눌렀다.

소녀와 중년 남자를 클로즈업한 거대 전광판의 항목들이 숫자들로 채워졌다. 각각의 항목에는 흉기와 무기의 명칭들이 써 있었다. 소녀에게는 그녀의 몸체만 한 장검이 주어졌고, 피골이 상접한 중년 남자에게는 들기도 버거워 보이는 묵직한 도끼가 주어졌다.

시작을 알리는 경쾌한 팡파르가 울렸다. 구경꾼들의 함성이 더욱 거세졌다. 소녀와 중년 남자가 경기장 안으로 들어왔다.

둘은 복잡한 미로를 헤매며 서로에게 가까이 다가갔다. 커다란 벽 하나를 사이에 두고 이 둘이 지나칠 때면 서늘한 바람처럼 긴장감이 경기장을 휘감았다. 관중석에 앉은 구경꾼들은 싸구려 맥주와 카푸치노를 마셔대며 지켜보고 있었다.

드디어 소녀와 중년 남자가 마주쳤다. 둘은 서로를 보자마자 괴성을 지르며 무기를 휘둘렀다. 장검을 휘두를 때마다 소녀의 몸이 휘청거렸다. 중년 남자도 마찬가지였다. 남자는 소녀의 머리를 노리고 도끼를 내리쳤지만 소녀가 재빨리 피하는 바람에 바닥에 꽂혔고, 그는 도끼를 빼내느라 한참을 끙끙거렸다.

투구 사이로 비치는 둘의 눈빛에는 공포가 가득했다. 둘 다 죽음 앞에서 달아나려고 발버둥 치는 중이었다. 둘은 계속 고함을 지르며 사투를 벌였다. 시간이 지날수록 힘이 빠지는 게 보였다. 소녀의 보호 장구는 곳곳이 깨져서 살과 피가 보였고, 중년 남자는 여기저기 베여 피를 흘리며 비틀거렸다. 제대로 들 수도 없는 도끼를 질질 끌고 다니는 중년 남자의 눈에는 눈물이 가득했다.

피범벅이 된 채 숨을 몰아쉬던 소녀는 호흡을 가다듬고 장검을 들어 올렸다. 하이라이트 조명이 소녀의 머리 위를 비추었다. 장검의 날이 번뜩이며 남자의 대퇴부로 날아들었다. 순간 남자는 균형을 잃고 그대로 바닥에 쓰러졌다. 소녀는 재빨리 그의 가슴을 밟고 칼끝으로 목을 겨눴다.

중년 남자는 더이상 움직이지 않았다. 축 늘어진 채로, 다 포기한 듯했다.

구경꾼들은 환호를 지르고 박수를 치며 일어섰다. 축포가 터지며 붉은빛이 경기장 안을 물들였다. 소녀와 죽음을 앞둔 중년 남자 위로 오색 꽃가루가 비처럼 쏟아졌다. 모든 전광판은 두 사람이 만들어낸 서사의 가장 인상 깊은 장면으로 채워졌다. 이어 사투를 놀이로, 비극을 희극으로 만드는 또 다른 선택의 시간이 주어졌다.

그를 지금 바로 죽이느냐. 그가 죽을 때까지 기다려주느냐.

구경꾼들은 당장 죽이라며 아우성이었다. 인간들은 다른 이의 불행을 자신의 유희로 삼곤 한다. 오른손을 잃기 전, 자신이 이런 선택의 기로에 설 줄 소녀는 알았을까? 전광판에는 피투성이가 된 소녀의 얼굴이 클로즈업되었다. 넋이 완전히 나간 눈빛이었다.

툭-.

민준은 리모콘을 눌러 모니터를 꺼버렸다. 그 뒤는 보고 싶지 않았다. 검은 모니터에 반사된 자신의 얼굴을 보던 민준은 잠시 상상에 빠졌다. 우승한 소녀는 1구역으로 갔을 것이다. 2구역 거주자들은 단 한번도 가보지 못한 소도에서 새로운 신체를 가졌겠지.

새로운 신체, 새로운 인생, 새로운 직업, 새로운 신분.

소녀를 엄마처럼 따르던 동생들은 승리의 살육 덕분에 얻은 부유한 일상을 충만히 즐길 것이다. 그런 동생들을 바라보며 소녀는 미소 지을 것이고, 이전과는 다른 일상을 맞이할 것이다. 하지만 소녀는 밤마다 자신의 양손을 바라볼지도 모른다. 최종 우승을 하기까지 수많은 사람들을 무참히 찌르며 숨을 끊었던 과거가 생생하게 떠오를 테니까. 자신의 오른손은 그 대가로 얻은 거니까.

'무슨 상관이겠어.'

민준은 식은 커피를 다 털어 넣고 식탁을 치웠다. 그 사이 비는 그친 듯했지만 날은 여전히 흐렸다. 민준은 흐린 날씨와 비슷한 색깔인 그레이 작업복을 입고 거울 앞에 섰다. 그리고 상의 가슴 쪽에 소속 뱃지를 달았다. 뱃지에는 전기련의 의장 회사인 아바리치아 문양이 그려져 있었다. 최종 우승을 한 소녀와 죽은 중년 남자의 보호 장구에 새겨져 있던 것과 같은 문양이었다.

민준은 크로스백을 대충 걸치고 집을 나섰다. 1층을 나서자 맞은편 건물에 붙어 있는 거대한 전광판이 눈에 들어왔다.

공평하고 행복한 일상으로 가득 찬 뉴소울시티.

민준은 미간을 찌푸렸다. 공평? 행복? 굳이 공평을 강조한 이유가 뭘까? 일한 만큼 행복을 벌 수 있다는 걸까? 전광판 문구를 볼 때마다 드는 의문이었다.

소울트로*를 타기 위해 각 아파트 단지에서 쏟아져 나온 2구역 거주자들은 하수구로 흘러가는 빗물처럼 '3-1 아파트 단지 역' 안으로 밀려들었다. 그들과 뒤섞여 에스컬레이터를 타고 내려가던 민준은 며칠 전에 분류 작업을 했던 고기 통조림을 떠올렸다. 컨베이어벨트를 타고 내려오던 수많은 통조림들. 똑같은 색깔, 똑같은 라벨. 그것들을 구분하는 기준은 오직 바코드와 일련번호, 제조일자뿐이었다. 지금 소울트로를 기다리는 사람들도 하나같이 민준이 입은 옷과 비슷한 단색의 작업복을 입고 있었다. 그들을 구분하는 기준은 오직 소속을 나타내는, 가슴에 달린 뱃지

---

* 뉴소울시티의 철로 이동 수단이다.

의 문양이었다.

소울트로가 도착하자 객차 안으로 사람들이 몰려들었다. 사람들은 서로를 버티며 선 채, 멍한 표정으로 시선을 마주치려 하지 않았다. 철로 위를 빠르게 달리는 소울트로의 소음이 들렸다. 2구역을 촘촘하게 엮은 노선을 따라 지상에서 20여 미터 위로 달리고 있는 소울트로는 회색 인력들을 필요한 곳에 내려놓는 화물 열차나 다름없었다.

"이번 역은 아바리치아 제3공장 역입니다."

소울트로에서 내린 민준은 구겨진 옷깃을 매만지며 역을 나섰다. 역에서부터 들리던 공장 소음은 밖으로 나서자 더 크게 들렸다. 아바리치아 공장이 굉음을 쏟아내는 중이었다. 민준은 사람들과 함께 금속으로 이루어진 괴물 같은 공장 속으로 걸어 들어갔다.

*

"어제 결승전 봤어? 〈리부트 스타〉!"

사물함 안에 가방을 넣는 민준에게 오길섭이 다가와 말을 걸었다. 상기된 목소리였다.

짧게 자른 머리가 온통 허옇게 센 길섭은 공장의 라인 관리자였다. 라인 관리자가 하는 일은 분류된 물품을 검수

하는 것이었는데, 오른쪽 팔이 없는 길섭이 공장 안에서
할 수 있는 유일한 업무였다. 사실 그것도 명목상일 뿐, 실
질적으로 그가 하는 일은 공장 청소와 직원들의 잔심부름
이었다. 공장 직원들은 종종 그에게 반말을 했고 길섭을
무시하듯이 '오 씨'라고 불렀다. 민준은 그런 직원들에게
반감을 느끼곤 했다.

"아뇨."

"뭐? 왜 안 봤어?"

"피곤해서 일찍 잤어요."

민준이 어제 일찍 잔 건 사실이었다.

"그러게, 내가 어제 카푸치노 작작 먹으라고 했잖아. 그
거 돌려 막기 하는 거라니까. 내일 쓸 체력을 오늘 땡겨 쓰
는 거야."

"알죠. 근데 그렇게 안 하면 분각을 벌 수가 없잖아요.
하루에 나가는 분각이 얼만데."

"나도 한번 〈리부트 스타〉에 지원해볼까?"

민준은 길섭이 상기된 이유를 알 것 같았다.

"그럼 간식은 누가 갖다주고 검수는 누가 해요?"

"날 뭘로 보냐. 난 심부름 따위나 하는 거에 만족하지
않아. 나도 한때는 여기보다 빡센 농장에서 일할 때 두 구
역에서-."

"두 구역에서 수확한 수박을 혼자서 다 날랐다고요?"

"어, 그랬다니까!"

길섭이 웃었다. 대화를 하다보면 항상 길섭의 젊은 시절 이야기로 흘러가곤 했다. 농장에서 일하던 때를 그리워하는 것 같았다. 그 추억에는 그의 젊음뿐 아니라 지금은 없는 그의 오른팔도 함께 있었다.

"쪼그마한 여자애가 진짜 대단하더라. 최종 우승한 애 있잖아. 걔 완전 스타 됐어!"

길섭은 소녀의 모습을 흉내 냈고 침을 튀겨가며 어제의 내용을 설명했다. 민준도 아침에 재방송으로 본 내용이었지만 굳이 길섭의 수다를 막지 않았다.

"그래서요? 도전 욕구가 불타올랐어요?"

"용기가 생겼어! 한 손으로 최종 우승까지 할 줄 누가 알았겠어? 한 번 사는 인생인데, 걸어볼 만하지 않아?"

길섭은 그 소녀가 부러웠을 것이다. 그녀에게 쏟아지는 환호성. 하늘을 화려하게 밝히던 폭죽. 그녀의 새로운 삶을 축하하는 오색 꽃가루. 하지만 길섭이 무엇보다 부러워하는 건, 그가 다시 찾고 싶고, 다시 갖고 싶은 바로 오른팔일 것이다.

"나도 다시 팔이 생긴다면……."

민준이 아무런 대꾸도 하지 않자 길섭이 보채듯 물었다.

"어때? 내가 지원해보는 거. 넌 응원해줄 거지?"

"꿈도 꾸지 마세요."

1년간 〈리부트 스타〉에 지원하는 사람은 이천여 명이 넘는다. 하지만 그중에 선택된 자들만 선발되고, 승자만 기억되며, 패자들은 전부 죽는다. 사람들은 패자에 대해서는 알고 싶어 하지 않았다. 모두의 시선은 오직 승자를 위한 폭죽과 보상만을 향해 있었다.

"카푸치노나 몇 개 좀 빌려주세요. 그거 안 먹으면 일을 못하겠어요."

길섭은 혀를 차며 민준에게 작은 약통 하나를 건넸다.

"그냥 줄 테니까 안 갚아도 돼. 대신 적당히 먹어. 그거 먹으면서 버티던 인간 중에 끝이 좋은 인간 못 봤으니까."

길섭은 자신을 친구처럼 대해주는 민준을 좋아했다. 작업용 고글의 렌즈를 옷소매로 닦던 민준은 반항하듯 대답했다.

"끝만 안 좋은 거 아닌데, 지금도 안 좋거든요?"

"오늘따라 왜 이리 삐딱하냐?"

"참, 야식 좀 정확히 갖다주세요. 어제도 늦으셔서 기다리다가 이십 분이나 버렸다고요."

사물함을 잠근 민준은 고글을 쓰고 작업장으로 향했다. 길섭은 그런 민준의 등에 대고 계속 수다를 떨었다.

"오늘 작업할 때 조심 좀 해야 할 거야. 정신 똑바로 차리고 해. 알았지?"

길섭이 무슨 말을 더 하려 했지만 누군가가 그를 급히 부르는 바람에 그는 서둘러 사라졌다. 그가 하려던 말이 그다지 궁금하지 않았던 민준은 시큰둥하게 작업장으로 들어섰다.

수많은 컨베이어벨트들이 열을 맞춰 거대한 돔 안에 자리 잡고 있었다. 검은색 작업복을 입고 고글을 쓴 작업자들이 돔 안으로 들어와 각자 자리에 섰다. 작업자들의 얼굴에는 생기가 없었다. 그들이 원통 모양의 호패기에 손바닥을 올리자 숫자가 나왔다. 각자가 갖고 있는 분각 액수였다. 민준도 호패기 위에 손바닥을 댔다.

27:01:45

대략 2,701분각. 민준이 짧은 한숨을 내쉬었다. 식빵과 버터가 담긴 싸구려 밀키트 석 달 치 분량 값이었다. 혹은 한 달 아파트 사용료였다. 카푸치노를 산다면 네 통 정도. 빠듯한 금액이었다. 민준은 길섭이 준 작은 약통에서 카푸치노 한 알을 꺼내 꾹꾹 씹어 삼켰다. 이번 달을 버티려면 당분간은 저녁 늦게까지 초과 근무를 해야 할 것이다.

작업 시작을 알리는 알람 소리가 돔 안에 시끄럽게 울렸다. 이어서 돔 전방의 게이트가 열렸다.

컨베이어벨트를 타고 굴러오는 투명한 알갱이들이 보였다. 투명해서 마치 물결 같았다. 처음에 민준은 유리나 보석 정도로 생각했다. 그런데 물결의 실체를 본 이들 사이에서 심상치 않은 기운이 흘렀다. 컨베이어벨트의 앞쪽부터 뒤덮은 투명한 물결은 넘실넘실 흘러 민준의 자리까지 도착했다. 그때 민준은 길섭이 조심하라고 했던 말이 무슨 뜻인지 알 수 있었다.

"이거, 루왁 아냐?"

"맞는 것 같은데?"

"진짜? 이게 루왁이야?"

작업자들이 수군거리는 말소리가 들렸다. 루왁. 뉴소울 시티 최고의 사치품이자 1구역 거주자들이 즐겨 복용하는 각성제. 카푸치노와는 비교할 수 없는 순도로, 한 알만 먹으면 이틀간 잠을 자지 않고도 버틸 수 있다고 했다. 봉인되어 있던 온몸의 신경 세포를 깨워서 쾌락을 극대화시키며, 심지어 부작용도 없고 중독 현상도 없다고 했다.

민준은 예전에 길섭에게서 들었던 말을 떠올렸다.

"땅에만 장벽이 있는 게 아니야. 물건 이름에도 장벽이 있어. 루왁과 카푸치노가 예나 지금이나 변함이 없는 건

두 종 사이에 귀함과 흔함의 차이가 있다는 거야. 카푸치노는 흔했고 루왁은 귀했거든."

흔하다는 건 천하다는 뜻과 연결될 수도 있었다. 루왁은 2구역 내에선 공식적으로 절대 살 수 없었다. 길섭의 말처럼 1구역과 2구역을 가로막는 또 다른 장벽이나 마찬가지였다.

강 건너 자리한 암시장에선 간혹 한 번씩 구할 수 있다고 들어보긴 했다. 그것도 한 알, 어쩌다 한 번 시장에 나올까 말까라고 했다. 암시장에서 돌아다니는 루왁은, 1구역에서 잡일을 하던 사람들이 떨어진 것을 주워다 판 거라고 했다. 사실상 그런 행위는 굉장히 위험했는데, 만약 고객서비스팀에게 발각된다면 '서비스 해지'가 될 터였다.

민준은 침을 꿀꺽 삼켰다. 작업자들은 투명한 알약을 보며 계속해서 수군거리고 있었다.

"실물은 처음 봐."

"나도."

"이걸 왜 제3공장에 맡겼지? 우리한테 맡긴 게 맞아?"

"일손이 부족했는지도 모르지."

아바리치아의 제3공장은 생산된 물품들을 최종 포장해서 내보내는 곳이었다. 공장 중에 가장 하급 작업을 하는 곳으로 매일 작업 품목이 바뀌었다. 평소에는 2구역에서 판매되는 물품을 주로 다루었고, 간혹 1구역 일반 물품들을 포장하기도 했다. 하지만 이렇게 귀한 물품은 처음이었다.

루왁 몇 알만 있으면 아파트 사용료와 식비까지 거뜬히 해결할 수 있다. 지금 이 컨베이어벨트 위 루왁들을 모조리 분각으로 바꾼다면, 정확히 환산조차 불가능할 정도로 천문학적인 금액이 될 것이다.

트레이에 담아 다른 컨베이어벨트로 옮기는 작업을 하는 민준의 손에는 루왁이 가득했다. 그런데 어떻게 단 하나도 손에 넣을 수가 없는 걸까? 아무리 생각해도, 이렇게 많은 루왁들이 자신의 손을 지나쳐가는데도, 자신의 월급으로는 단 한 알도 사기 힘들다는 것에 화가 날 것 같았다. 단 한 팩만 있다면. 그렇게 된다면 자신의 인생도 조금은 달라질 수 있을 것 같다고, 민준은 생각했다.

집중하기 힘들었다. 카푸치노를 먹었지만 이미 눈앞의 욕망에 잠식된 민준의 육체에는 싸구려 각성제가 듣지 않았다. 최고의 각성제는 탐욕이 내뿜는 아드레날린이므로. 투명한 루왁에 빛이 반사되어 동공을 자극했다. 딱 한 팩만. 민준의 속에 뜨거운 피가 휘몰아쳤다.

"전원 작업 중단!"

일순간 컨베이어벨트가 멈췄다. 경고음이 시끄럽게 울렸고 붉은 램프가 혼란스럽게 깜빡거렸다. 보안팀 직원들이 작업장으로 들이닥치며 소리를 질렀다.

"모두 엎드려! 당장!"

작업을 하던 직원들이 굳은 표정으로 바닥에 엎드렸다. 보안팀 직원들은 엎드린 직원들의 머리에 리볼버를 겨누며 몸 곳곳을 수색했다. 돔 안에는 무거운 긴장감이 감돌았다. 수많은 컨베이어벨트 옆에 엎드린 직원들의 모습은 벽면에 붙은 회색 타일들 같았다. 그중 채워지지 않은 부분 하나가 있었다. 민준의 자리였다.

"사라진 건?"

"열 팩 분량, 대략 1,200알 정도 됩니다."

"현재 여기 없는 직원은?"

"20대 남성, 김민준이라는 직원입니다."

관리부장은 초조한 기색으로 보안팀장을 재촉했다.

"그 자식 도망가기 전에 빨리 찾아내. 당장!"

수색지시를 내리고, 관리부장은 보안팀장에게 목소리를 낮추어 말했다.

"본사 측에서 분각을 평소보다 세 배로 지불하겠다며 갑자기 물품을 내려보냈어. 원래 상급 공장에서 처리하기로 했는데 전력 공급에 문제가 생겼다더군. 부득이하게 여기로 보냈다는데, 뭔가 했더니 루왁이었어."

"그렇군요."

"설마 했는데 진짜로 훔쳐가는 놈이 있을 줄이야. 그 자식 놓치면 관계된 사람들 전부 서비스 해지 대상이다."

"예? 서비스 해지요?"

"당연한 거 아냐?"

관리부장의 말을 들은 보안팀장은 얼굴이 사색이 되었다. 서비스 해지. 언뜻 보면 일상적인 단어처럼 보이지만 이곳, 뉴소울시티에서는 전혀 다른 의미로 쓰였다. 그것은 뉴소울시티를 다스리는 주체가 누구인지 분명하게 알려주는 것이었다.

서울, 뉴소울시티 이전의 도시. 삼권분립으로 이루어져 있던 대한민국은 오래전 국가로서의 기능을 다했고, 구 대한민국의 10대 기업으로 이루어진 전국기업인연합이 지구상에서 유일하게 살아남은 도시인 서울의 통치권을 넘겨받았다.

그날 이후, 서울은 모든 것이 기업의 논리와 언어로 재정립되었다. 따라서 '서비스 해지'란 말은 뉴소울시티에서의 생존 자격 박탈을 의미했다. 그들의 논리에 따르면 2구역 거주자들 모두가 전기련의 서비스를 받는 고객들이었다. 모두가 채용된 근로자들이라는 사실은 간과된 채 말이다.

*

"네가 그런 거야?"

부식 창고에 숨어 있던 민준을 발견한 건 길섭이었다. 민준은 넋이 나간 표정이었다. 손에는 루왁이 담긴 비닐봉지가 들려 있었다.

"도대체 왜 그랬어!"

"모르겠어요. 제가 미쳤나봐요."

민준은 아직도 자신이 벌인 일이 납득되지 않았다.

몇 분 전, 민준은 포장 작업을 하던 중 바닥으로 떨어지는 루왁 한 알을 보았다. 또르르 굴러오던 루왁은 민준의 발치에서 멈췄다. 민준은 허리를 굽혀 천천히 루왁을 주웠다. 그 찰나, 머릿속으로 기억의 파편들이 지나갔다.

아침에 식탁 위에 놓여 있던 마른 식빵과 버터. 모니터를 가득 채우던 포르노그래피 영상. 아파트에서 쏟아져 나오던 2구역 사람들. 마치 영혼 없는 인형처럼, 소울트로에 실려가는 사람들의 멍한 눈빛. 관중석에서 미친 사람처럼 주먹을 흔들어대던 구경꾼들. 말기암에 걸린 중년 남자의 목에 칼을 겨누던, 피범벅이 된 얼굴을 한 소녀.

순간 명치를 조이는 답답함이 밀려왔다. 끝없이 회전하며 루왁을 나르는 컨베이어벨트가 자신과 다를 바 무엇일까? 작업장의 이 자리는 내가 사라져도 누군가 또 채울 것이다. 어차피 내가 사라져봤자 아무도 모를 것이다. 이대로 사는 것이 과연 의미가 있을까. 나의 무덤과도 같은 이곳을 떠나고 싶다.

민준은 무언가에 홀린 듯한 얼굴로 팩에 담긴 루왁들을 몰래 옷 속으로 숨기기 시작했다. 지금 이 행동이 어떠한 결과를 초래할지도 모른 채. 한 팩, 한 팩, 또 한 팩…… 마구 요동치던 심장은 품에 슬쩍슬쩍 넣은 비닐봉지의 무게가 늘어갈수록 오히려 차분해졌다.

작업 중지 방송이 나오기 전, 길섭은 오후 휴식 시간에 작업자들에 나눠줄 카푸치노와 음료를 준비하고 있었다. 그러던 중에 돔 쪽으로 뛰어가는 보안팀 직원들을 보고 뭔가 심상치 않은 일이 벌어졌음을 느꼈다. 설마, 하던 길섭의 예감은 부식 창고에 숨어 떨고 있던 민준을 보자 현실이 되었다.

그제야 정신이 돌아온 민준은 일말의 가능성이라도 붙

잡고 싶어졌다.

"지금이라도 다시 갖다놓으면……."

길섭이 고개를 저었다. 이미 일은 벌어졌고, 걷잡을 수 없이 커진 상태였다.

"이제 돌이킬 수 없어."

지금 이 순간 길섭의 표정은 누구보다 진지했다.

"보안팀이 널 잡으면 그냥은 안 끝나. 널 본사 고객서비스팀에 넘길 거라고. 그게 무슨 의미인지 알잖아?"

"고작 요만큼인데요?"

길섭의 눈앞에 루왁이 담긴 비닐봉지를 들어 올리며 민준은 억울한 목소리로 말했다.

"고작이라고? 루왁이 가진 의미는 우리같이 천한 출신들은 감당할 수 없는 거야!"

"그럼 어떡해요? 어디 숨을 데라도 알아요?"

길섭이 작게 한숨을 쉬었다.

"그들 눈 밖에 난 사람들이 머물 곳…… 이 도시엔 없어."

"그럼 어디로 가란 거예요?"

길섭은 잠시 침묵했다. 몇 초 후, 무겁게 입을 열었다.

"강을 건너."

민준은 땅이 흔들리는 느낌을 받았다. 강을 건너라니?

거기로 가라는 건…….

"진심이에요? 저보고 죽으라고요?"

"이렇게 죽으나 저렇게 죽으나 마찬가지야. 그래도 거긴 살 확률이라도 있어."

길섭은 민준에게 단 하나 남은 선택지를 골라야 한다고 말하고 있었다.

"그걸 지금 말이라고……."

"이미 네 아파트는 다 털렸을 거야. 소울트로도 탈 수 없고. 전광판마다 네 얼굴이 걸리겠지. 설마 숨는 데 성공한다 쳐도 호패기 사용도 못 해. 그땐 어떻게 할 거야? 네가 뭘 할 수 있는데?"

민준은 반박할 수 없었다. 하지만 강 건너는 들어보기만 한 곳이었다. 세상의 끝. 약육강식의 콘크리트 밀림. 법과 정의가 전혀 닿지 않는 무법지대. 뉴소울시티의 배설물을 먹고 사는 잡종 쥐새끼들이 모이는 쓰레기장. 그곳을 수식하는 말들은 수없이 많았다.

"쥐독으로 가야만 하는 거죠?"

길섭의 눈에서 민준은 부정하지 않는 대답을 읽었다.

보안팀 직원들의 발소리가 가까워지고 있었다. 민준은 체념한 듯 고개를 끄덕였다. 주위를 살피던 민준은 원통형 환풍구의 철망을 빠르게 뜯어냈다. 그때 길섭이 뭔가를 내밀었다.

"가져가. 내 바이크 키야. 바이크는 공장 뒤편에 있어."

길섭이 내민 키를 민준은 떨리는 손으로 받았다. 보안팀의 발소리가 더욱 가까워진 것 같았다. 민준은 환풍구 철망을 열고 그 안으로 몸을 쑤셔 넣었다.

"그동안 고마웠다. 내 시답잖은 농담에 웃어줘서."

민준은 고개를 돌려 길섭을 보았다. 길섭의 말에서 마지막을 직감했기 때문이었다. 하지만 이제 와 길섭에게 무슨 말을 할 수 있을까.

민준은 다시 고개를 돌리고 좁고 시커먼 통로를 빠르게 기어가기 시작했다. 좁은 어둠 속으로 사라져가는 민준을, 길섭은 한참 쳐다보다가 환풍구 철망을 닫았다. 그리고 주머니에서 작은 통을 꺼내 그 안에 들어 있던 카푸치노를 모조리 씹어 먹었다.

허연 알약들이 으깨지는 소리가 머릿속을 울렸다. 곧이어 보안팀 직원들이 부식 창고 안으로 쳐들어왔다. 우습게도 보안팀 직원들은 엉성하게 닫힌 환풍구를 발견하지 못했다.

"김민준, 어딨습니까?"

그들은 이미 알고 온 모양이었다. 분명 다른 직원들에게 총구를 들이댔을 것이고, 그들은 하나같이 민준을 가장 잘 아는 자로 길섭을 지목했을 것이다.

"글쎄요? 모르겠는데."

길섭의 말이 끝나기도 전에 보안팀 직원 하나가 길섭에게 주먹을 날렸다. 턱뼈가 부러지는 듯한 소리가 났다. 길섭은 그대로 바닥에 쓰러졌다. 보안팀 직원들은 몰려들어 길섭을 무차별적으로 밟고 때렸다. 길섭은 몸을 움츠렸지만 굳이 막으려고 하지는 않았다. 슬슬 카푸치노의 기운이 올라오는지 몽롱해졌고, 더이상 아무런 통증도 느껴지지 않았다. 길섭은 낄낄거렸다.

세상 모든 것이 천천히 흘러갔다. 마치 물에 잠긴 것처럼. 나른하고 평온한 기분이 점차 길섭의 의식을 뒤덮었다. 오른팔이 다시 생긴 것처럼 행복해졌다. 보안팀 직원 중 한 명이 길섭의 이마에 리볼버 총구를 겨누었다. 지긋지긋한 삶. 이제 끝나는 건가.

탕!

총소리가 크게 울렸다. 통로를 기어가던 민준은 움찔했다. 유언은커녕 한마디도 남길 수 없이 짧은 시간. 길섭의 영혼은 두 팔이 모두 있는 상태로 육체를 떠났다. 민준은 이를 악물고 빠르게 기어서 공장 밖으로 빠져나갔다.

공장 밖에도 사이렌 소리가 시끄럽게 울리는 중이었다. 환풍구 통로의 먼지를 뒤집어쓴 채 밖으로 나온 민준은 공장 뒤편에 세워진 바이크들을 보았다. 키를 누르자 시동이 걸리는 바이크 한 대가 보였다.

민준은 재빨리 올라타고 공장 정문을 향해 달렸다. 민준을 발견한 보안팀 직원들이 뒤쫓았다. 정문에도 보안팀 직원들이 있었다. 그들은 민준을 향해 리볼버를 가차 없이 쏘아댔다.

민준은 최대한 고개를 숙였다. 총알들은 민준을 아슬아슬하게 비껴갔다. 그러나 공장 정문에 있는 차단기는 무서운 속도로 내려오면서 닫히고 있었다.

오히려 방향을 잃은 게 다행일까. 민준은 차단기에 도달하기 직전에 중심을 잃고 옆으로 자빠졌다. 속도를 이기지 못한 민준은 바이크에 탄 채 도로 바닥을 쓸며 쭉 미끄러졌고, 운 좋게도 차단기 아래를 통과할 수 있었다. 두꺼운 차단기에 막힌 듯한 총소리들이 둔탁하게 들려왔다.

"2구역 문제 발생! 2구역 문제 발생! 뉴소울시티 고객 여러분의 안전을 위해 고객서비스팀이 출동하니 협조해주시기 바랍니다."

그때 곳곳에 설치되어 있는 스피커에서 사이렌 소리가 울렸다. 공장들과 낡은 건물들이 둘러싼 사거리로 경고 방송이 울려 퍼졌다. 협조해 달라는 말은 당장 이곳에서 사라져 길을 비키라는 의미일 것이다. 비키지 않으면 무슨 일을 당하게 될지 몰랐다. 민준을 뒤쫓던 보안팀 직원들은 당황한 표정으로 황급히 공장으로 되돌아갔다. 민준의 주위로 몰려들었던 사람들도 마찬가지였다. 모두들 서둘러 자리를 피했다.

공장 앞에 우뚝 자리 잡은 건물 뒤편에서부터 음악이 들려왔다. 〈라데츠키 행진곡〉*이었다. 고객서비스팀 기동대 차량들의 출현을 예고하는 음악이었다.

곧 기동대 차량들이 모습을 드러냈다. 거대한 바퀴와 육중한 바디. 차체를 덮은 두꺼운 장갑. 상단에 설치된 80밀리미터 고속 유탄기관총. 카키색 기동대 차량은 한마디로 레이싱 엔진을 단 장갑차였다. 민준은 여전히 정신을 차리기가 힘들었지만, 도망쳐야 한다는 것을 알았다. 민준은 사력을 다해 바이크에 올라타고 도시 바깥을 향해 내달렸다.

그때, 기동대 차량의 조준경에 민준이 잡혔다. 순간 기

---

* 오스트리아의 식민지였던 이탈리아의 독립 세력을 무자비하게 진압한 오스트리아 요제프 라데츠키를 기리기 위한 승전곡.

동대의 라이플과 고속 유탄기관총이 불을 뿜었다. 본능적으로 민준은 바이크 핸들을 갈지자로 운전하며 피했다. 민준을 빗나간 총알과 유탄들은 아스팔트를 맞추면서 부스러기로 만들었고, 트럭과 버스는 반파가 되었다. 고객서비스팀의 출현을 피해 건물 통로에 숨어 있던 애꿎은 사람들마저 유탄을 맞고 쓰러졌다. 하지만 기동대 차량들은 아랑곳하지 않고 더욱 맹렬히 추격했다.

민준은 방향을 가늠하며 달렸다. 아바리치아 제3공장의 반대쪽은 2구역의 3-4 아파트 단지였다. 그곳을 벗어나면 뉴소울시티의 끝자락인 강 인근에 도달할 수 있다. 다만 길이 복잡할지도 몰랐다. 가본 적이 없었기에 정확하게 알 수 없었다.

순간 반짝, 하고 거울에 반사된 듯한 빛이 보였다. 아침마다 아파트 창문을 통해 보았던 건물에서 반사된 빛이었다. 55층 건물의 꼭대기가 보였다. 바로 길섭이 말했던 강이 있는 곳이었다. 민준은 그쪽으로 핸들을 틀었다.

공장과 허름한 건물들이 즐비한 2구역 전광판에는 민준의 얼굴과 현재 도주 중인 모습이 생중계되고 있었다. 잘못하면 〈리부트 스타〉의 최종 우승자인 소녀가 주인공이 되기도 전에 민준이 뉴소울시티 화제의 인물이 될 참이었다. 민준은 더욱 속도를 높였다.

몸 여기저기에 총알이 스쳐가며 상처를 냈다. 피가 조금씩 새어 나오고 있었다. 아팠지만 고통을 느낄 새가 없었다. 갑자기 바이크에서 경고음 소리가 났다. 연료 게이지가 거의 바닥을 가리키는 중이었다.

간절하게 강 근처까지만이라도 닿기를 바라며 민준은 더욱 속도를 높였다. 기동대 차량들과 민준의 거리는 점점 좁혀지고 있었다.

바이크의 속도만큼이나 거칠게 불어오는 바람. 그때 민준은 비릿한 폐수 냄새를 맡았다. 강 냄새였다. 강 너머 지역에서 있었던 사고로 강이 오염되자 뉴소울시티는 강을 방치하고 있었다. 어차피 강 너머는 버려진 곳이었으니까.

민준의 시야에 강이 들어오기 시작했다. 다리도 하나 보였다. 중간이 부서져 끊긴 다리는 강 건너 55층 건물로 이어지는 것 같았다. 그 순간, 유탄이 떨어졌다.

쾅!

강한 폭발력에 민준은 바이크와 함께 날아갔다. 온몸이 만신창이였다. 하지만 이대로 포기할 수는 없었다. 유탄의 잔향이 민준의 코를 찔렀다. 콜록거리며 몸을 일으킨 민준은 다리를 향해 뛰기 시작했다.

기동대 차량들도 멈추었다. 방탄복을 입은 고객서비스팀원들은 라이플을 들고 차에서 일사불란하게 뛰쳐나왔다.

"김민준! 더이상 도망갈 곳은 없다. 멈춰!"

고객서비스팀의 기동대장이 차 안에서 경고했다. 다리에 힘이 풀린 민준은 풀썩 자빠졌다. 더이상은 못 뛸 것 같았다. 이제 자신은 잡힐 것이다. 그때, 길섭의 말이 들리는 듯했다. "이렇게 죽으나 저렇게 죽으나 마찬가지야. 그래도 거긴 살 확률이라도 있어." 그래, 어차피 죽은 목숨이라면 살 확률이 있는 곳이라도 가봐야 한다. 다시 벌떡 일어난 민준은 부서진 다리를 향해 달렸다.

"멈춰! 더 움직이면 쏜다!"

부서진 다리 끝에서 민준은 걸음을 멈추었다. 다리 밑으로 시커먼 강물이 내려다보였다. 55층 건물은 여전히 멀어 보였다. 슬쩍 뒤를 돌아보자 모든 총구가 민준을 겨누고 있었다. 여차하면 바로 민준을 산산조각 낼 기세였다. 민준의 심장은 더이상 요동치지 않았다. 숨만 좀 거칠 뿐이었다.

민준은 허탈한 듯 웃었다. 이젠 끝인가. 다리에 힘이 풀렸다. 바닥에 털썩 주저앉으려는 순간, 고속 유탄기관총이 연달아 발사됐다. 민준의 몸은 다리 밑 시커먼 폐수의 강으로 추락했다.

기동대원 하나가 달려와 꼼꼼히 살폈다. 민준이 강에 떨어졌고 떠내려갔다고 수신호로 알렸다. 이를 본 기동대장은 철수 명령을 내렸다.

아침에 내린 비보다 더 시커먼 비가 내리기 시작했다.

*

해가 떨어진 시각, 뉴소울시티 건너편 강가로 기어 올라오는 그림자 하나가 있었다. 흠뻑 젖은 채 물가로 올라오는 민준이었다. 민준은 강가에 드러누워 거친 숨을 몰아쉬었다.

하늘에서 떨어진 빗줄기가 얼굴 위로 쏟아졌다. 아까보단 비가 약해진 것 같았다. 민준은 가슴에 품고 있었던 비닐봉지를 꺼내보았다. 루왁들은 무사했다.

눈이 어둠에 적응이 되었다 싶자 민준은 천천히 움직이기 시작했다. 젖은 몸을 이끌고 다리를 끌다시피 하며 걸었다. 빛이 하나도 없어서 주위가 더욱 음산하게 느껴졌다.

강 건너편에는 넓은 삼거리가 있었다. 민준은 가운데에 서서 주위를 돌아보았다. 보이는 거라곤 폐허가 되어버린 건물들뿐이었다. 온통 오물과 낙서로 덮여 있었다. 구형 차량들은 녹슨 채로 도로 곳곳에 방치되어 있었다. 민준이 지금 서 있는 자리인 이곳에 흘러넘치던 화려함, 고귀함,

오만함은 저 건물들처럼 낡고 해져 스러져버렸다.

언덕 위로 보이는 55층 건물을 향해 민준은 다시 발걸음을 떼었다. 오랜 기간 동안 열기와 습기에 의해 갈라진 아스팔트 대로변 옆으로 흉측스러운 건물들이 우뚝 서 있었다. 길 한가운데를 따라 걸어가는 민준을, 누군가 먹이를 찾는 눈빛으로 내려다보는 듯했다. 폐건물의 층층마다 보이는 불길한 눈빛들은 악취처럼 민준의 신경을 곤두서게 했다.

언덕을 넘자 금이 가버린 거대한 거울의 모습이 온전히 드러났다. 실체를 드러낸 55층 건물은 부츠 같은 모양이었다. 그 건물 앞에는 모닥불이 듬성듬성 피어 있었고, 주위엔 사람들이 둘러앉아 있었다.

사람들은 하나같이 지저분한 행색을 하고 있었다. 그들의 퀭한 눈빛에서 어떠한 의도도 읽을 수 없었기에 민준은 더욱 불안감을 느꼈다. 그들 역시도 민준에게서 눈을 떼지 못했다. 그도 그럴 것이, 그들과는 달리 민준이 입은 옷은 아바리치아의 작업복이었기 때문이다. 지금 막 2구역에서 넘어왔다는 걸 누가 봐도 알 수 있는 복장이었다.

55층 건물의 지하로 들어가는 계단 앞에 다다른 민준은 긴장감이 풀려 짧은 한숨을 내쉬었다. 다행히 사람들은 민준을 쳐다보기만 하고 다가오지 않았다. 민준은 느릿느릿 계단을 내려갔다.

거의 다 해진 지저분한 간판들을 따라 지하로 내려가자 사람들이 꽤 많았다. 약에 취해 바닥에 엎어져 있는 자들, 배고픔에 손을 벌려 구걸하는 자들, 위협적인 눈빛으로 협박하거나 실랑이를 벌이는 자들, 지저분한 행색으로 남자들을 끌어당기는 여자들, 싸구려 유혹을 받아들이고 어둠 속에서 욕망을 배설하며 헐띡이는 남자들. 55층 건물의 지하는 혼돈 그 자체였다. 게다가 바깥보다 더욱 심한 악취가 났다. 민준은 인상을 찌푸렸다. 이곳이 쥐독이라는 것을 실감할 수밖에 없었다.

그때, 어디선가 음식 냄새가 났다. 정신없이 도망치느라 지친 줄도 몰랐던 민준에게 허기가 몰려들었다. 근처에 참치 통조림 캔을 잔뜩 쌓아둔 가게가 보였다. 민준은 침을 꼴깍 삼키며 가게로 다가갔다.

가게 주인은 양팔에 문신을 새긴 덩치 큰 사내였다. 지금 민준이 가진 거라곤 루왁뿐이었다. 본능과 이성 사이에서 갈등하던 민준이 거슬렸는지 덩치 큰 사내가 쏘아붙였다.

"안 살 거면 꺼져."

고민하던 민준은 품에서 부스럭거리며 루왁 한 알을 조심스레 집었다. 사내는 민준을 의심스러운 눈초리로 쳐다봤다. 민준은 가게 주인에게 손을 내밀었다.

"가진 게 이것뿐이라."

민준이 손바닥을 펼치자 순간 주변 공기가 변했다. 투명한 루왁은 어둠 속에서도 반짝거렸다. 루왁과 민준을 번갈아서 노려보던 가게 주인은 찌그러진 대형 참치 통조림 하나를 툭 던지며 빠르게 말했다.

"당장 꺼져."

의아했다. 루왁을 왜 안 받는다는 걸까? 거절할 수 없었던 민준은 참치 통조림을 받아들고 돌아섰다. 지하 통로 안의 사람들이 남녀노소 할 것 없이 민준을 쳐다보았다. 그때 누군가 민준의 가슴팍을 팍 치고 지나갔다. 민준은 휘청거렸다. 깔깔거리는 웃음소리와 함께 남자아이 하나가 빠르게 지나갔다.

서서 참치 통조림을 뜯어 허겁지겁 먹던 민준은 순간 이상한 직감에 사로잡혀 한 손으로 가슴을 더듬자 순간 루왁 봉지가 사라진 걸 직감했다. 민준은 통조림을 던져버리고 본능적으로 아이를 뒤쫓았다.

하지만 55층 건물의 지하는 어지러운 미로 같았다. 아이는 연기처럼 어느새 사라져버렸다. 민준은 헐떡이며 발을 멈췄다. 그때 멀리서 아이의 목소리가 들렸다.

"이거 놔요! 아프다고요!"

민준은 아이의 목소리가 들려오는 통로 쪽으로 달렸다.

"이 녀석, 또 뭘 훔쳤어? 이건 누구 거야?"

목덜미를 잡힌 아이는 바동거리고 있었다. 민준은 그쪽으로 허겁지겁 뛰어갔다.

도망치던 아이를 붙잡은 사람은 최혁이란 남자였다. 그는 쥐독의 유일한 선술집인 '녹색선'의 주인으로, 아주 날카로운 인상을 가진 사람이었다. 혁은 허겁지겁 달려온 민준을 보며 루왁이 든 비닐봉지를 흔들었다.

"생각이 없는 건가? 사람들 앞에서 이걸 통째로 꺼냈어?"

혁은 호락호락한 인물이 아니었기에 녹색선 안에서는 누구도 소란을 피우거나 공격할 엄두를 내지 못했다. 덕분에 그곳에는 55층 건물의 온갖 정보들이 흘러들 수 있었다. 중립지대의 안락함 속에서 술 한잔 마시려는 자들이 쉬었다 가는 곳이기도 했다. 그렇다고 해서 혁이 가게 밖에서 불합리하게 완력을 행사하는 경우도 없었다.

"내가 녀석을 안 붙잡았으면 어쩔 뻔했어?"

혁은 아이를 땅바닥에 내쳤다. 아이는 민준과 혁을 노려보더니 땅바닥에 침을 퉤 뱉고 사라졌다. 혁은 루왁이 든 비닐봉지를 툭툭 위로 던졌다 받으며 민준을 살피더니 루왁 봉지를 건넸다.

"여긴 법이 없는 게 법이야. 힘이 있으면 뺏는 게 당연한 곳, 강한 것이 정의인 곳이니까."

민준은 혁의 말에 대답하지 않았다. 다만 알았다는 의미로 살짝 고개를 끄덕였다.

"안으로 들어와. 어디론가 끌려가서 뼈까지 추려지고 싶지 않으면."

민준은 순간 찌릿한 시선을 느꼈다. 통로 끝에서 한 무리의 사내들이 민준을 노려보고 있었다. 그들이 풍기는 험악한 분위기는 굳이 보지 않아도 느껴졌다.

민준은 혁을 따라 녹색선 안으로 들어갔다.

*

"어처구니없는 짓을 저질렀군."

민준은 바 테이블 자리에 앉았다. 혁은 라벨지가 해진 정체 모를 위스키를 한 잔 따라서 민준에게 내밀었다. 민준은 스트레이트 잔에 담긴 위스키를 어색한 듯 바라보더니 벌컥벌컥 들이켰다. 뜨거운 무언가가 식도를 타고 내려가 위장에서 그 열기를 내려놓는 느낌이었다. 예전에는 마셔본 적이 있지만 카푸치노를 복용한 뒤로 마시지 않았다. 2구역에서 파는 술들은 맛도 엉망인데다 가격도 만만치 않았기 때문이었다. 민준이 천천히 입을 뗐다.

"주고받는 거, 여기 규칙이라고 알고 있는데요."

"순진하긴. 그거야 여기가 고향인 인간들 이야기고."

"여기 있는 사람들, 도망쳐온 신세인 건 똑같지 않나요?"

"그 말도 맞지."

혁은 민준에게 다시 한 잔을 따라주었다. 그리고 손가락으로 민준의 가슴팍을 가리켰다.

"그렇다고 사람들이 다 보고 있는 데서 그걸 꺼내? 그것도 아비리치이의 작업복을 입고? 그게 이 동네에서 얼마나 어처구니없는 짓인 줄은 아나?"

2구역 거주자 출신이 루왁을 가지고 있다면 장물일 가능성이 십중팔구였다. 그렇다면 민준이 가지고 있는 루왁은 누가 주인이 되어도 상관없는 거였다. 어차피 여긴 쥐독이니까.

"조용히 있으면 금방 잠잠해지겠죠."

"글쎄, 과연 그럴까."

혁의 눈짓에 민준이 뒤를 돌아보았다. 사내 세 명이 술집 안으로 들어왔다. 그러고는 구석 테이블에 자리를 잡았다. 그들은 하나같이 몸 여기저기에 검은 용 문신을 하고 있었다. 아까 지하 통로 끝에서 민준을 노려보던 무리와 같이 있던 자들이었다. 한 명이 손을 들고 맥주를 주문했다. 혁은 미적지근한 맥주 세 잔을 가져가며 민준에게 귀띔했다.

"흑룡파야. 이 55층 건물 구역을 거점으로 하는 폭력단 이지."

55층 거주자들 사이에 흑룡파의 극악무도함은 유명했다. 사자처럼 상대의 목덜미를 물어 제압하는 공격성, 악취가 진동하지만 가장 취약하고 연한 살로 이루어진 항문을 공격하는 비열함, 상대가 쓰러질 때까지 주위를 맴돌다가 날카로운 이빨로 창자를 끄집어내는 하이에나 같은 잔인함까지. 지난 일주일 동안 민준도 그들의 끈질긴 추격에 쫓기는 사냥감 신세였다.

맥주를 받은 흑룡파 패거리는 민준에게 기분 나쁜 미소를 지어 보였다. 민준은 여간 신경 쓰이는 게 아니었다.

"혹시, 총 같은 걸 구할 수 있나요?"

민준이 루왁 한 알을 슬쩍 술잔 앞으로 내밀었다. 혁은 민준의 마음을 읽은 듯했다.

"구할 순 있지. 며칠 걸리겠지만."

혁은 민준이 내민 루왁을 들고 뚫어져라 살폈다. 투명한 알약 속에 불순물이라고는 전혀 보이지 않았다.

"하지만 과연 무기 하나 구한다고 해결이 될까? 흑룡파 녀석들, 굉장히 끈질겨. 그러니 선택해야 할 거야. 아니, 선택해야만 해."

"선택이요?"

"그래. 어중간한 의지로는 절대 놈들에게서 벗어날 수 없어. 하지만 오늘은 안심해. 받은 게 있으니 서비스는 해 드려야지."

민준은 서비스란 말이 거슬렸다. 민준을 쫓아온 고객서비스팀이 떠오르는 단어였기 때문이다. 민준은 아무 말도 하지 않고 위스키만 홀짝였다.

몇 분 후, 녹색선 안으로 키가 2미터는 되어 보이는 민머리 남자가 들어왔다. 단순히 키만 큰 게 아니라 탄탄하고 육중한 근육질 몸 때문에 굉장한 위압감이 풍겼다. 테이블에 앉아 거들먹거리던 흑룡파 패거리조차 그를 보자 일순간 입을 닫고 그의 눈을 피했다. 민머리 남자가 다가오자 혁이 말했다.

"이 친구 말인데 잘 곳이 없어서 말이야. 부탁해."

민머리 남자는 말 없이 고개를 끄덕였다. 평소 말수가 적은 듯했다.

이 거대한 남자의 이름은 공연성이었다. 쥐독 55층 건물 중 30층에 있는 숙박업소 사장이었다. 민준은 연성을 따라서 녹색선을 나섰다. 나가려는 민준의 뒤에 대고 혁이 작게 말했다.

"푹 자둬. 내일부턴 내려놓을지 아니면 끝까지 갈 건지 정해야 하니까."

민준은 고개를 살짝 끄덕여 인사한 후 술집을 나와 연성의 숙박업소로 들어섰다.

"이곳은 생존을 위해 고된 하루를 보낸 이들이 피로를 풀기 위해 안심하고 찾는 곳이다. 식사도 할 수 있고 목욕도 할 수 있어. 뭐, 원하는 게 있다면 여러 가지 편의를 받을 수도 있고. 잠도 편히 자도 된다."

"여기가 안전하다고 장담할 수 있나요?"

그러자 연성은 피식 웃었다.

연성을 따라 숙박업소 안으로 들어선 민준을 쳐다보는 여자들의 눈빛은 차갑고 무표정했다. 아마도 쥐독에서의 삶이 그녀들을 그렇게 만들었을 것이다.

"이 방에서 자."

연성은 무뚝뚝한 표정으로 옷 한 벌을 침대에 내려놓고 나갔다.

민준은 대충 씻은 후 불을 끄고 침대에 누웠다. 하지만 잠이 오지 않았다. 창밖으로 강 건너 뉴소울시티의 야경이 보였다. 오와 열을 맞춘 듯 불이 켜져 있는 아파트 숲도 보였다.

오늘 아침까지만 해도 저 도시에 있었다는 게 아득한 옛날이야기처럼 느껴졌다. 그렇게 쥐독에서의 하루가 지나갔다.

*

　다음날, 도망친 첫날의 기억은 아득해지고 먹이가 된 민준의 일상이 시작됐다. 연성의 업소에 언제까지 머무를 수는 없었다. 쥐독은 필요한 것은 각자가 구해야 하는 곳이었다. 그런데 민준이 가는 곳마다 흑룡파 패거리들이 따라붙었다. 계단에서 갑자기 발을 걸기도 하고, 지나가면서 가슴팍을 치며 루와 봉지를 훔치려고도 했다. 유치했지만 민준은 괴로웠다.

　결국 다시 녹색선을 찾은 민준은 혁에게 루와 한 알을 또 내밀었다. 하지만 혁은 그것을 도로 밀어냈다.

　"됐어. 여기에서 계속 버틴다고 해결되지 않아."

　"딱히 갈 곳이 없어요."

　"네가 오니까 저 녀석들도 오잖아. 저놈들이 계속 있으면 장사도 안 돼."

　민준은 답답했다. 여기서 뭘 하며 살아야 할까?

　"내가 그랬지? 선택해야만 한다고."

　그랬다. 모든 것이 선택의 연속이었다. 부식 창고에서 환풍구 통로에 몸을 들이민 것도, 공장 밖으로 나와 사력을 다해 도망친 것도, 다리 끝에서 강으로 몸을 던진 것도.

　결심이 선 듯 민준은 스트레이트 잔을 벌컥 들이켰다.

그러고는 자신을 따라 녹색선에 들어온 흑룡파 패거리가 있는 테이블로 성큼성큼 걸어갔다. 흑룡파 패거리는 의아하다는 듯한 눈초리로 민준을 쳐다봤다. 그때 민준은 한 녀석의 멱살을 잡아서 거세게 일으켰다. 갑작스러운 상황에 혁은 깜짝 놀랐다.

민준은 녀석을 끌고 가게 바깥으로 나갔다. 나머지 흑룡파 패거리 두 명도 휘파람을 불며 따라 나섰다.

끌려 나온 녀석은 주먹 한 방에 벌렁 나자빠졌다. 생각보다 허약한 것 같았다. 주위에 사람들이 몰려들었지만 민준을 말리는 사람은 없었다. 민준은 두려움을 떨쳐내려는 듯 흑룡파 조무래기의 배를 깔고 앉아 얼굴에 사정없이 주먹을 퍼부었다. 조무래기의 얼굴은 점점 피범벅이 되어갔다. 하지만 그는 피하거나 반격하기는커녕 입안이 다 터져서 엉망진창이 되었는데도 민준을 보며 씨익 웃었다. 민준은 뭔가 이상하다 싶었다.

푹-.

살을 뚫고 들어오는 차갑고 뾰족한 느낌.

민준은 갑작스러운 고통에 신음을 토했다. 조무래기가 주머니에서 송곳을 꺼내 민준의 허벅지에 냅다 꽂은 것이다. 송곳이 박힌 곳 위로 피가 새어 나왔다. 조무래기는 송곳을 빼서 연거푸 민준을 찔렀다.

조무래기가 빙긋 웃었다. 민준은 그의 손목을 붙잡고 송곳을 빼앗아 멀리 내던져버렸다. 그러고는 얼굴뼈를 죄다 부숴버릴 심산으로 더욱 강하게 얼굴을 때렸다. 그의 입술이 터지고 코뼈가 부러지고 이빨이 깨졌다. 결국 그는 의식을 잃었다.

민준은 비틀거리며 일어났다. 어느새 흑룡파 패거리들이 주변에 몰려들어 있었다. 민준은 싸움을 구경하던 흑룡파 패거리를 노려보았다. 분노로 점철된 민준은 피에 젖은 채 씩씩댔다. 그 모습을 본 주위 사람들은 움찔했지만 흑룡파 패거리들의 안색은 아무런 변화도 없었다. 오히려 민준을 더 깔보는 듯한 표정이었다.

"고작 그 새끼 하나 작살낸 거 가지고 으스대지 말라. 우린 아직 시작도 안 했다."

흑룡파 두목인 남춘근이 비아냥거렸다.

남춘근 얼굴의 반은 화상자국으로 덮여 있었고 목에는 검은 용 문신이 있었다. 용의 비늘은 먹물로 그린 듯 농도가 옅었다. 민준은 주먹을 꽉 쥐었다.

"어디 한번 해봐! 내가 끝장을 내줄 테니까."

민준이 호기롭게 소리쳤다. 남춘근은 민준을 보며 기분 나쁜 미소를 지었다.

"그래. 다들 처음엔 그렇게 시작하더라니."

한마디를 남기고 돌아선 남춘근은 통로 끝 어둠 속으로 사라졌다.

흑룡파 패거리가 사라지자 아까 찔린 상처에서 극심한 통증이 느껴졌다. 불길함과 두려움이 뒤섞인 통증이었다.

절뚝거리며 녹색선 안으로 들어가자 혁은 민준을 소파에 앉혔다. 뒤이어 백발이 성성하고 꼬불꼬불한 남자가 들어섰다. 뿌연 안경에 사제복을 입은 독특한 모습이 쥐독과는 어울리지 않았다.

"죽고 싶어 안달 난 인간이 있다며? 누구야?"

사제복을 입은 남자의 손엔 작은 구급상자가 들려 있었다.

"호들갑은."

혁이 손짓하자 사제복을 입은 남자는 민준의 상처와 얼굴을 번갈아 보며 말했다.

"우선 파상풍 치료부터 해야겠네. 고놈들 뭔 장난질을 했을지 모르니까."

사제복을 입은 남자의 이름은 스테파노였다. 그는 신이 사라져버린 세상에서 신을 믿는 자였다.

"치료는 잘해줄 테니까 위스키 좀 줘."

"또요? 무슨 신부가 술을 그렇게 마셔댑니까?"

코가 붉어진 스테파노에게 혁이 농을 섞어 핀잔을 주었다. 민준의 상처를 소독하던 스테파노는 능글맞은 미소를 지었다.

"내가 이래 봬도 신을 믿는 자 아닌가? 내가 죽어야 신의 존재를 확인하지. 그래서 술을 마시는 거야. 신에게 가는 지름길이니까."

혁이 맞받아쳤다.

"없는 신을 들먹이는 건 술 마시려는 핑계 같은데요?"

스테파노가 말할 때마다 짙은 술 냄새가 풍겼다. 그는 민준을 흘끗 쳐다보더니 붕대를 감으며 한마디 했다.

"이보게, 욕심과 집착은 눈을 가린다네. 인생엔 더 중요한 게 많아. 내려놓으면 평화로워져."

민준은 평화라는 말이 생소했다. 2구역 거주자들은 태어날 때부터 오직 전기련 회원사를 위한 직업 교육만 받으며 자랐다. 교육이라고 해봐야 포장, 농기계 운전, 용접같이 생산과 배송, 서비스를 위한 단순 훈련이 다였다. 한마디로 일개미가 되는 훈련이었다.

그러면서 그들은 항상 '내려놓아라.' '욕심을 버려라.' '평범한 일상과 소박한 행복에 만족하라.'라고 말했다. 가진 적도 없는데 무엇을 내려놓고 무슨 욕심을 버리라는 걸까. 일상은 평범하다 못해 비루했고 큰 행운은 엄두도 낼 수 없었다.

"전 제가 가진 것을 목숨 걸고 지키는 것뿐입니다."

스테파노는 구급상자에 붕대와 가위, 소독약을 담고는 몸을 일으켰다.

"옛날에, 아주 유명한 왕이 있었어. 천하를 쥐고 부귀영화를 누린 사람이있는데 그 사람이 죽기 선에 뭐라고 했는지 아나? 헛되고, 헛되니, 헛되도다. 자, 치료 끝."

스테파노는 혁에게서 위스키 한 병을 건네받고는 콧노래를 부르며 녹색선을 나갔다.

"저 신부가 하는 말 새겨들어. 오랫동안 너처럼 그놈들한테 먹잇감이 된 사람들을 고친 게 한둘이 아니니까."

"어서 총이나 구해줘요."

옆에 있던 연성이 민준을 뚫어지게 쳐다봤다.

"총을 손에 넣는 순간 일은 걷잡을 수 없이 커질 거야. 그놈들이라고 총을 못 구하라는 법은 없거든."

연성의 말을 들으니 민준은 점점 피할 방도가 없어지고 있다는 것을 실감했다. 송곳으로 허벅지를 찔렀듯 그들은 그다음도 민준의 예상을 벗어날 것이다.

머리가 복잡해진 민준은 다시 숙박업소로 돌아갔다. 침대에 몸을 던지자 피곤함이 몰려왔다. 언제 누웠는지도 모르게 민준은 잠이 들었다.

갑작스럽게 목이 조여왔다. 숨이 턱 막히는 고통에 눈을 뜬 민준은 목에 와이어가 감긴 것을 알았다. 흑룡파 조직원이 몰래 들어온 것이다. 경동맥이 눌려 피가 돌지 않았다. 작은 비명을 내지르다 의식이 서서히 아득해지며 시야가 어두워지기 시작했다. 그때 방문을 부수고 연성이 뛰어들어왔다. 그는 침대 밑에서 와이어를 당기고 있던 흑룡파 조직원을 들어 바닥에 메쳤다. 그제야 숨통이 트인 민준은 숨을 가쁘게 몰아쉬었다.

"감히 여길 들이와?"

연성은 바닥에서 꿈틀거리는 흑룡파 조직원을 들어 올렸다. 마치 토끼를 문 호랑이 같았다. 흑룡파 조직원은 겁에 질려 살려달라고 빌었다. 하지만 규칙을 어긴 그에게 내려진 건 처벌뿐이었다. 연성은 창문 밖으로 흑룡파 조직원을 던져버렸다. 조직원의 비명이 점점 멀어지더니 무언가가 바닥에 떨어지는 끔찍한 소리와 함께 그의 비명이 멈췄다.

연성의 행동은 본능적이었다. 쥐독에 자비란 있어선 안 되니까. 그렇지 않으면 오히려 약점이 되어 목덜미를 물어뜯길 테니까. 혁도, 연성도 살아남기 위해 지금 이보다 더한 것도 견뎌낸 자들이었다.

결국 민준은 뜬눈으로 밤을 새웠다. 아침이 되자 또 녹색선을 찾아갔다.

*

"일이 이렇게까지 커질 줄은 몰랐는데."

혁은 초췌해진 민준에게 술 대신 물 한 잔을 내밀었다.

"너에 대한 소문이 다른 구역에까지 퍼졌나봐. 언덕 너머 사거리파 녀석들도 55층 구역에 모습을 드러냈어. 아무래도 흑룡파 녀석들은 지들이 찍은 먹이를 빼앗길까 초조해졌겠지."

쥐독은 여의도를 제외한 한강 이남 지역에 두루두루 퍼져 있었다. 유달리 55층 구역이 규모가 컸을 뿐 여러 쥐독들이 존재했고, 그 구역마다 활개를 치는 폭력단들이 있었다. 며칠도 안 돼서 민준에 대한 소문, 정확히는 '어마어마한 양의 루왁을 가진 자가 있다'는 이야기가 퍼진 모양이었다. 혁의 말을 듣던 연성이 입을 열었다.

"그냥 포기하는 게 어때? 흑룡파만도 버거운데 다른 녀석들까지 오면 감당할 수 없을 거야."

"여기까지 어떻게 왔는데요. 갈 데까지 갈 겁니다."

민준의 말에 혁과 연성은 고개를 절레절레 흔들었다. 그때 흑룡파 조직원 한 명이 녹색선으로 들어왔다.

그가 풍기는 분위기는 이전에 싸웠던 녀석들과는 확실히 달랐다. 마른 몸매지만 눈빛이 삵처럼 날카롭고 잔인해 보였다. 남자는 민준을 발견하고 히죽 웃었다. 민준은 경계했다. 그는 칼집에 싼 칼을 테이블 위에 툭 올려놓더니 민준에게 말을 걸었다.

"구질구질하게 굴지 말고 나랑 결판을 내자."

민준은 그를 노려보았다.

"내가 이기믄 어떻게 될지는 알 거고, 니가 이기믄 우린 다신 니 안 건든다. 파격적인 제안 아니니?"

민준과 남자 사이에 팽팽한 긴장감이 감돌았다. 남자는 칼집에서 칼을 꺼내더니 손가락으로 날을 천천히 문질렀다. 그가 꺼낸 칼은 시퍼렇게 날이 선 네모난 푸주 칼이었다. 그 남자의 이름은 림광석이었다. 민준이 어디 한번 붙어보자고 응수하자 림광석은 먼저 밖으로 나갔다.

네모난 칼이 번뜩이며 민준의 코 앞에서 멈췄다.

"정신 안 차리니? 니 모가지 뎅강 날아간다. 나랑 좀 더 놀아야지!"

림광석이 휘두른 칼날이 조무래기에게 당했던 부위를 다시 한번 찔렀다.

오른쪽 어깨, 왼쪽 팔뚝, 복부와 허벅지까지, 림광석의 칼에 심한 자상을 입은 민준은 피에 젖어갔다. 휘청거리며 한쪽 무릎을 꿇은 민준은 쓰러지지 않으려고 팔로 버티고

있었다. 흑룡파 패거리들은 휘파람을 불며 환호했다. 림광
석은 칼에 묻은 피를 소매에 슥슥 닦더니 민준을 향해 걸
어갔다.

"고작 이러려고 힘없는 아를 개작살을 냈니?"

지켜보고 있는 패거리 중에는 민준에게 당해서 얼굴이
엉망이 된 조무래기도 보였다. 녀석은 민준이 쓰러지는 꼴
을 보며 아까부터 환호성을 질러대고 있었다. 그럴 때마다
보이는, 듬성듬성 구멍 난 녀석의 치열이 우스꽝스러웠다.

"그 물건들, 넘기라. 그럼 이쯤에서 끝낸다. 안 그럼 니
가 작살낸 아새끼가 니 몸뚱아리 안에 있는 거 산 채로 꺼
낼 거이야."

민준이 여기까지 온 건 장검을 들었던 소녀의 선택과 같
았다. 살기 위한 선택. 분명히 그렇다고 믿었다. 하지만 지
금은, 칼끝에 목이 겨눠진 채 죽음을 기다리던 중년 남자
와 다를 바 없었다. 콜로세움의 관중들처럼 극장 홀을 둘
러싸고 있는 쥐독 인간들도 클라이맥스를 기다리고 있었
다. 혁과 연성은 안타까운 듯 지켜봤지만 도움을 기대할
수는 없었다. 민준 앞에 선 림광석이 마지막을 장식하려는
듯 무지막지한 칼을 치켜들었다.

"원한다면 니 소원대로 해줘야디."

하지만 민준은 그대로 당할 생각이 없었다. 내 선택은

죽음을 받아들이는 그 중년 남자의 선택이 아니다. 나는 끝까지 장검을 들고 사투를 벌였던 소녀의 선택을 할 것이다.

이를 악문 민준은 몸을 일으키면서 림광석의 팔을 붙잡았고 같이 바닥에 나뒹굴었다. 팔을 붙잡는 순간 푸주 칼은 림광석의 어깨를 스치며 날아갔다. 분명 베였을 것이다.

"이 새끼가! 뒤지고 싶니!"

푸주 칼을 잡기 위해 둘은 악다구니를 지르며 사투를 벌였다. 민준에게는 오직 생존을 위한 본능만이 남아 있었다. 악귀 같은 이들의 사투에 홀 안은 조용해졌다. 오직 두 사람의 거친 숨소리만 퍼졌다.

먼저 푸주 칼을 잡은 림광석이 칼을 휘둘렀다. 종아리를 베인 민준은 상처를 움켜쥐고 뒹굴었다. 림광석은 민준의 다른 쪽 종아리에도 칼을 찔러 넣었다.

민준의 비명이 홀 안에 메아리쳤다. 민준은 괴성을 지르며 림광석을 덮쳤다. 광기에 찬 눈으로 림광석의 어깨를 붙잡았고, 맹수처럼 그의 목덜미를 꽉 물었다. 그러자 림광석은 고통에 찬 비명을 질렀다. 그러면서도 칼을 휘둘러 민준의 옆구리를 공격했다. 그러나 민준은 상대의 목덜미를 놓아줄 생각이 전혀 없었다. 턱에 힘을 주며 더 강력하게 물었다.

툭-.

민준은 이로 림광석의 경동맥을 물어뜯어버렸다. 일순간 피가 분수처럼 솟아올라 민준의 얼굴을 적셨다. 싸움을 구경하던 사람들의 표정에서 웃음기가 사라졌다. 몇 명이 림광석을 돕기 위해 나서려 했으나 남춘근이 손사래 치며 개입을 막았다.

출혈이 심한 림광석은 서서히 숨이 멎어가고 있었다. 피칠갑이 된 민준은 비틀거리며 간신히 일어섰다. 그리고 멍한 눈으로 주위 사람들을 쳐다봤다. 지쳐서 곧 쓰러질 같았지만 아무도 민준에게 덤벼들 생각을 하지 못했다.

민준의 시야가 점점 흐릿해졌다. 피를 너무 많이 흘린 모양이었다. 중심을 잡으려 했지만, 술에 취한 사람처럼 비틀거리던 민준은 결국 땅바닥에 풀썩 쓰러졌다. 쓰러지며 루왁 봉지가 튀어나왔다. 그걸 본 흑룡파는 눈빛이 변하더니 슬금슬금 민준 옆으로 다가갔다. 하이에나처럼 민준을 둘러싸고 하나둘 몰려들었다. 그런 그들을 막아선 건 혁이었다.

"여기가 아무리 개판이라지만, 규칙은 규칙이다."

최혁은 산탄총을 장전하더니 다가오는 자들을 겨냥하며 말했다. 폭력단원들은 잠시 주춤하더니 칼을 꺼냈다. 그때 연성은 묵직한 해머를 들고 혁 옆에 우뚝 섰다. 일반 성인 남자가 들고 있기도 버거운 해머를 장난감처럼 휙휙 돌리는 연성을 보자 기세에 눌려 다들 뒷걸음질을 쳤다. 이어서 혁은 루왁 봉지를 민준의 품으로 다시 넣어주었다.

연성이 기절한 민준을 어깨에 들쳐 메고 앞으로 걸어가자 사람들이 뒤로 물러서며 길을 터주었다. 혁은 연성을 따라가며 아무도 덤비지 못하게 산탄총으로 뒤를 지켰다.

민준과 혁, 연성이 홀 밖으로 나갈 때까지 그들을 계속 지켜보던 폭력단들의 눈에는 미련과 아쉬움이 가득했다.

*

습기가 가득한 서늘한 터널. 어둠 끝에서 불빛들이 보이기 시작했다.

터널 바닥에 깔린 철로를 따라 걸어오는 손전등 불빛의 주인들은 모두 검은색 반다나*로 얼굴을 가리고 있었다. 반다나 위로 보이는 그들의 눈빛에는 비장함이 깃들어 있었다. 입은 옷은 모두 달랐지만 검은색 반다나에는 똑같은 문양이 그려져 있었다. 바로 사다리 모양이었다. 반자본청년연맹, 줄여서 '반자연'이라 부르는 저항 조직의 표식이었다.

* 머리나 목에 두르는 얇은 천.

선두에 선 연맹원은 손전등을 비춰가며 손에 들고 있던 지하철 노선도를 확인했다. 낡은 노선도는 수기로 그린 것이었다. 연맹원들이 플랫폼 사이 철로에 들어서자 지하철 노선도를 확인하던 그는 다시 플랫폼 위를 손전등으로 비추었다. 플랫폼 통로에 붙은 역 이름이 불빛에 드러났다.

광화문.

현재 1구역의 중심이 되는 곳이었다.

그가 손짓하자 가장 끝에 있던 연맹원이 앞으로 뛰어왔다. 그리고 플랫폼으로 들어가는 문을 굳게 잠그고 있는 자물쇠를 절단기로 끊어버렸다.

다시 그의 신호에 따라 연맹원들이 일사불란하게 플랫폼 위로 진입했다. 오랜 시간 동안 5호선 광화문역이었던 곳의 내부는 먼지로 가득했다. 훼손된 흔적이 없는 것으로 보아 아예 봉인된 채 방치되어 있던 것 같았다.

계단을 따라 신속하게 올라간 연맹원들은 출구 앞에 멈춰 섰다. 선두에 선 연맹원의 바로 뒤에 있던 연맹원은 등에 메고 있던 77K*를 켰다. 수화기를 귀에 대고 들리는 대로 종이에 받아 적었다. 연맹원은 점과 직선으로 이루어진

---

* 대한민국이 베트남전 파병 당시 쓰던 재래식 통신 장비 AN/PRC-77K. 골동품이나 다름없는 물건이지만 전기련의 첨단 통신 시스템을 피하기 위해 사용하고 있다.

모스 부호 밑에 해석한 내용을 적고 선두에 선 연맹원에게 종이를 건넸다.

5분 뒤, 아레스 본사 앞 도착 예정.

제이콥Jacob에게서 온 지령이었다. 제이콥이란 이름은 신과의 씨름에서 이긴 자, 야곱의 영문 이름에서 따온 거라고 했다. 반다나에 그려진 사다리 모양도, 하늘에 닿은 사다리를 보았다는 야곱의 꿈에서 가져왔다. 즉 뉴소울시티에서 신과 같은 권력을 휘두르는 자들과 맞서 싸우겠다는 의지를 담은 것이었다. 제이콥은 반자연의 수장이자 연맹원들의 정신적 지주였다. 그의 판단은 항상 냉철하고 정확했다.

이번 타깃은 아레스 기업의 운송 트럭이었다. 아레스는 전기련 소속 대기업으로, 제약 분야에 특화된 곳이다.

선두에 선 연맹원이 손목에 찬 아날로그 시계를 보았다. 1시까지는 8분 정도 남아 있었다. 그는 라이터로 불을 켜서 메시지가 적힌 종이를 태웠다. 어둠 속에서 작은 불꽃이 일어나자 연맹원들의 얼굴이 드러났다. 모두가 마지막을 각오하는 비장한 얼굴이었다. 문을 열고 지상으로 나가는 순간, 다시는 생의 안락한 시간으로 돌아오지 못할 수도 있었다. 연맹원들은 들고 있던 AK47 소총을 장전했다.

정확한 박자로 움직이는 손목시계의 초침 소리가 통로에 퍼졌다. 시간이 다가올수록 연맹원들의 심장은 세차게 요동쳤다.

드디어 초침이 숫자 12를 가리켰다. 1시였다.

"동지들, 가자!"

그의 말이 떨어지기 무섭게 연맹원들은 문을 열고 밖으로 뛰쳐나갔다. 쏟아지는 햇빛에 눈이 부셨지만 이내 바깥 풍경이 선명해졌다. 연맹원들 눈에 1구역의 압도적인 모습이 들어왔다. 예술품 같은 건물들이 하늘 끝에 닿을 듯 뻗어 있었다. 넓고 깨끗한 도로, 잘 정돈된 가로수, 우중충한 2구역과 대비되는 아름다운 색감, 지나가는 차들도 2구역과 비교도 안 될 정도로 멋을 뽐내고 있었다. 하지만 아무도 그런 것에 관심을 두지 않았다. 연맹원들의 목적은 오직 타깃을 격파하는 것이었다. 연맹원들은 도로 옆 가로수 뒤로 숨었다.

사거리를 통과해 달려오는 아레스의 운송 트럭이 보였다. 1구역에 있는 고급차들과 달리 차체를 두꺼운 장갑으로 무장하고 있었다. 장갑이 두꺼울수록 그 안에는 그에 상응하는 무언가가 있기 마련이다.

"사격 개시!"

연맹원들의 AK47 소총이 트럭을 향해 불을 뿜었다. 운송 트럭의 전면을 뒤덮고 있던 장갑에 불꽃이 사정없이 튀었지만 트럭은 끄떡도 하지 않았다. 오히려 조수석 자리에서 대응사격을 해왔다. 다급해진 선두 연맹원은 도로로 뛰쳐나갔다. 다른 연맹원들이 당황하는 것도 잠시, 그는 트럭이 급정거한 찰나에 따라붙더니 옆면에 다이너마이트를 붙이고 달려와 다시 가로수 뒤에 숨어 버튼을 눌렀다.

콰앙!

다이너마이트가 폭발했다. 화염에 휩싸인 운송 트럭이 도로 한복판에 배를 드러내고 뒤집어졌다. 화염과 함께 검은 연기가 도로 위로 퍼져나갔다.

선두 연맹원은 곧바로 연맹원들에게 수신호를 보냈다. 그의 지시에 따라 연맹원들은 운송 트럭을 포위했다. 그때, 거리에 시끄러운 사이렌이 울리며 고객서비스팀의 방송이 흘러나왔다.

"1구역 고객 여러분, 문제를 해결하기 위해 곧 애프터서비스를 시작할 예정이오니 안심하시고 잠시만 기다려주십시오."

차분하고 기계적인 여성의 목소리였다. 애프터서비스란, 사살하거나 아주 먼 지역으로 유배 보내는 것을 의미했다. 사실상 쥐독을 포함한 뉴소울시티 바깥은 폐허가 되었고 각종 바이러스와 질병, 오염 물질이 심각했다. 즉, 유배될 경우 방독면 없이는 반나절 이상 생존할 수 없었다. 연맹원들의 마음은 더 급해졌다.

"시간 없어! 빨리 열어!"

선두 연맹원이 소리치자 연맹원 두 명이 절단기를 들고 운송 트럭의 짐칸 문을 열려고 시도했다. 하지만 열릴 기미가 보이지 않았다. 연맹원들은 초조했다. 곧 감미로운 클래식 음악과 함께 등장한 고객서비스팀의 기동대가 모습을 드러냈다.

기동대 차량들은 사거리에 멈춰서서 차량 위에 달린 80밀리미터 고속 유탄기관총을 연맹원들을 향해 조준했다. 차량에선 고글과 검은색 방탄복을 착용한 고객서비스팀원들이 쏟아져 나왔다. 그들의 손에는 말로만 듣던 K99*가 들려 있었다.

연맹원들은 각자 흩어져서 고객서비스팀을 향해 대응사격했다. 하지만 고객서비스팀의 총기가 불을 뿜자 연맹원들이 속절없이 쓰러져갔다. 선두 연맹원은 마음이 조급했다. 조금만 더, 조금만 더!

---

* 전국기업인연합 소속 방산 업체의 걸작품이라 불리는 총으로, 반자본청년연맹에게는 악명이 자자한 무기이다. 사거리 700미터, 연사가 가능한 내구성, 최소의 반동, 표지기를 이용한 극강의 명중률을 자랑한다.

"열었습니다!"

그의 외침에 선두 연맹원은 신속하게 트럭 뒤로 이동해 짐칸에서 무언가를 꺼냈다. 인간의 장기 같은 것이 담겨 있는 투명 원통이었다.

짐칸 안에는 이러한 투명 원통이 가득했다. 각 원통에는 손, 발, 안구 같은 신체 일부도 담겨 있었다. 선두 연맹원은 배낭에서 진흙 덩어리 같은 C4 폭약을 꺼냈다. 그러고는 C4에 꽂은 전선을 기폭 장치에 연결하고 트럭 옆으로 잠시 몸을 피했다.

고객서비스팀원들이 가까이 온 것이 보였다. 연맹원들은 고군분투하며 맞서고 있었지만 역부족이었다. 치열한 교전을 지켜보는 선두 연맹원은 미안함과 애끓는 감정이 들었다. 하지만 후회는 없었다. 어차피 이런 결말을 맞이하게 되리란 걸 연맹원 모두가 알고 있었다. 밀려오는 어떤 감정을 억누르며, 선두 연맹원은 기폭 장치의 버튼을 주저 없이 눌렀다.

콰-앙!

짐칸에서 거대한 폭발이 일어났다. 트럭 안에 있던 투명 원통들은 물론 트럭까지 전부 산산조각 났다. 폭발의 반동에 연맹원들은 땅에 뒹굴었다. 재빨리 일어난 선두 연맹원은 총을 들고 대응사격을 했다. 연맹원들이 차량 주위 도

로 위로 쓰러지기 시작했다. 선두 연맹원의 뱃속 깊은 곳
으로부터 분노가 끓어올랐다.

'와라. 단 한 놈이라도 좋다. 단 한 놈이라도!'

고객서비스팀 몇몇도 총을 맞고 쓰러졌다.

순간, 고속으로 날아온 유탄이 선두 연맹원의 몸에 마구
박혔다. 그의 몸은 그대로 바닥에 고꾸라졌다. 너덜너덜해
진 그의 몸뚱이 주위로 붉은 피가 번졌다.

고객서비스팀원들은 조심스럽게 선두 연맹원에게 접근
했다. 그중 한 명이 엎어져 있는 그의 몸을 발로 밀었다. 구
멍이 숭숭 뚫린 몸뚱이에서 피가 쏟아지듯 흘러내렸다. 하
지만 그는 희미한 미소를 짓고 있었다. 의식이 점점 흐릿
해지는 순간에도 눈에 들어온 것은 하늘이었다. 저항을 위
해 사투를 벌이는 동안에는 하늘을 볼 여유조차 가지지 못
했었다. 그래도 마지막에는 하늘을 볼 수 있어서 다행이라
고 생각했다.

고객서비스팀원 하나가 발로 그의 가슴을 밟더니 그의
이마에 총구를 겨눴다. 곧바로 방아쇠를 당겼다.

*

"예, 의장님. 지금 바로 가겠습니다!"

엘리베이터 문 밖으로 1구역과 장벽 너머 2구역이 보였다. 헬기장에 가기 위해 엘리베이터에 오른 배지환은 불안한 듯 연신 손톱을 물어뜯었다.

오늘 오전, 배지환은 반자본청년연맹이 아레스 운송 트럭을 습격했다는 소식을 받았다. 고객서비스팀장인 그는 2구역 공장에서 벌어진 도난 사고들에 대해 부하 직원들을 강히게 질책하는 중이었다. 특히 일주일 전 루완을 훔쳐 달아난 쥐새끼 때문에 분을 참을 수 없었다. 그와 비슷한 사건들이 최근 들어 더욱 빈번해지고 있었다. 1구역 전용 물품들을 도난당하기라도 하면 전기련 집행부와 의장에게 모진 질책을 받기 일쑤였다.

"제방을 무너뜨리는 건 폭우가 아니야. 제방에 난 작은 구멍에서부터 시작되는 거지."

류신의 말이 옳았다. 오래전 뉴소울시티를 붕괴 직전까지 몰고 갔던 그 사건도 작은 일에서부터 시작됐었다. 배지환이 술과 진통제를 끊지 못하게 된 것은 결국 2구역의 쥐새끼들 때문이었다. 그놈들은 배지환이 만성적으로 앓는 편두통의 원인이었다. 그런데 오늘 받은 보고는 이전 사건들과 비교조차 할 수 없었다.

트럭 안에 있던 것들은 1구역 고객들의 바이오 상품이었다. 그런데 놈들의 공격에 잿더미가 되어버리고 말았다.

이건 상부의 질책이 문제가 아니었다. 뉴소울시티를 무너뜨리겠다고 결성된 반자본청년연맹 놈들 자체가 문제였다. 아바리치아 연호가 100년을 훌쩍 넘겼는데도 여전히 그런 허무맹랑한 놈들이 있었다. 죽어가면서도 알을 까 번식하는 바퀴벌레들 같았다.

배지환은 프로펠러의 강한 바람을 맞으며 헬기에 올랐다. 헬기는 이착륙장을 딛고 날아올랐다. 창밖으로 송신탑이 우뚝 선 산이 보였고 그 뒤로 구름에 닿을 듯 높이 뻗은 건물 숲이 보였다.

그중 가운데 위치한 건물이 눈에 들어왔다. 주위 건물과 비교도 안 될 만큼 압도적인 높이를 자랑하며 전면이 유리로 이루어진 독보적인 건물, 바로 아바리치아 본사였다.

헬기는 구름을 뚫고 그 건물의 꼭대기를 향해 날아올랐다. 이 도시의 신이 있는 곳으로.

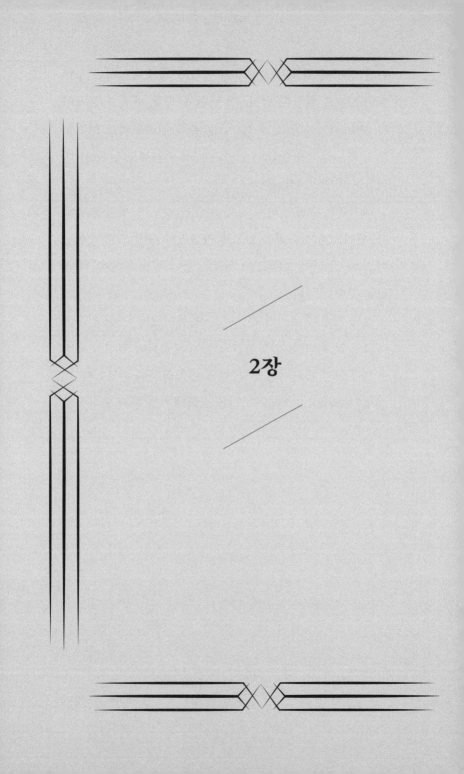

2장

분서갱유

책 태우던 연기가 삭자 천하통일도 무너지고

竹帛煙銷帝業虛

진시황 살던 요새도 모두 폐허가 되었구나

關河空鎖祖龍居

분서갱유 식기 전에 산동의 영웅들 일어나니

坑灰未冷山東亂

유방과 항우도 원래부터 책을 읽지 않았도다

劉項元來不讀書

-당나라 시인 장갈章碣의 시,「분서갱焚書坑」

둥근 잔 속에 머물던 진한 와인 향은 입에서 코까지 천천히 퍼져 나갔다. 혀끝에서부터 시작된 타닌의 쓴맛이 식도를 타고 몸 속으로 흘러들어왔다. 혈관을 타고 흐르는 따끈한 알코올의 기운. 기분 좋은 나른함이 몰려왔다. 류신은 잠시 눈을 감았다 떴다. 구름들은 느릿하게 움직이고 있었다. 그 틈새로 뉴소울시티가 보였다.

바벨탑을 쌓아 올린 우월한 자들은 바로 10대 기업들의 모임, 전기련이었다. 그중에서도 류신의 아바리치아는 연합 수장이자 의장 기업이었다.

아바리치아 본사는 해발 1,900미터에 있었다. 뉴소울시티의 상류층 지역인 1구역, 그 중에서도 정중앙에 자리했다. 자신들의 권력을 자랑하듯 하늘로 뻗은 전기련의 마천루 중 최고의 높이를 자랑했다.

고산증 때문에 류신은 5초에 한 번씩 이마를 도끼로 내리치는 것 같은 고통을 느꼈다. 이런 통증은 루왁을 비롯한 그 어떤 약물로도 해결되지 않았다. 류신은 와인을 한 모금 들이켰다.

이곳에서 내려다보는 풍경은 언제 봐도 지겹지 않았다. 장벽 너머에 있는 2구역과 도시 외곽을 따라 경계선처럼 흐르는 강물, 더 멀리 보이는 썩어버린 이빨 같은 쥐독, 생명의 흔적이라곤 찾아볼 수 없는 폐허 지대까지. 세상을 발 아래 놓은 듯한 정복감은 매일 짜릿하고 새로웠다. 오직 신과 자신만이 느낄 수 있을 것이다.

뉴소울시티에서 벌어지는 다툼, 굶주림, 죽음 같은 인간들의 사소한 일들은 류신에게 중요치 않았다. 더 높이 오를수록 저 아래에서 벌어지는 희비극은 무가치해진다. 어쩌면 세상의 모든 부조리함은 신의 방관에서부터 시작된 것인지도 모른다. 류신은 그런 부조리함을 없애기 위해 뉴소울시티라는 바벨탑을 쌓기 시작했고 바라던 바를 완성시켰다. 어리석은 자의 바벨탑은 무너지지만, 우월한 자의 바벨탑은 결코 무너지지 않을 것이다.

1구역의 중심부를 전기련의 본사들이 차지하면서 지구상에 존재하던 연호인 단기와 서기는 잊히고 새 연호가 생겼다. 전기련 내 총 자산과 매출의 최고 순위 기업의 이름으로 정해진 것이다. 뉴소울시티 창건 이래, 연호는 오직 아바리치아였다. 도시의 전광판마다 보이는 연도는 아바리치아 145년이었다.

아바리치아가 지금의 권좌를 계속 유지할 거라는 가장 확실한 증거는 류신의 신체였다. 류신은 영생을 얻었다. 그는 이백 살에 가까운 노인이었지만 아주 건강한 청년의 몸을 하고 있었다. 앞으로도 영원히 그럴 것이었다.

류신은 시가의 끝을 자르고 도금된 라이터로 불을 붙였다. 시가 연기는 류신의 폐 속으로 들어왔다가 천천히 입술 밖으로 쏟아지며 흩어졌다. 희미하게 사라지는 연기를 보며, 류신은 오래된 기억 하나를 떠올렸다.

*

144년 전, 류신이 탄 헬기가 유도등을 따라 청와대 앞마당에 서서히 착륙했다.

헬기장에 나와 류신을 맞이한 건 대통령 내외였다. 백발이 성성하고 호리호리한 대통령은 프로펠러의 세찬 바람에도 꼿꼿이 서 있었다. 대통령은 문을 열고 내리는 류신을 활짝 웃는 얼굴로 반겼다.

"의장님, 어서 오십시오. 기다리고 있었습니다."

대통령이 내미는 손을 대강 잡고 악수한 류신은 주위를 둘러보았다. 만찬 준비로 직원들이 바쁘게 오갔고 화려한 조명이 청와대 앞마당의 정원과 건물들을 물들이고 있었다. 어딜 봐도 환영 준비로 분주했다.

"너무 시끌벅적한 거 아닙니까?"

"오늘처럼 좋은 날에, 이 정도는 해야죠."

대통령이 허허허, 웃었다. 류신은 마지못해 미소를 지었다.

그날은 뉴소울시티의 출범을 공식 선언하는 날이었다. 대한민국은 국가 재정이 바닥난 지 오래였다. 국가로서의 기능을 할 여력이 없어지자 국회는 해체되었고 사법부조차 무력화되었다. 그러나 한반도는 생존을 위한 힘이 필요했다. 바로 전기련의 힘 말이다.

당시 대한민국 GDP의 99.85%는 류신의 회사를 비롯한 전기련이 차지하고 있었다. 그들의 부는 국가의 재정 상태와 아무런 연관이 없었다. 부는 곧 권력이었고 그 권력의 철옹성은 정치 권력과는 비교도 되지 않을 만큼 견고했다. 세상 모두가 알고 있는 사실이었다.

전기련이 무너지면 국가도 소멸된다는 위기의식이 미디어를 통해 공고하게 형성되었다. 무너진 사회 분위기를 지탱해주는 건 전기련이었다. 젊은이들의 꿈은 전기련 소속 근로자가 되는 것이었고 사법기관을 대표하는 판검사들은 전기련의 장학금으로 성장한 이들이었다. 국민 절대다수가 전기련의 경제 권력에 기생할 수밖에 없었다. 그러자 법인세 철폐, 독과점법 폐지 등 '친기업'이라는 명목하에 수많은 기업 제재 법안이 사라졌다. 이 모든 과정이 일사천리로 진행된 것은 쥐새끼들 덕분이었다.

"쥐새끼들 같으니라고."

류신은 정치인들을 그렇게 불렀다. 쥐새끼들은 본능적으로 몰락을 감지하는 능력이 뛰어났다. 배가 난파되거나 지진 같은 자연재해가 벌어지면 쥐새끼들은 어느 틈엔가 벌써 밖으로 기어나왔다. 정치인들은 권력을 위해 양심을 팔았고, 자신의 목숨줄을 쥐고 있는 게 누구인지 파악하기 위해 모든 신경 세포들을 늘 곤두세웠다.

이런 세상이니, 정치인들에게 더이상 대통령이나 당 대표 따위는 안중에도 없을 것이다. 지금 류신을 마지막 동앗줄처럼 붙잡고 있는 대통령 내외가 그걸 증명하고 있었다.

류신이 만찬장에 들어서자 쥐새끼들은 류신에게 모여들었다.

"자, 역사적인 날입니다! 제가 먼저 건배사를 하겠습니다."

만찬장에서 건배사를 제의하는 대통령도 똑같았다. 뻔뻔하기 그지없는 미소를 짓고 있었다.

힘없는 허수아비이자 명색뿐인 왕이었던 대통령은 하루라도 빨리 류신의 보호 아래 들어가길 원했다. 자신에게 남은 것은 오직 대통령이라는 명예 하나였기에, 그는 한 달 전쯤 자신의 생존을 위한 거래를 해왔다. 그는 세 가지를 요청했다.

첫 번째, 수렴청정垂簾聽政* 갑자기 바뀐 세상에 대한 국민들의 적응을 위해서라고 했지만 본인의 지리를 그대로 유지하고 싶어 하는 듯했다.

두 번째, 1구역 거주 자격.

세 번째, 일정한 분각 지급.

그 외에 더 바라는 건 없다고 했다. 류신은 일단 생각해보겠다며 대답을 미뤘고, 미루다 보니 어느새 뉴소울시티의 출범을 선언하는 날이 되었다.

"새로운 시대, 뉴소울시티의 영원한 성공을 위하여!"

"위하여!"

대통령의 말에 영부인과 비서실 직원들이 잔을 높이 들며 외쳤다.

만찬장의 분위기가 무르익고 사람들은 취기에 젖었다. 류신과 대통령은 청와대 뜰로 나와 시내를 내려다보았다.

* 임금이 어린 나이로 즉위했을 때, 왕대비나 대왕대비가 이를 도와 정사를 돌보던 일.

광화문의 전경이 보였다. 류신이 먼저 입을 열었다.

"그때 요청하신 세 가지, 들어드리죠."

"정말입니까?"

"약속하겠습니다."

취기가 올라 얼굴이 벌게진 대통령은 '약속'이란 단어에 꽤나 흥분한 듯했다.

"듣던 중 가장 기쁜 말이군요! 전 오늘만 기다렸습니다!"

그의 입에서 풍기는 마늘 냄새가 역겨웠다. 류신은 입꼬리를 억지로 올리며 미소를 지었다. 그 정도쯤은 어려운 일도 아니었다.

"그럼 이곳에서 시작하시겠습니까?"

대통령은 기분이 좋은지 류신에게 청와대를 어떻게 쓸 것인지에 물었다.

"아뇨."

경복궁을 바라보던 류신은 곧바로 대답했다. 지금 류신의 눈에 들어오는 곳들은 모두 다 쇠퇴한 권력을 상징하는 골동품들이었다. 경복궁은 조선의 권력을, 조선 총독부 청사는 일제시대를, 청와대는 대한민국의 권력을 상징했다. 류신은 영원히 죽지 않고 쇠퇴하지 않는 권력의 상징이 되길 원했으므로, 이곳에서 뉴소울시티의 시대를 시작할 리 만무했다.

"이곳에서 시작할 일은 절대 없을 겁니다."

어느새 밤 12시가 가까워졌다. 사람들은 숨을 죽이고 시계를 바라보았다.

23:59:59

전광판의 숫자가 바뀌었다.

00:00:00

서기 2051년이 소멸되고, 아바리치아 원년, 새로운 시대의 연호가 시작되는 순간이었다.

00:00:01

청와대 위로 폭죽이 터지며 밤하늘에 불꽃을 수놓기 시작했다. 아주 먼 과거의 어느 날, 밀레니엄 시대를 알리던 폭죽보다 훨씬 더 강렬한 폭죽이었다.

아바리치아 공식 출범일 일주일 전, 전기련 공식 회의가 있었다. 류신은 전기련 회원들에게 이미 의장으로서 추대를 받았다고 생각하며 아바리치아 연호를 발표했지만, 박진형은 계속 못마땅한 표정이었다.

하지만 류신이 그를 무시할 수 없었던 이유는 박진형이 이끄는 아레스의 규모가 상당했기 때문이었다. 아바리치아와 아레스는 금융, 철강, 유통, 통신 등 여러 분야에서 재계 라이벌이었다.

"우리 연합의 규약대로 의장사는 가장 큰 자산을 가진 기업이 될 것입니다. 뿐만 아니라 새로운 시대의 연호도 의장사의 이름으로 바뀔 것입니다."

박진형은 인정하고 싶지 않았지만 어쨌든 시장에서 굳건한 1위를 차지하는 건 류신의 아바리치아 그룹이었다.

"오늘은 역사책 따위에 기록할 필요가 없을 겁니다. 우리의 시대는 절대 사라지지 않을 테니까요."

그러나 거기서 멈출 류신이 아니었다. 그의 원대한 계획은 영원불멸의 권력을 갖는 것이었다.

아바리치아는 막대한 자본을 기반으로 기초 과학 산업부터 첨단 기술 산업까지 전폭적인 투자를 진행했다. 전기련의 다른 회원사들은 처음에는 아바리치아의 행보를 이해하지 못했다. 이미 대한민국이라는 국가가, 서울이라는 도시가 자신들의 수중에 넘어왔는데 무엇을 위해 새로운 기술을 개발한단 말인가.

그로부터 40년 정도의 세월이 흘렀다.

류신은 칠십을 바라보는 노인이 되었다. 연호는 여전히 아바리치아였다.

국민의 97%는 전기련 소속 기업의 근로자가 되어 있었다. 그들은 노동자인 동시에 충성도 높은 소비자들이었다. 분각을 벌 수 있는 곳도 분각을 쓸 수 있는 곳도, 지배자들의 손 안에 있었다. 하지만 류신은 여기서 만족할 수 없었다.

류신 같은 오만한 인간들을 향한 신의 분노는 눈에 보이지 않는 형태로 찾아왔다. 바로 코로나-219 바이러스였다. 코로나-219 바이러스는 변이를 멈추지 않았고 그 위력은 더욱 강해져 치사율 90%에 육박하며 인구수를 급감시켰다. 하지만 이런 상황은 오히려 류신의 아바리치아가 초고도 성장을 이루게 된 디딤판이 되었다. 아바리치아가 투자한 생명공학 연구가 바이러스 백신과 완벽한 방역 시스템을 가능하게 했고 그 기술을 독점하는 데 성공했기 때문이다.

아바리치아의 백신과 시스템의 수혜를 받지 못한 국가들은 멸망의 길로 들어섰다. 지구를 덮친 혼란은 극에 달했고, 국가마다 내전이 발생했다. 내전이 심각했던 국가들은 스스로 소멸해버렸다. 그 와중에 대한민국은 종말의 혼돈 속에서 유일하게 안정된 국가로 성장했다.

대한민국 생존의 이유로 많은 사람들은 아바리치아의 백신과 방역 시스템을 꼽았지만, 실질적으론 그 어떤 사회 구성원도 벗어날 수 없는 전기련의 완벽한 지배 시스템이 작동하기 때문이었다. 그렇게 살아남은 지구상의 유일한 국가는 천국이 아니었다. 오히려 다른 국가들과 함께 궤멸해버리는 게 나았을지도 모를 일이었다.

　결국 대한민국에도 혼란이 생기기 시작했다. 사람들은 코로나-219 바이러스를 무서워했고, 인간의 이기심, 빈부 격차, 인종차별 등은 치명적 바이러스와 뒤섞여 인간에게 생존 불안과 공포심을 심어주었다. 그 공포심에 잠식된 사람들은 이성과 도덕성을 잃은 채 서로를 증오했다. 세상에 종말이 온 것 같았다. 그러나 류신은 종말을 피해 숨지 않겠다고 선언했다.

　"온 세상에 닥친 종말을 무슨 수로 피합니까?"

　박진형은 류신의 말에 일침을 가하듯 도발했다. 박진형은 이미 다른 행성으로 도주할 계획을 세우고 있었다. 류신은 눈썹 한 올도 꿈쩍하지 않고 대답했다.

　"피하긴요. 되돌려줘야죠."

　듣고 있던 전기련 회원들, 그중에서도 박진형은 류신이 반쯤 실성했다고 생각했다. 종말은 신의 영역이다. 그걸 어떻게 피할 수 있단 말인가. 아니 피하는 정도가 아니라 되돌려줄 거라니. 고작 인간 주제에, 미치지 않고서야. 전기련 회원들이 술렁거리자 류신은 미소를 지었다.

　"신이 과연 저의 체크메이트를 피할 수 있을지 보죠. 내일 사랑빛교회로 모여주십시오. 여러분께 드디어 보여드릴 것이 있습니다."

다음 날, 오전 7시경. 1구역 주택 단지 중앙에 웅장하게 솟아 있는 사랑빛교회 앞으로 고급 리무진 차량들이 속속 도착했다. 차에서는 여전히 의구심을 떨치지 못한 전기련 회원들이 내렸다.

사랑빛교회는 한때 대한민국 기독교 역사상 가장 많은 신도를 자랑하던 곳이었다. 매주 들어오는 헌금은 말할 것도 없었고 사회적 영향력도 어마어마했다. 게다가 사랑빛교회는 한국의 사그라다 파밀리아*라고 불릴 만큼 아름답고 매혹적인 건축물로도 유명했다. 하지만 그것도 옛 일일 뿐이었다. 더이상 사람들은 교회에 나오지 않았고 성전은 허물만 남은 채 버려졌다.

거대한 본당 안에는 유리 천장을 통해 들어온 햇살이 한가운데 자리한 단상을 비추고 있었다. 네이비 슈트를 말끔하게 입고 옆머리를 포마드로 빗어 넘긴 사내들이 단상을 둘러싸고 있었다.

단상 위에는 투명한 욕조 두 개가 나란히 놓여 있었다. 욕조는 꽤 크고 견고해 보였다. 둘 중 오른쪽 욕조는 하얀 천으로 덮여 있었고 왼쪽 욕조에는 반투명한 액체가 담겨

---

* 스페인 바르셀로나에 있는 가톨릭 대성전. 천재 건축가로 알려진 안토니 가우디가 심혈을 기울인 야심작이다. 고딕 성당의 전통을 잘 계승하면서도 가우디의 독창적인 형태와 구조를 갖춘 것으로 유명하다.

있었다. 그리고 그 뒤에는 반원 모양의 거대한 기계 장치가 있었다. 기계 장치는 마치 인간의 뇌를 확대한 듯한 모양이었고, 그와 연결된 굵은 케이블 두 개는 각각의 욕조와 연결되어 있었다.

전기련 회원들이 모두 자리를 잡고 앉았다. 단상을 둘러싸고 있던 사내들 중 머리가 희끗희끗한 사내 한 명이 앞으로 나왔다.

"잠시 후 성스러운 착복식이 있을 예정입니다. 자리에 앉아 정숙해주십시오."

이어서 이 사내들은 '테일러'이며, 자신은 이들을 관장하는 수석 테일러라고 소개했다. 전기련 회원들은 각자 자리를 잡고 앉으며 수군거렸다. 박진형도 의심스러운 눈빛으로 자리에 앉았다.

"혹시 류 의장, 정신 건강에 문제 생긴 거 아닌가? 옷을 입는 게 종말을 피하는 것과 무슨 상관이 있다고?"

덩치 큰 회원 한 명이 큰 소리로 투덜거렸다. 박진형은 애써 판단하지 않고 있다. 류신은 그렇게 허황되거나 허투루 말을 내뱉을 자가 아니었다.

"기다려보죠. 판단은 조금 후에 해도 늦지 않으니까."

박진형의 말이 끝나기가 무섭게 류신이 흰 가운을 입고 예배 본당 안으로 들어섰다. 백발의 머리를 뒤로 넘긴 류신의 얼굴에는 역시나 오만함이 흘러넘쳤다. 노년의 나이였지만 꾸준한 운동으로 각이 잡힌 어깨와 다부진 몸이 인상적이었다. 경호원들과 비교해도 밀리지 않을 듯한 풍채였다. 주름진 얼굴은 오늘따라 여유가 넘쳐 보였다.

"오늘 제가 내딛는 첫발은 닐 암스트롱의 그것과는 비교도 안 될 겁니다."

욕조 사이에 선 류신은 팔을 양옆으로 뻗었다. 그러자 과거 수도승처럼 후드를 뒤집어쓴 소도원들이 등장해 그가 입은 가운을 벗겼다. 뒤따라 단상에 오른 수석 테일러가 손짓하자 소도원 하나가 류신을 왼쪽 욕조로 이끌었다.

천천히 욕조에 들어간 류신은 반신욕을 하듯 앉았다. 소도원들은 바쁘게 움직였다. 류신의 등에 마취제를 주사하고 산소호흡기와 심전도 측정기 등을 달았다.

이어서 마취제가 투입되기 시작했다. 서서히 의식을 잃은 류신은 욕조에 담긴 액체 속으로 스르르 잠겨버렸다.

류신이 한참 동안 나오지 않자 몇몇 회원들이 기겁했다. 의학 분야의 계열사를 둔 회원은 욕조에 담긴 용액이 C50F200*임을 눈치챘다.

---

* 폐 호흡을 할 수 있도록 만든 용액. 초기 개발품인 C10F10에서 개량된 제품으로 아바리치아의 획기적인 기술력이 집약된 최신형 퍼플루오로데칼린이다. 100밀리리터당 무려 10리터의 산소가 들어 있다.

거대한 기계의 케이블이 류신의 경추로 들어갔다. 소도원들은 수석 테일러의 명령에 따라 기계 옆에 달린 슬롯으로 길쭉한 해경형 캔버스 20호* 크기 정도 되는 전자 패널을 결합했다. 그러자 공기를 가르는 듯한 소리가 나더니 서서히 멈췄다.

본당 안에는 정적만이 감돌았다. 몇몇 소도원들이 류신이 잠겼던 욕조 옆으로 다가가 잠시 묵념했다. 그리고 욕조에서 류신의 몸을 들어 올렸다. 류신의 신체는 축 늘어져 있었다. 마치 죽은 듯이 보였다. 전기련 회원들은 당황하며 수군거렸다. 그러자 단상 한가운데 선 수석 테일러는 하늘을 떠받치듯 양손을 천천히 들어 올리며 외쳤다.

"보라. 이전 것은 지나가고, 새것이 되었도다."

소도원들은 류신이 들어갔던 반대쪽 욕조로 다가가 연결된 케이블을 해제하고 하얀 천을 걷어냈다. 그러자 욕조에서 누군가가 일어섰다. 그건, 이십 대 청년의 몸을 한 류신이었다.

"이게…… 대체 어찌 된 일입니까?"

회원들은 하나같이 경악했다. 믿기지 않았지만 류신이 확실했다. 죽음으로 다가가던 노년의 류신은 사라지고, 젊

---

* 가로 약 73센티미터, 세로 약 50센티미터 크기의 캔버스.

고 건강한 류신이 의기양양한 미소를 지으며 서 있었던 것이다. 젊은 류신은 욕조 밖으로 걸어나오더니 단상 중앙에 섰다.

"드디어 우리 아바리치아가 기억을 관장하는 해마의 뉴런이 가진 비밀을 풀었습니다. 신의 메커니즘을 푼 이상 신도 우리를 어찌할 수 없을 겁니다."

그제야 선기련 회원들은 착복식이 무엇을 뜻하는지 알수 있었다. 늙고 추한 육체를 벗고 영원불멸의 청춘을 입는 것이었다. 박진형은 패배감을 느꼈다.

"이제 우리는 착복식을 통해 영원이라는 시간을 누릴수 있습니다. 우리 삶에 더이상 신은 없다고 선언해도 되겠지요?"

체크메이트. 신은 방금 류신에게서 체크메이트를 받았다. 이제 어찌할 것인가. 인간을 심판하기 위해 신은 죽음이 반드시 필요했겠지만, 류신은 죽음을 극복했다. 류신은 신을 향해 킹을 넘어뜨리라고 최후통첩을 날린 것이다.

"류 의장답군요!"

전기련 회원들은 일제히 일어나 열렬히 박수를 쳤다. 박수에는 자신들도 그 영원한 시간을 누리게 되었다는 희열이 담겨 있었다. 박진형도 무표정한 얼굴로 박수를 쳤다. 모두가 류신을 인정하는 분위기였다.

류신은 소도원들에 의해 실려 나가는 한 노인의 육체를 바라보았다. 그는 이전의 자신이었다. 지금의 건강한 모습과는 비교도 할 수 없는 추한 육체. 곧 불태워질 쓸모없는 몸. 신이 거기서 가져갈 건 아무것도 없을 것이다.

류신은 짜릿함을 느꼈다. 그건 신성모독적 쾌감이었다.

*

아바리치아 145년.

전기련 회원들은 원할 때마다 착복식을 통해 죽음을 피했고 1구역 거주자들도 누구나 착복식을 할 수 있었다. 그렇다고 모두가 누릴 수 있는 혜택은 아니었는데, 착복식을 하려면 꽤나 높은 비용을 소도에 기부해야 했기 때문이다.

류신의 첫 착복식 이후, 몇 년 간 회사 매출이 급격히 감소하며 전기련에서 퇴출당했던 회원이 있었다. 연합에 돌아오지 못한 그는 결국 1구역 구석에서 생을 마감했다. 의장의 자리와 전기련 소속을 결정짓는 자격은 오로지 매출이었고, 매출이 떨어지면 가차 없이 연합에서 방출되었던 것이다. 그런 상황이 세 번 있었는데, 2구역으로 쫓겨난 세 명 중 두 명은 자살했고, 남은 한 명은 실의에 빠진 채 카푸치노에 중독되어 죽어가고 있다고 했다. 그러나 전기련 전체의 매출이 꾸준히 줄어들고 인구 또한 감소하며 힘을 잃는 이런 시기에, 회원이었던 자들을 이렇게 무자비하게 내치는 게 맞는지에 대한 논의는 꾸준히 대두되었다.

"의장으로서 현 사태를 해결할 의지는 있는 겁니까?"

박진형이 불만 가득한 목소리로 따졌다.

"말씀해보세요. 우리의 권력이 어디서 나오는지 잘 아시지 않습니까? 몇 년 전부터 저희뿐 아니라 다른 회원들의 매출도 전체적으로 감소세입니다. 매출 감소를 이유로 다른 해결 방안도 없이 방출하는 건 부당한 거 아닙니까? 인구 정체 문제는 어떻게 할 겁니까? 인구가 늘어야 수익도 늘어나죠!"

득달같이 따지는 박진형의 목소리에 류신은 짜증이 올라왔다. 역시 인간은 질투로 빚어진 동물이다. 의장의 자리, 굳건한 왕좌. 하지만 작은 틈만 생겼다 하면 그것을 취하려 달려들었다.

유달리 말이 없던 데메테르의 회장 김종선이 헛기침을 했다.

"앞으로 인구가 계속 줄어들면 결국 제로섬 게임으로 가게 될 겁니다. 그러니 적어도 우리끼리 싸울 일은 없어야 하지 않겠습니까?"

정곡을 찌르는 말이었다. 받침이 늘어지는 특유의 일본

식 말투였다. 김종선은 재일교포 출신이었다.

김종선은 일찍이 식량이 무기가 될 것을 예측했다. 상황은 그의 예상대로 흘러갔다. 한발 앞서 농업을 장악한 그는 곧이어 가공식품과 유통 등으로 발을 넓히며 회사를 대기업으로 성장시켰다. 그러면서 전기련 회원으로 들어온 인물이었다.

"방법을 강구하는 중입니다. 인구 증가 계획을 원점에서 재검토해보고 개선할 예정이니 걱정 마세요."

류신이 차분히 대답하자 박진형은 양 눈썹을 올리며 눈을 부릅뜨는 특유의 표정을 지었다.

"개선. 개선. 개선! 매번 약속만 했지, 실효는 없었습니다. 비단 매출 문제뿐만이 아니죠. 최근에 벌어진 사건들도 그렇습니다."

"그건 어제 고객서비스팀이 원상복구 했습니다."

"바로 그겁니다. 고객서비스팀 말인데, 영 마음에 안 듭니다."

"무슨 뜻이죠?"

"믿을 수가 없거든요. 지금의 고객서비스팀을."

"지금의 발언, 듣기 거북하군요. 고객서비스팀의 노고를 치하하지는 못할망정."

쾅!

박진형이 주먹으로 테이블을 내려쳤다.

"그 노고! 의장만을 위한 거겠죠. 며칠 전 벌어진 사건, 모두들 알 겁니다. 저희 아레스의 트럭이 습격당했죠. 카피바디를 만들기 위한 줄기세포 제품이 배송 중에 파괴되었습니다! 그날 만일 생사가 걸린 1구역 고객들이 있었다면 어쩔 뻔했습니까? 1구역은 신뢰가 생명입니다."

박진형의 호흡이 거칠어졌다.

"우리가 각사의 고객서비스팀을 폐지하고 연합 팀을 창설한 건 의장님을 신뢰했기 때문입니다. 그런데 점점 회원사들의 안위는 안중에 없더군요. 고객서비스팀은 의장님만을 위한 친위대 같습니다!"

"대체 무슨 말을 하고 싶은 건가요?"

"이래서는 아바리치아 연호를 계속 쓰는 게 맞나 싶습니다."

류신은 시가의 한가운데를 칼로 잘라냈다. 끓어오르는 분노를 겨우 참는 중이었다. 그리고 불을 붙여 연기를 내뿜었다. 테이블 위가 연기로 자욱해졌다.

"당신들이 지금 이 자리에 있게 된 게 누구 덕인데. 진즉에 죽고 썩을 몸뚱이들 아니었나?"

순간 박진형은 류신의 목소리에 노기가 서린 것을 알아차렸다. 조금 전만 해도 먹이를 노리는 짐승 같던 회원들이 일순 조용해졌다.

"불신임안을 내걸 거면 내걸 조건을 만드시던가요. 그럼 나도 따를 테니."

회의장 안에는 일순간 정적이 흘렀다. 류신은 목을 가다듬고 천천히 말했다.

"여러분. 제 판단이 틀린 적 있었습니까? 지금 여러분이 느끼는 불안감을 모르는 바는 아닙니다. 하지만 변화의 시기에는 늘 약간의 진통이 따르기 마련이니 저를 믿고 기다려주십시오."

류신의 판단. 대한민국을 넘겨받아 뉴소울시티를 건설하고, 종말의 세상 속에서 유일하게 뉴소울시티만 살려낸 건 바로 그의 판단 덕분이었다.

매출 저하로 불만이 쌓인 회원들의 원성이 빗발친 적은 이전에도 있었다. 그때 전기련 회원들은 세금 인상, 물가 인상, 부동산 관련 세금 철폐, 임금 하향 조정, 노동 시간 규정 폐지 등등을 주장했다. 한마디로 마른 수건에서 더 짜내야 한다는 강경책들이었다. 그러나 그때 류신의 판단은 조금 달랐다.

"사람들을 길들이면 됩니다."

한 번에 추락하면 공포를 느끼지만, 서서히 내려앉을 땐 고도의 차이를 체감하지 못한다. 조금씩 조금씩 법과 규정을 바꾸면서 도시 사람들을 파블로프의 개로 만들면 된다. 배고프면 허기를 달랠 먹을거리를 주고, 성욕이 동하면 주저 없이 지퍼를 내릴 수 있도록 하면서. 대신 절대 한눈을 팔지 못하게 경주견의 눈 옆에 가림막을 씌우듯이.

모두가 의아해했지만 류신의 생각은 확고했다.

"지식에 관련된 모든 매개체를 없애면 됩니다. 한마디로 디지털 분서갱유를 하는 겁니다. 아시겠습니까?"

분서갱유焚書坑儒. 책을 불태우고 학자들을 묻는다. 물리적 책뿐 아니라 개인용 스마트 기기 역시 바로 미래세대의 책이었고, 정보를 전달하는 인터넷은 학자였다. 류신의 계획은 그것들을 모조리 없애는 것이었다.

전기련은 류신의 계획을 바로 실행했다. 매스미디어를 통해 개인용 스마트 기기의 폐해를 알렸고 인터넷을 인간의 존엄까지 파괴하는 가짜 뉴스들의 쓰레기통이라고 규정하며 비난을 퍼부었다.

대신 책과 지식을 뺏되 사람들에게 의식주를 무상으로 지급했다. 의식주에 대한 걱정이 사라지자 사람들의 사고방식은 갈수록 단순해졌다. 진실을 보는 눈을 어둡게 함과 동시에 말초신경을 자극할 무언가를 지속적으로 노출시켰다. 그런 이유로 방송 채널에서는 포르노나 피가 난무하는 극한의 게임이 방영되었다.

아바리치아 홍보팀은 또 다른 아이디어를 냈다. 말초신경을 자극하는 기호식품을 만들어 2구역에 매달 배급한 것이다. 그게 바로 각성제인 카푸치노였다. 카푸치노를 먹으면 좀비처럼 계속해서 움직일 수 있었다. 카푸치노는 뇌를 활성화시키고 극한의 쾌락을 충족시켰으며 생산성을 높이는 효과까지 거둘 수 있었다.

뉴소울시티 2구역 거주자들은 서서히 말초적 쾌락과 각성제에 중독되어갔다. 사람들은 진짜로 욕구에만 반응하는 파블로프의 개가 되었고 전기련은 뉴소울시티를 완벽한 지배하에 둘 수 있었다.

"그동안의 과거를 잊지 마시기 바랍니다. 당신들이 누구 덕에 여기에 있는지 말입니다."

다들 그 사실을 알고 있었기에 류신의 말에 대꾸하지 못했다. 회의실을 나가는 류신의 위압감이 회원들 목덜미를 서늘하게 했다.

그러나 VIP용 엘리베이터를 기다리던 류신도 고민이 깊은 건 마찬가지였다. 지금은 의장의 자리를 지키고 있지만, 그들의 마음속에 의장의 자리를 탐내는 욕망이 더 커졌음을 느꼈기 때문이다. 확실한 타개책을 만들어야 했다. 빠른 시일 내로.

엘리베이터가 도착했을 때 거기서 내린 사람은 고객서

비스팀장 배지환이었다. 검은 제복을 입은 배지환은 덩치가 크고 다부졌다. 직책은 고객서비스팀장이지만 특수부대 수장 같은 모습이었다. VIP용 엘리베이터를 타고 온 것으로 보아 그가 들고 온 소식이 다급하다는 것을 알 수 있었다.

"의장님, 반자연 녀석들이 공격을……."

배지환은 머리를 조아리며 말끝을 흐렸다.

"손실은?"

"줄기세포 상품. 트레일러 한 대 분량입니다."

그건 소도로 가야 했던 물건이었다. 1구역 거주자의 3분의 2가 투여할 수 있는 양이었다. 박진형이 이걸 구실로 또다시 트집 잡을 걸 생각하니 머리가 지끈거렸다.

"녀석들이 어떻게 알았는지 저희의 이동 경로를 파악했던 것 같습니다. 공격 타이밍도 치명적이었습니다."

류신은 혀를 찼다. 류신이 보기에 반자본청년연맹은 벌레보다도 못한 미물들이었다. 어둠 속에서 혈관을 찾아 주위를 맴도는 성가신 모기떼 같았다. 그런데 엘리베이터 밖으로 보이는 저 도시 속에 숨어 있다니. 그렇다면 도시를 통째로 짓이겨버리면 되지 않을까?

"그래도 걱정하지 마십시오, 의장님. 오늘 일을 벌인 연맹 놈들을 완벽하게 섬멸했습니다. 이제 다시는 습격할 엄두도 내지 못할 겁니다."

아니다. 놈들은 어딘가에서 죽은 동료들을 추모하고, 오늘 우리에게 타격을 입힌 것을 자축하며 전략을 수정할 게 뻔했다. 그리고 거사를 위한 또 다른 계획을 세울 것이다.

그 자식도 그렇게 말했었다. 총알 세례에 피범벅이 된 몸뚱이가 너덜너덜해졌는데도, 기도로 피가 역류하는 와중에도, 얼굴에는 적의가 가득했고 눈빛은 날카로웠다.

"이게 끝이라고 생각하지 마. 우린 잡히지 않는 유령처럼 네놈 앞에 다시 나타날 테니까."

가끔 류신은 꿈에서 핏발 선 눈으로 자신을 노려보던 그자를 마주하곤 했다. 악몽을 떨쳐내려 착복식까지 해보았지만 무의식 깊이 새겨진 악몽을 추출하는 건 불가능했다.

아바리치아 118년에 벌어졌던 블랙컨슈머데이. 지금으로부터 약 27년 전에 있었던 일이었다. 시간이 꽤 흘렀지만 류신은 어제 겪었던 일처럼 생생했다.

그놈들의 목적도 반자연과 비슷했다. 전기련을 무너뜨리고 사람들의 눈을 뜨게 하는 것. 당시 녀석들의 공격은 아바리치아 본사 꼭대기까지 향했고 그날 류신은 놈들이 헬기로 보낸 저격수에 의해 목숨을 잃을 뻔했다. 저격수의 총알은 류신의 심장을 고작 1.7센티미터 비껴갔다. 절체절명의 순간이었다. 다행히 류신의 카피바디가 한 구 남아 있었다. 고객서비스팀이 필사적으로 방어하는 동안 류신은 의식을 잃은 채로 본사를 간신히 빠져나갔고, 착복식을 거쳐 깨어났다.

그자가 반란을 일으켰던 이유는 책 한 권 때문이었다. 제롬 데이비드 샐린저의 『호밀밭의 파수꾼』. 그 책이 반란의 불씨가 되었고, 350여 페이지에 걸쳐 적힌 글자들이 그자와 추종자들을 움직이게 했다.

누구도 우리를 규정할 수 없다. 슬퍼할 수 있고 싫어할 수 있다. 역겨워할 수 있다. 우린 그럴 수 있다. 홀든 콜필드*처럼.

그는 죽어가면서도 자신들이 이 땅에 다시 나타날 거라고 단언했다.

그때의 일 이후로 류신은 통제를 강화했다. 손금과 지문으로 사람들의 신원을 확인하고, 분각의 지급과 수금, 위치 정보까지 파악하는 호패 시스템을 개발했다. 편리함이라는 미명 아래 2구역 거주자들을 전부 감시하겠다는 목적이었다. 그럼으로써 위협을 원천 봉쇄했다고 믿었다.

---

* 『호밀밭의 파수꾼』의 주인공. 그는 순수한 것, 변하지 않는 것을 좋아한다. 그리고 위선자, 사기꾼 등 가식적인 것들을 싫어한다.

그런데, 그의 허언이 예언처럼 되어가고 있었다. 반자본 청년연맹은 류신의 악몽을 생생히 불러일으키고 있었다.

*

같은 시간, 악몽 속을 헤매는 이가 또 있었다.

남자는 K99의 우악스러운 총알 세례를 맞으며 폐수의 강으로 추락했다. 허우적거리다 물 밖으로 간신히 빠져나왔다. 어둠이 잠식한 통로 끝에서 날카롭게 번뜩이는 칼날이 날아왔다. 도망치려고 했으나 두 다리가 날카로운 무언가에 베였다. 남자는 쓰러졌다. 어둠 속에서 칼의 주인이 흐릿하게 보였다. 칼의 주인은 남자의 몸 위에 올라타 목을 누르고, 칼로 내리꽂으려는 자세를 취했다. 그의 얼굴이 칼날에 반사된 빛에 드러났다. 그는, 피와 상처로 얼굴이 엉망이 된 림광석이었다.

민준은 소리를 지르며 깨어났다.

"드디어 깼구만. 차라리 죽는 게 나았을 수도 있겠어."

헐떡이는 민준에게 스테파노가 농을 건넸다. 민준의 눈에 혁과 연성, 그리고 스테파노가 보였다.

스테파노는 아침부터 진한 술 냄새를 풍기며 민준의 팔에 꽂은 링거를 확인하더니 주사기로 진통제를 투여했다.

극심한 통증이 몰려왔다.

"어떻게 된 거예요?"

"기억 안 나?"

걱정스럽게 지켜보던 혁이 물었다.

민준은 다시 눈을 감았다. 어젯밤 벌였던 사투의 끔찍한 기억이 차츰 떠올랐다. 누런빛에 번뜩이던 림광석의 푸주 칼. 둘의 싸움을 지켜보던 흑룡파의 눈들. 멍하니 싸움을 지켜보던 쥐독 인간들. 뱃가죽을 훑고 지나간 칼날. 림광 석과 개싸움을 벌이며 냈던 숨소리. 그의 찢어진 경동맥에 서 분수처럼 뿜어져 나오던 피. 피가 얼굴을 뒤덮었을 때 느껴진 온기와 비린내. 기억이 나지 않을 리 없었다.

민준이 다시 눈을 떴다.

"어떻게 됐어요?"

혁은 대답하지 않았다. 옆에 있던 연성이 입을 열었다.

"죽었어."

쥐독에서는 일상처럼 벌어지는 일이었다. 민준이 살기 위해 했던 선택이었지만 걱정하지 않을 수 없었다.

"흑룡파가 과연 가만 있을까요?"

"적어도 한동안은 널 건드리지 않을 거야. 보상은 싸움 에서 이긴 자가 갖는 거야. 놈들도 그걸 알고 있으니까. 아 무리 쥐독이라도 규칙은 있어."

민준은 루와 봉지가 떠올랐다.

"제 루와은요?"

연성이 루와 봉지를 내밀었다. 루와 봉지를 허겁지겁 받아드는 민준을 보며 연성은 혀를 찼다.

"그거 팔아버리는 게 어때? 어차피 갖고 있어봐야 제값에 살 놈들은 이곳에 없어. 2구역에서 몰래 들락거리는 인간들이나 허우대만 남은 1구역 놈들이라면 모를까."

"알아요. 이걸로 내가 뭘 얻기는커녕 죽을 수도 있다는 거. 하지만 이거 때문에 여기까지 왔어요."

민준이 들고 있는 루와 봉지는 단순히 부를 가져다줄 사치품이 아니었다. 쾌락을 가져다줄 각성제도 아니었다. 생존하기 위해 사투를 벌인 민준의 독기, 그 자체였다. 그것을 놓는다는 건 그간 버텨온 싸움에 패배를 인정하는 것과 다름없었다. 혁은 민준을 설득하려고 했다.

"시간이 어느 정도 흐르면 흑룡파 놈들이 다시 수작을 걸 거야. 그땐 그런 몸으로는 무리라고."

"쥐독에서 살아남는다는 건 이런 거 아닌가요?"

"미친놈처럼 살라는 뜻은 아니야."

구석에 앉아 위스키를 홀짝대던 스테파노는 더이상 못 들어주겠는지 끼어들었다.

"자네 몸으로 그놈들과 싸우는 건 무리야. 주먹질은 둘

째치고, 제대로 뛰지 못해. 왼쪽 아킬레스건이 끊어졌어."

민준은 루왁 봉지를 만지작거렸다. 잠시 정적이 흘렀다.

"나와 같이하는 건 어때?"

혁의 제안은 뜻밖이었다.

"가게는 어쩌려고?"

놀란 건 스테파노뿐 아니라 연성도 마찬가지였다. 혁의 말은 쥐독 55층 구역 내에 조직을 만들자는 뜻이었다. 그건 곧 녹색선이 더이상 중립 지대가 되지 못한다는 뜻이었다. 그동안 민준이 녹색선에 있을 땐 아무도 건들지 않았다. 사장인 혁이 녹색선 안에서 싸우는 걸 용인하지 않았기 때문이다. 만약 어길 시에는 누구든 대가를 치렀다. 예전에 섣불리 혁을 도발했다가 궤멸한 조직도 있을 정도로 혁은 굉장히 치밀하고 노련한 싸움꾼이었다.

"네가 계속 나한테 빌붙을 것 같아서 그러는 거야."

민준은 선뜻 대답하지 못하고 고민하다 말했다.

"같이 하죠."

손을 모으거나 악수를 하는 건 민준과 혁, 연성 모두에게 어울리지 않았다. 세 사람 사이에 어색함이 흐르자 스테파노는 싸구려 위스키를 들어 앞에 놓인 잔들을 채워주었다.

"볼품없지만, 나름 도원결의의 잔으로는 손색 없을것

같은데."

이 순간이 쥐독 55층 구역, '삼인회'의 탄생이었다.

*

지하에서 변화를 향한 작은 움직임이 시작되고 있을 때, 류신은 하늘을 비행 중이었다. 묵직한 프로펠러의 소음이 기내에 가득 찼다. 헤드폰을 끼고 있던 류신은 창밖을 바라보았다. 멀리 떠오른 태양이 강한 빛을 보내고 있었다.

"하강하겠습니다, 의장님."

헤드폰으로 조종사의 보고가 들려왔다. 곧 낮은 고도로 비행하는 헬기의 전면부 유리창을 통해 사랑빛교회 꼭대기가 보였다. 류신이 처음 착복식을 거행했던 곳이었다. 류신은 사랑빛교회 이름을 '소도'로 바꾸었다. 교회 현판은 사라진 지 오래고 첨탑 위 십자가들은 이미 제거되었다. 건축물 외벽에 자리했던 성화나 상징물들도 다 사라졌다. 이제 그 자리에는 전기련 회원사 수장들의 동상이 있었다. 중앙에는 류신의 동상이 있었다.

헬기는 옥상에 마련된 이착륙장에 착륙했다. 류신이 경호원들의 에스코트를 받으며 헬기에서 내리자 기다리고 있던 수석 테일러는 미소를 지으며 환영의 뜻을 나타냈다.

"어서 오십시오, 의장님."

"별일은 없지요? 수석."

"보시다시피 아주 평안합니다."

고개를 끄덕이는 수석 테일러는 늘 웃는 얼굴이었다. 류신은 그의 웃는 얼굴이 가끔은 의뭉스럽게 느껴지곤 했다. 그건 아마 그의 전직 때문이리라 추측했다.

수석 테일러는 사랑빛교회의 부목사 중 한 명이었다. 신의 권위가 추락하고 성전에 거미줄이 가득해졌을 때, 다들 이곳을 떠났지만 그는 떠나지 않았다.

류신은 수석 테일러의 안내를 받으며 소도 안으로 들어섰다.

"큰 걱정이 있으신가 봅니다."

수석 테일러의 말이 넓은 복도를 울렸다. 류신은 스트레스를 심하게 받으면 소도를 찾아 착복식을 치렀다. 꼭 낡고 해진 옷을 입고 있는 듯한 기분이 들었기 때문이다.

"내가 갑자기 와서 번거로운가요?"

"그럴 리가요. 걱정이 돼서 그렇습니다. 아시겠지만, 착복식을 하고 나면 카피바디에 임플란트된 소울이 안정될 시간이 필요합니다. 메모리 패널을 지성소에 저장하긴 하지만, 착복식이 너무 잦으면 기억에 손상이 갈 수도 있으니까요."

"수석의 걱정을 잘 새겨듣도록 하죠. 하지만 참, 쉽지가 않습니다."

"소도로 와야 하는 트럭이 또 습격당했다고……."

"들었군요?"

"이곳에 오시는 분들은 귀한 분들이시니까요."

그 말을 듣자 류신은 한숨을 내쉬었다. 류신은 발걸음을 멈추고 복도의 천장을 올려다보았다. 〈천지창조〉 그림이 보였다. 모조품이긴 하지만 이 복도의 분위기와 잘 어울렸다.

"이대로 가다간 정말로 연호가 바뀔지도 모르겠군요. 어떻게 하면 좋을까요?"

수석 테일러도 고개를 들어 〈천지창조〉를 바라보았다.

"일석이조의 방법을 쓰셔야 하지 않을까요?"

두 마리 새를 잡을 수 있다 해도 돌이 있어야 한다. 그렇다면 어떤 돌을 준비해야 하는 걸까?

잠시 후 흰 가운을 입은 류신이 단상 위로 올라갔다. 그리고 늘 하던 것처럼 알몸으로 욕조에 앉았다. 소도원들이 류신에게 케이블을 연결했다. 류신은 오늘 낮에 있었던 반자연의 습격과 파괴된 줄기세포 상품들에 대해 생각했다. 류신의 머릿속이 복잡해졌다. 마취제를 투여하기 전, 류신은 손을 들어 소도원의 손길을 막았다.

"잠깐만."

소도원들이 한 발짝 뒤로 물러났다.

"만약 이 소도에 일이 생긴다면 복구하는 데 시간이 얼마나 걸릴 것 같나요?"

수석 테일러가 고민에 빠졌다. 류신은 소도가 습격을 받는다면 어떻게 될지를 걱정하고 있었다.

소도는 1구역의 거주자들, 심지어 전기련 회원들도 함부로 대하지 못하는 곳이었다. 삶을 연장한다는 것은 그 어떤 것과도 비교할 수 없는 욕망이기 때문이다.

1구역 거주자들 중에서 상류층은 착복식을 쉽게 할 수 있었다. 하지만 착복식 비용을 헌납하지 못하는 1구역 중산층들은 기껏해야 한두 번의 착복식만 해본 채 짧은 생을 마감했다. 다만 소도에 속한 테일러들은 원하는 만큼 무상으로 착복식을 할 수 있었다. 그만큼 착복식은 이 도시를 지배하는 자들의 특권이었다.

1구역 사람들은 착복식을 하기 위해 끊임없이 분각을 헌납했다. 덕분에 전기련 소속의 기업들에 버금가는 분각이 소도로 모여들었다. 이 분각은 소도 본당의 깊은 지하에 자리한 지성소에 보관된 줄기세포 유지와 메모리 패널의 아카이브 운영비로 사용되었다.

사실 소도의 뒷배는 아바리치아였다. 생명 과학에 관련된 기술 자체가 아바리치아의 소유였기 때문이다.

영생을 미끼로 사람들의 정신을 장악한 소도는 하나 둘 확장되어 5센터까지 건립된 상태였다. 만약 소도 다섯 곳이 모두 모두 공격을 받는다면 착복식은 불가능해질까? 결론을 내린 수석 테일러가 입을 열었다.

"규모에 따라 다르겠지만, 소도보다는 지성소가 핵심입니다. 지성소만 괜찮다면 소도도 괜찮다고 보시면 됩니다."

류신은 고개를 끄덕였다.

"그렇겠네요."

류신의 말이 끝나자 소도원이 류신의 척추에 마취제를 투여했다. 이내 의식을 잃은 류신은 욕조 속으로 미끄러져 들어갔다. 이어서 수석 테일러는 두 팔을 벌려 의식을 시작했다.

"이전 것은 지나가고, 새것이 되었도다."

몇 분 후, 소도원들이 반대쪽 욕조의 하얀 천을 걷어냈다. 새로운 육체를 입은 류신이 욕조 위로 모습을 드러냈다.

*

류신이 새로운 육체를 입고 나와 새로운 계획을 구상하던 시각, 해가 저물어가는 소도 3센터를 향해 몰래 움직이는 무리가 있었다.

소도 3센터는 수석 테일러가 있는 소도 1센터보다 작았다. 통유리로 이루어진 원통형의 현대적인 건물이었는데, 그 모습이 마치 진공관 앰프 같기도 했다. 그 앞에 자리한 둑 너머로는 시커먼 폐수가 흘렀다. 소도 3센터의 특이한 점은, 유일하게 외딴섬처럼 강 너머 쥐독과 인접한 곳에 자리한다는 것이었다. 그 이유는 소도 3센터가 자리한 곳이 여의도였기 때문이었다. 여의도에는 전기련의 금융 관련 계열사들이 자리하고 있었다.

과거 이곳도 큰 피해를 입었다. 많은 이들이 여의도에 대해 깊은 우려를 표했고 강 너머인 1구역으로 옮겨야 한다는 주장이 있었다. 하지만 금융 시스템이 너무 오랜 시간 여의도에 뿌리를 내린 탓에 옮기면서 공백이 생기면 혼란이 가중될 거라는 주장이 득세했고, 결국 일은 무산되었다.

소도 3센터를 지금의 자리로 유지하는 대신 여의도에서 일하는 1구역 거주자들을 위해 거주지를 건설했다. 그렇게 건설된 소도 3센터는 평일 낮에도 착복식을 하려는 1구역 거주자들의 고급 전기 세단들이 들락거렸다.

소도 3센터 근처에 있는 폐수는 항상 악취가 심했다. 그 악취 가득한 폐수의 강을 거슬러오는 무리가 있었다. 반자본청년연맹 연맹원들이었다. 연맹원들은 다이버 슈트를 입고 산소통을 멘 채 폐수 속으로 입수했다.

어두컴컴한 밤이 되자 연맹원들은 손전등을 켜고 움직였다. 선두에서 잠영을 하던 자는 위쪽이 부서진 거대한 콘크리트 기둥을 발견하고 주먹을 쥐어 신호했다. 뒤따라오던 연맹원들은 그 신호를 보고 멈췄다. 그들 앞에 우뚝 솟아 있는 기둥들은 이제는 사라져버린 다리를 떠받치던 것들이었다.

연맹원들은 기둥을 따라 위로 올라가 수면 위로 모습을 드러냈다. 강변에 도착한 연맹원들은 재빨리 갈대숲에 숨어 검은색 전투복으로 갈아입었다. 이어서 AK47 총을 꺼내 탄창을 결합한 후 반다나로 얼굴을 가렸다. 그리고 갈대숲 너머 보이는 소도 3센터를 향해 은밀히 이동했다.

같은 시각, 건장한 사내 몇몇이 1구역 거주자들과 뒤섞여 몰래 소도 3센터 안으로 들어섰다. 그들은 화장실 안으로 하나둘 모여들었다. 그중 한 사내가 주머니에서 쪽지를 꺼냈다.

세 번째. 6X8. 34.1

그는 세 번째 칸으로 들어서 벽면 타일의 숫자를 셌다. 다른 사내들은 초조한 기색으로 화장실 밖을 경계했다. 좌측에서 여섯 번째, 위에서 여덟 번째의 타일을 떼어내자 다섯 개 정도 되는 타일이 한꺼번에 떨어져 나왔다. 사내는 그 사이로 손을 넣어 무언가를 꺼냈다. 구식 무전기와 플라스틱 재료로 만들어진 권총 글록17 일곱 정이었다. 글록17은 조영제를 넣지 않아 엑스레이 같은 검문검색에 걸리지 않는 최초의 모델이었다.

사내는 무전기 위에 달린 다이얼을 돌리며 주파수를 맞췄다. 채널은 34.1. 버튼을 누르고 송신기에 나지막하게 말했다.

"선발대. 2분 뒤 목표물에 접근한다."

무전기는 바로 답변을 전달해주었다.

"후발대. 진입 준비 완료."

화장실에 있던 사내들도 연맹 표시가 그려진 반다나로 얼굴을 가렸다. 그리고 각자 글록을 집어들었다. 기계적으로 탄창을 결합하며 바로 대응할 수 있도록 총알 한 발을 미리 장전했다. 모든 것이 준비되자 사내들은 신속하게 화장실 밖으로 나섰다. 그리고는 소도 3센터 지하를 향해 빠르게 이동했다.

후발대를 이끌고 있는 자는 길정호라는 남자였다. 출신은 정확히 알려지지 않았으나 제이콥과 인연이 꽤 오래되었다는 것과, 과거 뉴소울시티의 1차 파업 때 저항 세력에 가담한 이력이 있다는 것 정도는 알려져 있었다.

사실 이번 작전이 있기 전 제이콥에게서 온 메시지는 '당분간 작전을 중단한다'는 것이었다. 지난번 아레스의 수송 트럭을 습격하다 목숨을 잃은 동료들에 대한 애도의 시간을 갖자는 의미였다.

하지만 정호의 의견은 달랐다. 들리는 바로는 그때의 공격으로 인해 전기련 내에 조금씩 균열이 생기고 있다고 했다. 잠시라도 틈을 주면 뱀처럼 영악한 놈들이 허물을 벗고 위기를 빠져나갈 거라고 했다. 정호는 연맹원들 중에 지원자를 모았고 제이콥에게 다시 작전을 재개할 것을 촉구했다.

소도 3센터를 타깃으로 정한 이유는 전기련의 시선을 분산시킬 수 있을 거라는 계산 때문이었다. 지금 착복식을 벌이고 있는 소도를 완벽하게 점령할 타이밍이었다.

길정호의 수신호를 따라 연맹원들이 빠르게 본관 내로 진입했다. 홀 안에는 아무도 없었다. 의아했지만 더 생각할 틈이 없었다. 정호는 선발대를 지원하기 위해 지하 통로로 들어갔다.

그때, 갑자기 통로 안쪽에서 발소리가 들렸다. 정호는 동물적으로 반격 태세를 취했다. 느리지만 어딘가 불규칙한 리듬. 불길한 소리는 점점 가까워졌다. 정호와 연맹원들은 그림자를 향해 총구를 겨눴다.

발소리는 점점 가까워졌다. 발소리의 주인은 한 명인 것 같았다. 방아쇠에 힘이 들어가고 통로의 차가운 기운이 긴장감을 고조시켰다. 이윽고 어둠에서 실체가 드러났다. 모습을 드러낸 자는 정호에게 무전기로 잠입 성공을 보고했던 연맹원이었다.

"도망가…… 빨리……."

그는 관통상을 입어 피투성이가 된 몸뚱이를 질질 끌며 걸어 나오고 있었다. 복부를 감싸쥔 손가락 사이로 피가 흥건하게 새어 나오고 있었다.

절도 있던 발걸음은 자신의 동선을 알려주듯 통로 바닥에 갈지자로 핏빛 페인트를 칠했다. 그 순간.

탕!

공기를 날카롭게 찢는 총소리가 복도 안을 울렸다.

"함정이다! 후퇴!"

정호가 소리를 질렀다. 그러나 그 말이 끝나기도 전에 날카로운 굉음과 불꽃이 연달아 일었다. 그를 뒤따르던 연맹원 두 명이 총에 맞아 고꾸라졌다. 정호는 그림자를 향해 대응사격을 하면서 다시 1층 홀로 올라갔다.

싸움은 덫을 놓은 자가 유리한 법이다. 결연한 의지로 습격을 단행한 연맹원들이었지만 모든 것을 알고 기다리는 적에겐 속수무책이었다. 게다가 연맹원들이 든 AK47과

소도원들이 든 K99는 위력 자체가 달랐다.

소도원들은 치열하게 뒤쫓아왔다. 정호는 1구역 거주자들을 인질이라도 잡을 요량으로 77K를 메고 있는 연맹원과 함께 급히 본당 안으로 진입했다. 그러나 본당 안으로 들어선 순간 숨이 턱 막혔다. 지금쯤 1구역 거주자들이 착복식을 하고 있을 줄 알았다. 하지만 본당 안에는 온통 축 늘어진 시체들뿐이었다. 단상 위에도, 의자 위에도. 소울을 메모리 패널에 백업한 사람들은 건물 밖에 준비되어 있던 카피바디로 이미 옮겨갔다. 연맹원들은 궁지에 몰린 쥐가 된 셈이었다.

지금은 도망만이 살길이었다. 그때 고객서비스팀의 무미건조한 안내 방송이 들려왔다.

"뉴소울시티 고객 여러분. 잠시 작은 문제가 생긴 것에 양해를 부탁드리며, 지금부터 애프터서비스를 실시할 예정이오니 안전한 곳으로 대피하시길 바랍니다."

창문 너머로 센터 앞마당으로 들어오는 고객서비스팀의 차량이 보였다. 타깃이었던 지성소를 파괴하는 건 이미 불가능해졌다. 이대로라면 모두가 여기서 전멸할 것이다. 계속 주위를 둘러보던 정호의 눈에 소도 3센터 수송밴이 보였다. 정호는 왼손으로 창밖에 보이는 수송밴을 가리켰다.

"목표물은 포기하는 겁니까?"

"이런 상황에선 목표도, 동료도 다 잃게 돼!"

다들 수송밴 쪽으로 뛰었다.

"어디로 가야 합니까?"

정호는 총탄에 맞아 깨진 유리벽 너머를 바라보았다. 멀리 낮은 구릉 주위로 부서진 폐허들이 보였고, 그 뒤로 우뚝 솟은 건물이 보였다.

"쥐독으로 간다!"

동쪽 방향. 잘하면 삼십분 안에 도착할 수 있다. 저기 저 인정사정없는 놈들을 따돌릴 수만 있다면 정호의 수신호에 따라 연맹원들은 센터 외벽에 집중 사격을 가했다. 외벽의 유리창들이 모조리 깨졌고, 그 틈에 정호와 연맹원들은 건물 뒷편에 주차되어 있던 수송밴을 향해 달렸다.

수송밴에 간신히 탑승한 건 정호와 몇 안 되는 연맹원들뿐이었다. 빗발치는 총탄에 차창들이 다 깨지고 밴에도 구멍이 났다. 가속 페달을 밟자 수송밴의 바퀴가 지면을 박차고 튀어 나갔다. 철제 펜스를 찢으며 도주하자 고객서비스팀의 차량들도 뒤쫓기 시작했다.

추격전을 벌이는 그들 위로 보이는 55층 건물에는 띄엄띄엄 불이 켜져 있었다. 마치 사막의 밤하늘에 떠 있는 별처럼. 길 잃은 자의 희망처럼.

                    *

제1구역 아카데미아에서는 저녁 강의가 진행되고 있었다.

"그림 속에서도 당시의 시대상을 읽어낼 수 있습니다."

셔츠 소매를 걷어 올린 박태일은 그림을 하나씩 설명하는 중이었다. 칠판 크기의 프레임에 걸어둔 것은 오래된 그림들이었다.

태일은 주로 역사 교양 강의를 했다. 주제는 문학부터 철학, 미술에 걸친 고전에 관한 내용들이었다. 이곳은 분서갱유로 쌓아 올린 이 도시와는 상반된 곳이었다. 특히나 반원 모양의 계단식 강의장은 더욱 그랬다. 수강생들은 계단 곳곳에 자유롭게 앉아 있었다. 태일은 아테네 철학자들의 강의가 이러지 않았을까 상상하곤 했다. 하지만 욕구를 절제하던 그 당시와 지금은 완전히 달랐다. 강의의 목적 자체가 비교되지 않았다. 그 당시에는 영혼의 정제를 통한 수련이 목적이었겠지만, 지금 저 계단에 앉아 있는 수강생들은 수련할 필요 없이 육체를 옮기고 있었으니까.

수강생들은 전기련 회원들의 자녀들이었다. 대부분 20대의 외모를 하고 있었지만 나이는 다들 태일보다 많을 것이다. 그들도 그들의 부모처럼 원할 때마다 착복식을 하곤 했다.

지식마저 그들만의 것이 된 세상에서, 태일은 그들을 가르치는 교수라는 지위를 부여받았다. 류신에게 맞섰던 반란 사건이 일어나기 전에 작가이자 인문학자였기에 운 좋게도 그런 기회를 부여받을 수 있었다. 교수이긴 하지만 그렇다고 스승은 아니었다. 그저 지식을 알려주는 서비스 종사자 정도일 뿐이었다. 수강생들의 표정에서 자신들이 교수보다 우월한 존재라는 것을 알고 있다는 것이 느껴졌다.

사실 태일은 디지털 분서갱유를 지지하는 칼럼을 쓴 적이 있었다. 살기 위해 억지로 쓴 게 아니었을까 하는 것이 주변인들의 추측이었다. 그러나 태일은 정확한 이유에 대해서 늘 함구했다.

이 일을 하면서 태일이 얻는 유일한 즐거움은 책이었다. 디지털 분서갱유 이후 개인용 스마트 기기는커녕 일과 관련된 내용 이외에 문자가 쓰인 그 어떤 매체도 뉴소울시티에서는 불법이었다. 하지만 이곳, 아카데미아에는 도서관이 있어서 수많은 책을 읽을 수 있었다.

아카데미아는 전기련 회원들의 공동 소유였고, 그래서 건물 내부는 치외법권 지역이었다. 태일은 2구역 거주자였지만 맡은 일 덕분에 아카데미아 출입이 자유로웠고 책을 쉽게 접할 수 있었다.

다만 책은 물론이고 강의했던 자료들은 외부 반출이 허가되지 않았다. 그래서 태일은 항상 몇 시간 전에 출근해 책을 읽었고, 강의가 끝나면 또다시 책을 읽다가 가장 늦게 퇴근했다.

게다가 태일은 지식 노동자로서 전기련의 허가만 받으면 착복식을 할 수 있는 혜택까지 받았다. 겉보기엔 남부러울 것 없어 보였다. 하지만 아카데미아를 오갈 때마다 받는 엄격한 보안 검색은 자신이 2구역 거주자라는 것을 실감하게 하곤 했다.

쉬는 시간, 태일은 커피를 마시며 창밖을 바라보고 있었다. 그러고는 초조한 듯 손목에 찬 아날로그 시계를 들여다보았다. 초침은 평온하고 느릿느릿 움직이고 있었다.

"교수님, 이번 주말에 뭐 하세요?"

태일의 휴식을 방해한 수강생은 류시은이었다. 그녀는 눈에 띄는 외모를 가지고 있었다. 늘씬한 몸매와 깨끗한 피부, 긴 생머리, 갸름한 턱선과 커다란 눈. 눈빛에는 오만함과 도도함이 흘러넘쳤다. 태일은 류시은의 눈을 피하며 차분히 대답했다.

"글쎄요, 다음 달 강의 자료를 준비할 생각입니다."

류시은은 잘난 수강생들 사이에서도 항상 중심에 있었다. 왜냐하면 그녀는, 류신의 외동딸이었기 때문이었다.

"그럼 저희 파티 구경하러 오실래요? 제가 직접 초대할게요."

"파티요?"

그러자 류시은은 손가락을 빠르게 퉁기며 딱 소리를 냈다.

"다이빙 파티요!"

태일은 난감한 표정을 지었다. 하지만 류시은은 아랑곳하지 않고 말을 이었다.

"교수님께서 그러셨잖아요. 그 시대를 알려면 당시의 문화를 알아야 한다고요. 아닌가요? 그 말은 곧, 그 시대 사람들이 즐기는 것을 알아야 한다는 거잖아요."

"일리는 있지만, 그 외에도 파악할 수 있는 방법은 많습니다."

"저는 생각이 다른데요. 게임이나 파티도 생활양식의 일종이잖아요. 인문학자이시니 저희 파티에 오시면 강의에도 큰 도움이 되지 않겠어요?"

태일은 딱히 가고 싶지 않았다. 다이빙 파티에 대한 이야기는 익히 들어 알고 있었다. 1구역 젊은이들 사이에서 유행하는 파티로, 루왁과 알코올, 광기로 점철된 채 미지의 죽음을 살짝 맛보는 퇴폐적인 게임이라고 했다. 게임 참여자는 마천루 다이빙대 위에서 고도계와 간이 메모리 백업 장치를 착용하고 뛰어내린다. 백업된 소울은 파티장에 미

리 준비해둔 카피바디에 임플란트시킨다. 낙하산이나 윙
슈트*따위의 안전장치 없이 뛰어내리는 것이다. 그러다 지
면에 가까워질 때쯤 손에 들고 있던 메모리 백업 버튼을
누른다. 그럼 즉시 '소울'이 메모리 패널에 백업되고 '육
체'는 그대로 지면에 추락한다. 지면과 가장 가까이에서
버튼을 누른 사람이 이기는 게임이다.

이런 끔찍한 게임이 1구역에서 벌어지는 놀이 문화였
다. 그렇게 밤새 즐기며 파티가 벌어지고, 혼이 없는 육체
들은 피비린내 나는 덩어리가 되어 나뒹굴었다.

"오실 거죠?"

속이 울렁거릴 것 같았다. 하지만 류시은의 요청을 거
절하기는 어려운 일이었다. 류시은의 말은 류신의 말이나
마찬가지였으므로.

"알겠습니다."

태일의 대답을 들은 류시은은 의기양양한 표정을 지으
며 자리로 돌아갔다. 하지만 지금 태일에게 다이빙 파티
따위는 중요하지 않았다.

쉬는 시간이 끝나고 다시 강의가 시작되었다. 강의대 위
에는 물이 담긴 머그컵이 새로 올라왔다. 태일은 머그컵을

* 양다리와 양팔 사이에 날개가 달려 공중을 활강할 수 있는 슈트.

들어 물을 마시면서 머그컵 받침대 위에 붙은 작은 메모지를 보았다. 거기엔 부러진 사다리 모양이 그려져 있었다.

태일은 주먹을 꽉 쥐었다.

*

쥐독은 늘 그렇듯 시끄러웠다. 55층 건물의 지하 통로를 달리던 깡마른 사내는 막다른 곳에 몸을 숨기고 따라오는 사람은 없는지 주위를 살피며 벌벌 떨었다.

깡마른 몸으로 어떻게 이십 리터 술통을 들고 뛴 건지 불가사의했다. 깡마른 사내는 주머니에서 카푸치노를 꺼내 한 움큼 씹어 삼켰다. 그런데도 몸의 경련은 줄지 않았다. 경련보단 두려움이 앞선 것 같았다.

그는 고개를 내밀어 통로를 살폈다. 통로를 오가던 사람들이 양옆으로 비켜서는 것을 보고 사내의 심장은 더욱 크게 요동쳤다. 그놈들이다. 삼인회. 삼인회는 악명이 자자했다. 지금이야 조직원이 늘었지만 원래는 소수로 시작한 놈들이었다. 우두머리가 없는 평등한 조직으로, 초창기 멤버들의 연대가 두텁다고 했다.

그놈들은 상대와 끝장을 볼 땐 다시금 시작할 엄두도 못 내게 만든다고 들었다. 그놈들에게 시비를 걸었던 시청파는 궤멸했고, 살아남은 몇 안 되는 녀석들조차 놈들에게 매주 분각을 상납하며 목숨을 연명하고 있다고 했다.

그중 절름발이 녀석의 광기는 특히 유명했다. 그와 상대한 자들은 불구가 되거나 녀석의 독기에 질려서 55층 구역을 완전히 떠나버렸다. 하지만 쥐독은 어떻게 해서든 살아남아야 하는 곳이다. 깡마른 사내는 그들이 잠시 자리를 비운 틈을 타 녹색선 창고에서 술을 훔쳐서 나왔다. 하지만 들키고 만 것이었다.

"감히 그딴 짓을 하고 도망칠 수 있을 줄 알았어?"

그 절름발이는 민준이었다. 광기를 넘어선 독기. 깡마른 사내는 칼을 빼들고 위협적으로 휘둘렀다. 하지만 민준은 피식 웃었다.

"칼 버려. 그럼 이 구역을 걸어서는 나가게 해줄 테니까."

사내는 그의 말을 무시하고 다시 칼을 휘둘렀다. 멍청한 행동의 결과는 뻔했다. 민준은 사내의 손목을 잡아채더니 무릎을 걷어찼다. 민준은 무릎에 보호대를 차고 어기적거리며 움직이면서도 그가 휘두르는 칼을 잘 피했고, 마침내 깡마른 사내를 깔고 앉았다. 이어서 발목을 잡더니 무릎 관절을 가차 없이 꺾어버렸다.

사내의 비명이 지하 통로에 울렸다. 구경하던 사람들은 겁을 먹고 황급히 자리를 떴다. 사내는 그대로 정신을 잃은 듯했다. 그때였다.

"형! 큰일 났어요!"

통로 끝에서 한 아이가 빠르게 달려왔다. 녀석은 최근 일을 돕고 싶다고 녹색선에 제 발로 찾아온 십 대 중후반의 아이였는데, 관심을 끌고 싶은지 별거 아닌 일도 늘 부풀려 떠들어대곤 했다.

"뭔데?"

그러나 아이의 얼굴이 창백했다.

"싸움이 벌어졌는데, 형들이 총에 맞았어요!"

"흑룡파야?"

"아뇨. 잘은 모르겠는데, 흑룡파는 아닌 것 같아요."

흑룡파가 아니면 최근 결성된 또 다른 폭력단인 모양이었다.

민준은 절뚝이는 다리로 라이플을 챙기기 위해 녹색선으로 뛰어갔다. 55층 구역 뒤쪽에 있는 다른 입구에서 낯선 총소리들이 들려왔다. 총격전 소리는 점점 가까워지고 있었다.

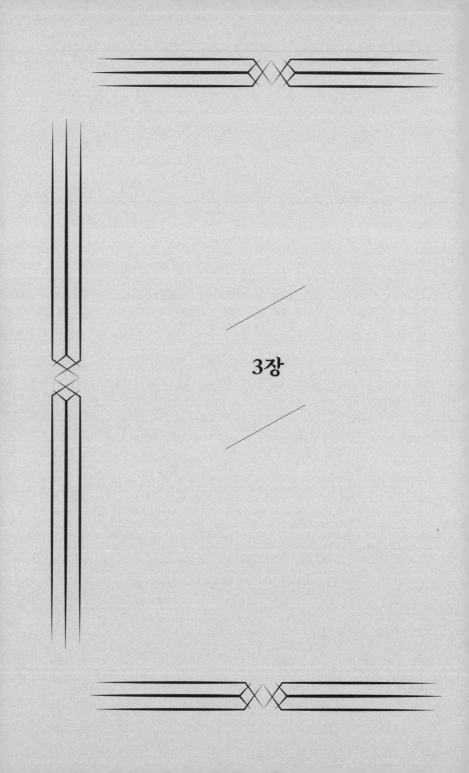

3장

통 속의 게

우리는 통 속의 게들과 같았다.

다른 게가 통 밖으로 빠져나가는 것을 허락하지 않을 뿐 아니라

빠져나가려고 시도하는 단 한 마리조차 용납하지 않고

모두가 그 녀석을 붙잡아

통 안으로 끌어당기고 있는 것처럼.

-마르쿠스 가비(흑인 인권운동가)

아카데미아 레스토랑 천장 위로 빗줄기가 떨어지고 있었다. 아카데미아 레스토랑은 뉴소울시티의 중심 빌딩 옥상에 있었다. 천장 돔은 유리로 만들어져서 주변 전망과 날씨를 감상할 수 있었다. 레스토랑 안에는 클래식 음악이 흘렀고, 필터로 걸러진 맑은 공기가 돌았다.

테이블에 둘러앉은 학생들과 태일을 비롯한 교수들은 천천히 저녁 식사를 하고 있었다. 사람들의 가벼운 웃음소리와 스테이크를 써는 나이프 소리가 들렸다. 돔 위로 비가 세차게 내리고 있었지만 이 안에서만큼은 전혀 신경 쓸 필요가 없었다.

앞에 놓인 스테이크를 보던 태일은 고개를 들어 천장을 바라보았다. 먹구름 사이로 희미한 달이 보였다. 때마침

쇼팽의 〈녹턴〉이 끝나고 드뷔시의 〈달빛〉이 흐르기 시작했다. 희미하고 나른하게 시작되다 이따금씩 오르내리는 피아노 선율. 태일은 선율의 움직임을 따라 천천히 기억을 되짚었다.

'그날'은 지금과 날씨가 비슷했다.

약 27년 전 그날, 태일은 정처 없이 떠도는 유령이나 다름없었다. 거리는 온통 회색이었다. 바람도, 구름도, 아스팔트도, 공기도, 폭연까지도. 어딜 가도 그을음의 냄새가 진동했다. 우리가 흔히 맡는 일반적인 연기 냄새와는 확연히 달랐다. 그 냄새에는 숨어 있던 포식자가 불쑥 나타나 숨통을 끊어버릴 것 같은 두려움이 섞여 있었다.

사람들은 넋이 나간 채 비명을 질렀다. 빌딩들 너머에서는 치열한 교전을 벌이는 총소리가 들려왔다. 열기와 함께 총신 밖으로 흩어지던 쇠 냄새. 콧속을 찌르는 불쾌한 화약 냄새…….

태일은 그날의 냄새를 잊으려고 노력했다. 어느 정도는 잊은 것 같기도 했다. 하지만 시간이 흘러도 희미해지지 않는 게 있었다. 그건 꿈속에서 더욱 심해지는 악취였다. 도로 밑 배수구로 빠져나가던 시뻘건 피. 폐허의 파편과 불길 사이를 채우던, 고통과 절망의 피에서 풍기는 비린내는 지금까지 태일이 맡은 냄새 중 가장 참기 힘든 종류의 것이었다.

"교수님, 음식이 입에 안 맞으세요?"

류시은의 목소리에 태일은 상념에서 깨어났다. 맞은편에 앉아 있던 류시은은 아스파라거스를 자르며 태일을 살피는 중이었다.

"아닙니다. 밤에 읽어야 할 책이 있어서요. 배가 부르면 게을러지니까요."

그러자 류시은은 눈을 깜빡이며 미소를 지었다.

"까짓 거, 내일 읽으면 되잖아요."

태일은 류시은의 눈을 피했다. 내일. 그래. 영원을 누리는 자들에게 오늘과 내일의 구분이 뭐가 중요할까?

"오늘 꼭 읽어야 합니다."

류시은은 고개를 끄덕이며 스테이크를 썰었다.

"식욕을 채우는 것도 타이밍이라죠? 시장이 반찬이라는 표현을 읽었었는데, 아무리 형편없는 요리라도 배고픔 앞에선 진수성찬이 되는 거라고 하더군요. 저도 배고플 때 주방에서 풍기는 맛있는 냄새를 맡으면 그 말이 이해가 가더라고요."

1등급 소를 잡아 가장 좋은 부위를 숙성시킨다. 숙성된 고기를 팬에 구우며 그 위에 기름을 뿌리면 누렇게 튀겨지듯 구워지며 고기의 향이 피어오른다. 견디기 힘들었다.

그날 이후, 고기를 굽는 냄새는 태일에게 살이 타는 냄새를 상기시켰기 때문이다.

태일은 다시 그날의 기억이 떠오르고 말았다.

"훈아! 어딨니, 훈아! 아빠 여기 있어!"

먼지와 연기로 인한 그을음이 태일의 온몸을 뒤덮고 있었다. 찢어진 셔츠 사이로 상처가 수두룩했다. 태일은 피투성이가 된 맨발로 뛰어다니며 이들을 찾고 있었다. 아수라장이 된 길거리를 훑어보던 태일은 미친 사람처럼 고함을 질러댔다. 하지만 그의 목소리는 사람들의 비명에 덮여잘 들리지 않았다. 화염 속에서 피비린내 다음으로 날아든 냄새는 살이 타는 냄새였다.

블랙컨슈머데이. 1구역 거주자들은 그날을 그렇게 불렀다. 물론 태일은 그 단어를 절대 입에 올리지도, 동의하지도 않았다.

그날, 전기련의 고객서비스팀은 도시의 평화와 일상을 무너뜨리려던 자들을 애프터서비스하기 위해 출동했었다. 뉴소울시티의 서비스를 거부한 자들을 정리하겠다는 것이었다.

2구역 아파트 구역에 숨어 있던 혁명 세력은 전기련의 움직임을 눈치채고 다시 도시로 숨어들 준비를 하고 있었다. 하지만 배신자로 인해 은신처가 발각되고 말았다.

혁명 세력은 격렬하게 저항했다. 그들은 자신의 목숨으로 고객서비스팀을 타격했다. 방어가 아니라 사력을 다한 공격이었다. 아파트 안으로 고객서비스팀이 밀고 들어오자 주저 없이 기폭장치의 버튼을 눌렀고 고객서비스팀의 차량 밑으로 기어 들어가 수류탄을 투척했다. 도대체 신념이 무엇이기에. 삶이 없는 신념은 무엇이기에.

싸움은 보름 동안 계속되었다. 혁명 세력은 저항을 멈추지 않았다. 끔찍한 시가전 속에서, 고객서비스팀은 지급된 위스키와 카푸치노를 과다 복용했다. 그 부작용으로 환각과 환청에 시달렸고, 혁명 세력이 아닌 일반인들에도 총구를 겨누고 방아쇠를 당겼다.

블랙컨슈머데이 기간의 학살로 뉴소울시티 인구의 절반이 사라졌다. 살아남은 자들에게도 도시는 아수라 그 자체였다.

드디어 총소리가 멎었을 때, 태일은 사람들의 시체 더미 속에서 아들을 발견했다. 훈이의 몸은 차갑게 식어 있었고 피는 말라붙어 있었다.

"훈아…… 집에 가야지…… 훈아……."

하늘은 먹구름으로 뒤덮였다. 비가 내리면서 학살의 흔적들이 옅어지기 시작했다.

태일은 점점 야위어갔다. 아내 연희는 더 심각했다. 잠을 자지 못했고 음식도 입에 대지 않았다. 바람이 불면 걸치고 있던 옷이 펄럭거리며 연희의 앙상해진 몸이 고스란히 드러났다.

연희는 매일 울며 태일에게 훈이를 살려달라고 말했다. 뉴소울시티가 세워진 이후로 사람들은 영생이란 게 가능하다는 것을 대충 알고 있었지만 그 권리는 극소수에게만 주어진 것이었다.

"부탁할 수 있잖아. 당신 교수잖아. 응? 우리 아들 살려달라고 해."

"그건 안 돼."

"왜! 왜 안 되는데! 왜!"

태일의 말에 연희는 앙상한 손으로 태일을 마구 때리며 울었다. 훈이에게는 만들어둔 메모리 패널이 없었다. 그것만 있다면 아들을 살릴 수도 있었을 것이다. 그러나 연희는 그 말을 이해하지 못했다.

"이렇게 사느니 죽는 게 낫겠어."

그런 말을 들을 때마다 태일은 무너지는 것 같았다.

식사도 거부한 채 영양제에만 의지해 간신히 버티던 연희는 며칠 후, 훈이의 방에서 목을 맸다.

태일은 큰 충격에 휩싸였다. 하지만 다행히 연희의 메모리 패널을 만들어둔 상태였다. 축 늘어진 연희를 본 태일은 울면서 고객서비스팀에 연락해 착복식을 요청했다.

그러나 연희는 깨어나자마자 울부짖었다. 그리고 다음 날 다시 목을 매달았다. 태일은 다시 고객서비스팀에 연락해 연희를 살려냈지만 연희는 다음날 손목을 그었다. 태일은 울지 않고 또다시 고객서비스팀에 연락했다.

몇 번 반복되자 연희도 더이상 울지 않았다.

"이제 나를 놓아줘, 제발. 내 머릿속에서, 심장 안에서 훈이가 나를 부르는데 살면 뭐해."

태일도 여러 방면으로 노력했다. 연희의 메모리 패널에서 훈이와 관련된 기억을 지우거나 백업 지점을 바꿔보려고 했다. 하지만 최종 저장한 지점에서 만들어진 메모리가 기준이었기 때문에 모두 불가능했다.

연희는 며칠 동안 자살 시도를 하지 않았다. 태일은 연희가 조금은 회복되고 있다고 생각했다. 어느 날, 강의를 마치고 오니 연희가 로맨틱한 저녁 식사를 준비한 채 태일을 기다리고 있었다. 연희가 마음을 돌렸다고 생각한 태일은 내심 안심이 되었다.

연희는 가만히 미소 짓고 태일의 뺨을 어루만지며 속삭였다.

"건강히 잘 지내다가 와."

그게 마지막 식사였다. 그날 밤 태일은 오랜만에 연희를

안고 잠이 들었다. 그리고 그날 새벽, 연희는 훈이에게 갔다.

"다시 접수해드릴까요?"

시신을 수습하러 온 고객서비스팀원들은 사무적인 말투로 물었다. 태일은 눈물이 고인 채 고개를 가로저었다.

"부인의 메모리 패널은 돌려드리겠습니다. 생각이 바뀌면 연락 주십시오."

홀로 남은 태일에게 연희의 흔적이라곤 손에 들린 메모리 패널이 전부였다. 거기엔 연희의 영혼이 담겨 있었다.

태일의 손이 떨렸다. 슬픔과 분노가 뒤섞여 심장이 요동쳤다. 태일은 있는 힘을 다해 연희의 메모리 패널을 반으로 쪼개버렸다. 연희는 이제 돌아오지 못한다. 태일은 훈이의 방에서 한참을 울었다. 그리고 다짐했다. 류신을 직접 만나야겠다고. 전기련의 의장, 뉴소울시티의 절대자인 류신을.

"무슨 생각을 그렇게 하세요?"

지금 앞에서 도도한 눈빛으로 식사를 하는 류시은은 결코 알 수 없을 것이다. 새로운 육체로 영생을 이어가는 게 삶의 완벽한 해답이 될 수 없음을. 태일은 아무렇지 않은 척 물을 한 잔 들이켰다.

류시은은 작은 도금 케이스에서 반짝이는 금빛 명함을 꺼내 태일에게 내밀었다.

"초대장이에요."

태일은 명함을 살폈다. 최고급 수제 종이로 만들었다는 걸 알 수 있었다. 그러나 무엇보다 특별한 점은 명함 한가운데에 뚜렷하게 박혀 있는 류신의 금장 사인이었다. 황제의 칙령. 흔히들 그 명함을 그렇게 불렀다. 아무나 받을 수 없었고, 이것만 있으면 뉴소울시티의 웬만한 구역이나 기관은 출입할 수 있었다. 이 명함을 갖고 있는 사람은 오직 류신과 류시은뿐이었다.

"초대에 꼭 응하시라는 뜻이에요."

류시은이 장난스러운 표정을 지었다.

그녀의 부탁은 거절할 수 없다. 뉘앙스만 친절할 뿐 명령이나 다름없으니까.

그동안 그녀의 파티에 초대받았던 사람들은 대부분 전기련에서 일하는 사람들이었다. 태일처럼 강의를 하는 고학력자들이거나, 각 기업의 팀장급들로 나름 점잖고 체면이 중요한 부류들이었다.

그녀가 그들을 부른 건 오직 재미를 위해서였다. 그들을 초대한 후 자기 친구들 앞에서 강제로 다이빙 게임에 참여시킨다고 했다. 처음엔 모두 거절한다. 아무리 카피바디가 준비되어 있다고 해도 인간이 가진 고소공포증은 쉽게 극복되지 않으니까. 대부분 다이빙 대에 서면 벌벌 떨거나,

겁에 질려 눈물을 흘리거나, 심지어는 오줌을 싸는 경우도 있다고 들었다. 하지만 류시은의 뜻을 거역할 수 있는 사람은 없었다. 그들은 체면과 자존심이 모두 발가벗겨진 채 왕족의 노리개가 되었다.

류시은이 식사를 마치고 일어나자 태일도 따라 일어났다. 둘은 함께 엘리베이터에 올랐다. 그런데 문이 닫히려는 순간, 황급히 한 남자가 탔다.

안경을 쓴 남자는 연신 손으로 부채질을 했다. 어딘가 허술해 보이던 그는 옆에서 미간을 찌푸리는 여자가 누구인지 깨닫지 못하는 듯했다. 문득 옆을 보다가 류시은과 눈이 마주친 남자는 화들짝 놀랐다. 이내 예를 갖춰 인사하며 자신의 명함을 건넸다.

"데메테르 관리팀장 전인수라고 합니다."

류시은은 거들떠보지도 않았다. 남자는 명함을 주머니에 다시 넣고는 머리를 긁적였다. 인수는 자신 때문에 류시은이 불쾌해졌다고 생각했는지 쓸데없는 이야기를 주절주절 떠들어댔다.

"오늘 스테이크는 어떠셨습니까? 일반 소가 아니라 순수 혈통의 소를 도축해 만든 요리였거든요. 아카데미아는 전기련의 자제분들이 계신 곳인 만큼 특별히 더 신경 쓰고 있습니다."

그러나 류시은은 그의 말을 듣지 않았다.

"그나저나, 오늘 도시가 많이 시끄러운 것 같습니다."

전인수는 뜻밖의 말을 꺼냈다. 태일이 류시은 대신 그 말을 받았다.

"오늘 무슨 일이 있었나요?"

"강 건너 소도 3센터에서 사건이 있었습니다."

류시은도 전인수의 말에 흥미를 느꼈는지 얼굴을 돌렸다.

"소도에서요?"

"침입자들이 있었다고 합니다. 착복식 중에 교전이 벌어졌다는데 처리는 잘된 모양입니다."

"그래요? 친구들한테 연락해봐야겠네요."

"걱정하실 건 없습니다. 소도에 들렀던 1구역 거주자분들은 무사하다고 들었거든요. 어쨌든 그 지역은 오늘은 통행 불가라고 하니 참고하시는 게 좋을 듯합니다."

엘리베이터가 1층에 도착했다. 류시은은 태일에게 약속을 잊지 말라며 싱긋 웃더니 경호원들과 함께 사라졌다.

문이 닫히고 엘리베이터는 지하로 향했다.

"사망자 열다섯 명. 테일러나 고객서비스팀의 피해는 없다고 합니다. 소도의 내부 시설은 일부 피해가 있었지만요. 본당에서는 백여 구에 달하는 폐기 바디들만 발견되었답니다. 우두머리를 포함해 일부는 도주했고요."

인수의 말에 태일의 표정이 어두워졌다. 태일은 아까 받았던 류시은의 명함을 물끄러미 보았다.

"어디로 갔답니까?"

"쥐독으로 갔다고 합니다."

"강 건너로 갔군요."

엘리베이터가 지하에서 멈췄다. 그들은 말을 멈추었다. 엘리베이터 앞에는 아무도 없었다. 다시 엘리베이터 문이 닫혔다.

인수는 조용해졌다. 안경 너머로 보이는 그의 눈빛이 날카로워지더니 차분한 목소리로 말했다.

"어쩌면 잡히지 않는 것을 쫓는 걸지도 몰라. 그들에겐 죽음이란 없어. 너도 알잖아."

태일의 마음속에 서글픔이 밀려왔다.

"알아. 하지만 적어도 겁은 줄 수 있겠지. 신의 자리에서 끌어내리지 못하더라도, 그들의 결정이 잘못되었다는 건 알려줘야 해. 악몽이 되어서라도 말야."

"그래. 말린다고 들을 네가 아니지."

인수는 태일의 어깨를 툭 쳤다.

"너의 사다리가 되어줄 테니까 올라가봐."

엘리베이터가 지하 주차장에 도착했다. 문이 열리자 태일이 엘리베이터에서 내렸다. 인수는 닫힘 버튼을 눌렀다.

반자본청년연맹의 우두머리, 제이콥의 등 뒤에서 문이 닫혔다.

*

다음날, 고객서비스팀장 배지환은 목뒤로 흐르는 식은 땀을 연신 닦아내고 있었다. 그동안 처리한 일과, 어젯밤 소도 3센터에서 벌어진 습격 사건에 대해 류신에게 보고를 하는 중이었다. 그런데 류신은 무표정한 얼굴로 고개만 끄덕이더니 설명은 듣는 둥 마는 둥 계속 파노라마그램*만 이리저리 조작했다. 소도 3센터에서 벌어진 연맹원들의 움직임과 도주 과정을 반복 재생하며 보고 있었던 것이다. 류신의 시선은 소도 3센터에서 빠져나와 동쪽으로 향하는 연맹원들의 도주 차량에 꽂혀 있었다.

"고객서비스팀 내 정보 분과의 예측으로, 소도 3센터에 대한 경계를 높였습니다. 보시다시피 아무 피해 없이 반자연 놈들의 공격을 막아냈습니다."

"배 팀장, 내가 뭔가를 잘못 알고 있었나?"

"예?"

---

* 뉴소울시티에서 사용되는 영상 기술 장치. CCTV나 동영상을 입체적으로 구현한다. 확대, 축소, 회전, 캡쳐, 그리고 예상 행동까지 시뮬레이션할 수 있다.

류신은 배지환을 가만히 쳐다보았다.

"누구보다 배 팀장이 나를 가장 잘 이해한다고 생각했는데. 딱지가 생긴 상처 위에 연고나 바르라고 자네를 그 자리에 앉힌 게 아니야."

"죄송합니다."

"거슬리는 것들이 자꾸 늘어나는군."

배지환도 들어서 알고 있었다. 아바리치아를 건제히는 다른 회원사들이 자꾸 고객서비스팀의 문제를 빌미로 공식 회의에서 이의를 제기하고 있다는 사실을. 단순한 이의 제기가 아니라 의장사 불신임안까지 거론됐다고 하니, 삐끗하면 자신의 목숨까지 날아갈 수도 있었다.

"죄송합니다, 의장님."

지금 그가 할 수 있는 것은 기계적인 대답뿐이었다. 류신의 친위대장이라는 강력한 권력을 얻기까지 배지환은 류신에게 한 번도 부정적인 대답을 해본 적이 없었다. 류신은 그에게 아버지 같은 존재이자, 정신적 지주이며, 신이었다.

"바퀴벌레를 죽이는 방법을 아나?"

긴장한 배지환은 대답하지 못했다.

"틈새로 기어 나오는 놈들은 불을 비추면 사라지지. 나오면 또 숨고 나오면 또 숨으면서 여간 귀찮게 하는 게 아니야."

"최선을 다해서 잡겠습니다!"

류신은 고개를 저었다.

"아니, 기어 나온 놈들을 죽인다고 해서 그게 끝이 아니란 말이야. 놈들은 죽어가는 와중에도 알을 까. 그리고 숫자는 더 늘어나지."

배지환은 류신의 말에 머리만 긁적거렸다.

"집을 없애야 해. 놈들이 시작되는 뿌리를 말이야."

"집이요?"

배지환은 이해가 안 되는 모양이었다. 류신은 파노라마 그램을 가리켰다. 손가락 끝에는 도주하는 연맹원들의 차량이 있었다. 그들은 쥐독으로 갔다.

"여기."

배지환은 의아했다. 쥐독? 거긴 어차피 시궁창이다.

"그곳은 죽은 자들이 가는 곳이나 다름없습니다. 그 녀석들이 거기에 숨어든다고 해도 살아남기 힘들 텐데요."

류신은 혀를 찼다.

"도주한 녀석들 외에 다른 녀석들도 도시 곳곳에 숨어있을 거야. 다른 회원사들 내에 있을 거라고. 그렇지만 그놈들을 잡겠다고 회원사들을 건드리면 불만만 사겠지. 안그래도 우리한테 불만이 치솟아 있는데 말이야. 정확히는 고객서비스팀장인 자네한테."

가슴을 조이는 긴장감에 배지환은 마른침을 삼켰다.

"난 자네를 잃고 싶지 않아. 그러니 생각해봐. 자네가 그간의 불신을 잠재우고 확실한 신뢰를 얻을 방법을."

류신은 의미심장한 미소를 지었다.

*

쥐독 55층 건물 뒤편, 8차선 도로를 사이에 두고 주황색의 불줄기가 불규칙하게 오고 갔다. 강한 금속성 격발음들이 주변을 울렸다. 혁과 연성, 그리고 삼인회 조직원들은 리볼버와 사냥용 엽총으로 대응하는 중이었다.

녹슨 트럭 뒤에 숨어 대응사격하던 혁은 초조했다. 도로 건너편 건물들 높이는 제각각이었는데 상대는 그 속에 숨어 공격을 가했다. 화력 차이도 심했다. 혁의 산탄총에 대응하는 상대의 무기는 연사가 가능한 화기였다.

혁의 머릿속은 복잡해졌다. 쥐독의 폭력단들과 수많은 항쟁을 벌여왔다. 물론 그 이유는 민준이 들여온 루왁 때문이었다. 하지만 민준과 림광석의 대결 이후, 그 누구도 루왁을 건드리지 않았다. 민준도 마찬가지였다. 이제 민준과 삼인회에게 루왁은 자존심이자 독기가 되었다. 그러나 그런 그들의 태도는 쥐독의 다른 폭력단들에겐 덤벼볼 테면 덤벼보라는 선전포고로 받아들여졌다.

녹색선과 연성의 숙박업소에서 하루가 멀다 하고 폭력단들과의 싸움이 벌어졌다. 그들은 집기를 부수고 불을 질렀고, 직원들은 그 과정에서 심한 부상을 당했다. 힘든 건 스테파노도 마찬가지였다. 자꾸만 다치는 세 남자와 그의 동료들까지 치료하는 것은 만만한 일이 아니었다.

"김민준은 도대체 어디 있는 거야!"

혁은 불만 섞인 말을 뱉었다. 알 수 없는 패거리들과 교전을 벌인지 한 시간이 넘은 듯했다. 저 녀석들의 공격에 동료들도 여러 명 다쳤다. 탄약은 점점 떨어지고 있었고 체력도 한계에 다다르고 있었다. 연성은 쓰러진 동료들을 스테파노의 기도실로 데리고 오가느라 정신이 없었다.

연달아 산탄총을 쏘아대며 나타나는 한 그림자가 보였다. 특유의 절뚝거림, 쩔꺼덕거리는 보호구 소리. 민준이었다.

"이제 오면 어떡해?"

날아오는 총알이 두렵지도 않은지 대응사격을 해대며 민준은 혁에게 어슬렁어슬렁 접근해왔다. 어두웠지만 민준의 얼굴엔 독기가 가득했다.

"고작 도둑 하나 잡는 게 그렇게 중요해?"

아슬아슬하게 총알이 스쳐 지나가자 민준은 혁의 근처에 주차된 낡은 SUV 뒤로 숨었다.

"형이 나한테 말했었잖아. 쥐독에선 절대 빈틈을 보여선 안 된다고."

"아무리 그래도 그렇지. 그딴 일이나 하라고 삼인회를 만든 줄 알아?"

민준은 다시 총구를 길 건너로 향하고 쏘아댔다.

"그래서 그런 거야. 아무도 우릴 함부로 보지 못하게 하려고."

한 달 사이에 민준은 다른 사람이 되었다. 의욕 없고 우유부단하던 남자는 더이상 없었다. 림광석과의 싸움에서 쥐독의 생존 법칙을 깨달은 것이다.

"근데 저 자식들, 뭘 노리는 거야?"

민준은 건너편에서 대응사격을 해오는 놈들이 궁금했다.

"뻔한 거 아니겠어? 네가 들고 온 루왁이겠지."

혁의 말에 민준은 고개를 갸웃거렸다.

"아니면 도시에서 넘어온 놈들이거나. 전기련 고객서비스팀 말이야. 그러지 않고선 저런 총을 쓰는 놈들은 없어."

민준은 교전을 벌이는 와중에도 골똘히 생각에 잠긴 듯했다.

"아니. 고객서비스팀은 아니야

"그걸 어떻게 알아?"

"소리가 달라."

쥐독으로 도망쳐오던 날, 민준은 뒤쫓아오던 고객서비
스팀의 K99 소리를 기억하고 있었다. 두툼한 바디와 함께
두꺼운 총신을 뚫고 나오는 총알 소리는 육중한 저음이었
다. 그러나 지금 들리는 기관소총 소리는 경박하고 불안정
한 고음의 금속성 굉음이었다.

"그럼 대체 저놈들이 누군데?"

혁에게 계획을 보여주려는 듯 민준은 재빨리 산탄총의
탄창을 재장전했다.

"기다려봐. 받은 만큼 돌려주면 패를 까겠지."

총알이 사방에서 오가는데도 민준은 주저 없이 폐차들
사이를 오가며 전진했다. 다친 동료를 스테파노에게 데려
다주고 돌아오던 연성은 홀로 길을 건너는 민준을 보자 소
리를 질렀다.

"정신 나갔냐! 돌아와!"

하지만 들을 리 없다는 것을 연성도 잘 알고 있었다. 언
제부턴가 민준에게는 연성의 말도 먹히지 않았다.

민준은 계속해서 나아갔다. 그때, 근처에서 희미한 신음
소리가 들렸다. 옆에 있던 폐트럭에 기대 쓰러져 있는 자
가 보였다. 검은 옷을 입고 얼굴에 검은 반다나를 한 그는

복부에 총상을 입고 피를 흘리고 있었다. 민준이 총을 겨누자 사내는 힘없이 두 손을 들었다.

"제발…… 살려주세요……."

민준이 총구로 반다나를 내리자 앳된 얼굴이 드러났다. 십대 후반, 기껏해야 이십대 초반으로 보였다. 눈물을 흘리는 모습이 불쌍해 보이기까지 했다. 그러나 이곳에서는 조금의 동정이나 연민도 보여선 안 된다.

"너희 두목이 누구야? 당장 나오라 그래!"

민준은 사내의 이마에 총구를 대고 소리쳤다. 소리치는 민준을 향해 어둠 속에서 그림자들이 은밀히 다가갔다. 길 건너 폐차 뒤에 숨어 있던 혁과 연성도 그 상황을 지켜보고 있었다.

"안 나와? 이 자식 대가리 날려버리기 전에 당장 나와!"

민준은 총상을 입고 꼼짝 못 하는 사내의 눈빛을 일부러 외면했다. 앳된 사내의 눈과 마주치면 마음이 흔들릴 것 같아서였다. 방아쇠에 건 민준의 손가락이 조금 떨렸다.

혁은 사방에 위협사격을 가하며 연성과 함께 민준이 있는 쪽으로 달려갔다. 그러나 검은 그림자들은 한발 더 빨랐다. 그들은 민준을 포위한 채 총구를 겨누고 있었다. 일촉즉발의 상황이었다.

"그만!"

그때였다. 품위가 느껴지는 듯한 남자의 목소리였다.

"그만합시다!"

존중이 담긴 명령 같은 그의 목소리에 검은 옷을 입은 사내들이 바로 총구를 거두었다. 폐건물에서 쏘아대던 소총 소리도 멈췄다. 민준도 손을 들어 중단하라는 신호를 보냈다. 혁과 연성도 대응사격을 멈추었다. 일순간 전투는 종료되는 듯했다. 앳된 사내의 머리통을 겨누고 있던 민준만 총구를 거두지 않았다.

"그 총 내려요."

목소리의 주인공이 교전을 벌이고 있던 8차선 도로 한 가운데로 걸어나왔다. 달빛이 검은색 반다나를 하고 있던 그의 얼굴을 드러나게 했다.

"우린 적이 아닙니다."

하지만 민준은 그의 말을 곧이들을 리 없었다.

"적이 아니라니? 수작 부리지 마!"

남자는 민준을 향해 천천히 걸어왔다. 민준 옆으로 온 혁과 연성은 남자를 향해 산탄총을 겨누었다.

"그 사람, 제 친구입니다."

민준도 총구를 돌려서 걸어오는 그를 겨눴다.

"그리고 다쳐서 실려간 당신 친구들도, 저에겐 모두 친구입니다."

남자의 말에 혁은 손으로 민준의 총구를 가로막았다. 그러나 민준은 여전히 남자를 노려보았다.

"하고 싶은 말이 뭐지?"

민준 앞에 멈춰 선 남자가 반다나를 벗었다. 태일이었다.

"싸워야 할 건 우리들이 아닙니다. 서로가 아니란 말입니다."

"어처구니가 없군. 먼저 싸움을 긴 쪽은 너희야. 그런데 난데없이 나타나서 그딴 헛소리로 우릴 탓해?"

"지금 벌어진 일은 오해입니다."

민준은 실소를 터뜨렸다.

"오해? 이제껏 총질하다가 이 쪼그만 놈이 죽을 것 같으니까 빠져나가려고 헛소리하는 거지? 싸울 상대가 서로가 아니라니, 지금 그 말을 어떻게 믿어?"

고집스럽게 따지는 민준의 말투에도 태일은 흔들리지 않았다.

"정말로 오해입니다. 적어도, 우리가 싸우려는 놈들은 여기에 있는 사람들이 아닙니다. 우리는 모두 똑같아요."

민준은 피를 본 사냥개처럼 더 으르렁거렸다.

"여긴 쥐독이야. 살아남기 위해선 강해질 수밖에 없고 가진 걸 빼앗기지 않으려면 싸워서 빼앗는 수밖에 없는 그런 곳이라고."

"그 말을 들으니 더 확실해지는군요. 우리가 맞서 싸워야 할 것은 쥐독에 빠진 서로가 아니라 쥐독을 만든 자들이라는 거."

"말 같지도 않은 소리! 그딴 놈이 대체 누군데?"

민준은 흥분을 가라앉히질 못했다. 그러자 혁이 나섰다.

"뭔 말인지 잘 모르겠지만 일단 그만하죠. 다친 사람들도 있으니."

혁이 휴전을 제안하자 태일은 받아들였다. 그러자 어둠 속에서 검은색 반다나를 쓴 연맹원들이 하나둘 모습을 드러냈다. 삼인회와 연맹원들은 자신들의 다친 동료들을 챙겼다. 연성은 다친 사람들을 부축하며 55층 지하 구역으로 들어갔다.

여전히 민준은 태일을 미덥지 않은 표정으로 쳐다보았다.

"그만해. 죽은 사람은 없잖아. 그나마 다행이야."

혁은 씩씩대는 민준을 달랬다. 싸움의 현장을 지켜보던 태일의 표정은 씁쓸했다. 혁은 그런 태일의 표정이 신기했다. 쥐독에서 한 번도 본 적 없는 표정이기 때문이었다. 이제껏 보아온 거라곤 오로지 생존을 위한 독기와 탐욕에 가득 찬 패배자들의 표정뿐이었다.

"제이콥, 들어가죠."

정호가 태일에게 다가왔다. 소도 3센터부터 이곳에 오

기까지 힘겨운 하루를 보낸 그였다.

"제이콥? 그게 뭡니까?"

혁은 궁금했다. 아바리치아 시대 이후 한국 이름이 아닌 명칭은 들어본 적이 없었던 것이다.

"저희 우두머리의 별명입니다. 우리 동지들이 붙여준 거죠. 희망을 걸어서 말이죠."

"무슨 뜻이라노 있습니까?"

"제이콥은 신과의 씨름에서 이긴 최초의 인간입니다. 야곱으로 알려진 성경 속 인물이에요."

혁은 정호의 설명을 귀기울여 들었다. 이번에는 태일이 입을 열었다.

"저희는 반자본청년연맹입니다. 저희의 목적은, 이 도시의 신들과 싸우는 겁니다."

신과 싸운다? 처음 그 말을 들었을 때 민준과 혁은 이해하기 힘들었다. 그들은 늘 쥐들과 싸워왔다. 그리고 그들 자신도 쥐였다. 그러니 신과 싸운는 생각은 해본 적도, 할 수도 없었다.

하지만 이 도시의 신은 민준의 생명을 위협하며 더러운 폐수의 강으로 뛰어들게 했고, 자신에게 퇴로를 열어주었단 이유로 길섭과의 아침 시간을 영영 앗아갔다. 그들의 시스템, 그들의 법칙을 어겼다는 이유만으로. 죄는 인정할

지라도 그들의 기준으로 정한 벌은 인정할 수 없었다. 그런데도 그 불균형을 의심해본 적이 없다니. 태일의 말을 듣자 민준의 가슴 깊은 곳에 가라앉아 있던 부유물이 소용돌이와 함께 수면을 위로 떠오르는 것을 느꼈다.

예배소 안에는 다친 사내들의 신음 소리가 가득했다. 삼인회와 연맹원들이 서로 뒤섞여 있었지만, 아직 경계심을 늦추지 않았는지 침대나 소파 위에 누워서도 서로를 노려보았다. 총상을 입은 연맹원의 종아리에서 탄환을 제거하던 스테파노가 주위를 둘러보다 한마디 했다.

"옛말에 남의 눈에 티끌을 보지 말고 네 눈 안의 들보를 보라고 했어."

다친 동료들을 보기 위해 민준과 혁, 태일이 예배소 안으로 들어왔다. 태일의 눈에 부상자들은 블랙컨슈머데이 때에 길가에 쓰러져 신음하던 사람들과 겹쳐 보였다. 매번 태일은 갈등했다. 콜필드를 꿈꾸던 그들은 도시의 많은 이들의 지지를 얻고도 결국 그들의 꿈을 이루는 데 실패했다.

'우리는 절대 그들처럼 되지 않을 거야. 절대로…….'

태일은 매일 아침 그런 다짐을 했다. 하지만 매번 이런 광경을 마주해야 했다. 작전의 성공과 실패에 상관없이 가장 먼저 들려오는 건 동료들의 부상과 부고 소식이었다.

"제이콥. 이제 어쩌죠?"

연맹원들은 모두 태일만 쳐다보고 있었다. 그가 무슨 결정을 해도 따르겠다는 눈빛이었다.

"어차피 그들은 우리가 있든 없든 별 신경 쓰지 않을 거야. 지금은 소도를 정상화하는 데 정신이 팔린 상태일 테니까."

동의를 구하듯 태일은 민준괴 혁을 쳐다보았다. 민준은 시선을 피했지만 혁은 무슨 뜻인지 감을 잡았다. 태일과 오랜 시간 함께해온 정호가 거들었다.

"그렇겠네요. 한동안은······."

연성도 알아들었다. 간단하게 말하면 며칠간 이곳에 빌붙겠다는 말이었다. 그래도 원만한 해결을 할 줄 아는 건 혁이었다. 혁이 입을 열었다.

"머물러도 좋습니다."

그러자 민준과 연성은 못마땅한 표정이 되었다. 혁은 연성의 옆구리를 쿡 찔렀다. 숙박업소 방 몇 개를 내주라는 뜻이었다.

"그러면 여기서 전열을 정비하고 도시로는 시간차를 두고 복귀하는 걸로 하지."

태일의 말에 모두 고개를 끄덕이고 짐을 챙겨 일어섰다.

연맹원들은 잠시 녹색선에 들렀고, 배낭을 열어 짐을 정리했다. 그런데 하나같이 배낭 안에 종이 뭉치가 있는 것이 민준의 눈에 띄었다.

"그 종이 뭉치는 뭐야?"

"책입니다."

태일은 간결하게 답했다. 그러더니 자신이 가지고 있는, 손바닥 두 개 크기의 종이 뭉치를 민준에게 내밀었다. 앞장을 흘끗 본 스테파노는 무슨 책인지 바로 알아봤다.

"토마스 모어의 『유토피아』군."

스테파노가 책을 펼치며 훑어보더니 흥미롭다는 듯 말했다.

"누군가 손으로 직접 써서 옮겼구먼?"

"제가 필사한 겁니다."

태일은 담담히 말했다. 민준이 종이 뭉치를 훑듯이 넘기며 살펴봤다. 태일이 말을 이었다.

"전기련은 이 도시, 세상을 지배하기 위해서 모든 지식을 독점하고 있죠. 그걸 위해 모든 책, 미디어, 개인용 전자기기까지 지식에 접근할 수 있는 모든 걸 금지하고 파괴했어요. 자신들을 제외한 이들이 지식에 접근하는 걸 막은 거죠. 저는 그게 불공평하다고 생각합니다."

태일은 그들에게 저항하고 모든 이들과 지식을 공평하게 나누기 위해 아카데미아 도서관에 있는 책들을 암기해

밖으로 나와 꾸준히 필사를 해왔다. 『구운몽』, 『맥베스』, 코란, 성경, 논어, 순수문학에서 대중소설에 이르기까지 종류도 다양했다. 아시아와 유럽 문학도 있었고 한자로 된 것도 있었다.

그렇게 오랜 시간 필사하면서 완성된 책들이 꽤 되었다. 뜻을 함께하기로 한 연맹원들과 공유하면서 연맹원들 또한 태일처럼 지식을 쌓아갔다. 그들 역시 세상을 보는 눈이 달라지고 있다는 걸 태일도 느낄 수 있었다.

"이 책들과 지식을 통해서, 진실을 보지 못하게 우리의 눈에 씌웠던 가리개를 치울 수 있었습니다."

민준은 태일의 말투며 행동, 태도까지 하나도 마음에 드는 게 없었다. 게다가 태일은 혁이 내민 카푸치노도, 민준이 내민 루왁도 입에 대지 않았다. 태일의 말에 따르면 그것들은 전기련이 도시를 지배하기 위해 만든 독약이었다. 진실을 향한 눈을 멀게 하는 독약. 그 말을 듣자 혁은 입에 넣었던 카푸치노를 바닥에 퉤 뱉었고, 그 모습을 본 스테파노와 연성이 웃음을 터뜨렸다. 반면 민준은 보란 듯이 씹어 먹었다.

"그깟 글 따위를 가지고 신과의 싸움을 벌인다고? 총도 아니고 칼도 아닌 글로? 웃기시네. 그걸로 어떻게 이긴다는 거야?"

민준이 본 글이라곤 아바리치아 공장에 취업할 때 읽은 업무 내용과 안전 관련 경고문이 전부였다.

"그래서 책이 필요한 겁니다."

태일의 눈은 흔들림이 없었다. 하지만 민준은 콧방귀를 뀌었다.

"여긴 나처럼 도망쳐 갈 데 없는 사람들이 모여 썩은 통조림 하나 때문에 칼로 찌르는 곳이야. 그런데 이런 곳에서 무얼 가지고 눈을 뜨고 어떻게 신과 싸워? 여긴 뉴소울시티의 쓰레기통이야. 우린 그 쓰레기를 먹고사는 쥐들일 뿐이고. 우리 동료들한테 쓸데없는 바람 넣지 말고 신과의 싸움은 고귀한 당신들끼리 해."

민준의 말에 순간 분위기가 차가워졌다. 그러나 태일은 자신의 의지를 피력하듯 민준을 뚫어지게 쳐다보았다. 그리고 또박또박 말했다.

"우리는 게가 아닙니다."

통 속의 게는 서로의 다리를 붙잡고 통을 빠져나가지 못하게 한다. 나가려고 시도하는 녀석이 있으면 붙잡아 다시 통 안으로 끌어들인다.

"당신이 느끼는 무기력한 기분은 저도 압니다. 다만, 자기 비하는 하지 마십시오. 타인의 추락으로 위안을 삼지도 마시고요. 그렇지 않으면, 우린 영원히 푸아그라를 위해 사육되는 거위 신세에서 벗어나지 못할 겁니다."

평생 호스를 입에 물고 옴짝달싹 못 하는 철창에 갇힌 채 살다가 지방이 차오른 간을 내어주고 버려지는 거위의 운명. 민준도 예전에 푸아그라에 대해서 들은 적이 있었다.

"2구역이든 쥐독이든 같습니다. 우리는 모두 같아요. 우리를 지배하는 건 전기런입니다. 그들을 무너뜨리는 게 우리의 최종 목표고요."

태일은 민준에게『유토피아』를 내밀었다.

민준은 태일이 내민『유토피아』를 다시 보았다. 순간 태일에 대한 적대감보다 묘한 궁금증이 피어올랐다.

'정말 나 따위가 그들과 싸울 수 있을까?'

의문, 두려움, 불안함 등 수많은 감정이 뒤섞였다. 온몸의 혈관을 타고 심장부터 발끝까지 혈류가 세차게 오갔다. 태일, 혁, 연성, 그리고 스테파노가 민준을 보고 있었다.

"우리가 함께하면 충분히 싸울 수 있습니다."

민준은 내심 놀랐다. 태일에게 생각을 들킨 것 같았다. 민준은 침을 꿀꺽 삼켰다.

민준은 몸에서 무언가가 서서히 떨어져 나가는 것을 느꼈다. 그것은 민준을 가두고 있던 무의식이라는 감각이었다. 어쩌면 지금 이 순간, 민준은 통의 바깥으로 나가는 중일지도 모른다. 자신을 붙잡고 있는 수많은 게들을 이끌고.

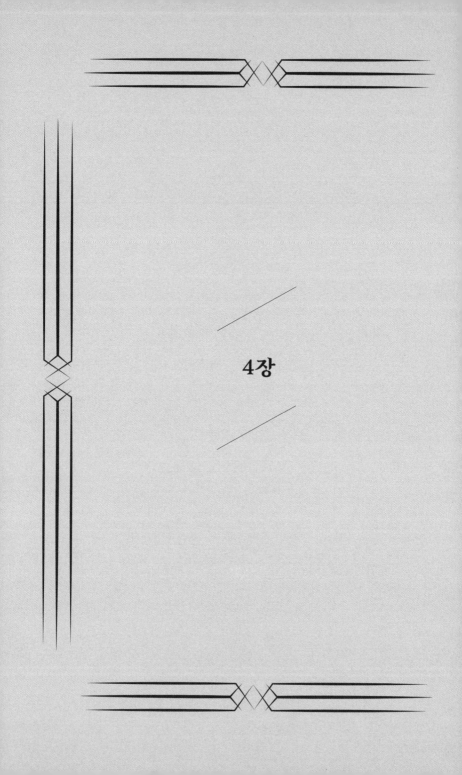

4장

백색의 샹들리에

"지상에 지옥이 찾아왔다."

- 2022년 5월 15일 페트로 안드루셴코(우크라이나 마리우폴 시장 보좌관)가
러시아의 폭격을 목격한 후 한 말.

소매를 걷어 올린 팔꿈치에 눅눅한 습기가 느껴졌다. 일
년 중 가장 더운 절기였다. 천장에 맺힌 물방울이 떨어져
목덜미에 닿자 배지환은 순간 고개를 움츠렸다가 폈다.

배지환은 계단을 따라 아바리치아 제8공장 지하로 내려
갔다. '고객정보관리센터'로 불리는 이곳은 전기련에 위협
이 되는 요인들을 관리하고 취합하는 기관으로 알려져 있
지만, 실질적으로는 취조와 고문을 위한 장소였다. 이곳에
서 나오는 소리란 괴로운 듯한 비명과 날카로운 기계음뿐
이었다.

"여간 질긴 게 아닙니다. 해볼 만큼 해봤습니다만."

배지환을 따라다니며 보고하던 비서는 긴장했는지 계
속 더듬거렸다. 배지환은 비서를 노려봤다.

"해볼 만큼? 기대를 저버리는 대답인데. 의장님께 누를 끼치길 바라는 건가?"

배지환은 류신에게 절대적으로 복종했다. 굴종에 가까운 완벽하고 절대적인 충성이었다. 류신이 정의이자 헌법이며 질서라는 개념은 배지환의 머릿속부터 발끝까지 뒤덮고 있는 이데올로기였다. 그랬기에 복종하지 않는 모든 것은 류신에 대한 변절이자 배반이었고 불의이자 혼돈으로 간주했다.

"아닙니다. 단지 놈이 생각보다,"

대답이 끝나기도 전에 배지환은 비서의 정강이를 걷어찼다. 비서는 정강이를 부여잡고 주저앉아 신음했지만 배지환은 반대쪽 정강이도 가차 없이 걷어찼다. 비서는 통증에 움찔거리면서도 일어서서 자세를 바로했다.

"단지? 의장님께서 수사의 역량을 마음껏 펼치라고 관용을 베푸시고 필요한 모든 것을 지원해주셨는데 그따위 대답을 어디서. 이 정도로는 부족하다 그런 말인가?"

겁을 먹은 비서는 꼿꼿하게 몸을 세웠다.

"아닙니다. 제가 어떻게 감히 그런 생각을 하겠습니까."

"시간을 이렇게 허비한 것만으로도 넌 의장님을 배신한 거나 다름없어."

"기회를 주십시오. 팀장님!"

노려보던 배지환은 다시 계단을 따라 내려갔다. 비서는 종종걸음으로 그를 따라갔다. 고객정보관리센터의 복도에 들어서자 비명 소리들이 더욱 가까워졌다. 배지환을 기다리고 있던 팀원들이 복도 양옆으로 서 있었다.

배지환을 안내하던 팀원이 여러 창구 중 한 곳의 철문을 열었다. 배지환은 바로 들어갔다.

이곳은 고문 장소처럼 보이지 않았다. 품격 있고 세련된 인테리어, 가죽 소파와 위스키들이 가득한 벽장과 바 테이블. 고소한 커피 향과 위스키 향이 뒤섞인 냄새는 안락한 기분까지 들게 했다.

그러나 구석에 자리한 기계가 이 공간의 목적을 상기시켰다. 고객서비스팀은 그 기계를 '주크박스'라고 불렀다. 원하는 곡을 듣기 위해 음악을 선택하는 주크박스처럼, 원하는 정보를 알아내기 위해 전기신호를 보내는 고문 기계였다. 높이는 일반 성인 남성의 키만 했고 상부 덮개 부분은 반원 모양이었으며, 하부는 옆면이 긴 직사각형 모양이었다. 전면은 투명해서 안쪽이 보였고 후면은 거대한 전자회로로 이루어져 있었다.

주크박스에 갇힌 사람은 소도 3센터 지성소에 잠입했다 관통상을 입었던 연맹원이었다. 온몸이 멍과 상처로 뒤섞여 있었다. 광대뼈가 으깨진 머리는 상부의 프레임에 고정

되어 있었고 하부에 고정된 목뼈와 척추는 도축이 끝난 소의 등뼈처럼 늘어져 있었다. 신경 조직들에는 전선이 매달려 후면 패널에 연결되어 있었다. 배지환은 그를 보며 조롱하듯 웃었다.

"이봐. 지옥이 왜 무서운 줄 아나? 고통 때문이 아니야. 벗어날 수 없다는 사실 때문이지. 고통의 시간에서. 영원히."

배지환은 손으로 브이 자를 하듯이 손가락 두 개를 펼쳤다. 배지환의 사인을 본 팀원은 박스 옆에 달린 2번 버튼을 눌렀다. 곧 전자회로와 연결된 전기신호가 척추의 신경세포를 자극했고, 이는 곧 신경조직을 따라 남자의 뇌로 전달되었다.

전달된 신호가 닿자마자 남자는 비명을 질렀다. 비명의 높낮이가 오르락내리락해서 고통의 크기를 가늠하기 어려웠다. 그의 머리로 전달된 신호는 3도 화상을 입을 만큼의 열 자극이었다. 기계 옆에 달려 있는 버튼은 1번부터 10번까지 있었다. 버튼은 열 자극, 기계적 자극, 화학적 자극 등 전부 다른 고통을 줄 수 있었다. 동시에 누르는 것도 가능했다.

배지환은 가죽 소파에 앉아 위스키를 마시며 여유 있게 기다렸다. 기계 안의 머리가 원하는 정보를 토해낼 때까지.

"이대로 두면 뇌가 타버릴 겁니다."

비서가 조심스럽게 말을 건넸다.

"타기는 뭘 타. 그냥 전기신호를 대가리에다 때려 박는 것뿐인데."

신경질적인 배지환의 말투에 비서는 또다시 정강이로 발길질이 날아올까 슬쩍 발을 뒤로 뺐다.

"하지만 뇌로 가는 스트레스가 일정치를 넘어가면 기능이 상실되면서 더이상 쓸모가 없어집니다. 그럼 타는 것과 다름없습니다, 팀장님."

"메모리 패널이 괜히 있어? 거기서 자백을 추출하면 될 거 아냐?"

배지환은 막무가내였다. 소도 3센터에 침투한 과정까지 메모리 패널에 저장되어 있기는 했다. 하지만 메모리 패널에 저장된 데이터는 텍스트가 아니라 컴퓨터에서 사용되는 이진법처럼 숫자로 구성되어 있었다. 그것을 카피바디와 결합하면 영상화된 기억으로 되살아난다. 다만 회복 시간 없이 백업을 하면 마지막 부분의 메모리 코드가 과한 자극을 받아 손상될 수도 있었다.

"차라리 설득을 해보면 어떨까요? 묻는 말에 대답만 하면 이런 끔찍한 고통에서 벗어나 새로운 신체를 얻고 행복할 수 있다고 말이죠."

벌떡 일어난 배지환은 비서의 정강이를 거세게 걷어찼

다. 급작스럽게 또 정강이를 걷어차인 비서는 식은땀을 흘리며 어쩔 줄 몰라 했다.

"행복? 저딴 쥐새끼들한테 행복이라고? 저딴 놈들한테 자비 따윈 필요 없어!"

배지환은 주먹을 날릴 기세로 비서의 턱을 겨누다가 마음을 고쳐먹고 손을 내렸다.

"하긴 니들이 뭘 알겠냐. 블랙컨슈머데이가 어땠는지."

배지환은 잠시 그날을 회상했다.

우리는 통조림이 아니다. 누구도 우리에게 삶을 강요를 할 수 없다. 손에 신발을 신고 셔츠를 바지로 입는다 해도. 설령 그것이 기괴하고 이치에 맞지 않는다 해도. 똑같은 틀에 가둬진 사육장의 거위처럼 살 수 없다.

뉴소울시티의 2구역은 사육장과 다를 바 없다. 전기련의 권력을 위해 인간 개인의 자유의지가 무지와 세뇌라는 지방으로 뒤덮여 불길한 영생에 대한 탐욕의 푸아그라가 되는 것을 더이상 지켜볼 수 없다.

권력을 파괴하라! 권위를 파괴하라! 무지를 파괴하라! 바벨탑을 무너뜨려라! 도시의 거짓된 우상들을 무너뜨려라!

마지막 방주인 이 도시가 진실의 바다로 침몰할지라

도. 모두가 수장될 위기에 처할지라도. 물이 새는 줄도 모르고 방주 안에만 갇혀 두려움에 떨기보단 갑판으로 나와 폭우와 해일이라는 진실을 마주하며 죽어갈 권리가 우리에게 있다.

친애하는 콜필드들이여! 도시를 점령하라! 공격하라! 악의 도시에 새롭고 진실한 영혼을 불어넣어라!

혼란에 휩싸인 그날, 회색 슈트를 입은 수많은 군중은 2구역의 거리를 점령했다. 각 건물과 공장의 꼭대기에서는 수기로 적은 종이들이 도로 위로 쏟아졌다. 그 종이에 쓰여 있던 것은 반란 세력이 쓴 선언문이었다.

당시 2구역 사람들은 반란 세력이 쓴 선언문을 읽었다. 그리고 썩고 쓸모없으면 쓰레기통에 버려지는 통조림이 자신들과 다를 바 없다는 것을 깨닫기 시작했다.

"우리는 통조림이 아니다! 우리는 통조림이 아니다!"

어쩌면 그때가, 사람들이 뉴소울시티에 대해 진실의 눈을 가장 크게 뜨고 있던 때였는지 모른다.

당황스러웠던 것은 반란 세력과 일반 시민이 구별이 안 된다는 점이었다. 고객서비스팀은 혼란에 빠졌다. 반란 세력은 군중들 틈에 섞여 물처럼 스며들었다가 안개처럼 그들 속으로 사라졌다. 평상시처럼 길을 걷던 그들은 플래시

몹처럼 불특정한 타이밍에 일사불란하게 모여 구호를 외쳤다.

그러는 사이 반란 세력은 전기련의 핵심 건물들을 공격했다. 각 소도에 대한 공세도 거세졌다. 전기련은 불안했다. 당시 배지환도 불안했다. 가는 곳마다, 앉는 곳마다, 잡는 것마다 무슨 폭발이 있을지 알 수 없었다. 불안과 불신이 서서히 1구역을 잠식했다. 반란 세력의 의도대로 이루어지고 있었다.

"역부족입니다. 앞으로 12시간 뒤면 반란 세력에 의해 장악될 수도 있습니다."

다급한 보고들이 고객서비스팀장 배지환에게 전달되었다. 파노라마그램 위에 펼쳐진 상황을 보았을 때 사태는 심각했다. 군중들은 성난 파도처럼 밀려들었고 화염병과 무기를 만들어 공격하는 사람도 있었다.

1구역에는 계속해서 비상 사이렌이 울렸다. 1구역 권력 유지의 핵심인 소도까지 공격받고 있었다. 사제 폭탄과 돌발 시위, 방화로 소도는 전쟁터를 방불케 했다. 소도를 지키던 테일러들까지 군중들에 의해 길거리로 끌려 나왔다. 사람들의 표적이 된 그들은 집단 폭행을 당했고 심한 부상을 입거나 심지어는 목숨을 잃기도 했다. 일부 소도에서는 시위대가 지성소까지 난입해 1구역 거주자들의 메모리 패널과 줄기세포 저장고에 불을 질렀다.

전기련 회원들은 각각 회장실에 대피해 있었다. 여차하면 헬기를 타고 뉴소울시티를 벗어날 작정이었다. 그러나 그 방법도 능사는 아니었다. 지성소에 있는 메모리 패널과 줄기세포 캡슐을 빼오지 못했고, 그렇게 되면 영생을 누리던 전기련의 신들과 1구역 거주자들의 수명은 그들이 탄 헬기의 연료 게이지에 달려 있게 되는 것이다.

"이 사태를 어떡할 겁니까! 의장!"

전기련 회원들은 류신에게 연락해 사태를 수습하라고 재촉했다. 위협을 느낀 그들은 무력으로 반란을 제압하자고 했다.

그러나 류신의 생각은 달랐다. 줄기는 잘라봤자 아무 소용이 없다. 뿌리를 찾아내야 한다. 거대한 나무라도 뿌리가 썩는다면 열매는 맺지 못하고 말라죽기 마련이다. 물론 류신도 손바닥이 땀으로 흥건할 만큼 초조했다. 하지만 기다려야 했다.

그 시각, 한 남자가 아바리치아 전략기획팀 실장 송선우 앞에 죄인처럼 서 있었다.

"확실한 거겠지?"

남자는 떨리는 목소리로 대답했다.

"네. 확실합니다."

"표시는?"

"신발에 형광 물질을 발라두었습니다. 복도에 찍힌 발자국들을 보실 수 있을 겁니다."

그러더니 남자는 눈물을 흘렸다. 두려움과 죄책감 때문이었을까.

이 남자는 블랙컨슈머데이가 터지기 전 송선우가 심어두었던 끄나풀이었다.

반란 세력의 실체를 잡아내기 위해 송선우는 한동안 골머리를 앓았다. 자유의지에 눈을 뜬 자들의 행동을 예상할 수가 없었다. 송선우도 알고 있었다. 인간에게서 자유라는 갈망은 절대 제거할 수 없다는 걸. 그렇지만 가두기라도 하기 위해선 자꾸 튀어나오려는 못을 망치로 수시로 두드려야 했다.

송선우는 반란 세력에 가담한 자들을 색출하기 시작했다. 시위에 나서거나 선언문을 뿌린 자들을 잡아냈고, 책을 필사해 유통한 자들을 잡아와 고문하고 처형했다. 하지만 붙잡힌 자들은 강하게 저항했고 그 뿌리에 대해선 절대 입을 열지 않았다. 그 사이 반란 세력의 규모는 걷잡을 수 없이 커졌다.

고심하던 송선우는 방식을 바꿨다. 그건 반란 세력의 뿌리로 안내해줄 스파이를 심어두는 것이었다. 아바리치아 감사팀장 염세일을 시켜서 2구역 거주자들의 프로필을 카테고리화 했다. 구분의 기준은 '욕망'이었다. 상품을 훔친 전력, 현재의 재정 상태, 근무 태도 등. 그렇게 뽑힌 자가 지금 송선우 앞에서 벌벌 떨고 있는 남자였다.

송선우는 그에게 보수로 2구역 거주자들은 꿈도 꿀 수 없는 분각과 1구역 전용 상품들, 그리고 한 구의 카피바디를 약속했다. 조건은 단 하나였다. 반란 세력의 최측근이 되어 저항세력의 리더를 찾아내는 것.

남자는 송선우의 지원을 등에 업고 반란 세력 사이로 숨어들었고, 매일 밤 포트폴패드*로 송선우에게 상황을 보고했다. 남자는 시위에 적극적으로 참여하고 선언문과 책자를 2구역 사람들에게 유통하는 일에도 관여했다. 남자는 결국 반란 세력의 리더와 그의 거주지를 알아냈다.

"흔적을 쫓아."

송선우의 지시에 따라 염세일은 감사팀원들에게 명령을 하달했다. 감사팀원들은 2구역 거주자들의 출근 복장과 비슷한 회색 계열의 작업복을 입고 2구역 곳곳의 아파

---

* 뉴소울시티에서 쓰는 스마트폰 겸 태블릿 기기. 2D뿐 아니라 3D화면로도 볼 수 있다. 허가받은 1구역 거주자들이나 1구역에서 일하는 소수의 2구역 거주자만 가질 수 있다.

트 안으로 들어섰다. 감사팀 작전의 원칙은, 모든 습격은 철저한 비밀이어야 한다는 것이었다. 옥상을 통한 진입이나 헬기, 다른 병력의 지원은 이목만을 끌 수 있어 제외했다.

조를 나누어 은밀히 움직인 팀원들은 평범한 안경처럼 생긴 특수 고글을 착용했다. 이 특수 고글은 열적외선 카메라 모드부터 형광 물질 추출 모드까지 설정할 수 있었다.

감사팀원들은 아파트의 엘리베이터를 타고 뒤춤에서 권총을 꺼냈다. 권총은 꽤 오래전에 나온 발터P99였다. 신속하게 총구에 소음기를 결합하는 팀원들의 눈빛이 서늘하게 빛났다.

엘리베이터 문이 열리자 바닥에 묻은 형광 물질의 흔적들이 그들을 이끌었다. 발자국의 흔적이 끝난 문 앞에서 팀원들은 진입을 준비했다. 고글에 연결된 리시버로 염세일이 지시했다.

"실패해선 안 돼, 진입해"

팀원들이 문을 부수고 들어갔다. 감사팀의 급습에 반란 세력은 사제 총기로 대응했다. 산탄총처럼 날아드는 탄환에 감사팀은 좁은 아파트의 벽 뒤로 재빨리 숨었다.

송선우는 밴 안에서 고글을 통해 중계되는 상황을 지켜

보고 있었다. 초조한 얼굴이었다. 턱 밑에 나기 시작한 수염 자국을 자꾸 긁으며 애써 태연한 척하고 있었다.

반란 세력의 핵심 멤버들은 결국 버티지 못하고 쓰러졌다.

"상황 종료! 처리했습니다."

그제서야 염세일은 안도의 한숨을 내쉬었다.

"빨리 찾아!"

송선우가 그렇게 다급하게 소리친 건 처음이었다. 팀원들은 흩어져서 이곳저곳을 들쑤시며 뒤졌다.

"찾았습니다!"

팀원 중 하나가 아파트 내벽에 숨겨진 공간을 발견하고 벽지를 뜯었다. 찾아낸 것은 『호밀밭의 파수꾼』이었다. 필사본이 아니라 표지부터 내지까지 전부 기계로 찍어낸 인쇄본이었다. 빛 바랜 표지 그림에서 세월의 흐름이 느껴졌다. 꽤 여러 번 읽은 듯 장마다 손때와 구겨짐이 심했다. 모니터를 통해 상황을 확인한 송선우는 그제야 환한 미소를 지었다.

류신이 송선우의 연락을 기다리는 동안 반란 세력의 또 다른 팀은 아바리치아 본사 건물 상층부까지 밀고 올라갔다.

"놈들이 의장님의 카피바디 보관실까지 점령했습니다! 빨리 가셔야 합니다!"

류신은 경호원들과 함께 옥상 헬기장으로 올라갔다. 곧바로 대기 중이던 헬기에 올랐다. 그런데 헬기의 프로펠러가 이륙을 위한 힘을 채 얻기도 전에 다른 프로펠러 소리가 시끄럽게 들려왔다.

구름을 뚫고 모습을 드러낸 헬기의 몸통이 열렸다. 가장자리에 앉아 있던 남자가 스코프scope를 단 라이플로 류신을 겨눴다. 류신은 순간 숨이 멎는 듯했다. 살면서 처음 느껴보는 공포였다. 분명 신에게 체크메이트를 했다고 생각했는데, 이대로는 신의 단두대로 끌려갈 모양새였다. 경호원들이 류신을 에워싸기도 전에, 라이플에서 발사된 총탄은 여지없이 류신의 가슴을 꿰뚫었다.

류신의 몸뚱이는 바람 빠진 풍선처럼 바닥으로 추락했다. 하지만 그 와중에도 자신을 쓰러뜨린 라이플의 총구가 다시 자신의 머리를 노리고 있음이 눈에 들어왔다.

'이대로 끝인가? 인간의 운명은, 신, 바로 당신의 것이었나?'

방아쇠에 걸린 저격수의 손가락이 류신을 신의 심판대로 안내하고 있었다. 그 찰나, 구름 밑에서 날아온 로켓이 저격수의 헬기에 명중했다. 저격수의 헬기는 폭발했다.

반란 세력의 헬기를 격추시킨 사람은 배지환이었다. 고객서비스팀 본부에서 대기 중이던 배지환은 본사가 위험하다는 소식을 듣고 황급히 공격형 헬기를 타고 온 것이었다.

배지환은 류신의 카피바디가 있는 소도 1센터를 무조건 사수하라는 명령을 내렸다. 발포도 불사하라고 했다. 고객서비스팀은 소도 1센터 주위에 있는 시위대와 반란 세력을 향해 거침없이 발포했다. 그러나 무차별 발포 소문이 퍼지면서 그동안 반란 세력에 동참하지 않던 2구역 사람들도 합류했고, 그 수는 어느새 2억 명을 넘겼다. 2억 명이 넘는 2구역의 파도를 막아낸다는 것은 불가능에 가까웠다. 하지만 류신만 살려내면 그에게 분명 신의 한 수가 있을 것이다. 배지환에겐 그런 믿음이 있었다.

소도 1센터에 도착한 류신은 긴급하게 착복식을 치렀다. 류신은 새로운 신체로 버둥거리면서 깨어났지만 저격 당시의 공포가 기억 속에 각인된 모양이었다. 헐떡거리는 류신을 수석 테일러가 안정시키자 류신은 간신히 정상 호흡을 되찾았다. 배지환은 안도의 한숨을 쉬었다. 그때, 송선우로부터 연락이 왔다.

"의장님께서 내리신 과업, 모두 완수했습니다. 반란 세력을 전부 잡아들였고 불온서적도 찾았습니다!"

송선우는 기쁜 목소리로 보고했다. 류신에게 송선우는 제갈량이자 한명회면서 괴벨스였다. 수석 테일러와 배지환을 물러가게 한 류신은 승리감을 느끼고자 반란 세력의 우두머리와 통화를 하겠다고 했다. 류신은 그를 진심으로 칭송했고, 자신의 편에 서도록 만들고 싶었다.

하지만 불가능했다. 새로운 신체, 영생, 부와 권력. 이 도시의 신으로서 원한다면 모두 다 주려고 했는데. 자신이 만든 세상을 뒤집을 만한 자라면 충분히 그럴 자격이 있다고 생각했는데.

그러나 실제로 마주한 그는 상상 밖이었다. 권력에 대한 욕망은 단 한 점도 없어 보였다. 그의 목표는 오직 자유였다. 뉴소울시티를 붕괴시키고 누구나 자유롭고 평등한 세상을 만드는 것. 신의 권력으로 자리한 전기련을 무너뜨리고 2구역 사람들에게 씌워진 틀을 벗겨 자유롭게 운명을 선택할 수 있게 하는 것. 그가 바라는 것은 오직 그것이었다. 순교자. 순수한 의지의 결정체. 놈은 그런 자였다.

"내가 죽는다고 끝날 것 같아? 나의 죽음은 씨앗이 될 거야. 기대해. 우린 잡히지 않는 유령처럼 네놈 앞에 다시 나타날 테니까."

류신은 소름이 돋았다. 그는 죽음 앞에서도 의지를 꺾지 않을 것을 선언하고 있었다.

그때 처음으로 송선우는 류신의 그늘진 얼굴을 보았다.

송선우는 감사팀장 염세일을 시켜 현장을 조작했다. 그

의 아파트에 루왁과 1구역 전용 상품들을 가득 채웠다. 영상을 조작하고 그의 얼굴을 넣어 성범죄 동영상까지 만들었다. 현장에서 발견된 책은『호밀밭의 파수꾼』이 아닌 히틀러의『나의 투쟁』으로 바꿨다. 그리고 모든 상황이 마치 실시간인 양 뉴소울시티 모든 전광판에 송출시켰다. 감사팀원들은 2구역 거주자들로 위장해 군중 속에 숨어들었고, 그들을 동요시켰다.

"혁명을 일으키면 뭐 해? 어차피 저놈의 속셈은 자기가 왕이 되려는 거 아니야?"

"그러게. 거짓말쟁이잖아! 착한 척하는 위선자였어!"

그들이 공장에서 물건을 훔치고 많은 사람을 죽였으며 시신들을 폐수의 강에 버렸다고 했다. 확인되지 않은 말들은 입에서 입으로 전해지며 사실로 둔갑했고, 어느새 그는 거짓말을 밥 먹듯 하는 위선자가 되어 있었다.

"발포를 허가한다."

어두운 표정으로 명령을 내리는 류신을 보자 배지환도 마음이 무거웠다. 그랬기에 그의 발포 명령을 무겁게 받아들였다.

'반드시 증명해 보이겠다. 나의 충성심을. 내 존재의 이유는 류신, 당신이니까.'

분노가 차오른 배지환은 팀원들에게 루왁과 위스키를

마음껏 마시도록 명령했다.

"마음껏 먹고 마셔라! 오늘만큼은 이성을 내려놓아라! 우리의 존재를 증명하자!"

약물과 술에 취한 고객서비스팀은 그날 도시의 전 구역을 향해 진격했다. 퍼비틴pervitin*을 복용하고 삼 일 밤낮을 쉬지 않고 진격한 독일군 같았다. 이성이 마비된 고객서비스팀은 반란 세력, 시위대, 평범한 2구역 거주자, 남성과 여성, 노인과 어린아이를 구분하지 않고 쏘았다. 그들의 손에 들린 K99은 쉴 새 없이 불을 뿜었고, 기동대 차량들에 달린 80밀리미터 고속 유탄기관총의 총신은 식지 않았다. 기동대 차량들과 고객서비스팀 차량은 빠른 속도로 달리며 사람들을 거리낌 없이 짓밟았다.

순식간에 2구역 거리는 지옥도로 변했다. 고객서비스팀은 불량 고객 처리를 위한 애프터서비스라는 미명 아래 학살을 자행했다. 거리에는 시신 더미가 가득했고 건물들은 불길에 휩싸였다. 블랙컨슈머데이는 그런 날이었다. 그날 이후 사람들은 고객서비스팀의 안내 방송 음악 소리만 들어도 소름이 끼쳤다.

---

* 마약으로 분류된 메스암페타민(필로폰). 중추신경을 자극해 자신감을 증가시키고 두려움은 줄어들게 한다고 한다. 독일군이 프랑스 침공 전 복용했던 것으로 알려져 있다.

류신에 대한 충성을 증명한 배지환은 1구역의 중심부로 거처를 옮기게 되었다. 위신이 올라간 배지환은 전기련 내에서 능력 있는 임원으로 인정받았다. 류신이 자신의 목숨을 살려준 배지환의 공을 입버릇처럼 말했기 때문이었다. 류신에 대한 배지환의 충성심은 더욱 깊어졌다. 그리고 깊어진 충성심만큼 고민도 깊어졌다.

배지환은 눈을 다시 떴다. 블랙컨슈머데이를 떠올리자 기분만 더 나빠졌다. 주크박스에 갇혀 괴로워하는 저 남자은 비명만 지를 뿐 여전히 입을 열지 않았다. 배지환은 위스키를 홀짝이며 조롱하듯 말했다.

"아무 말도 안 하면 내일 너 폐기시킬 거다?"

그는 끝까지 아무 말도 하지 않았다. 그는 죽음이 두렵지 않은 듯했다. 배지환은 혀를 끌끌 찼다. 반자본청년연맹, 이 지독한 쥐새끼 같은 놈들은 분명 조만간 또 공격해 올 것이었다.

'이번엔 절대로, 의장님께 그때 같은 일을 겪게 해선 안 돼.'

배지환은 고객정보관리센터를 나와 본사로 향했다. 창밖을 보며 근심에 빠진 배지환에게 비서가 눈치를 보다 조심스럽게 말했다.

"이상한 점이 하나 있습니다. 놈들이 아레스 수송 트럭을 습격할 때의 타이밍이 말입니다. 그놈들이 수송 트럭을 쫓아와서 습격한 게 아닌 것 같습니다."

"놈들이 쫓아온 게 아니라면, 미리 기다리고 있었다는 거야?"

"예. 거기서 수송 트럭이 도착하기를 기다리고 있던 것 같습니다."

배지환은 곰곰이 생각했다. 이동 루드에 대한 정보를 어떻게 얻은 걸까? 과연 우연일까? 여러 가지 의문점이 계속 배지환의 머릿속을 휘저었다.

비서는 포트폴패드를 펼쳐서 당시 도주하던 연맹원들의 차량이 찍힌 영상을 보여주었다.

"놈들이 쥐독으로 갔다던데."

"아직 정확히 파악되진 않았습니다만, 동쪽으로 간 것 같습니다."

놈들을 찾기 위해 쥐독을 수색하긴 사실상 힘들다. 쥐독은 쓰레기들이 모여 있는 무법천지였으므로 함부로 수색팀을 보냈다간 인력만 잃을 수도 있었다.

"그런데 그날 밤 쥐독에서 알 수 없는 교전이 있었다는 소문이 있습니다. 시끄러운 소리들과 총격으로 보이는 불꽃들이 난무했다는 목격담도 있었고요."

"그걸 어떻게 확신해?"

비서는 포트폴패드의 화면을 그날 밤 강변 근처 2구역 카메라에 찍힌 모습으로 전환했다. 화면엔 강 너머 쥐독의 모습이 담겨 있었다.

배지환이 화면을 확대하자 55층 건물의 거울 같은 외벽 위로 끊임없이 점멸하며 오가는 불꽃들이 반사되는 것이 보였다. 교전에 대한 소문은 확실한 것 같았다.

자신의 사무실로 들어온 배지환은 비서에게 비상대기 명령을 내렸다. 비서는 경례와 함께 물러갔다.

소파 같은 의자에 몸을 던진 배지환은 한숨을 쉬었다. 아직 가시적 성과는 없었다. 성질대로라면 놈들을 잡으러 당장이라도 뛰어들었을 것이다. 하지만 놈들은 쥐독에 숨었다. 쥐독은 인생 막장 인간들이 뉴소울시티의 시스템을 피해 숨은 곳이었다.

배지환은 책상을 손가락으로 톡톡 두드리면서 그간 벌어졌던 일들을 하나씩 곱씹고 있었다. 어느새 해가 저물고 저녁이 되었다. 포트폴패드 위로 알림이 깜빡였다. 류신의 호출이었다.

*

"심장과도 같은 내 친구, 어서 오게."

깊게 심호흡하고 의장실에 들어서려던 배지환의 심장이 요동쳤다. 아직도 문제를 해결하지 못한 것에 대해 문책당할 것 같은 예감 때문이었다. 그러나 예상외로 류신은 배지환을 반갑게 맞아주었다. 심지어 '심장과도 같은 내 친구'라는 말에 가슴이 벅차올랐다. 배지환은 허리를 90도로 숙였다.

의장실에서는 류신과 송선우, 데메테르 회장 김종선이 차를 마시고 있었다. 김종선은 이번 소도 3센터의 습격에 대해 의장에게 묻고 있었다. 과거 일산이었던 지역에 있는 데메테르 소유의 농장은 소도 3센터와 멀지 않았고, 계속되는 연맹들의 공격에 대해 여러모로 우려를 전하기 위해서였다.

사실 오늘의 티타임은 송선우가 주선한 것이었다. 데메테르 농장의 스위퍼* 영상이 필요했기 때문이었다.

과거에는 일산, 파주, 김포 일대를 포함하는 드넓은 농장을 관리하는 데 인력의 한계가 있었다. 관리와 감시를 동시에 하기 위해 데메테르는 아바리치아의 공학 기술을 빌려 스위퍼를 만들었고, 농장에 침입했다 스위퍼에게 공

---

* 데메테르가 개발한 농장 감시 장치. 움직이는 물체를 인식하는 카메라가 있고, 그 아래에는 K99용 철갑탄을 쏘아대는 총구가 달려 있다. 호패기로 관계자용 보안코드를 인증하지 않으면 불법 침입자로 인식하고 즉시 대응사격 한다. 사이즈는 가로등보다 더 크며, 농장에 일정한 간격으로 세워져 있다.

격을 받으면 사망할 수도 있다는 이야기가 퍼지자 농장에 접근하려는 사람들은 없어졌다. 그럼으로써 데메테르의 농장은 완벽한 보안을 유지하고 있었다.

송선우는 스위퍼 영상이 필요했다. 소도 3센터 습격 직전 2구역 외곽 지역의 영상을 확인해봤지만 별다른 점을 발견하지 못했기 때문이었다. 유일하게 확인하지 못한 것은 데메테르 농장의 스위퍼 영상이었다.

"그건 우리 회사의 내부 정보라 참모들 의견도 들어봐야 하네."

김종선은 난색을 표했다.

"그렇지만 저희 아바리치아 의장사가 도시의 보안을 책임지고 있지 않습니까?"

송선우도 물러서지 않았다.

"소도 3센터 사고 수습은 잘 마무리된 것으로 아는데. 굳이 그럴 필요가 있나?"

"회장님, 결과를 분석하는 것보다 과정을 분석하는 것이 더 중요합니다. 놈들의 계획이 어디서부터 시작되었고 누구를 거쳐 저렇게 무모한 도전을 해오는 건지 파악해야 되지 않겠습니까?"

계속해서 말꼬리를 잡는 송선우가 영 못마땅한지 김종선은 눈을 치켜떴다.

"지금 날 가르치려고 드는 겐가?"

"오해입니다. 제 이야기는, 단지 뉴소울시티의 보안 문제에 관해서는 저희를 따라주셔야 한다는 말씀입니다."

김종선의 얼굴에는 늘 볼 수 있었던 온화한 표정 대신 서늘한 기운만 감돌았다.

"마치 아바리치아가 전기련을 접수한 점령군이라고 말하는 것 같군. 그래. 난 우리가 동등한 파트너라고 생각했는데 말이야."

순간 송선우는 실수했다는 생각이 들었다. 지켜보던 배지환도 김종선의 굳은 표정을 감지했다. 류신은 김종선에게 와인 한 잔을 건네며 싸늘해진 분위기를 풀어주고자 했다.

"김 회장. 언짢았다면 내가 사과하겠습니다. 송 실장은 그저 뉴소울시티의 고객들을 위해 불온한 세력을 빨리 찾아내고 싶은 겁니다. 송 실장이 어떤 사람인지는 잘 아시지 않습니까?"

류신이 건넨 와인 잔을 받아든 김종선은 마시지 않고 테이블 위에 내려놓았다.

"압니다. 하지만 넘지 말아야 할 선이라는 것이 있는 겁니다. 일당백의 사무라이라도 절대 넘지 말아야 하는 건 쇼군에 대한 권위 아니겠습니까?"

그러자 류신은 송선우에게 눈치를 주었다. 송선우는 허

리를 정중하게 굽혔다.

"사과드립니다. 회장님. 아무래도 촌각을 다투는 문제다 보니 제 언행이 경솔했던 것 같습니다."

김종선은 싸늘했던 표정을 조금 풀었다.

"그나저나 류 의장, 어떻게 대응할 생각입니까? 이번엔 운 좋게 막아냈지만 매번 불안에 떨 수는 없지 않겠습니까?"

"쥐독으로 도망친 녀석들 말입니까?"

"네. 거긴 한 번도 손을 댄 적이 없잖습니까? 잘못 건드렸다간 도시가 더 혼란스러워질 수도 있습니다."

와인을 한 모금 마신 류신은 이미 마음속에 대응 방안을 마련해둔 모양이었다. 옆에 있던 송선우 역시 그 방안에 대해 이미 알고 있는 눈치였다.

"아직 세부 계획을 정하지는 않았지만 이번 대응 방안의 적임자는 생각해뒀습니다. 바로 이 친구, 고객서비스팀장 배지환입니다. 제 생명의 은인이기도 하죠."

평소 송선우에게 열등감을 느끼던 배지환은 마침 송선우 앞에서 추켜세움을 받자 가슴이 벅찼다. 배지환은 곧바로 일어서서 다시 한 번 허리를 깊이 숙였다.

"맡기신 업무, 의장님의 기대를 저버리지 않게 실수 없이 해내겠습니다."

"늘 그렇듯 증명해왔잖나. 나에 대한 자네의 충성심을 말이야. 이번에도 그럴 거라 믿고 있네. 단지 이번에는 이 전보다 더 주도면밀하게 하고 그림도 잘 나와야 해."

"그게 무슨 말씀이신지……."

류신이 턱짓을 하자 송선우가 의장실에 설치된 파노라마그램을 켰다. 화면에 뜬 것은 쥐독 55층 구역이었다.

"노망친 연맹 잔당들이 숨은 곳은 바로 이곳, 55층 구역으로 예상됩니다. 인원은 대략 스무 명 정도 추정되며, 이 중에는 연맹의 2인자도 있는 것으로 파악됩니다. 작전은 이틀 뒤 정오를 기해서 개시합니다."

송선우의 설명이 시작되자 배지환은 말을 끊고 대꾸했다.

"아니, 놈들을 소탕하려면 은밀하게 접근해야지 훤한 대낮에 하면 어쩌란 말이야? 그러다 놈들이 잠수라도 타면 더 골치 아파져. 사무실에서 일하는 사람들은 현장이 어떤지를 모른다니까."

송선우에게 불만을 쏟아내자 류신이 나섰다.

"검거가 목적이 아니네."

"잡아들이는 게 아닙니까?"

류신은 입체 화면에 띄워져 있는 55층 구역을 손으로 각도를 재듯 이리저리 움직였다.

"이 장면, 어디서 많이 본 것 같지 않나?"

어리둥절한 건 배지환과 김종선뿐이었다.

"우뚝 솟은 건물과 폐차들을 비롯한 수많은 엄폐물. 그리고 왕복 16차선의 아스팔트 도로. 무대 미술은 이 정도면 아주 훌륭한 것 같은데, 안 그런가?"

김종선도 류신의 계획을 어렴풋이 알아챈 듯했다. 그러나 배지환은 여전히 감을 잡지 못했다.

"뉴소울시티 최고의 시청률을 자랑하는 TV쇼 〈리부트스타〉 말이네. 내 생각엔 그것보다 시청률은 더 높게 나올 거야."

김종선은 와인을 한 모금 마셨다.

"기발한 생각이군요. 효과는 확실하겠습니다."

배지환은 머리를 긁적거렸다. 송선우가 차분히 입을 열었다.

"과거 로마의 콜로세움에선 단순히 흥미를 위한 검투사 전투만 벌였던 것이 아닙니다. 단죄해야 할 가상의 적들을 만들고 그들을 초토화하는 모습을 연출하면서 로마 시민들의 애국심도 고취했죠. 이번 55층 구역 작전도 그와 다를 바 없습니다."

송선우의 설명을 듣자 배지환도 이해했다.

"무슨 말씀인지 이해했습니다! 의장님!"

류신은 배지환의 두 어깨를 붙잡았다.

"가장 극적이고, 가장 화려하며, 가장 인상적인 쇼를 보여주게."

"예, 의장님!"

배지환은 차렷 자세를 취했다. 흥분을 감추지 못하던 배지환이 먼저 돌아가고, 곧 김종선도 자신의 회사로 돌아갔다. 의장실에는 류신과 송선우만 남았다. 정적이 흘렀다. 류신은 턱을 문지르며 고민 중이었다.

"배지환이 잘할 것 같은가?"

송선우는 짧은 숨을 내뱉었다.

"글쎄요. 믿어야 하지 않겠습니까? 배 팀장, 다른 건 몰라도 무력을 사용하는 데는 주저함이 없는 사람이니까요. 효과는 확실할 겁니다."

의장실 창밖으로, 어두운 구름 속으로 빨간 램프를 반짝이며 날아가는 김종선의 헬기가 보였다.

"어디나 태울 것이 있으면 불은 옮겨붙는 법이니, 도시의 시민들 마음만 불타지는 않을 겁니다. 콜로세움에 던져져 사자의 발톱에 찢긴 사형수의 마음에도 강한 불길이 일겠죠."

"그래. 이건 자네와 나만의 비밀이야."

"알고 있습니다. 근데 이렇게까지 복잡하게 해야 할 이유가 있으십니까?"

소파에서 일어난 류신은 창밖을 보며 총탄이 자신의 가슴을 꿰뚫던 때를 떠올리고 있었다.

"힘으로 굴복시키는 건 한계가 있어. 그게 내 경험에서 나온 결론이야."

"하지만 스스로 자멸하게 만드는 게 가능할까요?"

류신의 눈빛은 확고했다.

"가능하게 해야지. 일단 한 마리면 돼. 쥐 맛을 아는 쥐새끼. 그거면 충분해."

*

같은 시각, 민준은 『유토피아』를 읽고 있었다.

"뭔 말인지 도대체 알아들을 수가 없네."

아무리 여러 번 읽어도 무슨 뜻인지 알 수가 없었다. 머릿속에는 자꾸만 태일이 했던 말이 떠올랐다.

"우리는 게가 아닙니다."

통 속의 게. 사육장의 거위. 민준은 2구역에 있을 때 자신이 그런 존재라는 걸 생각해본 적이 없었다. 빡빡하긴 해도 월급으로 꾸준히 분각을 받았고, 2구역 거주자는 모두 아파트를 똑같이 지급받았기에 먹고사는 문제에 별 불만을 느끼지 않았었다. 태어날 때부터 운명이 정해졌다고 생각해본 적도 없었다. 공평하지 않다고 생각한 적도 없었다. 컨베이어벨트 옆이 희망의 최대치라는 것, 쓸모가 없어지면 폐기되는 통조림일 뿐이라는 것, 그런 생각을 해본 적도, 해보려고 한 적도 없었다. 머리가 지끈거렸다.

"이따위 종이 뭉치가 무슨 세상을 바꾼다고."

민준은 필사본을 침대 옆 낡은 탁자 위로 던졌다. 그러고는 테이프를 덕지덕지 붙인 알루미늄 보호대를 정강이에 찼다. 잘 맞지 않아서인지 보호대의 무릎과 정강이 사이 이음새가 부드럽게 움직이지 않았다.

방을 나서자 연성의 숙박업소 특유의 냄새가 코를 찔렀다. 습한 물비린내와 먼지 냄새가 뒤섞인 악취였다.

복도를 따라 걸어가자 뜯긴 합판들로 만들어진 방들이 눈에 들어왔다. 그 방은 익숙했지만 방 안에 사는 사람들의 얼굴은 여전히 낯설어 눈을 마주치기 힘들었다. 각자의 이유로 쥐독으로 도망친 2구역 출신들은 연성의 숙박업소로 몸을 숨겼다. 그들은 늘 문 뒤에 숨어 불안한 눈빛으로 밖을 지켜보곤 했다.

또 다른 방에서는 여자 여러 명이 밀키트로 허겁지겁 끼니를 때우고 있었다. 아마 2구역 남자들이 매춘의 대가로 던져준 음식일 것이다. 지저분한 속옷, 찢어진 티셔츠. 아무엇도 걸치지 않고 가슴을 훤히 내놓은 여자도 있었다.
그들에게는 오직 손에 들린 음식과 통조림만이 중요했다.
생존 앞에서 부끄러움은 무가치했다.

*

"돌아갈 생각이 없나?"

녹색선에서 연맹원들과 아침을 먹던 태일의 맞은편에
민준이 앉으며 물었다. 민준은 물 한 잔을 들이켰다.

"놈들이 우리 연맹원들을 찾고 있을 겁니다. 우선 시선
을 돌릴 일을 먼저 계획하고, 다시 돌아가는 건 그때쯤일
것 같습니다."

태일은 차분하게 대답했다.

민준은 자신과 다른 태일이 마음에 들지 않았다. 연맹원
들은 그를 좋아할 뿐 아니라 존경하고 있었다. 그들은 태
일의 지시에 따라 녹색선에서 맡은 일을 성실하게 했다.
그러자 삼인회도 마음을 열고 태일이 하는 말에 귀를 기울
였다. 민준은 왠지 자신만 소외되는 느낌이었다.

"야, 왜 쓸데없이 아침부터 시비를 걸어?"

삐딱하게 구는 민준에게 혁이 핀잔을 주었다. 혁도 태일
의 언행에 호감을 느끼고 있었다. 연맹원들과 삼인회가 교

전을 벌이던 날, 태일의 이야기에 마음이 움직였던 사람은 비단 민준뿐만이 아니었다. 민준보다 더 민감하게 태일의 이야기에 반응한 건 혁이었다. 게다가 가끔 녹색선에서 하는 태일의 강의를 들으며 혁도 세상을 보는 시각이 달라지기 시작했다.

"나는 걱정이 되어서 그러지. 가족들이 있으면 걱정하지 않겠어?"

민준은 핑계를 댔다. 그러나 연맹원들의 표정이 어두워지자 민준은 조금 당황했다. 태일이 무겁게 입을 열었다.

"우리 연맹은, 전기련의 횡포에 가족을 잃은 사람들로 이루어져 있습니다."

연맹원들은 죽음을 각오한 사람들이었다. 그러나 그들의 죽음이 누군가에게 고통이 된다면 아무리 원대한 계획이라도 실행할 수 없었다. 죽음보다 두려운 건 사랑하는 사람의 고통이니까. 그래서 태일은 가족이 한 명이라도 있으면 연맹원으로 받아주지 않았다.

연맹원이 되길 원했으나 들어오지 못한 사람들은 정보 수집 등의 일을 도와주었다. 그들이 스스로 자원한 일이었다. 그럴 때마다 걱정이 앞선 태일은 그들에게 늘 신신당부했다.

"만약 우리가 죽는다 해도 당신은 끝까지 살아남아서

불씨가 되어야 합니다."

설사 연맹이 궤멸된다 해도 불씨만 살아 있다면 뉴소울시티 붕괴라는 목적을 달성할 수 있으리라는 태일의 믿음 때문이다.

순간, 지하 구역에 엄청난 진동이 울렸다. 녹색선 안에 있는 모두가 벌떡 일어섰다. 쥐독 55층 구역의 사람들도 무슨 일인가 싶어 복도로 나왔다.

"아무래도 놈들이 선을 넘을 모양입니다."

태일이 명령을 내렸다. 연맹원들은 비장한 표정으로 AK47을 들고 밖으로 나갔다. 민준과 혁, 연성도 산탄총을 들고 그들을 따라갔다.

민준을 비롯한 삼인회와 태일을 따라나선 연맹원들이 지하를 통해 건물 밖으로 빠져나가자 시끄러운 폭발음과 함께 언덕 너머에서 시뻘건 화염이 치솟는 것이 보였다.

멀리서 음악 소리가 들려왔다. 리드미컬한 북소리로 시작해 관현악기가 따라가는 행진곡. 분명 어깨가 들썩일 만큼 경쾌한 곡이었다. 하지만 55층 구역에 메아리처럼 울려대는 그 음악은 불길함을 자아냈다. 고객서비스팀이었다.

모두의 얼굴이 일그러졌다.

한편 공격형 헬기 뒷자리에 앉은 배지환은 흥분한 듯 신나 보였다. 그는 행진곡의 볼륨을 키우고 눈을 감고 지휘하듯 손을 움직이며 음악을 즐겼다. 이십여 대의 고객서비스팀 헬기는 55층 구역 상공에서 때를 기다리고 있었다.

"자! 이제 방송 시작이다!"

카메라를 단 헬기들이 녹화 버튼을 눌렀다. 카메라들은 쥐독 인간들을 줌 인zoom in 하기 시작했다.

배지환이 출격하기 전 뉴소울시티에는 새로운 TV 프로그램이 방영됐다. 연맹원들의 아레스 수송 트럭 습격 사건을 조작한 거짓 영상이었다. 방송은 연맹원들을 강도떼로 매도했다. 그들은 트럭에 있는 분각과 귀중품을 훔쳤고 부상을 당한 채 살려 달라고 비는 트럭 운전사의 이마에 총구를 겨누고 낄낄거리며 조롱했다.

도시 안의 모든 모니터에서는 그 장면이 방영되고 있었다. 탕! 총소리가 나면서 화면이 암전되었다. 보고 있던 2구역 거주자들 사이에 연맹에 대한 적대감이 순식간에 퍼졌다. 우습게도 사람들의 감정은 화려한 편집에 따라 쉽게 움직일 수 있었다.

"하강!"

배지환의 지시에 헬기들이 일제히 하강하기 시작했다.

그리고 55층 건물 중단을 향해 스팅어미사일*을 발사하고는 뿔뿔이 갈라지며 불을 뿜었다.

55층 구역은 순식간에 불길에 휩싸였다. 화염과 검은 연기가 16차선 아스팔트 도로 위를 뒤덮었다. 갑작스러운 공격에 쥐독 인간들은 갈피를 못 잡고 뛰어다녔다. 거리엔 검붉은 피가 흘렀고 살려달라는 끔찍한 비명 소리가 가득했다.

"대체 무슨 일이야?"

민준은 어찌할 줄 몰랐다. 민준과 혁, 연성은 폐차 뒤에 숨어 헐떡였다. 대응사격을 해봤자 계란으로 바위 치기였다.

그 시각, 의장실에서 송선우와 함께 배지환의 공습을 지켜보던 류신은 따분한지 하품을 했다.

"아직 극적이진 않군."

"기대해보시죠. 아직 하나가 남았습니다."

송선우의 말에 류신은 시가에 불을 붙이며 다시 화면으로 시선을 고정했다.

배지환은 만족스러운 미소를 지으며 마이크를 붙잡고 격정적으로 말했다.

"자, 등장시키자! 무대를 환하게 비춰줄 샹들리에를!"

* 어깨에 메고 발사하는 휴대용 대공 무기.

배지환의 헬기 옆으로 다른 헬기들이 나란히 열을 맞췄다. 이미 55층 구역은 불바다가 되었다. 배지환이 손짓하자 헬기 두 대가 앞으로 전진하더니 포탄 두 발을 쏘았다. 그러자 불꽃을 머금은 백색의 연기들이 갈라지며 샹들리에처럼 쏟아졌다. 화려하고도 불길한 불꽃이었다.

"차 밑으로 숨어요! 다들! 빨리!"

태일의 다급한 외침에 모두가 차량 밑으로 기어 들어갔다.

"저게 뭐야?"

당황한 듯한 민준의 질문에 태일이 차분히 답했다.

"백린탄."

그것은 한번 닿으면 다 타기 전까지 절대 꺼지지 않는 죽음의 불꽃이었다.

200년이나 지난 유물과도 같은 무기였지만 극적인 효과를 위해서는 재래식 무기가 더 적합할 거라는 게 배지환의 판단이었다.

광활한 아스팔트에 무방비로 노출된 쥐독 인간들은 하늘에서 강림한 사신을 멍하니 바라볼 수밖에 없었다. 백린탄에 맞은 사람들은 살기 위해 몸부림쳤다. 하지만 피부가 녹고, 살점이 떨어지고, 팔다리가 몸통에서 분리되어도, 잿더미가 되는 운명을 피할 수는 없었다. 불꽃은 그들의 고통과 비명에도 아랑곳하지 않고 생을 뺏을 때까지 타오르길 멈추지 않았다. 그리고 2구역 거주자들은 생방송으로 쥐독 인간들이 죽어가는 모습을 보며 희열을 느끼고 있었다.

차 밖으로 빠져나온 민준의 눈앞에 펼쳐진 건 지옥이었다. 절명의 순간까지 끔찍한 고통 속에 있었다는 걸 시신의 모습들이 말해주고 있었다. 살기 위해 기어가고 있었고, 원망하듯 하늘을 향해 두 팔을 벌리고 있었다. 죽음의 불꽃을 피하려고 폐차의 문을 당기던 남자는 입술이 찢어지도록 입술을 꼭 깨문 채였다.

태일의 눈에서 눈물이 흘러내렸다. 민준은 속에서 불덩이가 튀어나올 것 같았다. 아무리 쓰레기통 같던 쥐독이라도 이 정도로 끔찍하진 않았다.

민준은 탁자 위에 대충 던져두었던 『유토피아』의 한 구절을 떠올렸다.

유토피아 공화국에서 시행되는 많은 것들이 우리 사회에도 적용되기를 바라며, 비록 실현 가능성이 없는 것이라 하더라도 최소한 그것을 희망할 수는 있으리라.

민준은 주먹을 꽉 쥐었다.
'더 이상, 통 속의 게가 될 순 없어!'

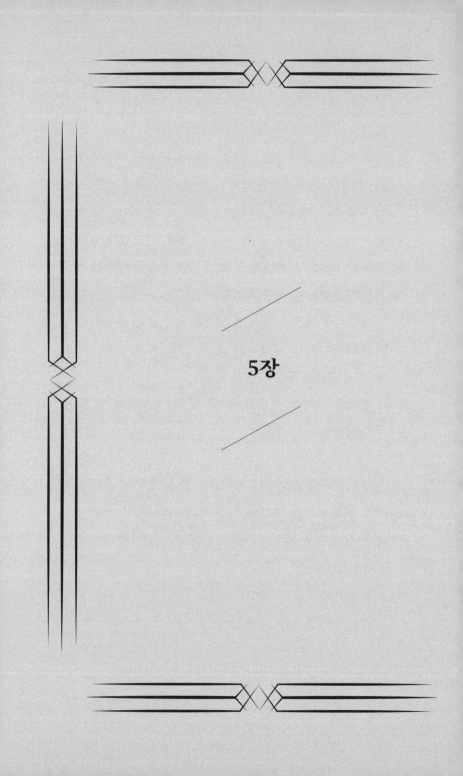

5장

성스러운 다이버

성스러운 다이버여,

Holy diver

당신은 가면무도회의 스타

You're the star of the masquerade

그렇게 두렵게 볼 필요 없어요

No need to look so afraid

뛰어. 뛰어. 호랑이 위로 올라

Jump, Jump, Jump on the tiger

그의 심장을 느낄 수 있지만 알다시피 그는 평범해요

You can feel his heart but you know he's mean

어떤 빛은 절대 볼 수 없죠

Some light can never be seen, yeah

-디오, <성스러운 다이버>

"하앗!"

강인한 기합 소리와 함께 죽도가 격렬하게 맞부딪쳤다. 잠시 거리를 두고 떨어진 두 사람은 다시 가쁜 숨소리와 함께 어깨를 들썩이며 서로를 공격했다. 두 사람의 실력은 호각*이었다. 이들은 여러 차례 치열하게 합을 주고받았다.

대련장을 감싸고 있는 대나무 숲에 바람이 들이쳤다. 쏴아, 하는 소리와 함께 대나무들이 한쪽으로 휩쓸리며 잎들을 흩날렸다. 한 명이 상대의 빈틈을 노리고 허리를 쳤다. 순간 일격을 맞은 남자는 철퍼덕 대자로 누웠다. 공격에 성공한 남자가 죽도를 내려놓고 숨을 헐떡이며 호구를

---

* 서로 우열을 가릴 수 없을 정도로 역량이 비슷한 것.

벗었다. 데메테르 회장 김종선이었다. 얼굴은 땀으로 흠뻑 젖어 있었다.

"쇼부를 할 땐 주저해선 안 돼. 상대가 누구든 틈이 생기면 과감하게 검을 휘둘러야지."

대자로 누웠던 남자는 신음과 함께 몸을 일으키고는 호구에 묶은 끈을 풀었다. 데메테르 관리팀장 전인수였다.

"틈이 보여야지요, 회장님. 조금만 욕심을 내시면 이 도시엔 당해낼 사람이 없을 겁니다."

"무슨 욕심 말인가?"

김종선은 소매로 땀을 훔치며 미소 지었다. 전인수도 호구를 벗고 김종선을 보면서 웃었다. 땀에 젖은 머리칼을 쓸어 넘기고 너스레를 떠는 게 역시 전인수다웠다.

"회장님을 제외한 전기련 회원분들은 전부 청춘의 육체를 가지지 않았습니까? 벚꽃이 흩날리던 봄날처럼 말이죠."

전기련 회원들은 대부분 착복식을 통해 젊고 건강한 육체를 유지하고 있었다. 전기련 회원이 아닌 간부들이나 고위직들은 아바리치아 연호가 시작되던 당시의 육체를 유지하는 게 원칙이었다. 김종선은 전기련 회원으로서 젊은 육체를 가질 수 있었지만 중년의 육체를 유지했다. 그래서 어떤 이들은 김종선이 전기련 회원인지 아닌지 헷갈려 하기도 했다.

"왜 그렇게 부질없는 것들을 좋아하는 건지 난 도통 모르겠어. 자네도 그런 걸 너무 좋아하지 말게나. 이내 시들어 사라져버릴 찰나의 아름다움 같은 것 말일세."

벚꽃처럼 피고 지는 것을 숭고한 아름다움으로 포장하면서 패배에 대한 책임을 불길 속에 태워 은폐하는 것만큼 비겁한 일이 어디 있을까?

"하지만 누구도 그때의 아름다움을 부인하진 못할 겁니다."

"아름다움을 취하려고 꽃을 꺾는 건 철부지나 하는 일일세. 꽃이 아름답다면 다른 이를 위해 다음을 기약하고 돌아설 줄 알아야 해."

희끗희끗한 머리와 주름진 얼굴. 김종선의 나이는 이백 세가 가까웠지만 육십 대 초반의 외모를 가지고 있었다. 탄탄한 체격에 걸음걸이나 서 있는 자세는 당당하고 중후한 매력을 풍겼다. 어쩌면 젊은 날의 김종선은 이보다 더 멋졌을지 모른다. 그러나 보수적인 그는 직급에 따라 복장이나 외모, 행동과 말투가 달라져야 한다고 믿었다.

"난 군이 청년의 몸이 필요하지 않다고 생각하네."

"더 강해질 수 있잖습니까?"

김종선은 고개를 절레절레 흔들며 웃었다.

"그래서 방금 힘을 빼고 빈틈을 내어준 건가? 나의 나약함을 일깨워주기 위해?"

인수는 애써 발뺌하는 표정을 지었다.

"제가 감히 회장님께 그럴 리가요."

김종선은 껄껄 웃으며 주머니에서 리모컨을 꺼내 버튼을 눌렀다. 그러자 대련장을 둘러싼 대나무 숲은 픽셀처럼 변하더니 신기루처럼 사라졌다.

대련장은 사방이 흰 멸균실 같은 모습으로 바뀌있다. 그러자 자연의 소리와 독특한 악기, 전자음으로 이루어진 잔잔한 음악이 흘렀다. 벽면에는 음파 그래프 같은 한 줄의 녹색선이 음악의 비트에 따라 물결쳤다. 김종선과 전인수는 무릎을 꿇고 마주 앉았다. 묵상을 시작하자 대련장 안에는 조용한 명상 음악이 흘렀다.

"초조한 모양이야."

정적을 깨는 듯한 김종선의 한마디가 인수의 앞에 던져졌다.

"화려함 뒤엔 그림자가 큰 법이거든."

인수는 눈을 뜨지 않고 호흡을 가다듬었다. 나직한 김종선의 목소리가 이어졌다.

"균형만 잡으면 돼."

인수는 천천히 눈을 떠 그를 바라보았다. 김종선은 아직 눈을 감은 채였다.

"그림자의 실체가 무엇인지 잘 지켜보게. 그때까진 덮어두겠네."

마침내 김종선도 눈을 뜨고 인수를 쳐다보았다.

"그 영상. 아바리치아 송선우가 요구한 거 말이야."

당황한 기색을 들키지 않기 위해, 인수는 최대한 담담하게 대답했다.

"넘길까요? 별다른 건 없습니다."

"자네가 판단하게."

김종선은 다시 눈을 감았다.

"자네한테도 이유가 있겠지. 아무튼 조심해. 상대는 만만치 않아."

"예, 회장님."

며칠 전, 인수는 차 안에 숨겨둔 77K로 무전을 받았었다. 무전으로 온 목소리는 길정호였다. 쥐독으로 후퇴했지만 거기서도 교전이 벌어졌다는 내용이였다. 인수는 이 소식을 바로 태일에게 전했다.

"지금 당장 거기로 가야겠어."

그러나 늦은 밤에, 그것도 제대로 된 준비도 없이 배를 타고 넘어가겠다는 건 자살 행위나 다름없었다. 까딱하다 간 정체가 드러날 뿐더러 교전 중에 어떤 일을 당할지 알 수 없었기 때문이었다. 그런데도 태일은 쥐독으로 가는 것을 고집했다. 결국 인수는 태일을 위해 작은 모터가 달린 군용 고무보트를 데메테르 농장 앞 갈대가 무성한 강변에 준비해주었다.

인수는 태일을 미리 데메테르 농장 관계자로 등록해놓았기 때문에 스위퍼 작동은 피할 수 있었다. 그러나 문제는 CCTV 영상이었다. 이 부분은 추후 관리통제실에서 조작하는 수밖에 없었다.

인수는 태일이 찍힌 영상을 조작했다. 태일을 기다리면서 담배를 피우던 자신의 모습을 잘라 다른 날 같은 곳에서 촬영한 영상과 이어 붙였다. 그렇게 조작된 영상 속에는 담배 한 대만 피우고 사라지는 인수의 모습만 담겨 있는 듯 보였다.

그러나 종선이 그 틈을 놓칠 리 없었다. 그럼에도 그는 모른 척을 했다.

"균형이 무너지면, 무거운 쪽이나 가벼운 쪽이나 피를 흘리는 건 똑같아. 난 균형을 원하네. 심연 속에 숨어 있는 욕망이 얼굴을 드러내기 전까지 잘 살피면서 기다려보게. 얼굴의 형체가 보일 때 우리의 입장을 결정할 수 있을 테니까."

인수는 눈을 감을 수 없었다. 닫힌 눈꺼풀 안에서 부릅 뜨고 있는 김종선의 눈은 이미 인수의 심연을 지켜보고 있는 게 틀림없었다. 치열한 대련 후 감정을 비우기 위해 가졌던 묵상의 시간 동안 인수의 번뇌는 더욱 깊어졌다. 이젠 되돌아갈 수 없다. 인수도. 태일도.

*

다음날, 남산에 있는 데메테르 본사 건물을 뒤로하고 차에 오른 인수는 뒷자리에 앉아 포트폴패드로 자신이 조작한 장면을 몇 번 되돌려보며 고민했다.

포트폴패드에 떠 있는 영상 위로 송신 버튼이 깜빡이고 있었다. 주저하던 인수는 송신 버튼을 눌렀다. '전달 완료'라는 메시지가 뜨고 몇 초 후, 수신자가 영상을 수신했다는 메시지가 떴다. 인수는 양손을 쥐었다 폈다. 긴장감에 손바닥이 땀으로 흥건했기 때문이다. 이어서 송선우에게서 전화가 왔다. 인수는 목소리를 가다듬고 전화에 응했다.

"요청하신 영상 보내드렸습니다, 송 실장님."

"협조해주셔서 감사합니다. 전 팀장님. 아무쪼록 다시 한번 김종선 회장님께 제 무례에 대해 사과드린다고 전해주십시오."

포트폴패드 수신기 너머로 정중한 어투에 여유가 넘치는 송선우의 목소리가 들려왔다. 인수는 마른침을 삼키고 물었다.

"더 필요한 건 없으십니까?"

"자세한 건 고객서비스팀의 업무라 제가 뭐라 언급할 것이 없습니다. 전 그저 협조를 구하는 심부름꾼에 불과하니까요."

송선우는 작위적으로 젠틀한 목소리로 대답했다. 인수역시 가식적인 미소를 띄우며 말했다.

"그럼요. 실장님의 노고야 잘 알고 있습니다. 저는 그저 영상이 어떻게 쓰이는지 궁금해서요."

"왜요? 무슨 문제 있습니까?"

갑자기 송선우의 목소리에서 차가운 냉기가 느껴졌다.

"문제는요. 그 영상은 저희에게도 대외비라서 그렇습니다."

"우린 그저 명령에 따르기만 하면 되지 않습니까? 영상이 어떻게 쓰이는지는 궁금해할 필요가 없어요. 왜 필요한지 이유도 알 필요가 없죠. 안 그렇습니까?"

인수는 찝찝했다. 인수의 차는 벌써 2구역 외곽의 도로로 빠져나와 달리고 있었다. 창밖을 보던 인수의 속마음은 더 심란해졌다. 시선 끝에 쥐독 55층 구역이 희미하게 보였기 때문이다.

　지옥으로 변한 55층 구역. 타버린 재들이 대기의 흐름을 따라 이리저리 떠돌았다. 한낮임에도 불구하고 재와 연기로 가득한 55층 구역은 먹구름이 낀 것처럼 어두웠다. 이곳을 지나다니려면 마스크를 써야만 했다.

　"자비를 베푸시어, 이들의 영혼을 천국으로 인도하여 주소서."

　흰 마스크를 쓰고 있던 스테파노는 한 구 한 구 시신들에게 다가가 그들의 혼을 위로하는 기도를 해주었다.

　"이곳이 지옥인데 천국은 무슨."

　스테파노의 기도를 들은 민준이 어이없다는 듯 말했다.

　"진정한 성자는 고통받는 자를 위해서 지옥으로 기꺼이 걸어가는 법이다."

　스테파노의 말에 민준은 피식했다.

　"진정한 성자라고요? 알코올 중독에 돌팔이 의사 아니고요?"

　스테파노는 킬킬대며 웃더니 마스크를 젖히고 라벨 없는 병에 담긴 위스키를 벌컥벌컥 들이켰다. 그러더니 갑자기 사레가 들렸는지 연신 기침을 하다 손바닥에 흥건한 피를 보자 얼굴이 어두워졌다.

스테파노는 한숨을 쉬고 주위를 둘러보았다. 사람들이 시신을 수습하는 모습이 보였다. 수습이라고 해봤자 시신들을 곳곳에 쌓고 폐차에 들어 있던 휘발유 찌꺼기를 모아 시신들 위에 붓는 게 전부였지만. 불을 붙이자 55층 구역에 또다시 불꽃들이 피어올랐다.

"당분간 이곳을 떠나야 합니다."

불타는 시신들을 지켜보던 테일이 덤덤하게 말했다.

"떠나면 그곳은 다를까?"

민준이 물었다.

"전염병과 병균이 창궐할 겁니다. 여기 계속 있으면 더 위험할 수도 있습니다."

민준이 의심스럽다는 얼굴을 하자 스테파노가 옆으로 다가왔다.

"제이콥의 말이 맞아. 찢어지면 꿰매고 부러지면 붙이면 되지만, 감염은 항생제가 없으면 속수무책이야. 쥐독에 각성제는 있어도 항생제는 없어. 그리고 난 외과 전문의지 감염내과 전공의가 아니야."

"우리 업소도 피해가 커."

과묵하던 연성도 말을 거들었다.

모두의 의견에 따라 민준도 떠나는 데 동의했다. 혁과 삼인회 동료들 일부는 터를 잡을 만한 곳을 확인하기 위해 먼저 움직이기로 했다.

55층 구역 인근은 흑룡파를 비롯해서 호시탐탐 먹을 것을 노리는 하이에나들로 가득 찬 정글이었다. 혁이 이끄는 선발대는 산탄총과 구형 소총으로 무장하고 녹슨 바이크와 밴에 나누어 탔다. 그들이 출발한 후 민준과 연성, 그리고 스테파노는 떠날 채비를 서둘렀다.

자신의 방에서 짐을 챙기던 민준은 천장에 숨겨둔 루왁을 꺼냈다. 쥐독에 오게 된 원인이자 생존에 대한 독기의 상징. 민준은 쥐독에서 많은 사건들을 겪으면서 점점 루왁을 복용하는 걸 꺼렸다. 무언가 무너지고 패배하는 느낌이 들었기 때문이었다.

민준의 눈에 태일에게 받은 『유토피아』 필사본이 들어왔다. 딱히 재미있지도 않고 내용도 어려운 이 책이 참혹한 현장 한복판에서 왜 떠올랐는지 이해가 되지 않았다. 민준은 『유토피아』를 가방에 넣었다.

삼인회 동료들은 무기와 함께 녹색선의 술과 오래된 통조림들을 닥치는 대로 트럭에 실었다. 물물교환을 위해서였다.

문제는 부상당한 난민들이었다. 이들을 다 데려가는 건 무리였다. 스테파노가 최선을 다했지만 상처가 깊은 자들은 회복이 쉽지 않았다. 이대로 두었다간 죽게 될 거라는 것이 불 보듯 뻔했지만, 민준은 그들을 두고 떠나기로 마음먹었다. 신도 모두를 책임지지는 못할 것이다.

하지만 태일은 달랐다. 여러 대의 비좁은 차에 그들을 태웠고 움직이기 힘들어하는 부상자들을 안아 옮겼다. 민준은 그런 태일이 답답했다.

"착한 척을 하는 거야? 아니면 정말 이래야 한다고 믿는 거야?"

"모두 다 부당한 폭력에 피 흘린 사람들입니다."

"니들은 무모한 게 특징이야? 부당하든 정당하든 어쩔 수 없어. 산 사람은 살아야 한다고."

"말했지 않습니까? 우린 모두 그런 폭력으로 가족을 잃은 사람들입니다. 무모한 게 아니라, 다시는 그런 부당함을 참지 않겠다고 다짐한 겁니다."

"여기에 숨어 있다가 살아서 돌아가면 당신네들 목적은 달성한 거잖아. 이렇게까지 하려는 이유가 대체 뭐야?"

태일은 화가 난 듯 민준의 눈을 똑바로 바라보았다.

"제가 그날 밤 쥐독에 온 건 싸우기 위해서가 아니라고 말했었죠?"

"우릴 일깨워주기 위해서라고 했지. 그 잘난 지식이란 것으로."

"제가 이곳에 온 건, 여기 사람들이 눈 뜨기를 바라서입니다. 서로 연대하기 위해서요!"

"연대?"

"그래요. 서로를 끌어내리는 게가 아니라, 통 바깥에 있는 진짜 세상으로 서로를 이끌어주기 위한 인간의 연대 말입니다!"

"쓰레기 같은 쥐독 인간들이 잘나빠진 연대를 해서 도대체 뭘 할 수 있는데?"

비아냥거리듯 받아치는 민준을 보자 태일은 다시 가슴속에 묻어둔 아픔이 치밀어 올랐다.

"뉴소울시티의 신이라 불리는 자들과 싸우는 겁니다."

"그게 말이 돼? 저 시체들이 안 보여?"

민준은 55층 구역 곳곳에 보이는, 불 붙은 시체 더미를 가리켰다.

"우린 놈들의 재밋거리 정도밖에 안 돼! 봤잖아. 어제 그 자식들의 공격에서 우리가 할 수 있는 건 고작 차 밑으로 숨는 것밖에 없었어."

"반드시 때가 올 겁니다."

"아니! 그런 때가 오기 전에 끔찍한 불바다 속에서 재가 되겠지."

"왜 그렇게 절망적인 말만 하는 겁니까!"

"그러니까 각자 갈 길 가자고! 그럼 될 거 아냐!"

연성이 다급히 끼어들며 둘을 말렸다. 그리고 태일에게 어디로 갈지 물어봤다.

"치료가 가능한 곳으로 가야 할 것 같습니다. 환자를 수용할 시설이 있는 곳으로요."

"박 선생, 조금 더 기다려 보죠. 혁이 연락할 때까지. 섣불리 옮기다간 다른 지역에 먼저 자리 잡은 녀석들과 싸움이 날 수도 있으니까요."

민준이 연성에게 짜증을 냈다.

"이 자식들하고 같이 움직이자는 거예요?"

"한 사람이라도 더 필요해. 연대까지는 나도 모르겠지만 솔직히…… 나는 박 선생 말이 맞다고 생각해."

연성은 태일을 꼬박꼬박 박 선생이라고 불렀다. 태일이 쥐독에서 강의를 할 때마다 열심히 듣곤 했다. 과묵한 연성에게도 새로운 것들에 대한 강한 호기심이 있다는 것을 아무도 몰랐다.

"내 업소에 머무는 사람들은 거의 다 뉴소울시티에서 도망쳐왔어. 무슨 실수를 했거나 문제를 일으켜서 쥐독으로 피신한 사람들이야. 나도 그 사람들을 하찮게 생각했고, 돈을 못 내면 죽여도 상관없다고 생각했어. 그런데 박 선생의 이야기를 듣고 보니 내가 그동안 잘못 생각한 거였어. 인간은 폐기물 같은 게 아니야. 우리는 누구나 귀하고 살 권리가 있어. 너도 그렇게 생각하지 않아?"

연성의 물음에 민준은 아무 대답도 하지 못했다. 틀린 말은 아니다. 민준도 연성의 업소로 쫓기다시피 숨어든 자들과 다를 바 없었다.

"공 사장 말도 일리가 있네. 그동안 몰랐는데, 공 사장 생각보다 똑똑하네?"

스테파노가 농을 치자 연성은 어색하게 웃었다. 열을 내던 민준은 어느새 감정이 가라앉은 것 같았다. 공습당한 시신들을 물끄러미 보다가 고개를 들어 강 건너 1구역 중앙을 쳐다보았다. 구름에 꼭대기가 가려진 마천루들. 저곳이 전기련 세력의 본거지였다. 억울함과 분노의 불씨가 슬금슬금 일기 시작했다.

"끝내지 않으면 비극은 끝없이 반복될 겁니다."

먼 곳을 보는 민준에게 태일은 종용하듯 말했다. 민준은 한숨만 내쉬었다.

몇 시간 후, 77K로 혁이 연락해왔다.

"사람들을 치료할 수 있는 곳을 찾았어. 서쪽으로 한참 오면 보이는 큰 건물로 된 병원이야."

모든 게 준비된 상태였다. 민준도 결심을 내렸다.

"네 말대로 신이 어떻게 생겼는지 보러 가지."

민준이 결단을 내리자 드디어 모두가 함께하기로 결정

했다. 잠시 후 밴과 트럭, 버스로 이루어진 난민 행렬이 쥐독의 서쪽 구역을 향해 출발했다.

*

두 시간 뒤, 이들은 혁이 찾아놓은 서쪽 구역까지 무사히 도착했다. 녹색 십자가가 아니라면 병원 건물이었다는 것을 몰랐을 만큼 세월의 때가 가득한 곳이었다. 벗겨진 페인트, 깨진 유리창, 그리고 버려진 앰뷸런스들이 건물 앞마당에 방치되어 있었다. 그렇기 때문에 더더욱 머물기엔 괜찮은 곳 같았다.

막 도착한 차에서 내린 태일은 언덕을 따라 맞은편에 자리한 건물들을 유심히 쳐다보더니 민준을 따로 불렀다.

눈이 가려진 여자가 칼과 저울을 든 동상 앞이었다. 하지만 동상은 이리저리 부서지고 금이 간 흔적들로 가득했다. 거미줄과 오물, 낙서가 뒤덮여 있어서 성스러운 느낌은 사라지고 더러워 보이기까지 했다.

"디케라고 합니다."

"디케?"

"그리스 신화 속 정의의 여신입니다. 한 손에 든 칼은 정확한 판정에 따라 정의가 실현되기 위해서는 힘이 필요하다는 뜻이고, 다른 한쪽 손에 든 저울은 엄정한 정의의 기준을 상징합니다. 그리고 눈을 가리고 있는 건 심판에 있어 어떠한 이익에도 흔들리지 않고 공정함을 유지해야 한다는 것을 의미합니다. 새로 시작하는 곳의 상징치고는 기막힌 우연 같습니다."

"기막힌 우연이라니?"

태일은 손을 들어 디케의 눈 부위를 가리켰다.

"가려진 저 눈이 탐욕을 바라보기 시작하니까 엄정한 저울이 기울기 시작했죠. 그리고 칼은 불의를 위한 힘이 되었습니다. 바로 이곳에서부터."

민준은 지금 서 있는 곳이 어딘지 전혀 몰랐다.

두 사람이 서 있는 곳은 다름 아닌 과거 대법원 건물 안이었다. 어떤 것에도 영향을 받지 않고 엄중하게 법을 집행해야 하는 곳. 옆에는 정의라는 미명하에 공권력을 휘두르던 사정기관들이 붙어 있었다. 이 지역을 누군가는 정의의 도시라고 불렀을지도 모른다.

하지만 저울은 죄의 무게가 아닌 그 위에 올라간 금화의 무게로 결정되었다. 대한민국이라는 국가가 쇠락하기 시작하면서 뉴소울시티라는 저주가 시작된 것이다.

태일은 힘없이 미소를 지었다. 그리고 민준에게 이곳에서 벌어졌던 일들을 들려주었다.

당시 빈부격차는 극에 달했고 결국 그런 갈등들이 폭발하는 사건들이 수없이 발발했다. 국가 시스템에 대한 불만에 이성을 잃은 시민들은 약탈, 방화, 절도, 심지어 살인까지 벌였다.

폭동 앞에 지자체는 무정부 상태가 되어버렸다. 지자체의 고위 공무원들은 헬기를 타고 자신이 지켜야 할 지역에서 도망쳤고 붙잡힌 관료들은 길에서 죽임을 당했다. 폭동을 잠재워야 할 군과 경찰도 공권력을 발휘하지 못했다.

지방에서 시작된 폭동은 바람을 업은 불길처럼 점차 서울로 올라왔다. 폭동의 불길이 지나간 곳은 시체들만 쌓이는 죽음의 땅이 되었다. 그걸 지켜본 당시 정부는 두려움에 떨었다. 결국 정부는 현재의 전기련 소속 대기업들에게 무릎을 꿇고 도움의 손길을 요청했다. 전기련에게는 무장한 사조직들이 있었기에 폭동을 막을 힘이 있었던 것이다.

간신히 시간을 번 정부는 폭동의 파도를 막기 위해 강이북으로 넘어올 모든 통로를 끊었다. 그때 강을 잇는 다리는 모두 끊어졌고 강북에는 활주로가 없어졌다. 넘어오려는 헬기는 탑승자가 누구든 상관없이 강북 지역의 높은 건물에서 쏘아대는 방공포로 격추되었다. 인구가 극도로 밀집되어 있던 강남이라는 화려했던 도시는 더이상 도망갈 곳 없는 무법 지대가 되었다.

그러던 어느 날, 버스터미널 근처에 자리하고 있던 작은 주유소 하나가 폭발했다. 누군가가 일부러 벌인 짓 같았다. 작은 주유소의 폭발을 시작으로 강남의 수많은 주유소들이 연이어 폭발했다. 유독 가스와 연기, 화염이 강남을 뒤덮자 그곳에 있던 모두가 전멸했다. 그리고 방치되어 있던 시신들이 썩으면서 버려진 땅이 되었다.

시간이 흐르고 전기련의 시대가 도래했을 때, 그곳으로 하나둘 숨어든 도망자들에 의해서 지금의 쥐독이 탄생했다.

민준은 심각한 표정으로 집중해서 듣고 있었다.

"디케가 이런 꼬락서니가 된 건 정의가 사라졌기 때문입니다. 그래서 우린 다시 이 도시의 정의를 되찾으려고 하는 거예요. 저 오물을 닦아내고 디케의 눈가리개를 다시 씌우는 거죠."

"이제 앞으로 어떡할 거야?"

"가짜 신을 무너뜨리고 사라져버린 정의를 다시 세워야죠."

민준은 가슴속에서 무언가 뜨거운 게 올라오는 것 같았다.

한편, 병원 건물 입구에 서 있던 혁과 스테파노는 각자의 생각에 빠져 있었다.

"이런 곳에서 장사하긴 글렀네요."

"장사가 중요해? 살아남은 것만으로도 감사하게 생각

해야지."

"정리는 다 끝났어요?"

"동선은 완벽하게 짰지. 옛날 생각이 딱 나더라고."

"옛날 생각요?"

무심코 튀어나온 스테파노의 말에 혁이 물었다. 스테파노는 말을 돌리려고 손에 든 잔을 혁에게 건네며 위스키를 들었다. 하지만 혁은 다시 잔을 돌려주며 재차 물었다.

"그냥, 뭐, 옛날에 쥐독에 왔던 기억이 떠올랐다는 거지. 낯선 곳에 처음 발을 디딘 기억 같은 거."

스테파노가 얼버무리자 혁은 더이상 묻지 않았다.

아바리치아 연호가 시작되기 전의 일이다. 스테파노는 청년 시절 열혈 의사였다. 히포크라테스의 선서를 자신의 십계명처럼 삼았었다. 그런 스테파노가 인턴 생활을 한 곳이 바로 이 병원이었다. 그래서 병원 건물 앞에 당도했을 때 감회가 남달랐다.

지금은 술주정뱅이 신학자가 되었지만, 적어도 이 병원은 자신의 열정을 불살랐던 곳이었다. 복도를 정신없이 뛰어다니던 시간들. 벗을 틈도 없어서 밑창이 너덜너덜해진 슬리퍼. 응급 상황 때문에 먹지 못해 불어버린 라면. 며칠 동안 씻지 못해 떡이 진 머리카락. 주마등처럼 지나가는 아련한 기억에 스테파노는 미소를 지었다.

하지만 그것도 잠시, 스테파노의 표정은 이내 어두워졌다. 혼란의 시대, 약탈자들이 병원에 들이닥쳤을 때 가장 먼저 죽임을 당한 건 환자들이었다. 약탈자들에게는 허기와 분노, 이기심만이 가득했다. 환자들을 지키기 위해 의료진들은 메스와 청진기를 내려놓고 문을 잠근 채 그들과 대치했다. 하지만 역부족이었다.

그리고 연쇄 대형 폭발이 일어났다. 병원 입구부터 응급실, 모든 병동은 고통으로 아우성치는 사람들로 가득했다. 병원 복도 바닥에는 피와 살들이 하수도가 역류하는 것처럼 흘러 다녔다. 더이상은 감당할 수 없다고 판단한 원장과 의료진은 병원을 탈출하기로 했다.

의료진들은 미니버스를 타고 마지막으로 남아 있는 다리로 향했다. 그 버스 안에는 스테파노도 있었다. 그러나 스테파노는 마음이 무거웠다. 눈치를 챈 약탈자들이 미니버스를 쫓아왔다. 미니버스가 속도를 높여 다리를 향해 내달리던 순간, 멀리서 바람을 가르는 소름 끼치는 소리가 들려왔다. 거대한 폭발력을 품은 로켓 같았다. 하지만 피할 시간이 없었다. 다리 중간에 떨어진 로켓은 대기를 찢는 듯한 소리를 내며 폭발했다. 다리는 크래커처럼 산산이 부서졌고 버스에 타고 있던 사람들은 모두 강으로 추락했다. 추락할 때 어딘가에 머리를 세게 부딪힌 스테파노는 의식을 잃었다.

하지만 어찌 된 일인지 다음날 스테파노는 강변에서 눈을 떴다. 위에 들어찬 물을 다 토해내고 정신을 차려보니, 자신이 강 이북 쪽의 강변까지 떠내려 왔음을 알 수 있었다.

운 좋게도 아바리치아 시대가 시작되고 1구역에서 일하게 되면서, 스테파노도 오랜 기간 생명을 연장해올 수 있었디. 그때까지만 해도 그가 가진 지식과 기술이 1구역에서 가치가 있었기 때문이다.

하지만 마음 한구석은 늘 공허했다. 죄책감으로 인한 우울증에도 시달렸다. 그때부터 술도 마시기 시작했다. 그러다 2구역에 버려진 사람들을 위해 1구역의 물품을 몰래 지원해주다가 적발되었다. 그는 강으로 도망쳤고, 그렇게 쥐독으로 왔다.

"환자들 상태가 점점 안 좋아지는 것 같아요."

정호가 초조한 얼굴로 말했다. 스테파노는 이전의 기억을 털어내려는 듯 머리를 가볍게 흔들었다.

"치료하기 전에 먼저 정리를 합시다. 쓸 만한 약품이 있는지도 살펴보면 좋겠네요."

스테파노는 병원 건물에 있는 사람들을 모두 모았다. 그리고 환자들의 상태를 분류해서, 간호해줄 인원들과 함께 배치했다. 특히 응급처치를 할 인원들을 추려 가장 위급한 환자들과 함께 아래층에 묵게 했다.

"좀 으스스하네요. 거대한 지하 무덤 같고."

지하로 내려가자, 계단에는 오래된 해골들이 가득했다. 오래전 대폭발을 피해 숨어든 사람들의 유해가 확실했다. 스테파노도 그때 강물에 휩쓸리지 않았다면 이들처럼 뼈만 남은 채 누워 있었을지도 모른다.

지하 주차장에서 멀쩡한 트럭 한 대를 발견했다. 다른 차량들은 모조리 불타거나 파손됐는데 오직 한 대만 멀쩡했다. 차량에서 빠져나오지 못한 운전자는 시커먼 화석이 되어 당시 상황을 말해주고 있었다. 연성은 절단기로 트럭의 잠금 장치를 열려고 시도했지만 쉽지 않다. 스테파노는 연성에게 비켜보라고 하더니 잠금장치의 비밀번호를 입력했다. 스테파노의 오랜 기억 속에 있던 그 번호는, 병원을 소유하고 있던 대학의 개교기념일이었다.

드디어 문이 열렸다. 안에는 유통기한은 지났지만 냉동 보관된 의약품들이 가득했다. 스테파노는 기쁨의 휘파람을 불었다. 연성은 동료들을 불러 의약품들을 날랐고, 스테파노는 청진기를 들고 침대에 누워 있는 환자들을 진료하기 시작했다.

*

"종이를 모아 오라고? 싸우려면 무기를 만드는 게 먼저 아니야?"

민준은 이해할 수 없었다. 전기련과 싸우겠다던 태일이 종이를 모아 달라고 부탁한 것이다. 하지만 다들 태일의 말에 고분고분 따랐다. 다행히 법원 내에는 재판 기록이 인쇄된 종이들이 가득했다. 몇 시간 지나지 않아 종이 더미가 가득 쌓였다.

'탄환은 납으로 칼은 철로 만드는 건데? 바람도 이기지 못하는 종이라니. 이걸로 뭘 어쩌겠다는 거야?'

민준은 태일의 어깨를 툭툭 쳤다.

"우린 너희와 함께 싸우겠다고 결정했어. 그랬으면 믿음을 줘야지. 승리할 수 있다는 믿음을."

"물론 싸움에는 무기가 필요합니다. 그건 저도 동의해요. 그러나 총과 칼로 얻은 승리는 잠시일 뿐입니다. 종이에 적힌 글은 지식으로, 때로는 기록으로 영원한 승리를 얻게 해줄 겁니다. 종이에 적힌 글자들 말입니다. 그것들은 세상을 뒤집을 진짜 힘을 갖고 있어요."

"하지만 종이로는 총을 이길 수 없잖아."

"전기련 놈들이 도시를 세우고 통치를 시작했을 때 모

든 책을 가져가 자신들만의 창고에 넣었습니다. 도시에 남아 있던 책들은 모조리 태웠죠. 왜 그랬을 것 같습니까?"

대한민국 정부로부터 권력을 넘겨받은 전기련이 가장 먼저 한 일은 국립중앙박물관의 모든 책들을 가져다가 그들만의 금고에 봉인해버린 일이었다. 불에 태우면 순식간에 사라질 책들임에도 불구하고.

민준은 태일의 질문에 답하지 못했다. 그도 그럴 것이, 1구역 방위 산업은 더이상 성장하는 사업이 아니었다. 기존 병력을 보완하고 보수하는 정도일 뿐, 언제부터인가 새로운 무기를 개발하지 않았다.

"저는, 저 도서관에 그놈들이 빼앗아간 책들을 되돌려놓을 겁니다. 지식의 권력을 모든 사람들에게 공평하게 나눠줄 겁니다. 통은 쥐독만이 아닙니다. 뉴소울시티의 2구역, 거기도 통이나 마찬가지죠. 그 안에도 게들이 있습니다. 지금 우리가 하려는 것은 그들의 눈을 뜨게 하는 겁니다. 그때가 오면 우리는 영원한 승리를 거머쥐게 되겠죠. 확신합니다. 그리고 이게, 제가 당신에게 주는 믿음입니다."

태일의 말을 듣는 순간 민준은 등을 타고 밀려오는 전율을 느꼈다. 그리고 태일에 대한 민준의 의심은 확신이 되었다. 삼인회는 민준의 결심에 따라 연맹에 합류하기로 결정했다. 새로운 세상에 대한 기대가 민준의 절뚝거리는 다리조차 가볍게 만들었다.

모두들 병원 건물 안으로 들어갔을 때, 홀로 남은 태일은 류시은의 명함을 꺼냈다. 아날로그형 손목시계를 흘끗 본 태일은 시은과의 약속이 몇 시간 뒤라는 것을 알았다. 태일은 77K로 누군가에게 연락했다.

수화기 너머에서 들려온 것은 인수의 목소리였다.

*

아바리치아 본사 회의실에는 아침부터 각 부서의 팀장들이 모여 있었다. 의장의 명의로 호출된 회의였지만 회의의 주체는 전략기획실장 송선우였다. 배지환은 내심 이번 회는 자신을 위한 자리일 거라 생각했다. 배지환은 승리감에 도취된 여유 있는 목소리로 쥐독으로 향했던 그날 밤의 일을 영웅담처럼 늘어놓았다.

"함부로 판단하거나 안심하지 마십시오. 제가 보기에 상황은 아직 끝나지 않았습니다. 다들 신중한 자세로 기다리세요. 연맹의 머리. 그자가 어떻게 됐는지 확인하기 전까지는."

배지환의 수다로 달아오른 회의실의 열기를 이내 식혀버린 사람은 송선우였다. 송선우의 말에 팀장들은 전부 입을 다물었다.

"최근 회사 총 매출액, 매출 성장세, 순이익 부분에서 아레스에게 따라잡히고 있습니다. 그런데 여기 누구도 그런 것에는 관심이 없는 것 같습니다. 자리를 지키는 것에 연연하다 보니 진짜 위기 상황에 둔감해진 것인지, 애써 외면하려는 것인지, 그것도 아니라면 나태해진 것인지 알 수 없습니다만, 계속 이런 상황이 지속된다면 회사 차원에서 특단의 조치가 필요할지도 모르겠군요."

특단의 조치는 해고를 의미했다. 이는 생존과 연결된 문제였다. 그동안 해고당했던 간부들은 영생을 누리지도 못하고 한 줌의 흙이 되어버렸다. 모두의 표정이 어두워졌다.

"연맹의 우두머리를 최대한 빨리 찾아내십시오."

송선우는 배지환에게 지시를 내렸다. 류신의 지시에 절대복종하는 배지환이었지만, 기분이 영 좋지 않았다. 카피바디로 세월을 지내왔지만 나이는 자신이 송선우보다 많았다. 게다가 같은 직급인데도 송선우는 항상 자신을 깔보는 듯했기 때문이다.

"이미 놈들은 전멸했어. 송 실장도 봤잖아. 내가 어떻게 쥐독 55층 구역을 박살냈는지. 설마 살았다 한들 몇 명 되지도 않는 규모로 뭘 할 수 있겠어? 쓸데없는 걱정이야."

그러자 송선우는 기다렸다는 듯 파노라마그램을 켜고

쥐독 내 녹화 영상을 틀었다.

55층 건물 쪽에서 서쪽으로 이동하는 차량의 행렬. 연이어 들리는 총격전 소리. 그리고 쥐독 서쪽 구역의 불 밝힌 병원 건물과 옛 중앙도서관의 모습이었다.

"생존자들이 이동한 정황이 발견됐습니다. 게다가 다른 구역에 사는 자들과 교전까지 벌였더군요. 지금까지 이런 조직적인 움직임이 쥐독에서 발견된 적이 있었습니까?"

배지환은 대답하지 못했다. 송선우는 아레스의 수송 트럭을 습격했던 연맹원들의 모습을 파노라마그램에 띄웠다.

"반자본청년연맹이라는 세력은 굉장히 치밀하고 조직적입니다. 영악하게 짧은 시간만 모습을 드러내고 목표를 정확히 타격합니다. 특히 놈들이 노린 건 지성소였습니다. 이걸 통해 그들의 계획을 대략적으로 유추할 수 있지 않습니까? 우리가 만든 이 도시의 붕괴, 그리고 영생이라는 핵심 기술의 파괴. 아마 그것이 그놈들의 최종 목표일 겁니다."

송선우는 화면을 멈추고 77K를 멘 연맹원의 모습을 확대했다.

"심지어 놈들은 현대의 기술을 사용하지 않습니다. 이런 재래식 통신 장비로 우리의 감시를 피하면서 누군가의 지령을 받아 실행하고 있는 겁니다. 이것만 봐도 연맹의 우두머리란 자가 얼마나 주도면밀한지 알 수 있습니다. 그러니 저 통신 장비 뒤에 숨어 있는 연맹의 우두머리를 잡아야 합니다. 그렇지 않으면 또다시 감당하기 힘든 비극이 벌어질지도 모릅니다. 이를테면 제2의 블랙컨슈머데이라던가."

송선우의 말이 끝나자 회의장 안은 무거운 정적만이 흘렀다. 숨소리조차 나지 않았다. 자신의 공을 무시하는 듯한 송선우의 언행에 배지환은 분했지만 애꿎은 주먹만 꽉 쥘 뿐이었다.

회의를 마치고 나온 송선우와 염세일은 엘리베이터에 올랐다. 염세일은 송선우에게 포트폴패드를 내밀었다.

"지시하신 자들의 프로필입니다. 현재 조사 중인데 아직까지 의심스러운 자는 없었습니다."

송선우가 화면을 터치하자 그들의 프로필이 움직였다. 그들은 1구역 출입이 허가된 자들로 대부분 인텔리 출신이었다. 의사나 변호사 같은 전문직 종사자들로, 과거 대한민국이었다면 사회적 지위가 꽤 높았을 부류였다.

프로필을 보는 송선우의 심정은 복잡했다. 이번에 확실히 뿌리 뽑지 않으면 아바리치아 그룹은 또다시 위태로워질 수 있다. 이미 한 번 경험하지 않았는가.

어떻게 1구역에서 벌어지는 일들을 속속들이 알고 있을지, 수많은 의문이 송선우의 머릿속을 가득 채웠다. 하지만 분명 놈을 찾아낼 것이다. 송선우는 그렇게 다짐했다.

*

강변을 따라 드넓게 펼쳐진 논밭이 저물어가는 햇빛에 주홍색으로 물들었다. 불어오는 바람에 옥수숫대들은 이리저리 흔들리며 건조한 소리를 냈다.

데메테르의 농장 울타리 앞 좁은 도로에는 차 한 대가 서 있었다. 차에 기대어 서 있던 인수는 손에 쥐고 있던 쪽지를 펼쳐 메모를 다시 한번 확인했다.

TYM6PD

제이콥으로부터 온 접선 암호였다. T는 Time, 시간을 뜻했다. Y는 유시酉時의 한국식 발음을 영문으로 표기한 것으로 17시부터 19시에 해당했다. M은 Minute, 분을 뜻했으며 숫자 6은 육각을 의미했다. 각이란 분의 단위로, 일각은 15분에 해당했다. 따라서 육각이란 90분이었다. P는 Place, 장소를 뜻했고 D는 Demeter, 즉 전기련 소속 기업 데메테르를 의미했다. 따라서 암호를 풀어내면 '18시 30분 데메테르의 농장 앞'에서 보자는 뜻이었다. 인수의 손목에 채워진 아날로그형 시계는 오후 6시 25분을 가리키고 있었다.

태일을 기다리는 인수는 초조했다. 소도 3센터 습격 사건 이후, 일주일에 한 번씩 한 달 넘게 이곳에 나오고 있었다. 물론 데메테르 회장 김종선의 신뢰를 받는 인수였기에 관리라는 명목으로 자유롭게 들락거릴 수 있었지만, 자칫하면 의심을 살 수도 있는 위험한 행동이었다.

게다가 이 장소에서 태일을 만나는 것은 김종선도 눈치를 챈 일이었다. 인수가 넘긴 영상을 보고 송선우가 눈치를 챌 지도 알 수 없는 상황이었다.

고전압 전기 울타리 너머로 높이 3미터 정도의 거대한 옥수숫대들이 머리를 내밀고 있었다. 그것들보다 더 위에 있는 스위퍼는 감시의 눈빛을 뿜어내고 있었다.

자신은 정의로운 인간일까, 아니면 정의와 불의 사이에서 유리한 쪽을 택하는 이기적인 인간일까. 부조리한 세상을 무너뜨리기 위해 연맹과 손을 잡았지만 전기련 소속 간부로 지내고 있다. 그가 데메테르의 간부로 사는 것은 살아남기 위한 퇴로를 열어두는 것이 아닐까. 그래서 태일처럼 위험을 감수하는 용기 따위 없는 겁쟁이가 아닐까 하는 자조 섞인 자문을 하곤 했다.

그때, 뒤쪽에서 인기척이 났다. 돌아보니 길 건너편 갈대숲 밖에서 모습을 드러낸 태일이 보였다. 인수는 서둘러 운전석에 올라 시동을 걸었다. 뒤이어 태일이 차 문을 열고 조수석에 탔다. 순간 인수는 태일에게서 풍기는 지독한 악취를 맡았다. 태일에게서 이런 냄새가 난 건 한 달 정도 되었다. 시궁창에 처박힌 쓰레기 냄새.

"그 파티, 꼭 가야겠어?"

"잠깐만 있다가 나올 거야."

"근데 가기 전에 씻는 게 먼저일 것 같다. 지금 이 악취가 널 주목시킬 수도 있어."

자신의 정체성을 새롭게 인식하게 되는 계기가 있다면, 그건 바로 새로운 세계에 발을 내딛는 순간이다. 평생 숨 쉬듯 맡던 냄새들이 더이상 느껴지지 않을 정도로 무뎌졌을 때, 그 냄새는 새로운 세상 속에서 이질적인 악취가 된다.

1구역과 2구역을 왔다갔다했던 태일은 어느새 쥐독의 냄새를 풍기고 있었다. 그러나 정작 태일은 1구역의 고급스러운 향취를 역하게 느낄지도 모를 일이다.

인수의 차가 도시로 향했다.

한 시간 뒤, 태일이 샤워를 마치고 거실로 나왔다. 인수는 드레스룸에서 태일이 입을 옷을 고르는 중이었다.

태일은 부엌에 가서 냉장고를 열었다. 인수의 집은 2구역 아파트들과는 비교도 되지 않을 정도로 넓었고 인테리어 또한 화려했다. 냉장고에는 과일부터 육류까지 가공되지 않은 신선한 식자재들이 가득 채워져 있었다. 그러나 태일은 탄산수 한 병만 꺼내 마셨다.

태일은 인수가 골라준 슈트를 입고 거울 앞에 섰다. 그 옆에서 인수는 걱정스럽게 쳐다보았다.

"난 네가 그 초대를 거절하는 게 좋다고 생각해."

넥타이를 매던 태일은 거울로 인수를 의아한 듯이 쳐다봤다.

"보는 순간 욕망이 생길 수도 있잖아. 그놈들이 벌이는 극단적인 쾌락을 지켜보고 있으면 우리가 버티는 삶이 무의미해지거든. 거기에 다녀온 모두가 그렇게 느꼈어."

태일은 인수의 말에 미동도 하지 않았다. 인수는 답답했는지 언성을 높였다.

"좋은 집, 좋은 차, 이런 빈부격차 따위에서 오는 질투를 말하는 게 아니야. 우리는 결코 피할 수 없는 죽음이란 게, 어떤 인간들에겐 한낱 놀잇감이 되는 걸 봐야 하는 거라고. 절망이 너를 덮칠 수 있어. 그럼 그 반작용으로 반대되는 욕망이 생겨서 놈들과 똑같아질 수도 있다고."

넥타이를 매던 태일의 손이 멈췄다.

"넌 나를 그 정도로 봤던 거야?"

"널 무시하는 게 아니야. 염려하는 거라고."

잠시 정적이 흘렀다.

"만약 그렇게 된다면 우리 연맹은 목표도 방향도 잃은 채 의미 없이 표류하겠지……."

태일은 말끝을 흐렸다. 그는 북받치는 감정을 동여매듯 넥타이 매듭을 목까지 당겨 올리고 블레이저를 입었다.

"내 결심은 그렇게 하찮은 게 아니야."

태일은 다짐하듯 말했다. 아들 훈이의 비참한 죽음, 아내 연희의 고통스럽지만 피할 수 없었던 선택. 태일에게 죽음은 더이상 논의의 대상도, 유혹의 대상도 될 수 없었다.

오직 그들에게 총구를 겨누고 그들의 사과를 들어야만 했다. 뉴소울시티라는 제단을 부수고 그들을 무너뜨려야 했다. 그러려면 죽음을 다시 가져와야 했다. 이 도시에.

집에서 나와 파티장을 향했다. 차창 밖으로 1구역이 보였다. 고층 건물들과 화려한 네온 불빛, 깨끗하게 정비된 넓은 도로, 고급 전기 세단들과 명품관들. 길 곳곳에는 고객서비스팀이 지키고 있었다. 인수는 최근 1구역에 배치된 고객서비스팀이 더 는 것 같다고 말했다. 태일은 동의하듯 고개를 끄덕였다. 건물마다 달린 모니터에는 연맹에 대한 신고를 당부하는 영상이 나오고 있었다.

"평화를 해치는 테러리스트들을 제거하기 위해 고객 여

러분의 많은 관심이 필요합니다."

테러리스트라는 단어가 태일을 씁쓸하게 했다. 하지만 그건 관점에 따라 얼마든지 달라질 수 있는 단어다. 식민지 제국의 총리를 암살한 자가 전범들에겐 테러범이 되어 버리듯 말이다.

연맹은 단 한 번도 사람을 목표로 공격한 적이 없었다. 물론 류신은 다른 이야기였다. 어차피 그를 마주할 땐, 그 순간이 세상의 종말일 것이다.

드디어 파티 장소인 헬기 격납고 타워 정문 앞에 도착하자 입구에서 보안 요원들이 검문검색을 하기 위해 인수의 차량 앞으로 왔다. 그러나 태일이 류시온에게 받은 금빛 명함을 내밀자 무표정하던 보안 요원들의 표정이 비굴하게 변하며 바로 통과되었다. 정문을 통과한 인수의 차는 타워 앞에 자리한 분수대를 돌아 타워 현관 앞에 멈춰 섰다.

태일은 크게 호흡한 후 차 문을 열고 내렸다. 그러더니 다시 차 안으로 고개를 빼꼼 들이밀고 장난스러운 미소를 지으며 말했다.

"집에 가면 글로브박스나 열어 봐."

"뭔데?"

"선물. 마음에 들진 모르겠지만."

태일은 건물 안으로 사라졌다. 인수는 다시 차를 돌려 헬기 격납고 타워 정문을 빠져나갔다. 타워가 서서히 멀어지자 인수는 조수석에 있는 글로브박스를 열었다. 그리고 픽 웃었다.

"명색이 제이콥이란 놈이, 알베르 카뮈라니. 이런 모순이 있나."

태일이 글로브박스에 넣어둔 깃은 알베르 카뮈의 『이방인』 필사본이었다. 구김도 없는 새거였다. 뚜렷하고 정갈한 필체로 보아 태일이 인수를 위해 직접 준비한 것이 확실했다. 한때 태일에게 주절거리던 거였는데 그걸 기억했던 모양이었다.

인수는 급하게 읽지 않을 생각이었다.

'무사히 돌아와라. 그래야 잘나신 박태일 선생의 작품 해설을 들을 수 있으니까.'

검문을 모두 마친 태일은 엘리베이터를 탔다. 옥상이 가까워지자 시끄러운 음악들이 들려오기 시작했다. 옥상 로비에는 1층 경비원들과 달리 근육질 스태프들이 파티장 입구를 지키고 있었다. 그들은 모두 방탄복을 착용한 채 실탄이 든 자동 소총을 차고 있었다. 류시은의 명함을 보여주었지만 그들의 태도는 딱히 달라지지 않았다. 네가 누구든 내 VIP가 위험해진다면 나의 총알은 너를 향할 것이다, 마치 그런 각오를 보이는 것 같았다.

태일 앞에 줄을 선 사람들이 입구 앞에 설치된 호패기에 손을 댔다. 입장료 격의 분각이 차감되는 것이 전광판에 표시됐다. 입장료는 일만 분각으로. 태일의 석 달치 월급에 달하는 금액이었다.

분각을 지불한 다음에는 그들의 프로필이 떴다. 주소와 직업은 검은 블라인드로 처리되어 있었다. 그건 그들이 철저하게 보안이 유지되어야 할 신분이라는 뜻이었다.

태일의 차례가 되었다. 일만 분각을 내는 것이 부담스러웠지만, 태일은 애써 담담한 표정을 지었다.

"이사님께서 이미 지불하셨습니다."

호패기 옆에 서 있던 여자 스태프가 친절한 목소리로 말했다.

류시은은 아바리치아의 등기이사였다. 그녀는 류신 다음으로 많은 회사 지분을 가지고 있었다.

따로 분각을 지불할 필요가 없어 태일은 내심 다행이라고 느꼈지만, 모니터에 뜬 자신의 프로필을 보고 불쾌해지고 말았다. 태일의 프로필에는 블라인드 처리가 되어 있지 않았다. 거기엔 2구역에 있는 자신의 아파트 주소와 직업, 가족 관계, 심지어 가족들의 사망 원인까지 모조리 적혀 있었다. 애써 참고 있던 아픔이 들쑤셔지는 듯했다. 호패기 옆에 서 있던 여자 스태프의 입가에서 친절한 미소가 사라졌다. 태일을 한번 노려보더니 통과하라는 듯 손짓을 했다.

파티장에 입장하자 시끄러운 음악이 기압이 차오른 것처럼 태일의 고막을 때려댔다. 붉고 푸른 조명과 스모그가 파티장을 채우고 있었다.

파티장 곳곳에는 고급 소파와 테이블이 놓여 있있고, 사방에 설치된 파노라마그램에서는 뉴소울시티에서 금지된 과거 대한민국 시절의 뮤직비디오나 영화가 나오고 있었다. 파티장 한가운데는 풀장이 있었는데 전라의 남녀들이 풀장 안에서 몸을 뒤섞고 있었다.

테이블 위와 파티장 바닥에는 각종 술병과 루왁 알갱이들이 어지러이 흩어져 있었다. 2구역 거주자의 10년치 월급으로도 살 수 없는 물건들이 볼품없는 싸구려 물품처럼 취급받고 있었다.

쾌락의 아드레날린이 가득한 헬기 격납고 타워 파티장은 한마디로 광란의 무법지대였다. 이곳에 뉴소울시티의 법이 미치지 않은 것도 역시 류시은 덕분이었다.

이 파티의 하이라이트는 다이빙 파티였다. 옥상 가장자리에 크게 마련된 다이빙 파티장에는 가장 많은 사람들이 몰려 있었다. 다이빙대가 난간 밖으로 나와 있었고, 그 뒤와 옆에는 전광판이 설치되어 있었다. 전광판에는 드론이 찍는 영상이 송출되는 중이었고, 화면 왼쪽에는 고도에 따라 순위가 매겨진 리스트가 표시되어 있었다. 한쪽 구석에는 커다란 욕조 안에는 다이빙하는 사람의 카피바디가 C50F200 용액에 담겨 있었다.

카피바디의 주인이 다이빙대 위로 걸어 나왔다. 몸에 달라붙는 검은색 다이빙 슈트를 입은 채였다. 구경꾼들이 환호하자 사내는 이에 응하듯 자신만만하게 양팔을 들어 만세 자세를 취했다.

스태프들이 다가와 사내의 허리에 고도계를 채웠고, 바늘*이 달린 수첩 정도 크기의 초소형 전송 장치를 목 뒤 경추에 꽂았다. 스태프는 마지막으로 사내의 손에 소형 리모컨을 건넸다. 이는 백업 데이터 전송을 위한 것이었다.

루왁과 술에 취한 구경꾼들은 호패기에 손을 대며 베팅을 했다. 전광판에는 베팅된 분각 숫자가 올라가는 것이 보였다. 입장료와 비교할 수 없을 만큼 어마어마한 금액이었다. 숫자가 올라갈수록 구경꾼들의 환호성은 흥분한 동물의 울음소리처럼 변했다.

지켜보던 태일이 시선을 돌리자 가장 좋은 자리에 앉아

---

* 전송 장치의 바늘은 극도로 미세해 몸에 상처를 입히지 않는다.

친구들과 환호하는 류시은이 보였다. 류시은 옆에 있는 친구들도 아카데미아에서 태일의 강의를 듣던 이들이었다.

사내는 천천히 다이빙대 끝으로 걸어갔다. 사내는 까마득한 높이에서 밑을 내려다보더니 심장을 다독이듯 가슴을 두어 번 치고 깊게 심호흡한 뒤 다이빙 자세를 취했다.

전광판의 카운트다운이 시작되었다. 숫자는 10부터 줄어들었다. 드디어 숫자가 0이 되자 전광판 전체에 '점프'라는 글자가 번쩍였다. 사내는 눈을 질끈 감고는 다이빙대에서 뛰어내렸다. 드론도 함께 하강하며 낙하하는 사내의 모습을 카메라에 담았다.

무대 중앙에 구현된 파노라마그램은 사내가 낙하하고 있는 상황을 고도 수치와 함께 보여주고 있었다. 사내의 몸이 지면에 점점 가까워지고 있었다. 두려움을 참던 사내는 결국 소형 리모컨의 전송 버튼을 눌렀다. 그와 동시에 사내의 동공이 커지며 온몸에서 힘이 빠져나갔다.

무언가 바닥에 세게 부딪히는 소리가 울려 퍼졌다. 사내의 육체가 아스팔트 바닥에 추락하는 소리였다. 드론은 갈가리 찢긴 사내의 육체를 중계했다. 더 끔찍한 사실은, 사내가 뛰어내린 곳 주위에도 그런 식으로 찢어지거나 짓이겨진 육체들이 가득하다는 사실이었다.

전광판에는 사내의 이름과 그가 버튼을 누른 순간의 고

도 수치가 표기되었다. 순위는 뒤에서 다섯 번째였다. 기대치에 미치지 못했는지 관중들은 야유를 보냈다.

욕조에서 사내의 카피바디가 악몽을 꾼 듯 놀라며 깨어났다. 아직도 추락의 공포가 가시지 않았는지 몸을 떨었다. 사내의 친구들로 보이는 무리가 욕조 옆에 다가와 그를 놀려댔다. 그걸 지켜보던 태일은 인수가 했던 말이 무슨 의미인지 실감했다.

"그놈들이 벌이는 극단적인 쾌락을 지켜보고 있으면 우리가 버티는 삶이 무의미해지거든."

정말 그랬다. 이들은 죽음을 한낱 놀이로 즐기고 있었다. 그렇지만 태일은 절망감을 느끼지는 않았다. 오히려 저들도 두려운 운명을 피할 수 없도록 만들고 말겠다는 오기가 더욱 불타올랐다.

"교수님, 오셨네요?"

어느새 류시은이 옆으로 다가와 있었다. 류시은은 루왁과 칵테일을 꽤 마셨는지 얼굴이 벌겋게 달아오른 채 웃고 있었다.

"교수님도 한번 해보실래요?"

"저는 그냥 보는 것으로 만족하죠."

태일은 류시은을 달래듯 거절했다. 그러나 류시은은 취기도 오른 데다 옆에 친구들이 있어서 그런지 오기를 부렸다.

"보기만 하면 무슨 재미가 있어요? 직접 해봐야죠."

"경험을 위해 무모해질 필요까지는 없죠."

류시은은 피식 웃었다.

"그 시대를 이헤하려면 듣는 것보다 보는 게, 보는 것보다 직접 겪는 게 더 좋은 방법 아닌가요?"

류시은은 태일보다 더 오랜 시간 살아온 존재였다. 그녀의 육체는 젊었지만 노인의 혼을 담고 있었다. 태일만큼 인텔리였던 다른 사람들이 왜 그녀에게 농락당했는지 단번에 이해가 되었다.

"저도 같이 할게요."

"아뇨, 괜찮습니다."

"그동안의 강의는 다 거짓말이었던 건가요?"

류시은은 웃으며 협박했다. 태일은 더 거절할 수 없었다. 아카데미아에서 강의를 하지 않으면 분각을 벌 방법도 없었고, 1구역에 들어올 방법도 없어질 것이다.

결국 태일은 네이비색 다이빙 슈트로 갈아입었다. 공포감을 배가시키기 위해 헬멧은 따로 주어지지 않았다. 다이빙 파티는 죽음의 공포에 가장 가까이 가는 자가 이기는 원초적인 게임이었다. 이 파티에 초대받은 사람들 중에 태일과 비슷한 처지의 사람들은 망신을 당했을 게 분명했다. 류시은과 친구들은 1구역에 출입하는 엘리트 출신들에게 망신을 주면서 그들의 자존심을 무너뜨리고 자괴감에 빠지도록 만들곤 했기 때문이다.

잠시 후, 락커를 나온 류시은은 빨간색 슈트를 입은 채 태일에게 다가왔다. 류시은은 잠시 태일의 안색을 장난기 어린 눈빛으로 살폈다.

"겁먹을 필요 없어요. 버튼만 누르면 되니까."

탈의실에서 나서는 태일을 먼저 맞이한 건 스포트라이트였다. 눈이 부셔 손으로 빛을 가리며 주위를 둘러보았다. 구경꾼들의 시선이 모두 태일을 향해 있었다.

몇 초 후, 음악이 더 빠른 비트로 바뀌었다. 아까보다 더 많은 스모그가 나왔다. 그건 파티의 주인인 류시은을 향한 것이었다. 류시은은 구경꾼들의 환호를 받으며 도도한 표정으로 다이빙대 위로 올랐다.

다이빙대 위에 선 태일과 류시은의 모습이 전광판에 나오고 있었다. 구경꾼들은 열심히 베팅하기 시작했다. 류시은의에 대한 베팅이 압도적으로 높았다. 신이 났는지 류시은은 흥분된 어조로 태일에게 말했다.

"저를 이기시면 분각 열 배를 받으실 거예요. 대신 제가 이기면 그냥 교수님이 건 금액만 받을게요. 어때요?"

류시은의 목소리는 자신감에 차 있었다. 마치 이미 승부는 결정 나버린 것처럼. 태일이 패배할 경우 내놓아야 할 금액은 연봉에 반이었다. 그러나 이번에도 태일에겐 결정권이 없었다. 스태프들이 다가와 태일과 류시은에게 고도계와 초소형 전송 장치를 채우고 전송 리모컨을 건넸다.

전광판에는 클로즈업된 태일의 얼굴 아래로 류시은이 이야기했던 금액이 표기되었다. 화면이 바뀌자 이번에는 류시은의 얼굴 아래로 그에 열 배에 해당하는 금액이 표기되었다. 구경꾼들은 더욱 광분했다.

욕조 안에는 태일의 카피바디가 누워 있었다. 태일과 류시은 사이에 서 있던 스태프가 심판이 되어 동전을 던졌다. 앞면은 류시은이었고 뒷면은 태일이었다. 스태프가 손을 치우자 뒷면이 나왔다. 태일이 먼저 뛰어야 했다.

사람들의 함성 속에서 태일은 힘겹게 다이빙대 끝으로 발을 내디뎠다. 자신을 날려버릴 듯 밑에서부터 불어오는 바람이 아슬아슬했다. 이내 발바닥이 꿈틀거리고 몸이 비틀거렸다. 뻣뻣해지는 목 뒤로 흐른 땀방울은 밤공기에 차게 식어버렸다. 다이빙대 끝에 다다르자 내려다보이는 지상의 모습은 엘리베이터에서 내려다보는 광경과는 달랐다.

10에서 시작된 카운트다운 숫자가 3이 되었다.

3!

2!

1!

JUMP!

태일은 눈을 질끈 감고 뛰어내렸다.

980…… 970…… 960…….

중력이 태일을 지상으로 강하게 잡아당겼다. 계속해서 울려대는 고도계의 알림은 심장박동만큼이나 빨랐다.

공기의 저항으로 몸을 가누기가 힘들었다. 갑자기 아카데미아에서 보았던 영상이 떠올랐다. 그건 41킬로미터 상공에서 낙하하는 남자에 관한 기록이었다. 우주복을 입고 뛰어내린 그의 낙하 속도는 시속 1,322킬로미터였는데, 그가 낙하 도중 가장 유의했던 것은 바로 균형이었다. 균형을 잃으면 피가 한곳으로 쏠려 정신을 잃을 수도 있기 때문이었다. 태일은 머리를 지상으로 향한 채 꼿꼿이 세운 몸의 균형을 잃지 않으려 노력했다.

400…… 390…… 380…….

순간 몸의 중심이 흔들렸다. 몸이 한번 빙글 돌자 멈추지 않고 더 빠르게 돌기 시작했다. 그 모습을 보던 류시온과 사람들은 폭소를 터뜨렸다. 태일의 시야는 심각하게

흔들렸고 뇌에서 피가 빠져나가며 의식이 옅어지기 시작
했다.

250…… 240…… 230…….

손이 말을 듣지 않는 느낌이었다. 리모컨을 누르려면 어
느 손가락에 힘을 줘야 하는지 알 수 없었다. 태일은 사력
을 다해 다섯 손가락에 힘을 주었다. 그리고 옅어지던 태
일의 의식은 완전히 블랙아웃되었다.

얼마나 지났을까? 질식할 것 같던 태일의 의식이 수면
밖으로 튀어나왔다. 욕조 밖으로 튀어나온 것이다. 태일은
여러 번 헛구역질을 하다가 숨을 몰아쉬었다. 넋이 나간
것 같은 얼굴로 손과 발을 확인했다. 모두 멀쩡하다는 것
을 확인하고 나서야 안도의 한숨을 내쉬었다.

그러다 구경꾼들이 자신을 쳐다보며 환호하고 있다는
것을 깨달았다. 고개를 들었다. 전광판에 보이는 순위에
태일의 이름은 1위에 놓여 있었다. 기록은 196미터였다.

만약 손가락에 힘이 들어가지 않았다면. 생각만 해도 몸
서리쳐지는 끔찍한 상상이었다. 그 상상은 드론의 카메라
에 담겨 중계되고 있었다. 잔인하게 부서진 자신의 예전
육체. 역한 피비린내가 비강 끝에서 역류하는 것 같았다.
류시온도 태일에게 장난스럽게 박수를 쳐주고 있었다.

이제 류시온의 차례였다. 구경꾼들의 박수를 유도하며

류시은은 다이빙대 끝으로 유유히 걸어갔다. 그녀에겐 아무런 두려움이 없어 보였다. 아득한 낭떠러지를 내려다보는 그녀의 모습은 온 세상이 자신의 발 아래 있다고 말하는 것 같았다. 류시은은 자신만만하게 뒤를 돌아 태일을 보며 미소를 지었다. 그러더니 카운트다운이 끝나기도 전에 몸을 던졌다.

다이빙 파티의 주최자답게 빠르고 안정적인 자세로 낙하했다. 순식간에 700미터를 돌파했다.

600…….

500…….

400…….

태일과는 달리 류시은은 250미터까지도 쾌속으로 돌파했다. 이윽고 200미터를 돌파했다.

190…… 180…… 170…….

조짐이 이상했다. 낙하하는 류시은이 몸을 이상하게 움직이며 발버둥치기 시작했다. 설마, 하는 염려가 사람들 사이로 퍼져나갔다. 버튼이 작동하지 않는 게 분명했다.

시끌벅적하던 파티장이 섬뜩한 정적으로 뒤덮였다. 전광판 고도계의 숫자가 빠르게 줄어들고 있었다.

100…….

70…….

50…….

20…….

10…….

비트가 빠른 음악은 멈추지 않고 흘러나오고 있었다.

*

우리는 우리의 눈을 덮은 가리개를 태우고 고개를 들어 우리 삶을 농락하는 이 사회를 근본부터 바꿔야 한다. 그러기 위해서는 삶과 죽음이 엄숙하게 존재해야 한다. 삶과 죽음은 누군가의 소유가 되어서는 안 된다.

종합병원 건물에 있던 태일은 며칠째 선언문 작성 외에는 아무런 지시도 내리지 않았다. 연맹원들과 삼인회는 태일의 지시가 떨어지기만 기다리고 있었다. 태일에게 계획이 있을 것이라 다들 믿고 있었다.

일주일 정도 지나자 병원과 법원 건물에 터를 잡은 연맹들과 쥐독 난민들은 안정을 찾기 시작했다. 연성은 스테파노의 지시에 따라 각 병실마다 분류된 환자들을 치료했다. 법원을 본부로 삼은 민준, 혁, 정호는 태일이 쓴 선언문을 필사했다. 필사할 종이들은 법원과 중앙도서관 건물에 버려져 있던 폐지와 이면지들을 활용했다.

민준은 선언문을 읽을 때마다 못마땅하면서도 설레는 기분이 들었다. 그 기분은 썩어버린 세상이 무너지고 이젯 보지 못했던 신세계가 도래할 수도 있다는 기대감 때문일까.

"요즘 우리보다 네가 더 박 선생을 기다리는 것 같다? 뭐 기대하는 거 있어?"

스테파노는 민준의 얼굴을 살피며 차 한 잔을 건넸다. 그러고는 자신의 잔에 위스키를 따랐다.

"내가 무슨 기대를 해요? 그냥 답답해서 그렇죠. 결심했으면 주저하지 말고 실행에 옮겨야지."

스테파노는 혀를 찼다.

"그게 너와 박 선생의 차이야. 거사란 즉흥적으로 하다간 백이면 백 그르치게 되어 있어. 박 선생처럼 주도면밀하고 신중하게. 인내심을 가져야만 성공할 수 있는 거라고."

말이 끝나자마자 스테파노가 심하게 기침을 했다. 입가를 훔치던 그의 손바닥 위로 선혈이 선명하게 보였다. 민준은 당황한 표정으로 휴지를 건넸다.

"뭐예요? 괜찮아요?"

"괜찮아."

"언제부터 그런 거예요?"

스테파노가 미처 대답하기도 전에 정호가 들어왔다. 스테파노는 재빨리 휴지를 치우며 민준에게 말하지 말라는 제스처를 보냈다.

그날 밤, 태일은 연맹원들을 모았다. 1구역의 누군가에게서 무전이 왔기 때문이었다. 77K를 통해 전달된 암호를 해석한 태일은 새로운 계획을 설명했다. 법원과 병원 건물 안은 사뭇 조용해졌다. 폭풍 전야의 고요함이었다. 앞으로 어떤 일을 맞닥뜨릴지 모르는 이들의 두려움이기도 했다. 그 두려움이 자신에게 향할지 지금 자신과 밤하늘을 같이 보고 있는 동료에게 향할지, 아니면 둘 다일지 몰랐다.

그들을 엄습한 무엇보다 큰 감정은, 어쩌면 지금이 자신이 맞는 마지막 밤이 될 수도 있다는 슬픔이었다. 슬픔과 두려움이 점철된 고요한 밤이 지나고 있었다.

*

갈대숲을 헤치고 나온 연맹원들 앞에 보이는 아침 강은 조용했다. 아직 해가 뜨지 않은 때였다. 강물 위로는 물안개가 가득 피어올라 앞이 잘 보이지 않았다.

민준은 발이 떨어지지 않았다. 뒤따라 배웅을 나온 스테파노의 얼굴이 오늘따라 더 창백해 보였기 때문이다. 장난기 가득한 얼굴로 농담을 던지던 그에게서 지금껏 왜 이런 기색을 발견하지 못했을까? 그러나 스테파노는 민준에게 걱정하지 말라는 듯 웃어 보였다.

"나 생각하지 말고 일단 살아 돌아오는 것만 생각해. 그것만으로도 충분해. 다른 사람한테는 말하지 말고."

민준은 고개를 끄덕였다.

검은색 반다나로 얼굴을 가린 연맹원들의 눈빛은 비장했다. 통신병을 제외하곤 모두 더플백을 메고 있었는데 그 안에는 오래된 배터리와 못, 나사 같은 폐기물들로 만든 사제 폭탄과 보름이 넘도록 열심히 적은 선언문들이 들어 있었다.

연맹원들은 갈대밭 앞 강변에 준비되어 있던 무동력 고무보트 네 대에 나누어 타고 노를 젓기 시작했다. 강물 위에는 오직 노를 젓는 소리만이 들렸다.

선두 보트에 탄 태일의 얼굴에 물안개의 습기가 닿았다.

"오늘이야말로 사다리의 첫 번째 계단을 오르는 날입니다."

태일은 오늘 자신에 대한 의심을 없애기 위해 아카데미아로 출근해야 한다. 엇갈림은 없어야만 했다. 동선은 미리 확인해두었다.

어젯밤, 인수는 태일을 만났다. 다이빙 파티에 다녀왔던 날부터 보름 내내 태일의 표정은 어두웠다. 아무런 말이 없었지만, 그날 무슨 일이 있던 게 분명했다. 그러나 지금은 연맹이 목표를 향해 구체적인 실행을 하게 된 때인 만큼 그런 걸 물을 상황이 아니었다.

인수는 이른 새벽부터 데메테르의 트럭을 몰고 일산 방면 농장 인근에 나와 있었다. 지금 인수가 트럭을 세워둔 곳은 스위퍼의 시야에 잡히지 않는 곳이었다. 멀리 농장 입구에서는 아무런 움직임이 없었다. 그때, 길 건너 갈대밭에서 연맹원들이 모습을 드러냈다. 인수의 표정에도 긴장감이 돌기 시작했다.

뒷문을 열어둔 트럭 안으로 연맹원들이 신속히 탑승했다. 그리고 태일이 서둘러 인수가 앉은 운전석으로 다가왔다.

"여기. 투입 시간 계획이야."

인수는 태일에게 쪽지를 내밀었다. 태일은 받아들면서 주위를 걱정스럽게 둘러보았다.

"쉽지 않겠지?"

시동을 걸던 인수는 전방만을 주시했다.

"당연히 쉽지 않지. 하지만 1구역으로 들어가는 건 어렵지 않을 거야. 타이밍 잘 맞춰서 실수 없이 잠입해야 해. 앞으로는 의심받게 되어도 도와줄 수 없으니까."

태일은 고개를 끄덕이더니 짐칸에 올랐다. 잠시 후 농장 정문으로 데메테르의 트럭들이 줄지어 나오기 시작했다. 모두 인수가 타고 있는 트럭과 똑같았다.

며칠 전, 인수는 김종선에게 트럭 이동에 대한 허가를 받았다. 수확량이 늘어남에 따라 대규모 수송이 필요하던 참이었다. 연맹과 연관된 일이라는 것은 말하지 않았다. 그래도 아마 김종선은 눈치챘을 것이다. 균형만 유지할 수 있다면 상관없다고 그는 말했었다.

트럭이 모두 빠져나오자 인수는 액셀을 밟았다. 차량 행렬의 꼬리로 붙어 따라가기 시작했다. 짐칸에 타고 있던 민준과 태일, 연맹원들은 숨을 죽이고 조용히 있었다.

태일은 인수가 준 쪽지를 펼치고 손전등으로 비추었다. 거기엔 시간대별로 연맹원들의 이니셜이 적혀 있었다. 그 시간에 맞춰 인물을 투입하면 된다.

데메테르 트럭 행렬이 서서히 1구역 검문소에 도착했다. 이전보다 많은 고객서비스팀이 검문검색을 하고 있었다. 서서히 인수의 차례가 가까워졌다.

그런데 이상한 점이 있었다. 게이트 옆에 고객서비스팀장의 차가 서 있는 것이다. 그렇다면 저 차의 뒷좌석에는 배지환이 타고 있을 터였다.

김종선 회장의 증명서 덕분에 검문검색 없이 게이트를

지날 수 있었지만 인수는 불길함을 느꼈다.

트럭 행렬은 드디어 1구역에 진입하기 시작했다. 인수는 서둘러 품속에 있던, 계획이 적힌 쪽지를 꺼냈다. 그리고 계획대로 트럭을 잠시 세우고 운전석 뒷벽을 쳤다. 그러자 정호가 짐칸 바닥에 설치된 문을 열었고, 연맹원들은 신속하게 바깥으로 빠져나갔다.

모두 내린 것을 확인한 정호가 다시 벽을 두드렸다. 인수는 다시 트럭을 몰고 행렬 후미에 따라붙었다. 민준의 심장이 더 빨리 뛰기 시작했다. 태일도, 혁도 연성도 마찬가지였다.

출발 전날 밤, 민준은 태일에게 교전을 하는 역할은 자신과 혁, 연성이 하겠다고 말했다. 그러자 태일은 걱정스러운 얼굴로 민준을 만류했었다.

"싸우는 건 우리 전문이야."

그렇게 하여 소도 1센터 습격은 삼인회 출신들이 맡기로 결정되었다. 아무리 싸움에 익숙하다 한들, 쥐독의 폭력단들과 벌인 막무가내식 싸움과는 본질적으로 다를 것이었다. 그렇지만 민준은 55층 건물에 쏟아졌던 공습을 무기력하게 바라보며 느꼈던 패배감을 만회하고 싶었다.

"2팀, 도착했습니다."

77K를 통해, 2팀도 무사히 헬기 격납고 타워에 도착했

다는 메시지를 전해왔다. 2팀은 타워 위에서 제이콥의 선언문을 뿌릴 예정이었다.

1팀도 목표 건물 옥상에 도착했다고 연이어 보고했다. 그들 역시 선언문을 뿌릴 예정이었다. 소도 1센터의 타격과 각 팀의 임무가 끝나면 모두 인수가 만들어둔 퇴로를 통해 철수할 계획이었다.

인수가 만들어둔 퇴로는 대한민국 서울의 잔재인 서울 메트로, 즉 지하철이었다. 지하철 노선은 화석처럼 지상으로부터 한참 밑에 남아 있었다. 출입구는 전부 없어졌지만 철로와 통로는 그대로 남아 있었다.

"절대 무리하지 마세요. 싸움은 오늘만 하는 게 아닙니다."

마지막으로 내리는 민준에게 태일은 신신당부했다. 민준은 고개를 끄덕였다.

삼인회 동료들은 담을 넘어서 소도 1센터 앞마당으로 침투했다. 센터 건물 안으로 진입하면서 소도의 계단과 복도 곳곳에 사제 폭탄을 설치했다. 그리고 서둘러 지하 지정소로 향했다.

지하로 내려가는 복도는 성스러운 분위기의 벽화들이 가득 채우고 있었다. 어느 정도 들어가자 드디어 굳게 닫힌 지성소의 문이 보였다. 혁이 타이머가 달린 사제 폭탄을 지성소 문고리에 서둘러 붙였다.

10······ 9······ 8······.

10여 초가 지나자 폭탄이 폭발하면서 문이 열렸다. 연기를 뚫고 이들은 지성소 안으로 진입했다.

푸른빛이 가득한 지성소 안은 줄기세포 캡슐들과 메모리 패널들, 그리고 각종 장기가 담긴 캡슐들이 삼십여 미터 높이의 거대한 항아리 내벽 같은 벽면을 가득 채우고 있었나. 이곳이 바로 뉴소울시티의 뿌리었다. 민준과 혁은 재빨리 더플백에서 사제 폭탄을 꺼내 벽에 붙이기 시작했다.

그 순간, 지성소 밖에서 총소리가 들렸다. 1층 로비에서 총격전이 벌어진 듯했다. 갑작스러운 폭발 소리에 테일러들이 뛰쳐나왔고, 연맹원들과 테일러들 사이에 총격전이 벌어졌다. 착복식을 하려던 1구역 사람들은 소도 밖으로 도망치기 시작했다.

소도 1센터는 순식간에 혼란에 휩싸였다. 시간이 없었다. 위쪽 벽면에는 폭탄을 붙이지 못했지만 민준과 혁은 서둘러 빠져나와야 했다.

콰-앙!

지성소에서 발생한 강한 화염이 복도를 타고 흘러나왔다. 폭발 전 겨우 1층 로비로 나온 민준은 귀가 먹먹해진 채 절뚝거리며 간신히 몸을 일으켰다. 복도에서는 동료들이 테일러들과 치열하게 교전을 벌이고 있었다.

"나가자!"

민준이 신호를 보내자 동료들이 일제히 버튼을 눌렀다. 그러자 소도 안에 설치되어 있던 사제 폭탄들이 연이어 폭발했다. 폭발의 불길이 여기저기에 옮겨붙었고 하얀 연기가 소도 안을 채우기 시작했다. 당황한 테일러들이 소화기를 찾기 위해 우왕좌왕하고 있었다.

"3분밖에 없어! 놈들이 오면 끝이야!"

곧 고객서비스팀이 몰려올 것이다. 서울 메트로 환풍구 입구가 열려 있는 시간은 앞으로 3분 정도다. 더 지체하면 전멸할 수 있었다. 민준과 동료들은 대응사격하며 소도 밖으로 빠져나가려고 시도했다.

탕!

하필 테일러가 쏜 K99의 총알 하나가 보호대를 찬 민준의 종아리를 스쳤다. 바닥에 나뒹군 민준은 고통을 느낄 틈도 없이 일어서서 AK47을 난사했다. 그러나 일행에게서 뒤처진 민준은 테일러들에게 둘러싸이며 입구쪽으로 나가지 못했다.

총알이 떨어져가고 있었다. 민준은 절뚝이는 다리로 2층으로 올라갔다. 다급하게 탈출할 곳을 찾아보았지만 보이지 않았다. 그때, 휠체어를 탄 여자가 민준의 시야에 들어왔다. 여자는 얼굴과 온몸에 붕대를 감고 있었다. 민준은 재빨리 그쪽으로 뛰어가 여자를 붙잡았다.

"물러서! 안 그러면 이 여잔 죽는다!"

민준은 총구를 여자의 머리에 갖다댔다. 몰려온 테일러들은 우뚝 멈췄다. 팽팽한 긴장감이 돌았다. 이상한 건, 이 난리통 속에서도 여자는 소리조차 지르지 않는다는 것이었다.

민준은 괴성을 질렀다. 어찌할 바를 모르는 테일러들 사이에서 수석 테일러가 앞으로 뚜벅뚜벅 걸어 나왔다. 그러고는 민준을 한심하다는 듯 쳐다보았다.

"젊은 분이 참 무모하군요. 여기가 어딘지 정말 모르시나 봅니다."

수석 테일러는 옆에 있던 테일러의 옆구리에서 권총을 빼앗아 들었다. 그러고는 민준 쪽을 향해 겨누었다.

"아가씨, 심호흡하세요. 금방 끝납니다."

수석 테일러는 방아쇠를 당겼다.

탕!

강한 파열음이 터져 나왔다. 순간 민준은 옆으로 피하면서 바닥에 엎어졌다. 그런데 총에 맞은 사람은 민준이 아니었다. 휠체어에 타고 있던 여자였다. 여자는 고개를 푹 떨구었다. 여자의 가슴팍에서 피가 뿜어져 나와 여자의 온

몸을 적시고 복도 바닥에도 고이기 시작했다. 여자의 얼굴을 덮고 있던 붕대가 풀리며 얼굴이 드러났다. 여자는 며칠 전 1,000미터 밑 아스팔트로 추락했던 류시은이었다.

믿을 수 없는 광경에 민준은 넋이 나갔다. 테일러들은 신속하게 민준의 총을 빼앗고 그를 무릎으로 눌러 제압했다. 제압되는 와중에도 민준은 여자에게서 시선을 떼지 못했다.

테일러들은 민준을 고객서비스팀에게 인계했다. 인계된 민준 옆으로 응급환자 이송용 침대가 지나갔다. 그 위에는 산소호흡기와 목뒤에 전송 장치를 단 류시은이 누워 있었다. 피범벅이 된 그녀는 살아날 가망이 없어 보였다.

소도 밖으로 끌려가는 민준 앞으로 다른 이송용 침대가 올라오고 있었다. 그 위에는 한 여자가 누워 있었다. 다만 투명한 비닐 같은 것으로 감싸져 있는 상태였다. 민준은 그 여자를 알아보았다. 아까 휠체어를 타고 있던 여자였다. 하지만 피투성이가 된 방금 전 모습과는 달리, 너무도 깨끗한 모습으로 자고 있었다. 민준은 혼란스러웠다.

소도 1센터 앞마당으로 끌려나온 민준은 천천히 고개를 들었다. 눈 앞으로 종이 한 장이 나풀거리며 떨어졌다. 제이콥이 쓴 선언문이었다. 다른 팀이 임무에 성공한 모양이었다. 햇살 사이로 하얗게 빛나는 종이들은 바람을 타고 멀리 퍼져나가는 중이었다.

하지만 희망을 올려다보는 것도 잠시뿐, 민준을 태운 호송 차량의 문이 세게 닫혔다. 그 소리는 마치 민준을 절망으로 추락시키는 소리 같았다.

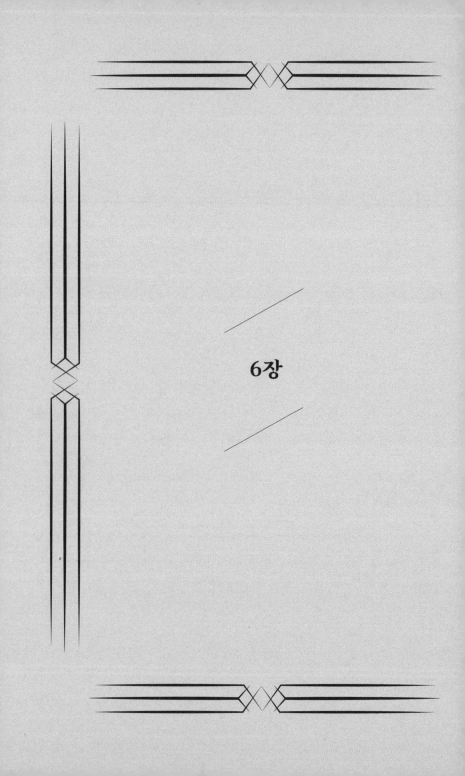

6장

격안관화

강 건너 불길은 분주하게 타오르고

隔岸紅塵忙似火

산 넘어 푸른 봉우리는 얼음처럼 차갑구나

當軒青嶂冷如氷

-당나라 승려 건강乾康의 시, 「투갈제기投渴濟己」

송선우는 파노라마그램으로 데메테르 농장이 찍힌 영상을 반복해서 보고 있었다. 영상 프레임을 면밀하게 확인하던 중에 발견한 게 있었다. 담배 연기였다. 미세하지만 연기의 흐름이 뭔가 이질적이었다. 해당 영상에는 그 영상을 보내준 데메테르 관리팀장 전인수가 등장했다.

똑같은 옷차림, 똑같은 햇빛의 색과 온도, 똑같은 자세, 똑같은 그림자. 담배 길이와 필터의 색깔도 같았다. 하지만 뭔가 이상했다. 담배에서 피어오르던 연기가 부옇게 사라지려던 찰나, 흰색 줄기가 다시 살아났다.

영상은 30FPS*로 찍힌 것이었다. 요즘은 CCTV도 천 프

---

* 초당 프레임 수frames per second를 뜻하는 단어로, 1초 동안 보여주는 화면의 수를 말한다.

레임까지 가능한데 굳이 영상의 프레임 수를 낮췄다. 그 시점부터 인수가 화면에서 사라지기까지 시간은 1분.

사라진 시점의 프레임과 다음 프레임도 뭔가 이상했다. 그의 등 뒤에서 나타난 아주 작은 그림자가 다음 프레임에선 사라지고 없었다. 평소 같으면 그냥 지나쳤을 미세한 차이였다. 게다가 이 영상을 넘겨줄 때 긴장한 듯했던 전인수의 목소리도 자꾸 떠올랐다.

그러던 중 파노라마그램 위로 알림이 떴다. 수석 테일러에게서 온 연락이었다. 그에게 연락이 오는 경우는 드물었기 때문에 송선우는 뭔가 심상치 않은 일이 일어났음을 직감했다. 곧 수석 테일러의 얼굴이 파노라마그램 위에 떠올랐다.

"수석님, 무슨 일입니까?"

수석테일러가 어두운 표정으로 대답했다.

"아가씨에 관한 일입니다."

며칠 전 다이빙 파티에서 일어났던 사고에 대해서는 송선우도 알고 있었다. 그 일로 인해 의장의 심기도 좋지 않았다.

"착복식 중에 뭔가 문제가 생겼나요?"

"아뇨. 아가씨의 메모리 패널과 줄기세포만 있으면 착복식은 문제없이 가능합니다만……."

수석 테일러는 망설이는 듯했다.

"열화 문제입니까?"

열화란, 소울 임플란트 과정에서 메모리 패널이 닳는 것을 의미한다. 그렇게 되면 최근의 기억이 꿈처럼 느껴지는 경우가 있었다. 카피바디에 적응할 시간을 주지 않고 빠르게 옮기다 보면 시간과 장소에 대해 잠시 인식 장애를 일으킬 수밖에 없다. 꿈을 연이어 꾸면 꿈과 현실을 혼동하게 되는 것처럼.

류시은은 1,000미터 아래로 추락하는 중력을 온몸으로 받아냈고, 고객서비스팀이 출동해 사고를 수습하기까지 30분 동안 엄청난 고통에 시달렸다. 카피바디로 옮겨졌음에도 고통에서 벗어나지 못했고, 너무 괴롭다며 창문에서 몸을 던진 게 한두 번이 아니었다.

수석 테일러는 긴장감에 마른 입술을 혀로 적셨다.

"물론 열화 문제도 있긴 하지만 제가 말씀드리려는 건 착복식에 관련된 게 아닙니다. 외람되지만, 제가 총을 사용했습니다."

수석 테일러가 총을? 송선우는 뜻밖의 이야기에 놀랐다. 테일러는 이 세상에 남은 마지막 수도사 같은 직업이었다.

"제가 아가씨를 쐈습니다. 급박한 상황이라, 저로서는

다른 선택지가 없었습니다. 현재 소도 2센터로 호송 중입니다."

송선우는 정수리부터 발바닥까지 저릿한 전기가 지나가는 걸 느꼈다. 이유야 어찌 되었든, 수석테일러가 자기 딸을 총으로 쐈다는 걸 알면 류신이 어떤 반응을 보일지 감도 오지 않았다. 이미 추락사로 인해 심각한 고통을 받고 있는 상황에서 이번에는 총으로 그 고통을 또 겪은 것이다. 송선우는 심한 두통을 느끼며 이마를 짚었다.

*

그 시각, 류신을 태운 헬기가 파란 페인트를 칠한 듯한 맑은 하늘을 비행하고 있었다. 맑은 날씨와 달리 류신의 마음은 심란했다.

상공 아래 보이는 도시는 류신, 자신의 것이나 다름없었다. 하지만 유일하게 뜻대로 안 되는 것은 역시 자식이었다. 딸에 대해 들리는 이야기는 단 하나도 마음에 드는 게 없었다.

다른 회원들 사이에서는 시은이가 자신들의 자식을 괴롭힌다며 못마땅한 소리가 돌고 있었다. 이번 사고를 두고도 그들은 인과응보라며 수군대고 있을 것이다.

"의장님, 곧 도착합니다."

옆에 타고 있던 영업팀장이 보고했다. 헬기는 제4공장 앞마당에 내려앉았다.

프로펠러의 바람에 날아갈 것 같은 마른 체형의 공장장이 서둘러 다가와 류신에게 고개를 숙였다.

"바쁘신 와중에 저희 공장에 친히 방문해주셔서 영광입니다."

류신은 공장장의 말을 듣는 둥 마는 둥 했다. 어차피 그에게 직원들은 언제든 새로 교체할 수 있는 부품 같은 것이었다. 류신은 공장 안으로 성큼성큼 걸어 들어갔다.

"생산량은 이전 분기와 비교했을 때 20%가량 증가했습니다."

공장장은 류신의 눈치를 보면서 실적에 대해 설명했다. 자신의 목숨을 보존해 달라는 간청 같았다.

바이오 분야는 아무도 넘볼 수 없는 아바리치아만의 파이였다. 아바리치아가 아니었다면 다른 회원들 역시 이렇게 절대적인 권력을 누릴 수 없었을 것이다. 류신은 발 빠르게 움직여 전기차 시장까지 점령하고자 했다.

모든 공정은 인간으로 채워 넣었다가 이익이 쌓이자 효율을 위해 다시 자동화로 바꾸었다. 초반부터 그렇게 하지 않은 이유는 뉴소울시티의 신뢰도를 높이기 위해서였다.

공장에 들어선 류신이 생산에는 차질이 없다는 걸 파악했다. 문제는 창고에 있었다. 거대한 돔 안에 가득 찬 전기차들이 출고도 되지 않은 채 쌓여 있었다. 그동안 모든 분야의 시설에 필요한 이동 수단을 아바리치아에서 만들었다.

하지만 시장 포용성에도 한계가 오기 시작했다. 전기련 내부 협약대로 공급이 수요를 넘어서면 그에 맞춰 가격을 낮춰야 했다.

"재고는?"

"약 삼천 대 가량입니다."

도시 인구는 2억을 간신히 넘긴 정도였다. 2억 5천 명이 되기까지는 아직 시간이 부족했다.

"예약 구매 추이는?"

영업팀장이 주저하다 조심스럽게 말했다.

"이번 달은 작년 대비 70%로 예상됩니다."

"정확한 판매 대수는?"

"100대 이하입니다."

일 년 내내 이 수치라면 재고는 계속 쌓일 것이고 눈치 빠른 아레스의 박진형은 감사를 요구할 것이다. 가격 하락은 불 보듯 뻔한 일이고 그렇게 된다면 이익은 크게 감소하게 된다. 외부적인 대안이 없다면 지금의 상황을 타개하기란 쉽지 않았다.

"근무를 어떻게 하고 있지?"

류신은 공장장의 눈을 보며 질문했다. 공장장이 당황스러운 표정으로 답했다.

"현재 3교대로 하고 있습니다."

거대한 컨베이어벨트에서 전기차가 생산되는 과정을 지켜보던 류신은 고개를 끄덕이고 말했다.

"2교대로 전환해."

"예?"

류신은 최후의 통첩과도 같은 명령을 내리고는 다시 헬기에 타기 위해 영업팀장과 창고 밖을 빠져나갔다. 그리고 영업팀장에게 말했다.

"공장장은 해고해."

공장장의 임기는 오늘이 마지막일 것이며 그의 인생도 도시 밖에서 마무리될 것이다.

한때 아바리치아가 아레스와 차이를 더 벌릴 수 있던 것은 블랙컨슈머데이 덕분이었다. 위기가 곧 기회였다. 많은 사람이 다치고 죽은 만큼 약과 카피바디가 필요했고 그 덕분에 아바리치아는 굳건한 1위 기업의 자리를 지킬 수 있었다.

또한 많은 시설과 이동 수단들도 파괴되었다. 도시를 원상 복구시키려면 아바리치아의 물품이 절대적으로 필요했다. 박진형은 그 상황을 못마땅하게 생각했으나 아바리치아의 전기차에 아레스가 통신 장비를 납품했으니 불만이 있어도 어쩔 수 없었다. 이제 그때처럼 반전의 모멘텀이 필요하다. 그러나 마땅치가 않았다.

류신이 탄 헬기가 제4공장 위로 날아올랐을 때 류신의 포트폴페드로 연락이 왔다. 송선우였다. 그런데 포트폴패드 너머로 들리는 송선우의 목소리가 평소보다 더 가라앉아 있었다.

"지금 따님을 2센터로 호송중입니다."

"뭐?"

송선우의 말이 끝나기도 전에 류신의 목소리가 커졌다.

"연맹 녀석들에게 습격을 당했습니다."

"시은이가 타깃이었나?"

"테러는 맞지만, 아가씨에 대한 시도는 아니었습니다."

"그럼 뭔데? 놈들이 우리를 타깃으로 삼은 적은 있어도 이렇게 사적인 대상을 타깃으로 삼은 적은 없었잖아!"

류신은 송선우의 말을 자꾸 끊으며 다그쳤다. 자신의 딸을 타깃으로 삼았다면 이건 신념을 가지고 행하는 테러가 아니라 개인적인 복수가 확실하다.

"습격 과정에서 발생한 사고라 합니다."

"소도가 또 당했어?"

"네. 1센터가 습격당했습니다."

류신은 깊은 한숨을 내쉬었다.

"피해 상황은?"

"센터 대부분이 사제 폭탄으로 파괴되었습니다. 일부 테일러들도 사망했는데 다행히 몇몇은 다시 착복식으로 살릴 수 있을 것 같습니다. 그리고 지성소의 절반이 폭발에 의한 화재로 소실되었습니다."

이 소식을 박진형을 포함한 전기련 회원들도 모두 들었을 것이다. 설상가상이다.

"그런데 한 가지 특이한 점을 발견했습니다. 영상을 한번 봐주십시오."

송선우는 소도 1센터 습격 상황이 담긴 영상을 류신에게 보냈다.

"이번에 습격한 놈들은 행태가 이전과는 많이 달랐습니다. 총을 다루는데 굉장히 익숙하고 싸움에 특화된 자들처럼 보였습니다."

소도 1센터에 침투한 연맹 놈들은 조직적으로 움직이며 사제 폭탄을 설치했고, 테일러들과의 교전에서도 거침이 없었다. 거기다 지성소까지 침투한 두 사람은 연맹의 다른 놈들보다 훨씬 더 민첩했다.

류신은 두 사람이 담긴 장면을 확대했다. 반다나로 얼굴을 가린 민준과 혁의 모습이 확대되어 보였다. 류신의 흥미를 끄는 건 민준이었다. 절뚝거리는 다리로 지성소까지 돌파하는 날렵함은 감탄이 나올 정도였다. 독기를 품고 성난 이빨을 드러내는, 상처 입은 늑대를 보는 듯했다.

"아마 배 팀장의 쥐독 공습에서 살아남은 생존자들 중에 빈자연 연맹에 합류한 자들이 있는 것으로 보입니다."

바로 이어진 영상은 불길에 휩싸인 소도 1센터의 모습이었다.

"그런데 내 딸이 이 사건과 무슨 관련이 있지?"

"오늘 오전에 또 자해를 하셔서 응급처치 후 착복식을 하기 위해 1센터로 모셨는데, 하필 수행원들이 자리를 비운 사이에 습격을 당했습니다. 그리고."

류신은 관자놀이를 꾹꾹 눌렀다. 악몽을 벗어나는 방법이 고작 호텔 밖으로 몸을 던지고 칼로 손목을 긋는 것밖에 없었던 걸까.

다음 영상은 붕대를 감은 채 휠체어에 앉아 있는 류시은을 인질로 잡은 민준의 모습이었다. 다음 장면에선 민준과 대치하던 수석 테일러가 권총으로 류시은을 겨누는 모습이 보였다. 그리고 이어지는 총소리. 예상은 했지만 류신은 차마 똑바로 볼 수 없어 시선을 돌렸다.

"수석 테일러가 할 수 있는 최선의 선택이었던 것 같습니다."

"상태는?"

"2센터에 방금 도착했다고 합니다. 심장이 멈췄지만 5분 이내로 옮겼기 때문에 메모리 백업에는 문제가 없을 것 같습니다. 의장님과 직계 가족에 대한 줄기세포 캡슐은 전 센터에 배치해두었기 때문에 착복식도 무난할 겁니다."

그러나 수시로 백업을 하다 보면 열화 현상이 발생하고, 잘못하면 환각과 환영에 갇히는 심각한 부작용을 겪게 된다는 사실은 류신도 잘 알고 있었다. 전기련 회원들은 습관적으로 가장 최근의 기억을 백업했다. 하지만 열화를 피하고자 착복식을 과용하지는 않았다.

1구역 거주자들은 자신이 등록한 소도에서만 착복식을 했다. 류신과 전기련 회원들조차 그러했는데, 여러 곳에 백업을 하면 데이터들이 중복되어 중요한 기억을 잃어버리는 오류가 발생할 수도 있기 때문이었다. 무엇보다도 한 명당 하나의 메모리 패널만 소유하게 한 것은 원본에 대한 문제 때문이었다. 만약 메모리 패널을 복제해서 여러 개를 만들어둘 수 있다면, 한 사람을 무한 복제할 수도 있을 것이다. 그럼 엄청난 혼란을 초래할 수 있었다. 결국 한 사람당 하나의 메모리 패널만 소유하도록 법을 정했다.

"아가씨께서 더한 고통을 겪으실 것 같아 걱정입니다."

소도 2센터에서 류시은의 기억을 백업할 것이다. 다행히도 심장이 멈추고 숨이 끊기는 고통이 오기 전에 착복식은 끝나겠지. 하지만 또다시 기억에 기억을 얹어 악몽 속에서 깨어날 것이다. 만약 무한 반복되는 고통스러운 기억들을 극복하지 못한다면 어떻게 될까.

"마지막으로 하나만 더 확인해주십시오."

송선우가 전송한 것은 종이를 캡처한 이미지였다.

"이번 습격에 특이한 점은 단순히 1센터에서 벌어진 놈들의 모습 때문만은 아닙니다. 놈들이 1구역과 2구역에 이 종이를 대량으로 살포했습니다."

이미지를 확대하자 글자가 선명하게 보였다.

우리의 눈을 덮은 가리개를 태우고 고개를 들어 우리의 삶을 농락하는 이 사회를 근본부터 바꿔야 한다. 그러기 위해서는 삶과 죽음이 엄숙하게 존재해야 한다. 삶과 죽음은 특정인의 소유가 되어서는 안 된다.

종이를 읽는 순간 류신은 식은땀을 흘렸다. 선언문이었다. 류신의 심장은 고작 1.7센티미터를 비껴갔던 그날의 충격을 또렷이 기억하고 있었다. 콜필드를 따르며, 자신들은 통조림이 아니라고 외치던 바로 그때의 선언문에서 느낀 분노와 결기. 그때와 똑같았다. 자신을 증오하며 저주하던 그놈이 살아 돌아온 걸까?

"녀석들의 머리가 누군지는 찾았나?"

"아직 리스트를 추리는 중입니다. 하지만 의심스러운 점은 있습니다."

"의심스러운 점?"

"선언문이 살포된 시작점 중에 헬기 격납고 타워가 있었습니다. 옥상까지 능숙하게 침입한 것으로 보아 해당 장소에 와봤던 사람이 분명합니다."

헬기 격납고 타워는 류시은이 다이빙 파티를 열었던 곳이다. 류신은 치가 떨렸다. 딸이 신체적 정신적 고통을 받게 된 그곳에서, 자신의 심장을 겨눈 선언문을 뿌리다니. 얼마나 상징적이고 불길한가. 연맹의 우두머리란 놈은 주도면밀하고 영악했다.

블랙컨슈머데이에 사살했던 반란 세력의 우두머리는 2구역 아파트에 거주하고 있었다. 하지만 당시엔 1구역과 2구역의 구분이 모호할 때였다. 그 이후로 1구역과 2구역을 철저히 구분하고 통제를 강화했다. 그런데도 놈들은 자꾸 틈새를 비집고 들어왔다. 하수구를 타고 집안 곳곳에 나타나는 바퀴벌레들처럼.

"그들의 계획은 단순히 전기련을 무너뜨리려는 것만이 아닙니다. 놈들이 뿌린 선언문을 보면 알 수 있듯이, 그들의 목표는 계몽을 통해 도시를 전복하는 겁니다. 계몽하려면 지식이 필요하죠."

"그렇다면 우리의 지식을 훔치려는 자, 그가 바로 우두머리다?"

"제 추론은 그렇습니다."

송선우의 말엔 일리가 있었다. 그 우두머리란 놈은 류신 주위에 있는 사람일지도 모른다.

송선우는 뭔가 떠오른 것 같았다.

"아까 그자는 체포했습니다. 아가씨를 인질로 삼았던 놈 말입니다."

류신의 흥미를 끈 민준을 말하는 것이었다.

"내가 직접 만나보겠다."

"저희가 심문해서 연맹의 우두머리를 밝혀내겠습니다."

"그럴 필요 없어."

송선우는 류신의 반응이 의아했다.

"꽃을 수백 번 꺾어봐야 시간이 지나면 다시 피는 법이야. 하지만 뿌리가 썩으면 꽃은 알아서 지고 나무는 죽게 되지. 우두머리나 잡힌 그놈이나 꽃에 불과해. 우린 그들을 꽃피우게 하는 그 뿌리를 고사시켜야 해. 그러니 생각을 바꿔보라고.”

류신은 송선우보다 한 수 위를 보는 사람이었다.

류신은 전화를 끊었다. 류신을 태운 헬기는 아바리치아
본사로 방향을 돌렸다.

*

바닥부터 천장까지 온통 검은 좁은 방 안에 민준은 홀로
앉아 있었다. 그 방에는 노란 불빛인 전구 하나만 켜져 있
었다.

두 시간 전. 제8공장 지하로 끌려왔을 때 민준을 기다리
고 있었던 사람은 배지환이었다. 그는 금방이라도 목덜미
의 경동맥에 구멍을 내어 피의 맛을 보려는 맹수처럼 민준
을 노려보았다.

“영광으로 생각해. 아무도 보지 못한 지옥을 가보게 될
테니까.”

배지환이 턱짓을 하자 고객서비스팀원들은 민준을 의
자에 결박하고 혈액과 머리카락, 그리고 골수를 채취했다.
민준은 고통스럽다기보다 불쾌했다. 그들은 가축을 다루
듯 굵은 주삿바늘을 민준의 척추에 무자비하게 꽂았고, 피
를 뽑을 때도 마찬가지였다. 통증에 일그러지는 민준의 안

색 따윈 무시했다. 민준은 알지 못했지만, 이 절차는 주크 박스에 넣고 고문하기 위한 것이었다. 배지환은 재미있다는 듯 조소를 날렸다.

"소는 도축장에 들어가기 전엔 자신의 운명을 직감이라도 한다는데."

형틀처럼 세워진 매트리스에 묶인 민준을 올려다보며 배지환은 여전히 음흉하게 웃었나.

"김민준. 루왁을 훔쳐 달아난 쥐새끼. 어차피 두 달이면 아파트에서 쫓겨났을 한심한 놈이 무슨 바람이 불어서 이런 일을 벌인 거냐? 감히 겁도 없이. 하찮은 2구역 노동자 새끼가."

옛날의 민준이라면 배지환의 위압적인 기세에 떨며 그의 바지가 소변으로 흠뻑 젖었을 것이다. 하지만 쥐독에서 살아남아 악명을 떨치게 된 민준은 다른 사람이 되어 있었다.

배지환을 보며 민준도 씨익 웃었다. 경멸과 무시가 담긴 웃음이었다. 배지환은 미간을 찌푸렸다. 민준의 표정은 어딘가 익숙했다. 매번 자신의 말을 끊고 씨익 웃던 송선우의 표정과 비슷해 보였다. 배지환의 뱃속에서부터 불쾌감이 끓어올랐다.

"본론으로 들어가기 전에 사전 교육을 하면 좀 감이 올 거야."

배지환은 구석에 있던 3단 서랍의 맨 아래 칸을 열었다. 그 안에는 녹슨 공구들이 들어 있었다. 펜치와 클램프를 꺼낸 배지환은 씩씩대며 민준에게 다가왔다. 배지환은 옆에 서 있던 팀원에게 클램프를 넘겼다. 팀원들이 발버둥치는 민준을 붙잡고 입에 클램프를 꽂아서 민준의 입을 벌렸다. 무장해제가 된 채 입이 벌어졌지만 민준은 눈빛만큼은 지지 않으려 하고 있었다.

"다들 이곳에 올 땐 그 눈빛이야. 근데, 고통 앞엔 장사가 없는 건 알려나?"

배지환은 펜치로 민준의 어금니를 집었다. 순간, 굳건하던 민준의 결기에 금이 가는 것처럼 심장이 요동쳤다. 배지환은 천천히 펜치를 돌렸다. 생이빨이 뽑히는 고통에 민준은 괴성을 질렀다. 뿌리째 뽑히며 입속에 피가 흥건해졌다. 핏물이 목구멍에 고이자 민준은 컥컥거렸다.

"아직 지옥 문턱에도 안 왔어. 이 정도는 애피타이저라고."

또다시 민준의 입안으로 배지환의 펜치가 우악스럽게 들어왔다. 이번엔 송곳니를 집었다. 집기만 했는데도 민준은 비명을 질렀다. 배지환과 팀원들은 웃음을 터뜨렸다. 그때 배지환의 포트폴패드에서 소리가 났다. 당장 자신의 사무실로 오라는 송선우의 연락이었다.

배지환은 신경질적으로 바닥에 포트폴패드를 내동댕이

쳤다.

"이 지옥에서 벗어날 거란 기대는 접어."

배지환은 이 말을 남긴 채 팀원들과 함께 고문실을 나갔다.

바닥에 떨어진 민준의 어금니는 살점과 피에 뒤엉킨 채 노란 불빛 속에 방치되어 있었다. 문 바깥에선 알 수 없는 비명들이 계속 들려왔다. 문밖으로 빌소리가 가까워질 때마다 민준은 호흡이 빨라지고 현기증이 났다. 이대로 시간이 흐른다면 정신을 완전히 잃을 것만 같았다.

"안 돼! 그 자식은 내가 잡아온 놈이야. 절대 안 돼."

민준을 자신에게 인계하라는 송선우의 말에 배지환은 길길이 날뛰었다.

"제 뜻이 아닙니다. 의장님의 지시입니다."

"그러니까 의장님께서 대체 왜 그러시는 거냐고!"

"더 큰 계획이 있으시겠죠. 고작 불량 고객 하나 처리하는 게 그렇게 중요합니까? 가지고 놀다가 싫증 난 장난감을 버리는 어린애 같은 생각을 하는 건 아니시죠?"

같은 말도 어 다르고 아 다른 법이다. 송선우는 배지환을 자극하는 법을 너무나 잘 알고 있었다.

"난 장난한 적 없어! 엄연히 의장님과 이 도시를 위해

하는 일이라고. 내 신념을 깎아내리지 마."

"저는 누구보다 배 팀장님의 충성심과 도시에 대한 헌신의 자세를 인정합니다. 다만 들리는 소문을 조심하시라는 조언은 드리고 싶네요."

배지환의 얼굴이 붉게 달아올랐다.

"한 가지 물어보고 싶은 게 있는데, 왜 하필 송 실장한테 인계하지? 말이 안 되잖아. 내가 잡은 놈인데. 내가 의장님께 데려가면 되는 거 아냐?"

순간 송선우의 얼굴에 냉기가 돌았다.

"자꾸 의장님의 지시에 이의를 제기하시는 것 같습니다."

"나도 이유는 알아야지."

"의장님께서 직접 만나고 싶어 하십니다."

배지환은 말문이 턱 막혔다. 저 쓰레기 같은 자식을? 의장님이 왜?

"더 자세히 알고 싶으시면 의장님께 따져보시죠."

배지환은 송선우의 사무실에서 힘없이 걸어 나왔다.

*

"전기련 감사팀이 조사를 시작할 거라고 들었네."

오전 대련을 마치고 샤워실로 가려는 인수에게, 김종

선은 전날 저녁 회의에서 나온 내용을 알려주었다. 감사 대상은 전기련 회원사들 내 임원들이라고 했다. 임원 전체 수색을 빌미로 자신을 조사하려는 송선우의 의도를 인수는 본능적으로 알았다. 즉 송선우의 포위망이 좁혀졌다는 뜻이었다. 태일의 상황이 위태로워졌다는 의미이기도 했다.

인수는 머리에 물기가 마르지 않은 상태로 차에 타고 시동을 걸었다. 일산에 있는 농장이 아니라 뉴소울시티 동쪽 끝이자 과거 남양주였던 곳에 있는 농장으로 가려는 것이었다. 남양주 농장은 농작물을 수확하는 일산과 달리 가축을 대량으로 키우는 곳이었다.

경계선처럼 1구역을 막고 있던 게이트에 인수의 차가 들어섰다. 그러자 고객서비스팀원이 인수의 차를 막았다.

"죄송하지만, 잠시 내려주시죠."

원래 전기련 회원들과 1구역 거주자들에게는 형식적인 검문만 할 뿐이었다. 하지만 연맹의 공격이 벌어진 이후 검문검색이 강화된 상태였다.

"데메테르 관리팀장 전인수입니다. 회장님 지시 때문에 급해서 그러니 그냥 지나갑시다."

인수는 간이 호패기에 손을 올리며 웃으며 말했다. 하지만 고객서비스팀원은 굳은 표정으로 호패기에 연결된 포트폴패드를 보며 인수의 프로필을 확인했다.

"뉴소울시티의 안전이 확보되기 전까진 예외 없이 검문검색을 실시하라는 지시가 있었습니다."

"그럼 기다리죠. 하지만 시간 지연으로 인한 문제 발생 시 책임 소재는 확실히 묻도록 하겠습니다."

인수 또한 그리 호락호락하지 않았다. 인수의 목소리가 차갑게 변하자 고객서비스팀원은 인수의 눈치를 보는 듯했다.

검문검색은 차 안에서부터 이루어졌다. 대시보드, 글로브박스 등 일일이 다 열어본 고객서비스팀원은 어색하게 인수를 쳐다봤다. 인수는 노기 어린 눈빛을 거두지 않고 다시 차에 올라 게이트를 빠져나갔다.

데메테르의 남양주 농장 사무소에 아침부터 들이닥친 건 고객서비스팀이 아닌 아바리치아의 감사팀이었다.

"지금부터 아무것도 건드리지 마십시오. 수색에 협조해 주시기 바랍니다."

데메테르의 경비직원들이 그들을 막아섰다. 그러자 아바리치아 감사팀장 염세일이 앞으로 나섰다. 아바리치아 문양이 뚜렷이 박힌 전자 신분증을 들이대자 경비직원들은 우물쭈물했다. 그때 인수가 나타났다.

"왜 여기에만 감사팀이 온 겁니까? 다른 곳은 고객서비스팀이 간 것으로 아는데."

"인력이 부족해서 그런 것뿐입니다. 다른 뜻은 없습니다."

"다른 뜻?"

인수는 무의식에서 튀어나온 본심을 놓치지 않았다.

"이번 불시 수색에는, 연맹놈들로부터 도시의 질서를 지키기 위한 것 외에 또 다른 뜻이 있다는 말로 들리는데요?"

인수의 질문에 염세일은 당황했다.

사실 30분쯤 전, 인수는 농장에 도착하자마자 재빨리 자신의 캐비닛을 비웠다. 캐비닛 안에 있는 것들은 대부분 태일에게서 받은 책 필사본들이었다. 그중에는 최근에 받은 황석영의 『무기의 그늘』도 있었다. 거칠지만 묵직한 기록 같은 작가의 문체가 마음에 들던 차였다. 아까워도 꼬투리가 될 수 있는 것들은 없애야 했다. 비밀리에 태일과 메시지를 주고받던 포트폴패드도 마찬가지였다. 인수는 그것들을 전부 소각로에 넣고 태워버렸다.

인수가 일산과는 정반대인 남양주 농장으로 달려온 이유는, 송선우의 의심 때문이었다. 송선우에게 조작한 영상을 넘겨준 후에, 인수는 의심받을 수도 있는 물건들을 모두 남양주쪽 농장에 숨겨두었던 것이다. 다행히 김종선의 귀띔이 있었기에 인수는 보다 먼저 정리할 수 있었다.

"불쾌해하지 않으셨으면 합니다. 저희는 그저 지시를

따를 뿐이니까요."

염세일의 말에 인수는 대답 없이 미소만 지었다.

송선우는 염세일에게 인수와 관련된 것을 가져오라고 지시했었다. 그 지시에는 송선우의 확신이 깔려 있었다. 연맹에 협조하는 배신자는 바로 전인수라는 생각이었다. 확실한 증거가 필요했다. 그러나 염세일이 가져갈 만한 것은 아무것도 없었다.

염세일과 감사팀이 빈손으로 돌아가는 모습을 지켜본 인수는 안도의 한숨을 내쉬었다. 하지만 인수는 거사의 날이 한층 다가왔음을 느꼈다.

*

비슷한 시각, 태일은 아카데미아로 가는 중이었다. 2구역 곳곳에서 자신의 선언문이 땔감이 되어 피어오르는 불길을 보았을 때, 태일은 조금씩 도시에 균열이 생기고 있음을 느꼈다. 가슴이 두근거렸지만 흥분하지 않기 위해 최대한 마음을 진정시켰다.

고조되었던 감정은 아카데미아에 도착했을 때 좋지 못한 감정으로 바뀌었다. 강의실은 폐쇄 조치가 내려진 상태였고, 도서관도 예외는 아니었다.

아카데미아 관장은 폐쇄의 연유를 물으러 온 태일 앞에 커피잔을 내려놓으며 입을 열었다.

"급여는 지급되겠지만 사태가 진정될 때까지 한두 달 정도는 강의를 쉬어야 할 것 같습니다."

"갑자기 이런 결정을 내린 이유가 무엇입니까?"

"의장님께서 직접 내린 지시입니다. 이곳이 영구 폐쇄 될 거라는 말도 있긴 한데. 그건 아닐 거라 믿고 싶네요."

"혹시 도시에서 벌어진 그 사건 때문입니까?"

"강의 중단 명령은 그 사건과는 상관이 없습니다."

"그럼요?"

"의장님의 따님께서 다치신 일 때문인 것 같아요. 그, 다 이빙 파티에서 추락하셨다고요."

태일의 또 다른 자아인 제이콥이라면 전기련이 내상을 입길 바란 건 사실이다. 죽음이라는 인간의 원초적 공포를 그들도 느끼길 바란 것도 사실이었다. 하지만 한 여성이 끔찍한 추락사를 겪는 건 계획에 없었다.

"관장님, 안타깝지만 그 일은 정말 사고였습니다. 아카 데미아와는 아무런 연관이 없습니다."

"말씀드려봤지만 통하지 않았습니다. 제가 의장님의 노 기를 어떻게 달랠 수 있겠어요?"

다이빙 파티를 주최한 이들은 류시은과 함께 아카데미

아에서 수강하던 이들이었다. 류신은 아카데미아 측이 그들의 일탈을 알면서도 방관했고 그 때문에 이런 끔찍한 사고가 벌어졌다고 본 듯했다.

"그리고 내일 중에 도서관의 책들이 모두 소각될 예정입니다."

태일은 절망의 수렁으로 빠지는 기분이었다. 인류가 남긴 모든 기록이 내일 연기로 사라진다니. 그동안 연맹을 결속시킨 반란의 힘은 지식이었다.

누군가의 생각이 담긴 글에는 가치가 있고 힘이 있다. 그런데 그 힘이 사라진다. 남은 힘조차 권력자들의 금고 안에 영원히 봉인된다. 물론 필사를 해서 옮긴 책들이 있긴 하지만, 도서관에 있는 책들에 비할 바가 못 되었다.

관장은 태일이 퇴근 후 늘 도서관에서 몇 시간씩 책에 파묻혀 지냈던 것을 알고 있었다. 그곳에서 필사를 했다는 것까지는 몰랐지만, 태일에 대해 좋은 인상을 받았던 터라 자세히 파고들려고 하진 않았었다.

"어차피 소각되면 전부 재가 될 테니, 두어 권 빠진다고 신경 쓰는 사람은 없겠죠?"

관장은 씁쓸한 얼굴로 태일에게 마지막 선물을 주었다. 태일은 도서관에서 책 두 권을 챙겨 아카데미아를 나섰다. 떠나기 전에 고개를 돌려 아카데미아 건물을 올려다 보았다. 한층 차가워진 가을바람이 태일의 셔츠 안을 파고들었다. 이제 뿌려놓은 씨앗에 움튼 열매를 추수할 시기다.

태일은 천천히 집으로 향했다. 2구역 거주자들의 목소리가 여기저기서 들렸다.

어느 소울트로에서, 길거리에서, 싸구려 식당에서, 사람들의 대화 속에서 미묘한 변화의 징조를 느낄 수 있었다. 에진에는 포르노그래피와 〈리부트 스타〉가 대화의 소재가 되곤 했지만, 요즘에는 최근 벌어진 연맹의 습격과 선언문 같은 소재들로 조금씩 바뀌어 있었다.

1구역 공용 운송 수단인 전기 리무진에 탄 태일은 운전기사 몰래 포트폴패드를 열었다. 인수에게서 메시지가 와 있었다.

꼬리가 붙었어. 조심해.

태일은 메시지를 확인하자마자 삭제했다.

이번 습격은 나름대로 성공적이었다. 소도 1센터 내 지성소가 일부 파괴되어 1구역 거주자들 사이에 불만이 제기되고 있었고, 습격 자체도 꽤 큰 사건이어서 도시 내에서도 큰 이목을 끌고 있었다.

연맹원들은 은밀하게 삶의 자리로 돌아갔다. 공장, 식

당, 소울트로 등 사람들 속에 섞였다. 혁과 연성도 쥐독의 종합병원 구역으로 돌아갔다. 생각 외로 전기련은 잠잠했다. 무력 대응도 없었다.

그런데 오늘, 태일은 인수에게서 전기련이 벌인 불시 수색에 대한 얘기를 들었다. 그건 곧 자신을 향한 추적이 조여오고 있다는 뜻이기도 했다. 당분간 연맹원들은 조용히 지내며 때를 기다리기로 했다. 하지만 태일의 마음속에 단 하나의 불안 요소가 있었다. 바로, 민준이었다.

소도 1센터에서 탈출하지 못했다는 소식 이후 어떤 소식도 전해 듣지 못했다. 태일은 불안했다. 거대한 계획을 함께 이뤄가자고 민준을 설득했던 건 태일 자신이었다. 그렇기에 민준을 믿어야 했다. 그럼에도 일말의 불안감은 어쩔 수 없었다. 민준의 판단에 따라 연맹의 계획이 통째로 흔들릴 수도 있는 일이었다.

태일의 고민이 깊어지는 동안 전기 리무진은 1구역 외곽에 자리한 호텔 앞에 멈춰 섰다. 태일이 이곳을 방문한 이유는 류시은을 보기 위해서였다.

호텔 로비는 넓고 화려했다. 천장에 달린 샹들리에 아래로 아바리치아 문장을 나타내는 커다란 설치물이 자리하고 있었다. 고급스러운 복장을 한 1구역 거주자들 사이로 평범한 복장의 태일이 들어서자 다들 태일을 흘끗거렸다.

마치 금지된 자가 금지된 영역에 들어선 것처럼. 데스크에서 있던 호텔리어의 눈빛도 비슷했다. 이럴 땐 류시은이 준 명함을 보여주는 게 답이었다. 명함을 본 호텔리어는 태일을 엘리베이터로 안내했다.

호텔 최상층 스위트룸에 들어섰을 때 태일은 당황스러웠다. 음산한 기운이 방 전체를 장악하고 있었다. 시큼한 토사물 냄새, 달고 자극적인 아편 냄새, 진한 술 냄새가 뒤섞여 코를 찔렀다. 순간 태일은 소매로 코를 막았다.

마스크를 하고 있던 류시은의 친구가 태일을 거실로 안내했다. 거실 소파에 누군가 누워 있었다. 류시은이었다. 영혼이 빠져나간 눈빛으로, 망가진 인형 같은 모습으로. 어쩌면 진짜 인형이 맞을지 모른다. 메모리 패널로 소울을 업로드하면 저 육체는 껍데기에 불과할 테니까.

소파 앞에 있는 테이블에는 각종 술병과 마약, 담배가 어지럽게 놓여 있었다. 그리고 하얀 환각제 가루들이 카펫 위에 잔뜩 묻어 있었다. 뉴소울시티에서는 루왁과 카푸치노 외의 향정신성 약물을 복용할 경우 애프터서비스 대상이 된다. 하지만 그 원칙은 신의 딸에게는 예외인 것 같았다.

토사물로 더러워진 슬립을 입은 류시은의 팔엔 주사기로 찌른 자국이 가득했다. 무엇보다 눈에 초점이 없었다. 태일이 들어온 것조차 모르는 듯했다.

"의장님께선 시은 씨가 이런 상태인 걸 아시나요?"

태일은 류시은의 친구에게 걱정스럽게 물었다.

"알고 계세요. 여기 있는 것들은 다 의장님이 직접 지시해서 구해놓은 거니까요."

"착복식을 다시 해보면 되지 않나요?"

류시은의 친구는 깊은 한숨을 내쉬었다.

"어제도 했어요. 근데 너무 자주 시도해서 열화 증상이 심해졌대요. 잘못하면 메모리 패널 자체가 파괴될 수도 있다더라고요."

지금은 그나마 악몽과 현실을 오갈 수 있지만 이 이상은 위험하다. 이 상태로 저장해봤자, 최종 저장 시점은 지금 이 악몽의 순간이 될 것이다.

"근데 시은이가 이렇게 된 건 다이빙 파티 사고 때문만은 아니에요."

"그것 때문만이 아니라고요?"

그녀는 안타까운 눈으로 류시은을 쳐다봤다.

"정신이 온전치 못한 상황에서 또 한 번 죽을 뻔했거든요. 최근에 소도 1센터가 습격당했을 때 말이에요, 그날 시은이가 또 자해했었거든요. 간신히 응급처치를 하고 착복식을 하기 위해 소도 1센터로 갔었죠. 그런데 하필 그날 연맹인가 뭔가 하는 자들이 습격을 해왔어요. 총격전이 벌어지니까 모두 놀라서 도망쳤는데, 휠체어에 타고 있던 시은이는 의식이 흐릿한 상태였나봐요. 그때 다리를 절뚝거리는 남자가 시은이를 인질로 잡았대요."

김민준이 틀림없었다.

"그놈이 류시은 씨를 쏜 건가요?"

류시은의 친구는 고개를 저었다.

"아뇨. 수석 테일러가 어쩔 수 없는 선택을 했대요. 너무 급박한 상황이라 시간을 끌면 안 될 것 같았대요. 시은이야 다시 살리면 되니까."

사실 태일이 궁금한 건 하나였다.

"그 인질범은 어떻게 됐나요? 죽었나요?"

"글쎄요. 그건 모르겠네요."

김민준은 도대체 어디에 있을까. 태일이 궁금한 것을 더 물어보려는 찰나 류시은의 호흡이 가빠졌다.

류시은이 비명을 지르며 경련을 일으켰다. 친구가 다급하게 호출 버튼을 누르자 의사들과 간호사들이 뛰어 들어왔다. 추락의 공포와 총알이 심장을 찢는 고통이 또다시 밀려온 것일까. 태일은 순간 류시은에게 총을 쥐어주고 싶었다. 관자놀이를 단번에 뚫고 소울을 날려버릴 수 있도록. 그것이 이 지옥 같은 고통으로부터의 유일한 탈출구일지도 몰랐다.

쥐독 종합병원 구역으로 돌아온 혁과 연성, 그리고 삼인회 동료들은 재정비를 시작했다. 스테파노는 부상자들을 치료했고, 회복한 환자들 또한 다른 부상자들을 돌보는 일에 팔을 걷어붙였다. 치료를 하면서 스테파노는 민준을 떠올렸다.

연맹원들과 삼인회가 소도 1센터를 공격했던 날 밤, 병원에서 소식을 기다리던 스테파노는 돌아온 일행 중에 민준이 없는 것을 보고 의아했다. 하지만 돌아온 동료들의 표정이 안 좋은 것을 보고 직감했다.

"어떻게 된 거야? 민준이는?"

스테파노의 질문에 혁의 표정은 한층 더 어두워졌다.

"운이 나빴어요."

민준이 다리에 총을 맞았다는 말을 듣자 스테파노는 자신을 지탱하고 있던 무언가가 빠져나가는 느낌이었다. 새벽에 강가에서 자신을 쳐다보던 민준의 표정이 자꾸만 떠올랐다.

갈대밭에 서 있던 혁은 쌍안경에 눈을 붙이고 강 건너 다리 위를 관찰하고 있었다. 다리 위에는 고객서비스팀이 바리케이드를 친 채 삼엄하게 경비를 서고 있었다. 혁은 옆에 있던 태일에게 근심 어린 말투로 물었다.

"혹시 그때처럼 공격해오는 거 아닐까요?"

"아니요. 그 방법은 이제 안 쓸 겁니다."

"어떻게 확신하죠?"

"기발한 속임수는 딱 한 번만 통해요. 그 이후로는 사람들이 의심하고 대비할 테니까요."

"그쪽도 피해가 크니까 보복하려고 할 수도 있잖아요?"

"할 거였으면 벌써 했을 겁니다. 아직 조짐이 없는 건 우리의 계획이 효과가 있었단 뜻이에요."

태일의 이야기를 듣던 혁은 고민스러운 표정이었다.

"민준에 대해서 알아낸 건 없나요?"

"네. 아직은요. 알아내고 싶어도 지금은 너무 위험합니다."

뜸을 들이던 혁이 조심스럽게 입을 열었다.

"궁금한 게 있는데, 계속 여기에 있어도 되는 겁니까?"

"제가 강의하던 곳이 폐쇄됐습니다. 당분간 저를 찾지 않을 겁니다. 걱정하실 필요 없습니다."

태일은 어딘가 어색한 미소를 지었다. 혁은 더 묻고 싶었지만 태일은 말을 아끼는 것 같았다.

태일과 혁은 갈대밭을 헤치며 병원 쪽으로 발걸음을 옮겼다.

그 시간, 쥐독의 동쪽에서 탐욕에 찬 패거리들이 병원으로 몰려오는 중이었다. 그들이 올라탄 바이크들과 개조된 SUV들의 엔진은 거친 소리를 내며 아스팔트 위를 내달리고 있었다.

*

민준이 송선우를 따라 의장실에 들어섰을 때, 길다란 테이블 상석에 앉은 류신이 웃는 얼굴로 민준을 반겼다.

"어서 오게."

민준이 맞은편에 어색하게 앉자 비서실 직원들이 들어와 테이블 위를 고급 음식으로 채웠다.

습격 작전을 벌이다 붙잡힌 지 삼 일째였다. 다리에 입은 총상은 제대로 아물지 않아서 통증과 열감이 올라오고 있었다. 거기에 생이빨을 뽑힌 고통까지 더해져 의식이 자꾸만 희미해지는 것 같았다. 정신을 차리고 앉아 있는 것 자체가 힘겨웠다.

이런 상황에서 민준에게 자괴감을 들게 하는 건 본능이었다. 삼 일 내내 제대로 먹은 게 없었다. 식욕을 끌어올리는 버터 향, 싱싱한 채소와 과일 샐러드, 부드러워 보이는 빵과 진한 크림색 수프, 핏빛 속살을 드러내는 스테이크. 이토록 고급스럽고 맛있어 보이는 음식들은 2구역에서 매일 먹던 밀키트나 통조림과는 비교조차 되지 않을 만큼 유혹적이었다. 굶주림은 시각과 후각을 더 예민하게 만들었다. 류신에게는 눈길조차 가지 않았다.

"편하게 먹도록 하게. 여기엔 아무런 의도가 없으니까."

민준은 곧바로 포크를 집어들고 닥치는 대로 입에 쑤셔 넣었다. 게걸스럽게 음식을 먹는 민준을 류신은 흥미롭게 지켜보았다.

몇 분 후, 어느 정도 배가 차자 민준은 이성을 찾을 수 있었다. 그러다 류신을 보자 민망함이 밀려왔다. 민준은 포크를 내려놓았다. 소매로 입가를 닦고는 어색하게 헛기침했다.

그제야 류신의 모습이 제대로 보였다. 의장이라는 자리에 어울리지 않을 정도로 젊어 보였고, 그래서인지 시가를 물고 의자에 앉아 있는 중년 남자에게서나 볼 법한 농익은 태도는 이질적으로 느껴졌다.

"쥐독 출신이지? 싸우는 모습을 보니 원래 활동하던 연맹원들과는 다르던데. 그들과 함께하게 된 이유가 궁금하네. 도대체 뭐가 자네의 마음을 움직인 건지 말이야."

류신은 시가의 재를 털고 느긋하게 연기를 내뿜었다. 민준은 아무런 대답도 하지 않았다.

"반자본청년연맹이라…… 듣기엔 뭔가 있어 보이겠지.

세상이 불공평하니 뒤집어야 한다고. 그런데 웃기지 않나? 자본이란 건 공평한 거야. 노력하는 자에겐 공평한 기회와 결과를 제공하거든. 그러니 연맹의 주장은 자신들의 실패와 노력 부족을 세상의 탓으로 돌리는 거야. 그건 자네도 마찬가지지 않나. 공정하게 경쟁하지 않고 규칙을 어기고 도망친 자. 아닌가?"

반응이 없던 민준이 입을 열었다.

"공평? 그건 당신들이 만든 거짓말에 불과해."

"그 근거가 뭔가?"

"여기서 당신네들이 먹는 음식과 당신네 공장에서 일하던 때 내가 매일 같이 먹던 볼품없는 아침. 그게 증거야."

류신은 고개를 저었다.

"저런. 비루한 감정에 의존한 빈약한 논리군."

"2구역 사람들이 한 달 동안 일해서 번 분각으로는 당신이 지금 피우고 있는 시가 하나도 살 수 없어. 그런데도 공평하다고 할 수 있나?"

"그가 그렇게 말하던가? 그 연맹의 우두머리란 자가?"

순간 민준은 류신이 자신을 보자고 한 이유가 뭔지 깨달았다. 박태일이었다.

민준은 대답 없이 류신을 노려보았다.

"공평이라는 건 말이지. 똑같은 결과를 나눠 받는 것을 말하는 게 아니야. 모두가 똑같은 노력으로 똑같은 결과를 받는다는 건 정말 순진하고 나약한 소리지. 이미 실패한 개념이라고. 진정한 공평은 노력에 걸맞은 결과를 받는 거야. 너희들이 말하는 공평함은 나태한 자들의 핑계에 불과해.”

애초부터 출발점이 다르다면 그게 공평한 걸까? 민준은 류신의 말을 이해할 수 없었다. 다만 연맹에 대한 의리는 지키고 싶었다.

류신이 호출 버튼을 누르자 비서들이 환자 이송용 침대를 밀면서 의장실 안으로 들어왔다. 그 위에는 커다란 통에 흰 천이 덮여 있었다. 류신이 눈짓하자 비서가 천을 벗겼다. 안에는 민준의 카피바디가 들어 있었다.

그걸 본 민준은 충격에 빠졌다.

“지금 자네가 불공평하다고 느낀 1구역에서 살아갈 기회를 주고 싶네. 물론 이 새로운 카피바디도 같이 말이야.”

투명한 통 안에서 잠들어 있는 민준의 몸은 건강하고 깨끗해 보였다. 두 다리도 튼튼해 보였다. 만신창이가 된 채 음식 앞에서 자존심도 버린 자신과는 달라 보였다. 이 신체를 입으면 더이상 다리를 절지 않아도 된다. 죽음을 두려워하지 않아도 될 것이다.

하지만……

“자네가 말한 공평한 기회를 주고 싶어. 원한다면 자네뿐만 아니라 자네가 함께하길 원하는 자들에게도 줄 생각이야."

순간 민준의 뇌리에 스테파노가 지나갔다. 기침을 하며 피를 토했던 스테파노. 이제 그에겐 시간이 얼마 없다. 류신이 내민 이 기회를 잡으면 그를 살릴 수 있다.

하지만……

"우린 연맹의 우두머리가 누구인지 별로 관심 없네. 내가 바라는 건 딱 하나야."

거짓말이다. 이자의 모든 말은 거짓말이다.

하지만……

"뉴소울시티 1구역을 향한 연맹의 공격. 그게 필요하네. 그래서 자네의 도움이 필요해."

"그게 무슨 말이지?"

"뉴소울시티가 창건된 이후 많은 시간이 흘렀어. 그 사이 완전무결한 세상을 위한 초심은 빛이 바랬고, 모두가 나태해졌지. 도시는 정체되고 무질서해졌네. 그래서 난 이 도시의 질서를 재편하고 싶어. 그러기 위해선 자네 같은 사람이 필요해. 순수하지만 강인하고, 거칠지만 신념 있는 그런 사람. 그런 자만이 고귀한 결과를 가져올 수 있으니까."

민준은 자신의 의지가 강하다고 생각했었다. 그런데 류신의 설명을 듣자 1구역에 있는 자신을 떠올리고 있었다. 그 기색을 류신은 놓치지 않았다.

"어떤가? 내 제안, 받아들이겠나?"

수많은 잡념과 기억, 번민이 스쳐 지나갔다. 민준은 주
먹을 세게 쥐었다.

"거절하겠어. 내가 당신 말을 어떻게 믿어?"

류신은 물고 있던 시가를 테이블에 비벼 껐다.

"알겠네. 하지만 문은 항상 열어두겠네."

민준은 고객서비스팀에 의해 다시 끌려 나갔다. 민준이
나가자 의장실로 송선우가 들어왔다.

"어쩌실 겁니까?"

창밖 야경을 바라보던 류신은 또 다른 계획을 세우는 게
분명했다.

"풀어줘."

"아직 연맹의 우두머리를 알아내지 못했습니다."

고개를 돌려 송선우를 보는 류신의 얼굴은 확신에 차 있
었다.

"분명 다시 돌아올 거야. 놈의 눈이 욕망에 흔들리는 걸
봤거든."

욕망의 맛을 잠깐이라도 본 자는 그 맛을 다시 찾게 되
어 있다. 그리고 그 맛에 길들여지게 되어 있다. 민준은 쥐
독에 사는 쥐였다. 생존을 위해 자신의 종족을 잡아먹다가

그 맛에 길들여지는 쥐독 안의 쥐.

*

송선우의 차는 어둠이 깔린 도시를 지나 2구역 외곽의 강가를 향해 달렸다. 둘은 아무 말도 없었다.

차에서 내린 민준은 잔뜩 경계하고 있었다. 다시 자신을 제8공장으로 끌고 갈지, 아니면 외진 이곳에서 자신을 처리할지 감이 잡히지 않았기 때문이었다.

"걱정 마요. 당신을 죽이려고 했으면 진즉에 그렇게 했을 겁니다. 고무보트를 준비해놓았으니 강을 건너는 건 능력껏 하시고. 내 호의는 여기까지입니다."

송선우는 긴장한 민준을 보며 말했다.

"풀어주는 이유가 뭡니까?"

"의장님께서 말씀하시지 않았나요? 충분히 이해할 수 있게 전달하셨다고 보는데."

민준은 고무보트를 타기 위해 강가로 내려가려 했다. 그때, 송선우가 민준을 불렀다.

"잠깐만, 이거 가져가요."

돌아선 민준에게 송선우가 건넨 건 골동품이나 다름없는 구형 스마트폰이었다. 백 년도 더 된 물건으로, 디지털 분서갱유 때 전기련이 금지시켰던 개인용 통신 장비였다. 뉴소울시티의 디지털 통신망은 여전히 아바리치아가 독점하고 있었기에 송선우가 건넨 스마트폰을 사용할 수가 있었다. 그 안에 저장된 연락번호는 오직 하나, 송선우였다.

"생각이 바뀌면 연락해요."

떨떠름한 표정으로 받아든 민준은 다시 강가로 걸어가 고무보트에 올라탔다.

송선우는 한참을 서서 어두운 강가를 건너는 민준의 고무보트를 지켜보았다. 쥐독에 자리한 건물들 안을 밝히던 촛불의 빛이 아슬아슬하게 일렁였다.

*

분무기가 뿌리는 것 같은 습한 비가 내리는 이른 아침. 안개가 자욱한 날씨였다. 1구역과 가까운 2구역의 아파트 앞마당에 자리한 정원에는 투박하게 정리된 나무들이 줄지어 있었다. 잠에서 일찍 깬 태일은 한참을 뒤척이다가 정원으로 나와 나무 사이를 천천히 걷다 벤치에 앉았다.

한참을 앉아 있던 태일은 이윽고 복잡한 생각이 정리되었는지 벤치에서 일어났다. 그때였다.

"박태일 교수님?

목소리는 나긋하면서도 싸늘했다. 안개 밖으로 검은 그림자가 모습을 드러냈다.

송선우였다.

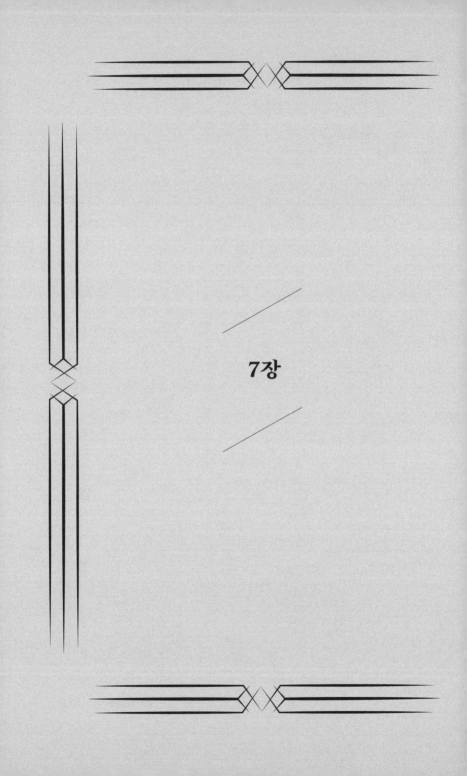

7장

천국으로 가는 길

반짝이는 건 모두 다 금이라고 믿는 여인이 있어요.

There's a lady who's sure all that glitters is gold

그녀는 천국으로 가는 계단을 사려고 하죠.

And she's buying the stairway to heaven

그녀가 천국에 다다라 가게들이 모두 문 닫은 걸 알게 된다 해도.

When she gets there she knows, if the stores are all

closed

그녀는 말 한마디로 자신이 원하는 걸 얻을 거예요.

With a word she can get what she came for

그녀는 천국으로 가는 계단을 사려고 합니다.

Ooh ooh, and she's buying the stairway to heaven

-레드 제플린, <천국으로 가는 계단>

비를 머금은 구름이 도시를 뒤덮고 있었다. 금방이라도 폭우가 쏟아질 것 같았다. 소도 1센터 수석 테일러는 불에 탄 지성소를 수리하는 테일러들을 지켜보고 있었다.

"찰나의 순간이라 해도 불길이 타오르기엔 충분한 시간이라네."

수석 테일러는 작게 혼잣말을 중얼거렸다. 시간이 꽤 흘렀는데도 태일을 만났던 때가 얼마 되지 않은 것 같았다. 아바리치아의 시대가 되고부터는 시간이 흐른다는 느낌이 무뎌진 게 사실이었다. 영원히 반복될 것 같은 일상. 그 속에서도 희미해지지 않는 기억들이 있다. 오늘도 태일을 처음 만났던 날처럼 비구름이 도시를 뒤덮고 있었다.

26년 전 태일을 처음 만났던 날, 첨탑 위로 낙뢰가 수차례 떨어졌다. 하늘을 덮은 검은 구름은 으르렁거리는 울음 소리를 내다 포효하듯 천둥소리를 내질렀다. 정오인데도 불구하고 도시는 회색 빛으로 가득찼다.

수석 테일러는 소도 1센터 첨탑 꼭대기에 있는 자신의 서재에 있었다. 폭우 때문인지 방문객이 없어 간만에 개인적인 시간을 가질 수 있었다.

소도의 일은 겉보기와 달리 꽤 고되었다. 찾아오는 1구역 거주자들의 수가 많다 보니 그들의 착복식 일정을 일일이 정리해야 했고, 줄기세포 캡슐을 통해 카피바디 제작을 의뢰해야 했다. 또한 카피바디에 소울을 임플란트하기 위한 메모리 패널과 그 안의 데이터 확인 작업도 해야 했다. 혹시라도 실수를 해 신체에 다른 소울이 임플란트될 경우, 메모리 패널의 데이터가 뒤죽박죽 섞일 수도 있었다. 그렇게 되면 소도에 불만이 쌓이고 신도 수도 급격히 줄어들 것이 불 보듯 뻔했다.

가장 큰 문제는 그들이 헌금으로 내는 분각이 줄어드는 것이었다. 온화한 표정 속에 긴장감을 유지하며, 이런 속물적인 생각을 숨기고 성스럽게 보여야 하는 것이 테일러들의 일상이었다.

오늘 만큼은 수석 테일러도 긴장감을 내려놓았다. 포마드도 바르지 않은 머리로 셔츠와 실내화를 신은 채 등받이 의자에 몸을 기대어 편하게 책을 읽고 있었다. 그의 손에 들린 책은 『긍정하는 생각』이었다. 저자는 과거에 아주 유명했던 종교인이었다. 그는 '신에게 빌면 수많은 복이 바라는 자의 손에 비처럼 쏟아진다'고 이야기했다. 희생과 헌신을 위해 고행하기보다 자신의 탐욕을 위해 빌라는 말이나 다름없었다. 신은 그럴 때 이용 가치가 있다는 것처럼.

노크 소리가 들렸다.

"들어오게."

문이 열리더니 체격이 탄탄한 중급 테일러가 들어왔다. 그의 어깨와 머리카락은 흠뻑 젖어 있었다.

"새 동상을 확인하고 온 건가?

"네. 근데 이렇게까지 해야 하나 싶습니다."

의자에서 몸을 일으킨 수석 테일러는 들고 있던 책을 숨기지 않았다. 방에 들어온 중급 테일러도 문제 삼는 눈치는 아니었다. 수석 테일러의 서재는 뉴소울시티의 몇 안 되는 치외법권 공간 중 하나였다.

"우리에겐 필요한 일이야. 조금 더 수고해주게."

중급 테일러가 나가자 수석 테일러는 캐모마일 차가 담긴 머그잔을 들고 창밖을 바라보았다. 비에 젖은 도시의 전경이 보였다.

그런데 수석 테일러의 눈길을 끄는 누군가가 있었다. 어떤 사람이 우산도 없이 비에 흠뻑 젖은 채 소도 1센터 앞마당을 가로질러 걸어오고 있었는데, 마치 지상으로 쏟아지는 세찬 빗줄기가 그의 몸을 땅으로 끌고 내려가는 듯 보였다. 태일이었다.

"오늘은 착복식이 준비되어 있지 않습니다."

태일을 막아선 건 하급 테일러였다. 호패기로 태일의 신분을 확인하자 하급 테일러는 미간을 찌푸리며 태일을 막아섰다.

"다른 날 허가받고 오시죠."

"그냥 안에만 들어가게 해주세요."

태일은 넋두리 같은 혼잣말을 중얼거리며 소도 안으로 들어가려 했다. 그러자 하급 테일러가 태일을 거칠게 밀었다. 순간 태일은 빗물에 미끄러져 계단 아래로 넘어졌다.

"경고입니다. 지시에 불응하시면 고객서비스팀을 부르겠습니다."

빗속에서 태일은 힘없는 웃음을 터뜨렸다.

"고객서비스팀? 내가 이 도시의 고객이긴 한가?"

"지금 그 말, 위험한 발언입니다."

비틀거리며 일어선 태일은 다시 계단을 걸어 올라갔다.

"난 이 도시를 선택한 적 없어! 난 당신들이 마음대로 만든 세상을 선택한 적이 없다고!"

태일은 울음 섞인 목소리로 소리를 질렀다. 갑작스러운 소동에 다른 테일러들도 몰려나왔다. 당황한 하급 테일러는 허리춤에 있던 권총을 꺼내 겨누며 외쳤다.

"물러서세요. 두 번 말 안 합니다!"

태일은 멈춰 서서 하급 테일러를 쳐다봤다. 태일의 얼굴에 흐르는 게 빗물인지 눈물인지 구분되지 않았지만 태일의 눈동자에는 분명 물기가 어려 있었다.

"그만."

수석 테일러가 등장하자 다른 테일러들이 길을 트며 고개를 숙였다.

"성스러운 곳에서 함부로 흉한 물건 꺼내지 말게."

하급 테일러도 총을 거두고 옆으로 물러섰다. 수석 테일러는 태일이 서 있는 계단 쪽으로 천천히 발을 내디뎠다. 하급 테일러가 황급히 우산을 들고 다가갔지만 수석 테일러는 됐다며 물렸다. 수석 테일러는 그대로 비를 맞으며 태일에게 다가갔다. 태일 앞에 멈춰 서더니 그를 내려다보았다. 태일의 눈동자는 슬픔에 잠겨 있었다.

"잠시 본당 안으로 들어오시겠습니까?"

그렇게 둘은 본당 안으로 들어와 앉았다.

"기도하셔도 됩니다."

태일은 위엄을 드러내듯 높은 계단 위에 자리한 원형의

단 위를 노려보았다.

"기도요? 누구한테 말입니까? 여기 건물 중앙 꼭대기에 설치된 빌어먹을 동상의 주인에게 말입니까?"

태일이 말한 동상의 주인이란 류신을 말하는 것이었다.

"그를 믿는다면 그래도 되고, 그렇지 않다면 누구에게든 상관없습니다."

"그놈 스스로 자신이 신이라고 하던가요? 저 단 위에 서서요?"

"의장님께서 그렇게 말씀하신 적은 없습니다."

"그렇겠죠. 하지만 신과 같은 능력을 주었잖아요. 영악한 자죠. 권력을 꼭 쥔 채 신성한 척을 하죠. 오만함을 숨기고 세상을 깔봤을 겁니다. 신조차도 우습게 보였겠죠. 사람들이 죽어 나가는 건 자신과 상관없는 일일 테니까."

울분에 찬 태일의 말에 수석 테일러는 블랙컨슈머데이를 떠올렸다. 그 사건으로부터 불과 6개월밖에 지나지 않았다.

"그래서 어떻게 하실 생각입니까?"

태일은 여전히 단 위를 노려보고 있었다.

"가슴에 품고 온 그 폭탄을 터뜨리기라도 하실 겁니까? 그렇다면 본인의 몸이 산산조각 날 각오는 하고 오신 거겠죠?"

태일은 놀란 눈으로 수석 테일러를 쳐다보았다. 수석 테일러는 차분한 얼굴로 태일을 보고 있었다. 그의 말대로였다. 사제 산탄 지뢰가 태일의 셔츠 안에 있었던 것이다. 태일이 검지에 연결된 선을 당기기만 하면 수석 테일러는 벌집이 될 터였다.

"그걸 터뜨린다고 해서 무슨 의미가 있죠?"

태일에게 되묻는 수석 테일러는 폭탄을 보고도 두려워하지 않았다. 태일은 주먹을 불끈 쥐었다. 떨리는 분함을 주체하지 못하듯이.

"그들도 철저하게 당하고 느껴봐야죠. 가장 소중한 것이 사라지는 게 어떤 건지."

"고작 이곳을 부순다고 해서 그분들이 그렇게 느낄까요? 눈 한 번 깜빡하지 않을 겁니다. 잠시 시끌시끌할 수는 있겠죠. 지금 사람들은 곧 시작한다는 〈리부트 스타〉에 지원하는 것에 정신이 팔려 있어요. 인생 역전. 한 방에 대한 희망 때문에 말이죠. 그런 상황 속에서 당신의 죽음은, 지금 내리는 폭우 정도에 불과합니다. 아니, 빗물 정도일까요? 땅으로 추락하고 물줄기에 휩쓸려 그대로 하수구로 쓸려가버리는 헛된 것 말이죠."

"헛된 거라뇨! 그 빗물이 모여서 강이 되는 겁니다!"

태일의 격한 감정이 섞인 대답을 들은 수석 테일러는 무료한 이야기를 듣는 것처럼 하품을 했다. 그의 태도가 태일의 감정을 더 들끓게 했다.

"미안합니다. 저는 지루한 걸 싫어해서요."

계획도 들키고 조롱까지 당한 태일은 자리를 박차고 일어섰다. 비에 흠뻑 젖은 채 죽음을 불사한 자신의 각오에 대해 지루하다는 말까지 들었으니, 이보다 더 비참할 수는 없었다.

"기도하십시오. 분을 가라앉히시고."

태일은 고개를 돌려 수석 테일러를 노려보았다. 그러나 그는 아까보다 차분한 표정으로 단 위를 올려다보고 있었다.

"아십니까? 이곳은 원래 신에게 제사를 드리는 곳이었습니다. 하지만 시간이 흐르고 다시 난잡한 시장이 되어버렸죠. 사람들은 어리석게도 과거에서 배우지 않고 과거를 되풀이합니다. 어쩌면 사람들은 껍데기만 좋아하는 것일 수도 있어요."

"무슨 말을 하고 싶은 겁니까?"

"신은 우리가 숨 쉬는 모든 곳에 존재할지 모릅니다. 물론 여기도 있었겠죠. 보이고 잡히는 것이 아니니까. 그래서인지 사람들은 본질이 껍데기에 있다고 착각하죠. 그러다 껍데기에서 썩은 내가 진동하면 그 안에 담긴 물이 썩었다고 비난합니다. 물은 예전부터 그대로 있었는데도 말이죠."

수석 테일러는 쓸쓸하다는 표정을 지었다.

"많은 사람들이 한심하게도 껍데기를 숭배하고, 껍데기를 비난하고, 껍데기를 가지려고 해요. 저들처럼."

저들? 수석 테일러 입에서 '저들'이라는 표현이 나왔다는 점에 태일은 내심 놀랐다.

"저들이 가진 권력의 기반이 된 능력은 죽음을 이겨낸 것이 아닙니다. 죽음의 순간을 늦췄을 뿐이죠. 우리가 천만 년을 산다 해도, 신의 시간 속에선 손가락 한 번 튕기는 정도일 겁니다. 찰나일 뿐이죠. 그리고 우린 빗물 한 방울처럼 사라질 겁니다."

죽음이라는 문은 늘 우리 앞에 있다. 그 문을 열고 들어갔다가 돌아온 자는 없다.

"오늘 일에 관해선 신고하지 않겠습니다."

태일을 쳐다보는 수석 테일러의 얼굴에 다시 미소가 띄워져 있었다. 그제야 태일은 그가 짓고 있던 특유의 미소가 자신의 패를 감추기 위한 것이었음을 알게 되었다.

"돌아가서 기도하세요. 그게 누구든지. 그리고 몸을 씻고 따뜻한 차를 한 잔 마시고 편안하게 잠을 청하세요. 분노가 사라지고 머리는 맑아질 겁니다. 다음에 다시 찾아오세요. 차 한 잔 대접할 테니."

비에 젖은 무거운 몸을 이끌고 태일은 돌아갔다. 이것이 태일과 수석 테일러의 첫 만남이었다. 이후 태일은 한두 달에 한 번 정도 수석 테일러를 찾아갔고 둘은 많은 이야기를 나누었다. 둘은 통하는 게 많았다.

*

"오직 한 사람뿐이더군요."

태일과 송선우는 아파트 앞 공원 벤치에 나란히 앉아 있었다. 자켓 위로 부슬비가 내려앉고 있었다. 짙은 안개는 공원 주위를 음산하게 감싸고 있었다. 안개 너머에는 송선우의 한마디에 득달같이 달려들 팀원들이 대기 중일 것이었다.

"최근 1구역에서 있었던 테러에서 특이점을 발견했습니다. 이번 테러는 블랙컨슈머데이 당시 테러와 비슷해 보이지만 착각이었습니다. 당시 그들은 무모하리만큼 무계획적이었죠. 그런데 지금 연맹은 어떤 줄 아세요?"

"글쎄요. 제가 어찌 알겠습니까?"

"지금 연맹 놈들은 상당히 효율적으로 움직여요. 정확한 타이밍에 공격하고 길어도 최대 15분을 넘기지 않더군요. 그건 타깃의 위치와 상황을 정확히 알고 있었다는 거죠."

태일은 아무 말도 하지 않았다. 눈빛은 어두웠다.

"생각을 해봤습니다. 그렇다면 1구역 정보를 전해준 사람이 누굴까? 1구역 출입이 가능하면서도 고급 정보를 얻을 수 있는 위치에 있는 사람일 가능성이 높아 보이더군요."

주먹을 쥐고 있던 태일의 손이 조금 떨리는 듯했다. 그러자 송선우의 마음에 승리감이 차올랐다.

"저는 그 가능성을 시작으로 좁혀가기 시작했습니다. 1구역 출입이 가능한 2구역 거주자가 아닐까. 리스트를 뽑아보니 오백 명 정도로 추려지더군요. 그리고 또 하나."

송선우는 포트폴패드를 꺼내서 영상을 틀었다. 영상에는 태일이 헬기 격납고 타워에 들어서는 모습부터, 출입 금지 조처가 내려진 1구역 아카데미아 도서관에 들어서는 모습까지 담겨 있었다.

"선언문을 뿌렸던 헬기 격납고 타워, 그곳을 잘 아는 자. 아마 다이빙 파티 초대에 응한 건 적합한 장소를 물색하기 위해서였겠죠? 헬기 격납고 타워에 한 번이라도 와본 사람으로 추려봤더니, 무려 사백구십구 명이 사라지더군요."

포트폴패드의 영상을 보던 태일의 안색은 창백했다. 승리를 확신한 송선우는 결정타를 날릴 차례라고 생각했다.

"하지만 그것만으로는 확신할 수 없었죠. 그래서……."

송선우는 곧바로 또 다른 영상을 재생했다. 인수가 송선우에게 보내준 CCTV 영상이었다.

"이 영상 말인데, 너무 자연스러워서 하마터면 조작인 걸 모를 뻔했어요. 초당 프레임으로 잘라서 나열한 후 다른 날 찍은 것을 교묘하게 이어 붙였더군요. 잘 보십시오."

송선우는 화면에서 담배를 들고 있는 인수의 손을 확대했다. 영상 속 담배 연기는 옅어지는 듯하더니 다시 짙어졌다. 송선우는 그 부분을 반복 재생했다.

"아마 같은 곳에서 찍은 두 영상을 이어 붙였겠죠. 게다가 이 영상이 찍힌 날짜는 소도 3센터 테러가 벌어진 날짜와 일치합니다. 그날 수세에 몰렸던 연맹원들은 쥐독으로 도주했죠. 쥐독에서는 알 수 없는 교전이 벌어졌고요. 그날 밤에 누군가가 쥐독으로 넘어갔어요. 신기하게도 그가 넘어가고 얼마 지나지 않아 쥐독에서 벌어진 의문의 교전이 멈췄습니다."

태일은 애써 당황한 표정을 감추며 송선우를 똑바로 쳐다보았다.

"전부 추측이군요. 지나친 망상 같습니다."

망상이란 말에 송선우는 치밀어 오르는 화를 참으며 말을 이었다.

"쥐독에 있던 자들이 연맹에 합류했다는 정황도 확인했습니다. 소도 1센터 습격 당시에 목격된 연맹원들은, 이전에 테러를 자행한 연맹원들과 분명 달랐습니다. 싸움에 익숙하지 않은 이들과 싸움에 이골이 난 자들의 차이 같은 거랄까요? 그날 밤, 쥐독에서 교전이 벌어진 후 쥐독의 쓰레기들이 연맹에 합류한 건 확실합니다. 싸움을 멈추고 연맹과 함께하기로 결정했다? 쥐독 쓰레기들이 스스로 그런 판단을 할 수 있었을까요? 절대로 못합니다. 분명 그 시각, 영상 속 장소에서 그자가 설득한 거겠죠."

"그자가 누군데 그럽니까?"

태일을 쳐다본 송선우는 크게 웃음을 터뜨렸다. 그러고는 CCTV 영상의 마지막 프레임에서 멈추더니 그 끝에 보이는 그림자를 가리켰다.

"이 그림자가 바로 그자일 겁니다. 아마 원본 영상은 삭제됐겠죠. 그래서 생각했어요. 도대체 왜 그랬을까? 데메테르 전인수는 왜 조작된 영상을 나에게 건넸을까? 아마도 자신과 연관된 의심을 지우기 위해서겠죠."

태일은 송선우의 눈을 피하지 않고 똑바로 바라보았다. 여기서 시선을 돌리면 안 된다. 그럼 놈에게 인정하는 꼴이 된다. 송선우는 웃음을 멈추고 진지한 얼굴을 했다.

"종합해보면, 1구역에 출입할 수 있고, 1구역 정보를 모을 수 있으며, 헬기 격납고 타워의 구조에 대해 알고, 마지막으로 이 CCTV 영상을 준 데메테르 전인수와 연관이 있는 자, 그자가 반자본청년연맹이라는 테러 집단의 우두머리라는 게 제 결론입니다."

송선우는 태일이 분명 빠져나갈 궁리만 하고 있다고 생각했다.

"그래서요?"

"박태일 씨, 솔직해집시다. 당신이라는 증거는 차고도 넘칩니다. 지금 인정하면 적어도 주크박스 안의 노리개는 안 되게 해드리죠."

몇 초간 정적이 흘렀다.

"너무하군요. 이른 아침에 불쑥 찾아와서 불쾌한 이야기만 늘어놓고."

하지만 송선우는 한번 문 태일의 목덜미를 놓아줄 생각이 없어 보였다.

"자꾸 이러실 겁니까? 그래도 나름 예의 갖춰 대하고 있는 겁니다."

송선우는 속으로 태일을 비웃었다. 식은땀이 흐르겠지. 머릿속이 새하얘졌을 거야. 그러니 인정해. 인정하란 말이다. 네가 연맹의 우두머리라는 걸. 감히 반란 따위를 꿈꾸는 쓰레기들의 더러운 숙주라는 걸 말이야.

"송 실장님. 인정할 건 인정하겠습니다. 저랑 전인수 팀장이 아는 사이인 거, 맞습니다. 아카데미아에 수시로 들락거린 것도 맞습니다. 강의하는 게 제 일이잖습니까. 그리고 제가 다이빙 파티에 간 것도 맞습니다."

태일은 잠시 호흡을 가다듬었다.

"하지만 저는 한 번도 쥐독에 가본 적이 없습니다. 가고 싶다고 생각조차 해본 적 없습니다. 그리고 그 영상 속 그림자는 제가 아닙니다."

송선우는 웃었다. 감사팀을 불러서 제8공장 주크박스에 넣고 고문하면 모든 걸 실토할 것이다. 하지만 그건 배지환 같은 무식한 놈들이나 하는 짓이다.

"좋아요. 그러면 끝까지 제대로 가려봅시다. 이 자리에서 긴급 재판을 열어보도록 하죠."

송선우가 안개 너머에 있던 팀원을 불러 지시를 내렸다. 팀원들은 벤치 앞에 간이 테이블을 놓고 노트북처럼 생긴 포트폴패드를 설치했다. 그 사이 송선우는 포트폴패드로 어딘가로 연락했다.

포트폴패드 위로 여러 명의 얼굴이 입체적으로 떠올랐다. 데메테르를 제외한 전기련 회원사들의 감사팀장들이었다. 송선우가 그들에게 긴급 재판을 요청한 것이다.

"여기 보이는 분들이 아주 공정하게 판단을 내려주실 겁니다. 이분들의 판정 결과에는 절대 조작이나 왜곡이 없을 것이며, 이분들이 내리는 판단을 절대적으로 신뢰하고 인정해야 합니다. 박태일 씨, 오늘의 결과에 따를 것을 맹세하시겠습니까?"

"일방적으로 그쪽에서 준비한 사람들을 신뢰하라니, 너무 불공평한 거 아닌가요?"

태일이 반박하자 화면에 뜬 아레스의 감사팀장이 태일을 안심시켰다.

"박태일 씨. 걱정하지 마십시오. 우린 엄정히게 판단할 겁니다. 그 결과에 대해 어떻게 이행하는지도 냉철하게 지켜볼 겁니다. 박태일 씨가 아무 죄가 없다면 저희가 철저히 보호하겠습니다."

송선우는 자신만만하게 태일을 쳐다보았다. 태일은 마지못한 듯 고개를 끄덕였다.

송선우는 포트폴태드로 시선을 돌렸다. 그리고 본인의 논리를 펼치기 시작했다.

"친애하는 회원사의 감사팀장님들. 그동안 저는 포악하고 잔인한 테러 세력인 연맹으로부터 우리의 아름다운 도시, 뉴소울시티를 지키려 노력해왔습니다. 하지만 그들의 치밀하고 영악한 계획에 많이 좌절하기도 했습니다. 또한 많은 사람이 저들의 무자비한 공격에 고통을 당했습니다. 그러나 저와 아바리치아 감사팀은 거악을 잡아내기 위해 고군분투했고, 결국 그들의 우두머리가 누구인지에 대한 확실한 증거들을 찾아냈습니다. 이 증거들은 제가 장담컨대 범죄를 입증하는 데 있어 100%의 신뢰도를 가질 거라 자부합니다."

이미 승리감에 도취된 송선우는 자신감에 넘치는 말투였다.

"이 증거들을 보시고 뉴소울시티를 위협하는 이 추악하고 잔인한 자에게 추상열일*과도 같은 엄벌을 내려주시고 이 도시의 정의가 여전히 굳건하다는 것을 보여주시길 간청하는 바입니다."

송선우는 태일을 향해 회심의 미소를 지어 보이더니 조금 전 태일에게 보여주었던 영상들을 차례대로 재생했다.

영상을 본 아레스의 감사팀장이 입을 열었다.

"보아하니 이 증거들은 박태일 씨를 연맹의 우두머리, 적어도 연맹에 가담한 자라고 일관되게 가리키고 있습니다. 이를 뒤집을 증거나 반론이 없다면 전기련은 박태일 씨에 대해 가장 강력한 계약 해지 처분을 내릴 수밖에 없습니다. 이에 대해 반론 있나요?"

태일은 숨을 한번 내쉬고는 고개를 들었다.

"저는 결백합니다. 이 증거들은 저와 상관이 없습니다.

* 가을에 내리는 찬 서리와 여름의 뜨거운 태양이라는 뜻으로 형벌이 엄하고 권위가 있음을 비유적으로 이르는 말이다.

억측에 불과합니다.”

“상관이 없다는 증거는요?”

“증거라는 건 없지만…… 저는 쥐독에 간 적이 정말로
없습니다.”

송선우는 어이없다는 듯 웃었다. 아레스의 감사팀장은
턱을 괴고 잠시 고민했다.

“알리바이가 필요합니다. 단 한 번도 쥐독에 간 적이 없
다는 겁니까?”

“네.”

“항상 여기 뉴소울시티에 있었다는 겁니까?”

“맹세합니다.”

다른 기업의 감사팀장이 할 말이 있다는 듯 손을 들었다.

“송 실장님. 소도 제3센터 테러가 있던 날 박태일 씨가
뉴소울시티에 있었던 것만 확인하면 될 것 같습니다. 호패
기 확인 가능합니까?”

“얼마든지요.”

송선우가 손짓하자 팀원 한 명이 다가왔다. 그가 들고
온 간이 호패기에 케이블을 꽂고 송선우의 포트폴패드에
연결했다.

“박태일 씨, 이제 당신의 모든 출입 기록과 동선을 확인
할 겁니다. 하지만 여기서도 입증하지 못한다면 저희는 송

실장의 주장에 손을 들 겁니다."

아레스 감사팀장의 말에 태일이 고개를 끄덕였다.

"자, 올리시죠."

태일은 천천히 손을 올렸다. 송선우는 검색 날짜를 두 달 전으로 설정하고 검색했다. 아카데미아 출입 기록, 소울 트로 탑승 기록, 식당이나 편의점 방문 기록 등 태일의 모든 동선이 날짜는 물론이고 분초 단위로 나열되고 있었다.

날짜는 어느덧 소도 3센터의 습격 사건이 있었던 날에 다다랐다. 바로 송선우가 조작되었다고 말한 영상의 타임 코드와 일치하는 날이었다.

'Avar. 145Y. May. 20th. 18:25:31'

아바리치아 145년 5월 20일 오후 6시 25분 31초. 이로 부터 두 시간 전쯤, 태일의 출입 흔적은 아카데미아 레스 토랑이었다. 그때 태일은 류시은과 함께 식사를 하던 중이 었다.

식사를 마치고 나온 태일이 엘리베이터에서 인수를 만 난 건 오후 5시를 좀 넘긴 시간이었다. 태일은 식사를 마치 고 어디로 갔는가? 입증이 되지 않는다면 태일은 쥐독으 로 향한 것이다.

오후 6시쯤 태일이 출입한 곳은 아카데미아 도서관이었 다. 그리고 약 한 시간 후인 7시쯤, 태일은 도서관에서 나왔다.

송선우의 눈동자가 흔들렸다.

오후 7시 15분경, 태일은 아카데미아 앞에서 버스를 타고 1구역 게이트를 통과했다.

오후 8시경, 버스에서 내린 태일은 게이트 근처에 있는 2구역 아레스 바이오 공장 역으로 가 소울트로를 탔다.

오후 8시 25분경, 태일은 1구역 출입자들이 사는 2구역에 도착했다.

오후 8시 32분경, 태일은 자신이 사는 아파트 '다' 동에 출입했다.

자신만만하던 송선우의 얼굴은 잿빛이 되었다.

"말도 안 돼…… 뭔가 잘못됐어……."

송선우는 태일의 타임라인과 연결된 CCTV 영상을 급히 재생했다. CCTV 영상은 호패기 기록과 맞아떨어졌다. 영상에는 계속 태일이 등장했다. CCTV는 전기련에서 통합 관리하는 자료였으므로 조작은 있을 수 없었다. 지켜보던 심판관들이 조소를 보내는 듯했다. 아레스의 감사팀장이 이번엔 송선우를 압박했다.

"박태일 씨의 동선이 확인되었군요. 박태일 씨는 그날 쥐독에 가지 않았습니다. 이로써 알리바이가 확실히 증명된 것 같습니다. 송 실장님, 반론하시겠습니까?"

반론할 만한 것이 없었다. 송선우는 자신도 모르게 언성을 높였다.

"믿을 수 없어! 분명히 이 새끼야! 이 새끼가 확실하다고!"

"우리의 공정한 판정을 신뢰하지 않는다는 겁니까? 전기련에 충성하지 않는 것처럼 보이는군요."

아레스의 감사팀장이 날카롭게 쏘아붙였다. 당황한 송선우는 머리를 감싸 쥐었다. 몇 분 전만 해도 승리를 확신했던 그가 한순간에 패배자 꼴이 되어버렸다.

"제가 몇 번이나 말했죠. 저는 결백하다고."

태일의 분명한 어조가 송선우의 신경을 거스른 모양이었다. 송선우는 갑자기 태일의 먹살을 거칠게 잡아채더니 권총을 꺼내 태일의 이마에 겨눴다.

"내가 속을 줄 알아?"

태일은 별다른 저항을 하지 않고 가만히 앉아 있었다.

"송 실장! 감히 전기련을 무시합니까? 우리가 맹세한 것이 뭔지 모릅니까?"

아레스의 감사팀장의 고성이 송선우의 귓전을 때렸다.

"여기 모인 우리 판정단은 전기련 회원들의 고귀한 권능을 대리해서 지금 이 판정을 내리는 겁니다. 그런 신성한 자리에 총을 꺼내고 우리의 판정에 불복하다니! 그건 류신 의장님은 물론이고, 전기련 회원사 수장들에 대한 불경이나 다름없습니다!"

"이는 전기련에 대한 배신입니다!"

전기련에 대한 배신이란 말을 듣자 권총을 든 송선우의 손이 덜덜 떨리기 시작했다. 어찌할 도리가 없었다.

"총 거두시죠. 가중 처벌이 되기 전에."

"가중 처벌?"

송선우는 아레스의 감사팀장의 말을 납득할 수 없었다.

"무고한 사람을 몰아붙인 건 수사의 어쩔 수 없는 부분이라고 볼 수 있겠죠. 하지만 송 실장이 제출한 증거물 중에는 권한 밖의 것들도 있습니다. 아카데미아에 대한 자료 반출, 그리고 감시. 이건 송 실장 권한 밖의 업무입니다."

"권한 밖이라뇨?"

"아카데미아는 아바리치아만의 시설이 아닙니다. 모든 회원사가 권리를 갖는 전기련 소속의 시설입니다. 거기엔 함부로 유출하면 안 되는 위험한 것들도 있어요. 그런데 일개 회원사 임원이, 허가도 받지 않고 관련 시설의 CCTV 자료를 열람하고 수사를 진행한다는 건 뉴소울시티와의 계약 위반입니다. 거기다 데메테르에 영상을 요구하는 과정에서 강압적인 언행이 있었다는 진술도 있었습니다."

역시 전인수 그놈은 박태일 편이었다.

"그게 바로 박태일과 데메테르 전인수 팀장이 연루되었다는 증거입니다! 영상을 받는 과정에서는 그 어떤 강압도 없었습니다. 전인수 팀장은 저에게 조작된 영상을 건넸습니다. 분명 박태일을 보호해주려고 하는 겁니다! 그자와 통화했던 녹취록을 들어보면 바로 알 수 있습니다."

아레스의 감사팀장이 송선우의 말을 칼같이 잘랐다.

"아니요. 강압적인 언행이 있었다는 진술은 전인수 팀장이 한 것이 아닙니다."

"그럼 도대체 누가 그런 말을 했습니까?"

"데메테르 김종선 회장님입니다."

이름을 듣는 순간 송선우는 얼어붙었다. 당돌하게 영상을 요구한 자신을 차갑게 노려보던 김종선의 눈빛이 떠올랐다. 김종선은 류신과 어깨를 나란히 하는 도시의 지배자였다.

"김종선 회장님께 무례한 걸 넘어 자신의 위치를 망각하는 요구를 했다고 들었습니다. 그리고 모든 범죄 수사와 치안 유지는 고객서비스팀이 하는 것이 원칙입니다. 그런데 함부로 감사팀을 동원해 불법 수사를 자행하고, 불법으로 얻은 증거를 자의적으로 해석하는 심각한 왜곡 행위까지 벌였더군요."

김종선의 진술을 받았다는 것은 결국 류신의 허가가 있

었다는 뜻이었다. 덫에 걸린 건 박태일이 아니라 송선우였다. 그는 의장사를 노리는 타 회원사들의 욕심을 계산하지 않는 실수를 범했다. 권총을 든 송선우의 손이 바닥으로 축 처졌다.

"송 실장이 위법하게 모은 모든 증거는 불법적 증거이므로 무효입니다. 그러므로 박태일 씨는 무죄이며, 권한 남용과 계약 위반, 불법 행위를 자행한 송 실장에겐 에프터서비스와 계약 해지의 처벌을 내리도록 하겠습니다."

독이 있는 나무에서는 독이 있는 열매가 열릴 수밖에 없다. 늪에 빠진 송선우는 이제 마지막 숨구멍마저 늪 속으로 가라앉기 직전이다.

"현재 현장에 있는 아바리치아 감사팀은 전략기획팀장에서 해고된 송선우 씨를 체포하십시오. 처분은 전기련 본부를 거쳐 집행하겠습니다."

1구역에 분명 박태일과 내통하는 놈들이 분명 있다. 하지만 이제 와 무슨 소용일까? 안개 속에서 모습을 드러낸 감사팀원들은 태일이 아닌 송선우를 체포했다. 자신이 이끌고 온 팀원들에게 오히려 체포를 당해 끌려가던 송선우는 고개를 돌려 자신을 보고 있는 태일을 쳐다봤다. 태일은 무표정했다. 순간 송선우는 깨달았다. 자신에게 내보이던 태일의 불안한 표정은 완벽한 승리를 위한 포커페이스

였음을. 송선우는 자신이 이런 실수를 저질렀다는 게 이해가 되질 않았다.

송선우가 안개 속으로 사라지는 모습을 지켜보던 태일은 다시 집을 향해 걸었다. 아마 송선우는 2구역 가장 외곽에 자리한 공장에서 일하게 될 것이다. 혹은 쥐독보다 훨씬 먼, 버려진 유독 지역에서 방독면도 쓰지 못한 채 과거에 버려진 물품을 찾아내는 노역을 하게 될 것이다. 그럼 보름을 버티지 못하고 죽는 것이 정해진 수순이었다.

안개 속에서 송선우의 흐느낌이 메아리처럼 들려오는 듯했다.

*

아파트 복도를 걷는 태일의 발걸음은 무거웠다. 엘리베이터를 홀로 탄 태일은 긴장감을 털어내기 위해 한숨을 내쉬었다. 다행히 철저히 준비해둔 덕에 위기 상황을 벗어날 수 있었다. 인수로부터 감사팀의 압수 수색 이야기를 들었을 때, 누군가 자신을 찾아올 거란 생각은 했었다. 송선우란 자를 조심하라는 인수의 경고를 새겨듣길 잘한 듯싶었다.

2901호의 문을 열고 집 안으로 들어서자 태일의 머리 위로 센서등이 켜졌다. 이어서 전자 기기들이 부팅 소리를 내며 자동으로 켜졌다. 집은 깨끗했다. 아무도 살지 않는 것처럼. 떠나면 영영 돌아오지 않을 것처럼.

태일이 벽면에 있는 버튼을 누르자 현관문 옆에 있던 신발장의 전자식 여닫이문이 열렸다. 신발장 안에는 똑같은 모델, 똑같은 사이즈, 똑같은 색상의 신발들이 두 켤레씩 채워져 있었다.

사실 태일의 신체는 두 개였다. 카피바디를 만들었을 때, 태일은 자신의 소울을 카피바디로 '이동'한 것이 아니라 '복제'했던 것이다.

거실에 있던 모니터에서는 공익 정보 전달이라는 핑계로 제작된 뉴소울시티의 영상이 방영되고 있었다. 공장 앞마당에 쌓인 선언문 더미에 기름을 붓고 경건한 태도로 횃불을 들어 불을 붙이는 직원이 모습이 나왔다. 거센 불길이 선언문 더미를 휘감았다. 불길 뒤에는 고객서비스팀원들과 테일러들이 열을 맞춰 서 있었다. 그들은 대부분 붕대를 감고 있거나 목발을 짚고 있었다. 심각한 부상을 입은 모습들이었다. 이어서 직원들의 사망 소식이 이어졌다.

고객서비스팀 장원석, 21세. 소도 1센터 방어 중 복부 총상으로 사망.
고객서비스팀 김제웅, 28세. 소도 1센터 방어 중 머리 총상으로 사망.

중급 테일러 이용후, 39세. 소도 1센터 지성소 방어 중 폭발로 사망.

...

카메라는 그들의 얼굴을 하나하나 보여주고 있었다. 영상과 함께 슬픈 바이올린 연주곡이 흘렀다.

"저희 전국기업인연합 임직원 일동은 고객 여러분들의 행복한 삶을 위해 앞으로도 희생과 헌신의 자세로 뉴소울시티를 지키겠습니다."

따뜻한 여성의 목소리였지만 그 말투는 여전히 기계적이었다.

"하지만 뉴소울시티의 정신을 썩게 만드는 병균이 끊임없이 우리를 위협하고 있습니다. 우리는 경각심을 가지고 그들과 맞서야 합니다."

그녀가 말하는 병균이란 선언문을 만든 연맹을 의미했다. 불길 위로 스치는 이미지들은 쥐독 55층 구역을 학살할 때 이용했던 바로 그 조작 영상이었다. 마지막은 늘 그렇듯 뉴소울시티의 세련된 로고로 마무리되었다.

이어서 새로 시작되는 예능 프로그램 〈뉴소울시티 영웅전〉의 예고편이 나왔다. 영상에는 〈리부트 스타〉 우승자였던 소녀의 근황이 담겨 있었다. 〈리부트 스타〉와 비교할 수 없을 정도로 많은 상금과 혜택도 나왔다. 무한대로 누릴 수 있는 착복식, 아바리치아 전략기획팀 직원으로 채용될 수 있는 기회, 그리고 1구역 중심부의 고급 주택 입주.

뻔하다 못해 식상한 전략이었다. 연맹의 선언문을 보지 못하도록 사람들에게 다시 눈가리개를 씌울 참이었다.

그러나 연맹원들에 따르면, 소도 1센터 습격 사태와 선언문 살포 덕분에 뉴소울시티 전역에서 변화의 바람이 불고 있다고 했다. 선언문의 내용은 사람들의 입과 입으로 전달되었고 사람들은 뉴소울시티의 추악한 면모에 대해 불평하기 시작했다. 사소한 불평은 결국 거대한 담론을 만들기 마련이다.

샤워를 마치고 나온 태일은 물을 마시기 위해 식탁으로 다가갔다. 식탁 위에는 루왁이 6알 들어 있는 케이스와 함께 안내문이 있었다. 아바리치아의 홍보팀이 집집마다 발송한 것으로 연맹에 관련된 것은 무엇이든 고객서비스팀에 신고해 달라는 내용이었다.

며칠 사이 검문검색은 더욱 강화되었다. 염세일은 감사팀을 이끌고 선언문을 소지하거나 연맹과 관련이 있는 사람들을 색출하기 시작했다. 그리고 색출된 자에게는 애프터서비스라는 징벌을 내렸다.

도시는 이전처럼 다시 잠잠해졌다. 그러나 표면은 잠잠할지언정 그 안의 물살은 서서히 거세지고 있었다. 그 흐름이 거대한 파도를 만들 것이다. 태일은 그 파도가 일어나길 간절히 바라고 있었다.

아카데미아의 원장에게서 연락이 왔다. 강의를 다시 시작해도 좋다는 허가가 떨어졌다는 것이었다. 좋은 소식이었다. 연맹에 대한 보복도 없었다. 비록 태일이 예상했던 변화의 바람은 아직 미약했지만, 불씨는 아직 살아 있었다. 이와중에 민준의 행방만 묘연했다.

하지만 태일은 불안했다. 그동안 전기련의 대응을 분석해본 바로는, 다른 꿍꿍이가 있을 게 분명했다. 고작 선언문을 태워버리고 사람들을 다시 쾌락으로 눈 돌리게 만드는 것으로 지금의 상황을 끝낼 리가 없었다.

알 수 없는 불안감을 느낀 태일은 빌트인 냉장고 뒤에 붙여둔 77K를 꺼냈다. 스위치를 켜자 수신기에서 전원이 들어온 것을 말해주듯 노이즈가 들려왔다.

*

송선우가 해고된 후 전략기획팀장 자리는 공석이었다. 과연 누가 그 자리에 앉게 될지 다들 궁금해하고 있었다. 특히 배지환은 내심 기대하는 중이었다.

아바리치아 본사를 나서는 류신을 배웅하기 위해 팀장

들이 1층 현관 앞에 죽 늘어서 있었다. 그때, 류신이 잠시 발걸음을 멈추더니 염세일에게 다가오라고 손짓했다.

"이제부터 자네가 전략기획팀까지 겸해서 맡아주게."

류신은 염세일에게 오래된 구형 스마트폰을 내밀었다. 원래 송선우가 가지고 있던 것이었다. 팀장들은 다들 당황스러워 하는 얼굴이었다. 그중에서도 표정 관리가 안 되는 인물은 딘연코 배지환이었다.

염세일은 얼떨떨한 표정으로 구형 스마트폰을 받았다.

"은밀하지만 신속하게, 확실하고 실수 없이 해내도록 해. 회사를 위해 나의 권한을 이용하는 것도 얼마든지 허락하지. 하지만 본분은 잊지 말게. 어디까지나 임원의 역할은 나의 보좌야. 그러니 선을 넘지는 말라고."

"예, 의장님."

송선우의 말로가 어땠는지는 염세일이 누구보다 잘 알고 있었다.

류신을 태운 세단은 본사 앞에 자리한 거대한 인공 분수를 돌아 정문을 빠져나갔다. 멀어지는 류신의 차를 향해 염세일은 충성을 맹세하듯 머리를 깊이 숙였다.

류신의 세단은 1구역 중심부에 있는 호텔 앞에 도착했다. 오후가 되면 정해진 일과처럼 딸이 머무는 호텔에 들렀다.

류신은 홀로 엘리베이터에 올라 스위트룸으로 향했다. 어떻게 하면 답답함을 해결할 수 있을까 생각했다. 모든 걸 되돌릴 수 있다면, 심지어는 영생을 위해 개발한 모든 것들도 아예 만들지 않았더라면, 하는 후회도 잠시나마 했다. 하지만 때는 늦었다. 되돌릴 수 없었다. 류신 자신 또한 지금의 권력을 빼앗기지 않으려면 착복식이 중요했다.

류신은 스위트룸으로 들어갔다. 그를 기다리고 있는 것은 온갖 약물들이 널브러진 테이블과 악취였다. 그러나 악취보다 류신의 미간을 찡그리게 만든 건 소파에 누워 환각과 현실의 경계를 헤매는 망가진 영혼이었다. 류신이 등장하자 옆방에 있던 의료진들과 수행원들이 우르르 몰려왔지만 류신의 손짓 한 번에 다들 물러갔다.

시궁창 같은 스위트룸 거실에 남은 건 류신과 류시은 둘뿐이었다. 커튼 사이로 들어온 햇빛이 류시은의 얼굴을 낱낱이 드러냈다. 움푹 패인 눈, 툭 튀어나온 광대. 약물을 피우는 파이프의 열기에 화상을 입어 부어오른 입술. 동공이 풀린 눈.

류신을 발견한 류시은은 쉬어버린 목소리로 물었다.

"나 그냥 보내주면 안 돼?"

"안 돼."

류신이 딱딱하게 대답했다. 류시은의 얼굴이 일그러졌

다. 그녀는 기묘한 울음소리를 내며 말했다.

"나 정말 죽고 싶어. 이렇게 걸레짝이 되어서 사는 것보다 낫잖아. 나 좀 죽여줘. 죽게 해줘, 제발⋯⋯."

류시은은 천천히 몸을 돌려 소파 밑으로 굴러떨어지더니 엉금엉금 기어와 류신의 다리를 붙잡고 애원했다.

"너무 고통스러워. 이제 날 보내줘."

버려진 강아지처럼 자신을 올려다보는 류시은을 보며, 류신은 무력감을 느끼고 있었다. 그래도 딸의 이런 요구를 들어줄 아버지가 세상에 어디 있겠는가.

류신은 딸 앞에 무릎을 꿇었다. 그 누구에게도 무릎을 꿇어본 적이 없는 그였다.

"아빠가 부탁할게. 시은아, 나도 너와 같은 고통을 느껴봤어. 힘들지만 극복할 수 있어. 그러니까 조금만 더 노력해보자. 네가 원하는 건 무엇이든 다 들어줄게. 그깟 고통은 아무것도 아니야. 창밖을 봐. 이 세상은 우리 거야. 이 도시가 영원한 우리의 왕국이라고."

류신은 류시은의 어깨를 붙잡고 애걸했다. 하지만 그녀의 귀에 류신의 말이 들릴 리 없었다.

"그딴 왕국 너나 가져! 빌어먹을 놈아!"

류시은이 사력을 다해 울부짖고 있었다.

"네가 직접 떨어져봤어? 대가리가 깨지고 온몸의 뼈가

가루가 되고 내장이 터져봤냐고! 차라리 죽기라도 하면 좋 겠는데, 내 맘대로 죽어지지도 않고 고통이 사라지지도 않 아. 물속에서 누군가 내 목을 조르는 것 같다고!"

"그건 악몽일 뿐이야!"

류시은은 괴성을 지르며 류신의 뺨을 때렸다. 그러더니 류신을 밀치고 테이블 위에 있던 칼을 들었다.

"이러지 마!"

류신이 다급히 류시은의 팔을 붙잡았다. 잡지 않았다면 류시은은 분명 자신의 목을 찔렀을 것이다.

괴성을 들은 의료진과 수행원들이 달려와 류시은을 붙 잡았다. 비명을 지르며 바닥에 쓰러진 류시은은 새하얀 거 품을 물며 고장난 기계처럼 경련을 일으켰다. 주치의가 류 시은의 목에 주사기를 꽂고 대량의 모르핀을 주입했다. 정 신이 깨어나듯 헉하며 몸을 일으키던 류시은은 경련을 멈 추고 소파에 쓰러져 잠들어버렸다. 모두가 안도의 한숨을 내쉬었지만, 류신은 침통함을 감추지 못했다. 류시은은 완 전히 망가져 있었다.

스위트룸을 나선 류신은 지금까지 자신이 착각하고 있 었다는 사실을 깨달았다. 신에게서 아직 체크메이트에 대 한 답을 얻지 못했음을, 항복 선언을 받지 못했음을 말이다.

'그래도 나는 절대, 나의 왕국과 나의 도시를 빼앗기지

않을 것이다. 나는 끝까지 신 앞에 무릎 꿇지 않을 것이다.'

류신은 자신이 세운 왕국의 담을 높이고 하늘보다 더 높은 성을 쌓겠다고 다짐했다. 호텔을 나서는 순간, 류신은 인간적 감정을 숨기고 다시 탐욕을 끌어 올렸다.

*

태일과 혁이 강 건너의 동태를 살피고 돌아와 로비에 들어섰을 때, 위층에서 웅성거리는 소리가 들렸다. 3층 같았다. 둘은 계단으로 뛰어 올라갔다.

두 사람은 사람들이 모여 있는 병상 안에서 침대에 누워 있는 스테파노를 발견했다. 그의 옷은 피로 물들어 있었고 입가에도 핏자국이 남아 있었다. 어찌 된 일이냐는 혁의 질문에, 연성은 스테파노가 그동안 병을 숨겨온 것 같다고 말했다. 연성은 그동안 스테파노의 어깨너머로 배운 응급처치 실력으로 스테파노의 팔에 링거를 꽂았다.

스테파노의 팔은 앙상할 정도로 말라 있었다. 잠들어 있는 얼굴은 창백했고 주름이 가득했다. 혁은 술을 마시며 실없는 농담이나 하던 스테파노가 백발이 성성한 노인이었음을 새삼 깨달았다.

"눈에 황달이 있는 걸 보니 간 상태가 심각한 것 같아요."

스테파노의 눈을 확인한 태일은 한숨을 쉬었다. 팔짱을 끼고 고개를 숙이고 있던 혁도 안타깝다는 듯 한마디 내뱉었다.

"그러게, 술 좀 작작 마시라고 했는데."

혁의 목소리가 스테파노를 깨웠다.

"거 참. 내가 술을 마시는 이유는 증명하기 위해서라니까."

힘겹게 눈을 뜬 스테파노는 장난스럽게 웃어 보이려 했지만 거친 숨을 내쉬었다. 무슨 말을 하려다 연신 기침을 심하게 했다.

"박 선생, 디데이는 언제요?"

태일은 쉽게 대답하지 못했다. 몸을 일으키려는 스테파노를 혁이 다시 억지로 눕혔다.

"그걸 뭐 하러 신경 써요?"

"궁금하니까. 이 도시가 어떤 결말을 맺을지 말이야."

스테파노는 미소를 지었다.

"일주일 안에 시작할 겁니다."

태일의 대답에 병실 안에 있던 모두가 술렁였다.

"벌써? 아직 준비가 안 됐는데."

혁도 뜻밖인 것 같았다. 흐릿했던 실체가 분명해지면 감당할 수 있을까 하는 일말의 두려움이 고개를 들기 마련이다. 병색이 완연하던 스테파노는 호기심 때문인지 눈빛이 빛나고 있었다.

"너무 갑작스러운 거 아닌가?"

"상황이 급박해졌어요. 시간이 별로 없습니다. 전기련 내부에서 균열이 일어나고 있어요. 그리고 그들이 애써 덮고 있지만, 선언문의 불씨가 서서히 피어오르고 있죠. 2구역에서."

"내부적인 균열?"

2구역이라는 말보다 전기련의 균열이라는 말이 혁에게 더 와 닿은 것 같았다.

"그들은 말로만 동맹일 뿐, 언제든지 약해진 동료를 집어삼킬 놈들이죠. 지금 여러모로 판단력이 흐려지고 있을 겁니다."

듣고 있던 연성이 입을 열었다.

"아직 여기 부상자들도 다 치료되지 않았고 그날 부상자를 데리고 오느라 식량도 많이 싣지 못해서 현재 물자가 부족한 상태야."

연성의 말을 듣고 혁은 쥐독 55층 구역을 떠올렸다. 공습을 당해 죽음의 거리가 되어버린 그곳. 하지만 급히 철수하느라 남겨두고 온 것들이 있을 것이다. 혁은 그곳에 다시 가보자고 했다.

"위험해. 여기로 올 때도 다른 구역 폭력단 놈들이 공격했다며. 이번에도 그럴 거야."

스테파노는 만류했다. 민준도 없는 상황에서 또 누군가를 잃고 싶지 않았다.

"그놈들이 대수인가? 우리가 싸울 상대는 신이라며."

혁은 몇몇 연맹원들과 함께 55층 구역으로 갈 채비를 했다. 하지만 연성이 말렸다.

"내가 갈 테니 넌 여길 지켜. 그 건물은 누구보다 내가 제일 잘 아니까."

연성은 바이크에 오르려던 혁을 끌어내리더니 직접 바이크에 올라탔다. 등 뒤에 산탄총을 멘 채였다. 그때 혁은 무뚝뚝한 연성이 미소 짓는 것을 처음 보았다. 자신을 걱정하듯 지켜보는 혁을 안심시키려는 모양이었다.

곧 연성은 연맹 동료들과 함께 병원 앞마당을 빠져나갔다. 혁은 불안한 마음에 연성이 간 쪽을 한참이나 바라보고 서 있었다.

한낮의 태양이 연성의 일행 위를 비추었다. 폐허 속 대로변은 한산했지만 안심할 수는 없었다. 쥐독 구역의 실체는 밤과 그림자, 어둠 속에 있기 때문이었다.

55층 건물에 도착한 연성 일행은 가져갈 것들이 조금이라도 남아 있기를 바라면서 지하로 진입했다. 하지만 하이에나들은 귀신처럼 피 냄새를 맡는 법이다.

"습격이다!"

연맹원의 다급한 목소리가 77K를 통해 병원 건물까지 들려왔다. 연성 일행이 55층 구역으로 간 지 한 시간쯤 지났을 때였다.

*

태일은 디데이를 준비하기 위해 병원 건너편에 있는 중앙도서관으로 향했다. 스테파노는 진통제를 맞으며 쉬고 있었다. 갈라진 논바닥처럼 부서진 아스팔트 위로 가을 햇볕이 쏟아지고 있었다. 혁이 병원 건물로 들어가던 찰나, 병원 건물 꼭대기에서 주위를 경계하던 연맹원이 소리를 쳤다.

"어떤 패거리가 몰려오고 있습니다!"

혁은 재빨리 옥상으로 올라가 쌍안경으로 무리의 실체를 확인했다.

"하필 이럴 때!"

사거리파는 과거 청담이라고 불렸던 쥐독의 구역을 장악하고 있는 패거리였다. 55층 구역과는 언덕 하나를 두고 대치하고 있었다. 흑룡파 다음으로 삼인회와 전쟁을 많이 벌인 놈들이었다.

사거리파가 장악한 구역은 과거 대한민국 시절 상류층이 거주하며 활발한 소비가 이루어졌던 화려한 흔적들로 가득했다. 그들은 거기서 찾아낸 물건들을 내다 팔며 나름 풍족하게 지내고 있었다. 게다가 그들은 폭파되지 않은 주유소를 발견해 기름도 충분히 보유하고 있었다. 그랬기에 그들은 굳이 55층 구역을 넘보지 않았던 것이다.

사거리파의 두목인 구인회는 최상품에 집착하는 인간이었다. 그는 민준이 갖고 있던 루왁에도 눈독을 들였지만 삼인회와의 싸움에서 크게 패하자 한동안 55층 구역에 얼씬도 하지 않았다. 그러나 삼인회에 대한 복수심을 버린 것은 아니었기에, 민준이 사라졌단 이야기를 듣고 때를 틈타 찾아온 것이다.

그러나 혁이 불길함을 느낀 이유는 다른 데에 있었다. 그들 무리들 중에 사거리파가 아닌 자들도 보였기 때문이었다. 흑룡파를 상징하는 검은 용 문신을 한 자들도 있었고, 모히칸 헤어스타일을 한 석촌 지역의 호수파도 있었다. 그 외에도 쥐독의 온갖 폭력단들이 뒤섞여 무리를 이루고 있었다.

병원 건물 전체에 비상벨이 울렸다. 다급하게 뛰쳐나온 연맹원들은 총기를 들고 건물을 방어하기 위해 곳곳에 자리를 잡았다. 시끄러운 비상벨 소리에 길 건너 중앙도서관에 있던 태일과 연맹원들도 병원 건물로 달려왔다.

거친 숨을 몰아쉬며 1층으로 내려간 혁은 77K를 집어 들었다. 연성에게 빨리 돌아오라는 연락을 하려던 것이었다. 그런데, 오히려 연성과 함께 갔던 연맹원의 다급한 목소리가 들려왔다.

손전등 불빛에 의지해 어두운 지하 통로를 지나던 연성 일행에게 일이 발생한 건 후미에 있던 연맹원이 접혀가면서부터였다.

"우리랑 계산이 아직 덜 끝났잖니?"

흑룡파 두목 남춘근의 기분 나쁜 웃음소리가 어둠 속에서 들려왔다. 그때부터 숨어 있던 폭력단과 연성 일행이 교전을 벌이기 시작했다.

"밖으로 나가!"

연성 일행은 뛰기 시작했다. 하지만 총구는 멈추지 않았고 총에 맞은 연맹원들은 픽픽 쓰러졌다. 고성과 비명, 귓전을 때리는 총소리들이 뒤섞인 지하 통로는 아무리 달려도 출구가 보이지 않았다. 연성과 동료들의 거친 숨소리는 절명의 위기를 그대로 드러내고 있었다.

어둠에 눈이 적응되려는 찰나, 저 끝에서 희미한 빛이 새어 들어오는 것이 보였다. 고장난 에스컬레이터였다. 연성이 에스컬레이터 입구에서 뒤를 돌아 엄호 사격을 했다.

그때를 틈타 동료들은 고장난 에스컬레이터를 뛰어올라 밖으로 나갔다. 올 때에 비해 삼 분의 일도 채 되지 않는 숫자였다. 지옥 같은 지하 구역에서 겨우 빠져나온 연성도 상처투성이였다. 그러나 그게 끝이 아니었다.

고개를 들었을 때 연성의 눈에 들어온 건 55층 건물에서 추락하는 연맹원의 모습이었다. 폭력단은 지하에서 붙잡은 연맹원을 끌고 올라가 건물 밖으로 던져버린 것이다. 연성은 마음속에서 절망적인 패배감과 분노가 올라오는 것을 느꼈다.

같은 시간, 태일과 혁이 있는 병원 건물도 마찬가지였다. 구인회를 위시한 쥐독의 폭력단들이 종합병원 건물을 포위하고 밀고 들어오기 시작했다. 폭력단들이 건물로 들어오자 태일과 동료들은 밀리듯 위로 올라가기 시작했다.

"루왁을 찾아!"

구인회는 즐기는 것 같았다. 조준경이 달린 사냥용 소총을 어깨에 들쳐 메고 1층 로비에 들어섰다. 폭력단원들이 1층 곳곳을 털고 불을 질렀다.

3층까지 밀린 태일과 일행들은 점점 막다른 골목에 몰린 꼴이 되어가고 있었다. 3층으로 올라오는 폭력단들을 막으려고 사투를 벌이고 있었지만, 수적인 열세 때문에 금방이라도 함락될 것 같았다.

그때였다. 건물 밖에서 AK47 총성이 들렸다. 급하게 강을 건너온 연맹원들이었다. 지원을 위해 온 연맹원들이 뒤에서 갑자기 공격하자 구인회와 폭력단원들은 당황했고, 앞뒤로 협공을 가하자 기세가 꺾인 듯했다. 1층 로비를 두고 교착 상태가 되었다.

뜨겁게 달궈진 탄피들이 병원 바닥을 뒤덮었다. 빈 탄창이 늘어가더니 결국 양측 모두 총알이 바닥났다. 그렇다고 한번 피를 본 싸움이 쉽게 끝날 리 없었다. 푸주 칼, 낫, 도끼 등으로 무장한 폭력단들이 가까이 다가왔다. 원초적인 백병전*이 벌어졌다.

원시적인 백병전은 총을 든 전투보다 더욱 끔찍했다. 팔이 잘리고 피를 쏟아내면서도 살려 달라고 애걸하는 처참한 광경이 펼쳐졌다. 병원 안은 상대를 잡아먹으려는 쥐로 가득 찬 쥐독이었다. 혁은 부서진 의자를 각목처럼 쥐고 있었지만, 서 있을 힘조차 없을 만큼 지쳐 있었다.

쥐독 55층 건물 앞 도로에서 남춘근 패거리와 교전을 벌였던 연성은 간신히 바이크를 타고 현장을 빠져나왔다.

사방에서 덫이 날아들었다. 건물 옥상에서 그물과 저격 라이플로 공격했고 드론으로 사제 폭탄을 투하하며 뒤를

---

* 칼이나 창 등의 무기를 가지고 적과 직접 몸으로 맞붙어서 싸우는 전투.

쫓기도 했다. 결국 연성은 혼자 살아남았다.

연성은 바이크의 속도를 더욱 끌어올렸다. 병원에 거의 다 오긴 했지만 연료가 얼마 남지 않은 상태였다. 순간, 연성이 타고 있던 바이크 바퀴에 저격 라이플의 총알이 박혔다. 타이어가 터지면서 바이크는 중심을 잃고 넘어졌다. 연성은 재빨리 일어나 병원 건물로 달려갔다.

병원 로비에는 온통 피 칠갑한 자들로 가득했다. 적인지 아군인지도 식별이 되지 않았다. 그런데 그때, 병원 입구에서 맞서던 연맹원들과 폭력단원들이 싸우던 것도 멈추고 무언가를 쳐다보고 있었다.

한 남자가 비틀거리며 로비 안으로 걸어 들어왔다. 그들은 남자의 위세에 눌려 슬금슬금 뒤로 물러섰다. 고성과 거친 숨소리도 서서히 가라앉았다.

찌걱…… 찌걱…… 찌걱…….

절뚝거리는 발걸음, 낡은 보호대의 이격에서 나오는 특유의 소리, 지쳐 보이지만 여전히 서슬 퍼런 독기로 가득 찬 눈빛.

민준이었다.

민준을 본 태일과 혁은 이상하리만치 안도감을 느꼈다.

도강渡江 성공. 영상 삭제. 다시 꼬리가 붙을 조짐이 보임.

인수는 태일에게 메시지를 보냈다. 그리고 메시지와 연락처를 지웠다. 인수는 습관처럼 항상 흔적을 지워두었다.

그러고는 회사의 실적을 보고하기 위혜 전기련 본사로 급하게 차를 몰았다. 태일로부터 날아온 급작스러운 도움 요청에 2구역에 있던 연맹원들을 쥐독으로 보내느라 시간을 지체했기 때문이었다.

그런데 백미러로 한참 전부터 따라오는 차가 보였다. 아까부터 신경이 쓰였다. 인수는 손가락으로 핸들을 톡톡 건드렸다.

밴과 트럭, 세단 등으로 나눠 탄 감사팀원들은 인수를 계속 미행하고 있었다. 염세일은 밴 뒷좌석에 앉아 드론이 보내주는 영상을 보며 작전을 지시했다.

며칠간 송선우가 남긴 증거들을 검토하던 염세일은 송선우의 판단이 틀리지 않았음을 확신했다.

모든 걸 종합했을 때, 류신은 송선우가 알았던 사실을 이미 알고 있었던 듯했다.

"관계는 주고받는 거야. 일방적인 관계는 결국 파국으

로 치닫게 되어 있지. 그래서 살을 내준 거야. 그래야 공평하다고 느낄 테니까. 하지만 이젠 우리가 뼈를 취할 때가 온 걸세."

송선우를 내준 건 더 큰 그림을 위한 류신의 선택이었다. 계획의 다음 단계까지 가는 징검다리가 송선우의 역할이었고 그 역할이 끝났으니 계획대로 버린 것이었다.

"누군가의 도움이 없다면 연맹이 그렇게 치밀하게 일을 벌였을 리 만무하네. 송 팀장은 그 실체까지 접근하는 데 성공했어. 그렇지만 현명하게 일을 처리하지 못했네. 염 실장은 그러면 안 돼."

"예, 의장님."

염세일은 침착하게 대답했다. 하지만 류신의 다음 계획이 뭔지 도통 알 수가 없었다.

사람들의 변화를 잠재우기 위해 전기련은 며칠 동안 여러 수단과 방법을 동원했다. 임금 소폭 상승, 물가 소폭 하락, 지원금 혜택, 필수품 지원, 새로운 예능 프로그램 편성 등. 하지만 2구역 곳곳에서 계속 놈들의 선언문들이 발견되었다. 원본을 필사한 사본들이었다. 고객서비스팀과 공조해서 선언문을 퍼뜨린 자들을 색출하고 고문했다. 그런데도 선언문에 동조하는 이들이 줄어들지 않는 듯했다.

지금 아바리치아의 문제는 그뿐만이 아니었다. 기업의

매출과 성장률, 자산의 규모 등에서 다른 회원사들과의 격차는 계속 줄어들고 있었다. 뉴소울시티의 인구도 변동이 없어서 수요마저 정체되었다. 한마디로 뉴소울시티의 시장은 제로섬 게임으로 변해가고 있었다.

염세일은 조심스레 묘안을 제안했다.

"줄기세포 기술을 독점하여 아바리치아만의 지적 재산으로 만드는 긴 어떻게 생각히십니까? 그렇게 되면 1구역에서 매출이 급격하게 오를 것으로 예상됩니다."

그 말을 들은 류신의 눈빛이 차가워졌다. 순간 염세일은 자신이 실수했음을 깨달았다.

"그런 내용은 자네가 감히 입에 올릴 수 있는 게 아니야. 선을 넘지 말라고 했을 텐데."

"죄송합니다, 의장님."

착복식을 독점하는 것은 불가능했다. 그건 전기련의 동맹을 깨는 것이었다. 뉴소울시티의 시스템을 무너뜨릴 수도 있다는 뜻이다.

염세일은 답답했다. 류신이 이렇게까지 전기련을 유지하려는 이유가 도대체 무엇인가. 최근 다른 회원사들 사이에서는 연맹의 테러와 송선우의 권한 남용 문제를 트집 잡아 의장에 대한 불신임안을 제기할 거라는 첩보까지 들어왔다.

"염 실장. 자네의 의욕은 인정해. 하지만 인내심을 갖고 좀 더 기다리게. 그리고 그 구형 스마트폰."

염세일은 일전에 류신에게 받은 구형 스마트폰을 꺼냈다.

"거기에 송선우의 계획이 있어. 작은 실수로 허망한 최후를 맞이했지만 송 실장은 나를 실망시킨 적이 없었네. 지금 자네가 걱정하는 것들에 대한 해답은 거기서 얻게 될 거야. 조금만 더 기다려봐."

염세일은 고개를 숙였다. 도대체 류신과 송선우는 그동안 무슨 계획을 세우고 있었던 걸까?

한편, 김종선은 전기련 회원들과 비밀 오찬을 나누고 있었다.

"고인 물은 썩는 법입니다. 새 부대에 새 술을 담을 때가 되었습니다."

박진형의 말에 모두가 귀를 기울였다. 커피를 한 모금 마신 박진형은 깊은 한숨을 내쉬더니 짐짓 진중한 목소리로 원탁에 둘러앉은 회원들에게 자신의 생각을 펼쳤다.

"더이상 아바리치아가 의장사를 맡는 건 한계라고 봅니다. 현재 나태와 오만, 이기심에 빠져서 자신들의 안위만 생각할 뿐 뉴소울시티를 올바르게 이끌어가지 못하고 있습니다. 결국 우리와의 약속을 지키지 못하고 있는 거죠."

최근 벌어진 연맹의 테러에 대해 박진형은 불같이 화를

냈다. 그러나 속마음은 달랐다. 이번 일을 류신을 몰아낼 절호의 기회로 여기고 있었기 때문이었다.

이런 마음은 비단 박진형만 갖고 있던 게 아니었다. 다른 회원들도 호시탐탐 류신의 자리를 탐내고 있었다. 김종선도 예외는 아니었다. 인수의 행동을 용인했던 건 똑같은 무게로 류신의 반대편 저울에 앉아 균형을 지키기 위해서였다. 그러기 위해 김종선은 연맹이 필요했다. 마치 필요악처럼.

"그래서 이번 주에 의장 불신임안을 제출하고자 합니다. 다들 어떻게 생각하십니까?"

박진형의 제안에 모두가 고개를 끄덕이며 동의를 표시했다. 하지만 각자의 머릿속엔 의장 자리에 대한 계략들이 자라나고 있었다. 김종선도 때가 되었다고 생각했다.

*

"루와은 네 놈 목을 따고 나서 가져가도록 하지."

구인회는 피가 뚝뚝 떨어지는 도끼를 흔들며 웃었다. 자신만만한 모습으로 얼굴에 묻은 피를 소매로 슥 닦고는 민준을 향해 걸어갔다. 구인회의 눈에, 민준에게선 더이상 그 악랄했던 십인회의 이리라고 불렸던 모습을 찾아볼 수 없었다. 다 찢어진 옷차림, 헝클어진 머리카락, 멍 투성이 얼굴. 곧 쓰러질 듯 비틀대는 걸로 봐선 깊은 내상을 입은 것이 확실했다. 제대로 된 한 방이면 그대로 나가떨어질 듯했다.

고문을 받고, 굶주리고, 혼자 강을 건너고, 병원까지 한참을 걸어온 민준은 멍한 눈빛으로 구인회를 쳐다보았다. 그러다 자신의 다리에 달려 있던 낡은 무릎 보호대를 풀었다. 알루미늄 소재의 무릎 보호대는 두 개로 쪼개졌다. 볼품없는 금속 무기를 두 손에 든 민준은 구인회를 올려다봤다. 구인회는 민준보다 키가 훨씬 컸다.

구인회는 민준에게 달려들며 도끼를 휘둘렀다. 살짝이라도 스치면 끝장이 날 듯한 그 도끼날을 민준은 아슬아슬 피했다. 그러기를 몇 차례, 제대로 피하지 못한 민준이 벌렁 나자빠지고 말았다. 구인회는 때를 놓치지 않고 도끼를 내리찍었다. 민준은 간신히 피했지만 곧 발길질에 복부를 얻어맞고 말았다. 구인회는 곧바로 민준을 깔고 앉아 얼굴을 여러 번 가격했다.

민준은 틈을 타서 구인회의 손등을 꽉 물었다. 외마디 비명을 지른 그는 도끼를 떨어뜨리며 민준을 밀쳐냈다. 비틀대며 일어난 민준은 놓쳤던 알루미늄 무릎 보호대를 들고 달려들어 구인회의 종아리와 허벅지를 사정없이 찔렀다. 구인회도 만만치 않았다. 민준의 공격을 막으면서 잽싸게 민준의 머리를 잡아채더니 무릎으로 가격했다. 민준은 재빨리 일어나 괴성을 지르며 구인회의 등에 올라탔다. 그러고는 두 팔로 구인회의 목을 낚아챘다. 경동맥이 막힌 구인회는 두 팔을 허우적댔다.

민준은 한술 더 떠 구인회의 귀까지 물어뜯었다. 절대 놔주지 않을 심산이있다. 비명을 지르던 구인회는 육중한 소리를 내며 바닥에 쓰러지더니, 서서히 움직임이 느려졌다. 의식을 잃은 듯했다.

민준은 구인회의 귀를 바닥에 퉤 뱉었다. 그러고는 바닥에 떨어진 도끼를 주워 들고 높이 치켜들었다. 그의 목을 찍어버리려는 듯했다.

"그만둬요! 이미 끝난 싸움이잖습니까!"

민준은 도끼를 치켜든 채 뒤를 돌아보았다. 거기엔 태일이 서 있었다. 한 손에는 민준이 그토록 집착하던 루왁 봉지를 든 채로.

*

그 시각, 인수는 감사팀에게 쫓기고 있었다. 백미러로 쫓아오는 차량들의 수상한 움직임을 눈치챈 인수는 자신이 타깃이라는 것을 확신했다. 그러고는 미리 입력해둔 메시지를 불러와 태일에게 메시지를 보냈다.

이제 내 차례가 온 것 같아. 계획이 성공하길 빌게.

이제 염세일은 드론까지 동원해 인수를 쫓았다.

"절대 놓치지 마! 죽여도 돼!"

염세일은 인수의 몸이 필요했다. 류신이 김종선을 압박할 증거를 얻기 위해서였다. 살려서든 죽여서든 잡아서 제8공장 주크박스에 넣으면 충분했다. 줄기세포만 체취하면 카피바디를 만들 수 있으니, 착복식이 있는 한 죽음으로 무마할 수 없었다.

사방에서 몰려든 감사팀 차량들이 인수의 차를 끊어진 다리 끝으로 몰았다. 결국 인수의 차는 다리가 끊긴 지점에 멈춰 섰다. 차에서 내린 팀원들이 인수의 차를 향해 총구를 겨누었다.

인수는 잠시 무언가를 생각하더니 조수석의 글로브박스를 열었다. 그 안엔 태일이 필사한 알베르 카뮈의 『이방인』이 있었다. 태일을 헬기 격납고 타워에 내려주던 날 받은 선물이었다. 감사팀이 남양주 농장에 들이닥치던 날, 인수는 필사본과 선언문을 모두 태웠다. 그렇지만 이 책만큼은 태우지 못하고 숨겨둔 것이었다.

인수는 웃음이 났다. 지금 이 상황이 자신이 좋아했던 소설의 결말과 비슷하지 않은가. 뫼르소의 죽음. 죽는 것도 참회하지 않는 것도 내 뜻이며 내 삶의 결정이라고 외쳤던 그처럼. 권총을 집어 든 인수는 천천히 차에서 내렸다.

감사팀 차량들의 헤드라이트 불빛이 연극의 조명처럼 인수를 비추었다. 인수의 권총을 본 감사팀은 방아쇠를 낭기기 일보 직전이었다. 염세일도 총을 겨눴다. 그들을 향해 인수도 총을 겨눴다. 어차피 결과는 하나다.

인수의 뇌리로 영화의 한 장면이 스쳐 지나갔다. 예전에 태일과 함께 보았던 〈내일을 향해 쏴라〉의 마지막 장면이었다.

'뫼르소보단 선댄스 키드가 나으려나?'

잠시 낭만적인 생각에 젖었지만 지금은 2195년, 아니 아바리치아 145년이었다. 죽음의 무게가 옅어진 시대였다.

인수는 절벽 끄트머리에 서서 총구를 자신의 관자놀이에 댔다.

'제이콥. 부디 너의 계획이 성공하길 빈다.'

그 생각을 끝으로, 방아쇠를 당겼다.

탕!

어두운 밤 폐수의 강 위로 단발의 총성이 울렸다. 인수는 강으로 추락했다. 민준이 건넜던 그 시커먼 강이었다. 인수는 깊은 강물 속으로 가라앉을 것이다. 혹은 거센 물살에 휩쓸려 영원히 돌아오지 않을 것이다.

*

이제 내 차례가 온 것 같아. 계획이 성공하길 빌게.

아카데미아로 들어서던 태일은 인수의 메시지를 받았다. 마지막 인사였다. 목구멍이 뜨거워져다. 평소였으면 바로 지웠을 테지만 이번 메시지는 그럴 수 없었다. 인수는 태일이 삶을 포기하려 했을 때 여기까지 오게 해준 사다리였다. 이런 일이 오리란 건 수도 없이 예상했었다. 그렇지만 막상 닥치는 순간 밀려오는 감정은 매번 낯설었다.

정말로 끝이 다가오고 있었다. 이제 남은 건, 두 명의 태일 중 하나를 고르는 일이다.

태일은 강의실 문을 열었다. 류시은은 없었지만 예전의 수강생들이 그를 맞이하고 있었다. 인사를 건네는 그들에게 태일은 미소를 지어 보였다. 늘 그랬던 것처럼.

*

민준은 태일을 한참이나 노려봤다. 바닥에 쓰러진 구인회는 여전히 깨어나지 못한 채 피를 흘리고 있었다.

"말리지 마."

병원 건물 안의 모두가 민준의 성난 모습에 숨을 죽이고 있었다. 민준은 루왁 봉지를 들고 서 있는 태일을 금방이라도 잡아먹을 듯이 노려봤다.

"고작 이거 때문에 피를 흘리는 건 어리석은 일입니다. 차라리 저들에게 주고 말죠."

태일은 폭력단들이 서 있는 쪽으로 루왁 봉지를 던졌다. 하지만 폭력단들은 민준의 기세에 눌려서 집지도 못한 채 주저하고 있었다. 민준은 비틀대며 일어섰다.

"받은 대로, 아니, 그 배로 돌려줘야 해. 그게 쥐독에서 살아남는 법이야. 그래야 저 새끼들이 덤빌 생각을 못 하거든. 그런 게 우릴 지키는 거라고."

깨어난 구인회는 자신의 패거리가 있는 쪽으로 기어가고 있었다. 그 모습을 본 민준은 다시 걸어가 구인회를 깔고 앉았다. 그리고 구인회의 머리채를 잡으며 도끼를 들어 올렸다. 이번엔 정말 숨통을 끊으려는 듯했다. 하지만 태일이 뒤에서 민준의 손목을 붙잡았다.

"뭐!"

"이렇게 해서는 싸움이 끝나지 않습니다!"

"죽고 싶어서 환장했어?"

"이런 의미 없는 싸움이 끝날 수 있다면, 좋습니다. 날 죽이세요."

민준은 다시 일어서서 도끼로 태일을 조준했다.

"죽여줘? 정말 죽고 싶은 거야? 네가 여기 오고 나서 모든 게 엉망이 됐어. 알아? 내가, 그동안 얼마나…….'"

민준은 뭔가를 말하려다 멈췄다. 그러나 독기로 가득 찬 민준 앞에서도 태일의 눈동자는 흔들리지 않았다.

"웃기지 않습니까? 루왁이 대체 뭔데요? 이건 그저 각성제일 뿐입니다. 강 건너 도시를 만든 저놈들의 농간이라고요. 이딴 걸로 우리가 진실을 바로 보지 못하게 하고 있습니다. 돼지처럼 만드는 거예요. 하늘을 볼 수 없게, 땅에 떨어진 부스러기만 먹게 하면서! 계속 이렇게 살다가는 죽을 때에야 하늘을 보게 될 겁니다. 그땐 늦어요!"

모두가 태일의 말을 듣고 있었다.

"잘 생각해보세요. 왜 우리가 이렇게 싸워야 합니까? 우린 진실을 볼 권리가 있습니다. 그런데도 당신은! 여러분들은! 왜 분노하지 않는 겁니까? 저놈들이 우리의 운명을 마음대로 쥐고 흔들고 있는데!"

정적이 흘렀다.

"우린 저놈들을 이길 수 없어. 네가 세운 계획을 따랐지만, 매번 죽어 나간 건 우리 같은 사람들뿐이야."

민준의 말에서 태일이 무언가를 느낀 모양이었다.

"혹시 1구역에서 무슨 일이 있었던 겁니까?"

민준은 순간 말문이 막혔다. 두려움에 무릎을 꿇었던 것을, 욕구 앞에서 초라해졌던 것을, 자신의 욕망이 꿈틀댔던 것을, 부끄러움에 깊이 숨겨둔 것들을, 태일이 들춰볼 것만 같았다.

그때 남춘근 패거리가 거들먹거리며 병원 건물 안으로 들어왔다. 패거리들은 서슬 퍼런 눈으로 자신들을 살피는 민준을 보자 약간 당황하며 뒤로 물러섰다. 남춘근은 뭔가 묘한 일이 벌어지고 있음을 감지했다.

태일은 자신이 던졌던 루왁 봉지를 주웠다. 그리고 남춘근 앞으로 다가가 발치에 툭 던졌다.

"가져가고 싶으면 가져가십시오."

루왁 봉지를 본 남춘근은 눈이 빛났다. 하지만 주워도 되는 상황인지 알 수 없었다. 태일이 자신을 한심하게 쳐다보고 있는 것이 느껴졌다.

"이런 걸 가지고 서로 뺏고 싸운다고 해서 달라지는 건 없습니다. 근본적인 것을 바꾸지 않는 한은요."

모두가 들으라는 듯 말한 태일의 말에 남춘근이 입을 열었다.

"근본적인 것이 뭐디? 여긴 쥐독이야. 저 이리 새끼 같은 김민준이도 그리 말하지 않디? 여긴 힘 있는 놈이 법이야. 그래서 이리 싸우는 기야."

"당신네들은 공습을 당하지 않을 거라 장담할 수 있습니까? 저놈들은 자신들의 이익을 위해 쥐독을 만들었고 사람들을 이곳으로 내쫓았습니다. 당신들이 여길 왜 왔는지는 본인들이 잘 알지 않습니까? 그게 꼭 당신들의 문제였나요?"

사실 쥐독으로 온 사람들은 대부분 민준과 비슷한 이유로 왔다. 그들 모두 전기련을 위해 죽을 때까지 노를 젓는 노예 같은 삶을 살았고, 그러다 버티지 못하고 강을 건넌 것이다. 그게 정말 그들만의 문제였을까?

"뿌리부터 바꿔야 합니다. 저들이 탐욕으로 만든 이 감옥 같은 도시를 무너뜨리고 모두가 진실을 보고 공평한 삶을 누릴 수 있게 해야 합니다. 삶도, 죽음도, 누구에게나 공평하게 돌아가야 합니다."

태일의 말에 폭력단원들이 술렁였다.

"저는 전기련을 무너뜨릴 겁니다. 함께하고 싶다면 언제든 제게 찾아오십시오. 기다리고 있겠습니다."

전기련을 무너뜨린다고? 그들은 전기련을 장악한 자들의 얼굴조차 본 적이 없었다. 신과 같은 권력을 가진 그들과 어떻게 싸운다는 말일까?

변화는 그리 쉽게 이루어지지 않는다. 흑룡파 패거리들은 겨우 정신을 차린 구인회를 업고 병원 건물을 빠져나갔다. 하지만 뒤돌아서 태일을 흘긋 보는 그들의 눈동자는 예전과는 많이 달라 보였다. 태일의 말이 사실일까? 그게 정말 가능한 일일까? 그들은 민준이 처음 태일을 만나고 느낀 감정을 똑같이 느끼고 있었다.

놀랍게도, 아무도 루왁을 가져가지 않았다. 루왁 봉지를 챙긴 민준은 루왁을 자신의 방 사물함에 대충 처박아두었다.

*

연성은 민준을 간단히 치료해주었다. 사실 민준이 누구보다 보고 싶었던 사람은 스테파노였다. 민준은 팔과 다리에 붕대를 감은 채 스테파노가 누워 있는 병실로 들어갔다. 스테파노는 민준을 보자 환하게 웃어 보였다. 그러나 민준이 보기에도 스테파노는 삶이 얼마 남지 않아 보였다.

"지성소를 공격했는데 실패했어요. 확실하게 끝내야 했

는데."

스테파노는 민준의 말을 듣고 미소를 지었다.

"아냐, 잘했어. 살아 돌아왔으면 그걸로 된 거야."

꼭 원대한 꿈을 이뤄야만 의미 있는 삶이 아니다. 스테파노의 말대로 계속 삶을 살아가는 것만으로도 충분히 의미가 있다. 스테파노가 갑자기 또 기침을 시작했다. 기침은 한참이나 멎지 않았다. 민준은 걱정스러운 눈빛으로 스테파노를 바라봤다.

"포기하면 안 돼요. 내가 반드시 방법을 찾을 테니까."

"네가 무슨 수로? 혹시나 그런 것 때문에 그들과 싸우려는 거면 관둬. 난 내 방식대로 싸우고 싶으니까."

스테파노는 창밖에 떠 있는 달을 보며 나직이 대답했다. 달빛은 스테파노의 백발을 더 하얗게 만들었고 주름을 더욱 깊어 보이게 했다.

"방법이야 찾으면 되죠."

민준은 주머니 속에 있는 무언가를 손으로 만지작거렸다. 송선우가 준 구형 스마트폰이었다.

문 밖에서 둘의 대화를 듣던 태일은 민준이 자꾸 신경 쓰였다. 민준이 어떻게 살아 돌아온 건지 그 이유를 알 수 없었다. 그게 태일을 불안하게 했다.

*

그 시각, 감사팀의 밴을 타고 가던 염세일은 고민에 빠져 있었다. 전인수의 시신을 찾을 수 없었다. 또한 인수는 메모리 패널을 저장한 적이 없기에 시신을 찾는다 해도 아무런 의미가 없을 것이다.

그래도 연맹의 중요한 고리를 없앤 건 사실이었다. 이제 연맹의 우두머리는 직접 모습을 드러낼 수밖에 없을 것이다. 물론 그자가 누구인지는 염세일도 확신에 가까운 추측을 하고 있었다. 그 확신은 송선우가 모았던 증거를 통해서였다. 연맹의 우두머리는 분명 박태일일 것이다. 염세일은 태일 주변에 감시를 붙여두었다.

하지만 여기서 더 가까이 다가가는 건 위험했다. 송선우의 판결을 담당했던 타 회원사의 감사팀이 아바리치아 감사팀을 예의 주시하고 있었다. 다시 태일에게 너무 가까이 접근하면 오히려 빌미를 제공할 수도 있다. 아주 확실한 증거가 나오기 전까지는 태일을 잡을 수 없었다.

연맹은 또다시 일을 벌일 텐데. 염세일은 류신이 건넨 구형 스마트폰을 만지작거렸다.

스마트폰 안에는 아무 것도 없었다. 메시지는커녕 저장된 연락처 하나 없었다. 그런데 여기에 답이 있을 거라니.

류신 의장의 은밀한 계획은 대체 무엇일까…… 그때, 스마트폰 화면에 진동이 오면서 불이 들어왔다. 스마트폰을 확인한 염세일의 동공이 커졌다.

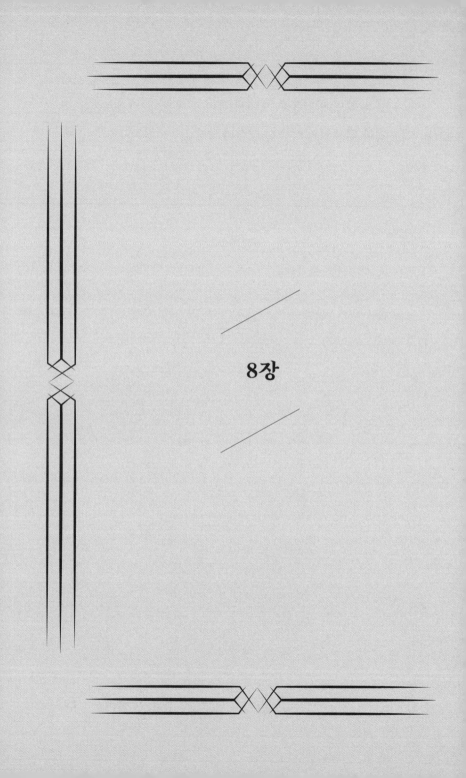

8장

마지막 만찬

예수의 제자 중 하나 곧 그의 사랑하시는 자가
예수의 품에 의지하여 누웠는지라.
시몬 베드로가 머릿짓을 하여 말하되
말씀하신 자가 누구인지 말하라 한대.
그가 예수의 가슴에 그대로 의지하여 말하되
주여 누구오니이까.
예수께서 대답하시되
내가 한 조각을 찍어다가 주는 자가 그니라.

- 요한복음 13장 23-26절

밤이 되자 병원의 모든 불이 꺼졌다. 연맹원들은 온종일 무기를 만들고 법원과 중앙도서관에서 필사를 하느라 지쳐 있었다. 그들이 잠을 청하는 동안 습격에 대비해 몇 명은 보초를 섰다. 모두가 얼마 남지 않은 디데이를 기다리며 오지 않는 잠을 청했다.

그날따라 민준은 잠에 들지 못했다. 그는 스스로 팔베개를 한 채 천장만 바라보고 있었다. 슬쩍 고개를 돌려 창밖을 보자 손전등 불빛으로 주위를 비추며 도서관 건물 옥상과 정문에서 경비를 서는 연맹원들이 보였다. 병원 꼭대기와 로비에서도 동료들이 불침번을 서고 있을 것이다.

맞은편 침대에는 혁이 누워 있었다. 온종일 필사를 하느라 피곤하다고 생색을 냈는데 코를 심하게 곯아대는 것을 보니 허풍은 아니었던 모양이다.

민준은 매트리스 밑에 숨겨두었던 구형 스마트폰을 꺼냈다. 송선우가 준 것이었다. 빛이 새지 않도록 이불 속으로 들어가 버튼을 누르자 스마트폰이 켜지며 이불 속이 환해졌다.

복도로 몰래 나온 민준은 주위를 경계하며 아래층으로 내려갔다. 발소리를 최대한 죽이고 움직였다.

1층 로비로 나가면 누군가의 이목을 끌 것이다. 그래서 선택한 것이 고장난 엘리베이터였다. 병원 식당으로 식자재를 옮기기 위한 화물용 엘리베이터였는데 지하 주차장과 연결이 되어 있었다. 민준은 엘리베이터 문 하나를 잡고 힘주어 조심스럽게 열었다.

녹슨 문 소리가 병원 전체에 들릴 것만 같았다. 민준은 몸이 들어갈 정도로만 문을 열고 아래를 살폈다. 엘리베이터 칸은 지하 저 밑에 추락해 있었다. 남은 거라곤 두꺼운 철근들로 이루어진 로프였다. 로프를 타고 지하 1층으로 내려갔다. 아무것도 보이지 않았다. 민준은 스마트폰의 불빛에 의지해 겨우 출구를 찾았다.

병원을 빠져나온 민준은 강 쪽으로 걸어갔다. 스마트폰에 뜬 지도 위에는 민준의 위치를 나타내는 파란색 점 하나가 있었고, 어느 정도 떨어진 곳에 움직이고 있는 빨간색

점 하나가 보였다. 민준은 그 점을 만나러 가는 중이었다.

부서진 판잣집들을 지나가자 강이 보이기 시작했다. 절뚝거리는 발걸음은 더 빨라졌다. 천천히 갈대숲을 헤치며 움직이던 민준은 파란색 점이 빨간색 점과 매우 가까워진 것을 확인했다.

갈대숲 바깥쪽을 향해 스마트폰 불빛을 켜고 손바닥으로 두어 번 덮었다 떼면서 깜빡이는 신호를 보냈다. 맞은편에서도 불빛이 두 번 점멸했다. 민준은 여전히 경계하며 갈대숲 밖으로 천천히 발을 내딛었다. 맞은편 강둑 위로 그림자 하나가 올라오더니 민준 앞으로 다가왔다. 달빛에 비쳐 그의 얼굴이 보이기 시작했다. 그런데 민준은 당황했다. 모르는 얼굴이었기 때문이었다.

"송선우 실장 대행 염세일이라고 합니다. 의장님의 지시로, 그동안 송선우 실장이 하던 업무는 제가 맡게 되었습니다."

민준은 경계심을 풀지 않았다. 그러자 염세일은 민준을 안심시키려는 듯 주머니에서 스마트폰을 꺼내 민준에게 확인용 메시지를 보냈다.

"생각보다 답을 일찍 주셨더군요."

"약속은 지키는 겁니까?"

"물론이죠."

그러나 민준의 표정에는 여전히 주저함이 보였다.

"정 믿지 못하겠다면 돌아가겠습니다. 생각이 바뀌면 다시 연락주시죠."

염세일은 주저 없이 돌아섰다. 민준이 다급한 듯 손을 뻗었다.

"잠깐만요."

염세일은 귀찮은 듯한 표정을 지으며 돌아섰다.

"궁금한 게 있어요. 대체 왜 저를 선택한 겁니까?"

"글쎄요. 의장님 생각을 어떻게 알겠습니까? 하지만 의장님 말씀으로는 수요와 공급이 맞아떨어진다고 하시더군요."

염세일은 검은색 가죽 파우치를 민준에게 건넸다. 볼펜한 자루가 들어갈 정도의 크기였다.

"채혈기입니다."

민준이 지퍼를 열었다. 안에는 볼펜보다 조금 더 두꺼운 실린더가 있었는데 앞에는 바늘이 달려 있었고 뚜껑이 씌워져 있었다. 얼핏 주사기와 비슷한 모양새였다.

"채혈을 시작하면 자동으로 냉장 기능이 켜질 겁니다. 채혈 시간은 10초에서 15초 정도 걸리고요."

염세일의 설명을 들으며 민준은 채혈기를 이리저리 살펴보았다.

"그런데 굳이 지금 이걸 하시려는 이유가 뭔가요? 약속한 일이 끝나고 편하게 하면 될 텐데."

염세일이 묻자 민준은 스테파노를 떠올리며 무겁게 말했다.

"제가 쓰려는 게 아닙니다. 제 동료 중에 급한 사람이 있어서요."

염세일은 고개를 끄덕였다.

"좋습니다. 약속만 잘 이행해주신다면 한 명이든 열 명이든 상관없습니다. 의장님께선 조건을 최대한 수용하겠다는 입장이시니까."

"그럼 그쪽에서 원하는 건 뭡니까?"

"디데이가 언제인지 알려주십시오."

민준의 동공이 흔들렸다. 이 자들은 어디까지 알고 있는 걸까? 함정인가? 아니면 떠보는 건가? 머리를 굴리는 민준의 얼굴을 염세일은 답답하다는 표정으로 쳐다보고 있었다.

"숨길 필요 없습니다. 우리는 이미 반자본청년연맹, 당신들의 우두머리가 누군지도 알고 있습니다. 다른 정보는 필요 없고 정확한 디데이 날짜만 알려주시면 됩니다."

김민준은 입술을 깨물었다. 강바람이 불어와 둘의 머리칼을 흩날렸다.

"……모레입니다."

대답을 들은 염세일의 얼굴에 조소가 떠올랐다.

"뭘 그리 고민하죠? 한심하긴."

민준은 한심하다는 말에 울컥했다.

"내가 답을 주지 않으면 당신들도 대책 없었을걸?"

염세일은 입술을 꽉 깨물며 터져 나오는 웃음을 삼켰다.

"순진해. 하긴 그러니까 되도 않는 소리를 하는 거겠지. 나도 봤어. 네놈들이 쓴 신인문. 어처구니가 없디고. 뭐, 그건 됐고. 잘 생각해봐요. 의장님이 네놈들 공격이 두려워서 이런 제안을 했을 것 같나요?"

민준은 기분이 상했지만 반박하지 못했다. 염세일은 품에서 종이 하나를 꺼내 내밀었다.

"여기 적혀 있는 순서대로 공격하시면 됩니다."

민준이 종이를 펴보았다. 손바닥만 한 종이 안에는 공격 목표물과 공격 시간대가 적혀 있었다. 공격 목표물은 전기련 소속의 공장, 금융센터, 본사 건물, 데메테르의 농장부터 소도들까지 포함되어 있었다.

도대체 저들의 계획은 뭐지? 민준은 혼란스러웠다.

"공격을 하면 우리는 반격을 거의 하지 않을 겁니다. 다만 의심 사지 않게, 적절한 타이밍에 아바리치아 감사팀과 고객서비스팀이 출동할 거고요. 그때쯤 자연스럽게 철수하면 됩니다."

자신들을 공격하라니. 심지어 공격 목표물에는 아바리치아의 본사 건물도 포함되어 있었다.

"목표물들에 최대한 타격을 가하세요. 마지막엔 우리가 퇴로까지 열어줄 겁니다. 계획은 이게 전부입니다. 그러고 나면 김민준 씨와의 약속은 바로 이행해드리죠. 우린 김민준 씨에게 제안했고 우리가 가진 패를 다 보여줬습니다. 됐습니까?"

"……."

피곤한 듯 염세일은 고개를 돌리며 기지개를 켰다. 여유를 부리는 것 같았다.

"솔직히 마음만 먹으면 당신부터 연맹의 우두머리까지 모조리 잡아내는 거 어렵지 않아요. 하지만 우리도 압니다. 언젠가 또 당신네 같은 사람들이 나타나리란 걸. 그건 들인 힘에 비해 너무 비효율적이죠. 그러니까 의심 말고 우리와의 약속을 충실히 이행할 생각이나 하세요."

민준은 염세일의 말에 딱히 반박할 말이 떠오르지 않았다.

"그 스마트폰은 이제 돌려주시죠."

민준이 스마트폰을 건넸다. 염세일은 스마트폰을 받아 강물에 던져버렸다.

"그 종이에 있는 내용도 다 기억해두고 없애는 게 좋을 겁니다. 당신의 안전을 생각한다면 말이죠."

염세일은 강가에서 대기하고 있던 보트에 올랐다.

"내일 같은 시간 여기서 보죠."

여전히 민준은 주저했다.

"다른 방법은 없을까요?"

민준은 왠지 눈치를 보고 있었다. 이걸로 관계가 역전됐다는 것이 분명해졌다.

"거래는 끝났습니다. 당신이 나에게 연락한 순간."

민준의 결정은 되돌릴 수 없었다. 염세일을 태운 보트는 모터 소리를 내며 도시 쪽으로 향했다. 검은 강물 위로 일어나는 하얀색 물거품이 점점 멀어져갔다.

어둠이 조금씩 걷혀가고 있었다. 민준은 빨리 돌아가야 했다. 안개 속을 절뚝거리며 달렸다.

'난 스테파노를 위해 옳은 선택을 한 거야. 사정을 알면 누구도 날 욕할 수 없을 거라고. 그리고 우리는 아무도 죽지 않을 거야. 그러니 이건 배신이 아냐!'

주변에는 온통 안개가 자욱했다.

*

스테파노의 병실 앞에 도착한 민준은 문 손잡이를 최대한 살살 돌려 안으로 들어갔다. 자고 있는 스테파노를 본

순간 그의 결심은 더 확고해졌다. 앙상한 팔목, 움푹 팬 눈덩이, 건조해서 갈라지고 허옇게 일어난 피부, 힘겹게 이어가고 있는 숨소리. 미동도 없이 자고 있는 스테파노는 마치 죽은 것만 같았다.

옆 침대에선 연성이 깊이 잠들어 있었다. 민준은 숨겨온 채혈기를 꺼내 조심스럽게 스테파노의 팔뚝에 꽂았다. 채혈기의 짧은 바늘이 스테파노의 혈관을 뚫고 들어갔다. 버튼을 누르자 실린더 안으로 붉은 혈액이 차오르기 시작했다.

스테파노가 움직였다. 그가 깰까봐 민준의 신경이 곤두섰다. 몇 초만, 제발 몇 초만. 드디어 캡슐 안에 혈액이 가득 차자 푸른 등이 켜졌다. 냉장 기능이 시작된 듯했다. 민준은 채혈기를 빼서 다시 파우치에 넣었다.

그때, 잠에서 깬 스테파노가 민준의 손목을 잡았다.

"이 새벽에, 무슨 일이야?"

민준은 가죽 파우치를 윗주머니에 넣고는 아무렇지 않은 척 말했다.

"궁금해서 들어와봤죠. 살아 있나 싶어서."

"걱정 마. 나 생각보다 굉장히 질긴 사람이야."

스테파노는 잠꼬대를 하듯 자신이 쥐독에 왔을 때 무서웠지만 즐거웠다는 둥 중얼중얼 떠들었다. 평소 같으면 그만하라며 타박했겠지만, 노인의 즐거움이 그것 말고는 무엇이 있을까 싶어 민준은 묵묵히 그의 이야기를 들었다. 스테파노는 다시 잠이 든 듯했고 민준은 문 쪽으로 발걸음을 옮겼다.

"그런데, 어떻게 돌아온 거야?"

이 한마디가 병실 밖을 나서려던 민준의 등 뒤로 날아왔다. 뭐라고 대답해야 할까? 태일의 의문스러운 눈빛을 간신히 피했는데, 스테파노가 묻자 울컥함이 밀려왔다. 잊고 싶었던 며칠간의 기억과 디데이에 벌어질 일에 대한 두려움까지.

"솔직히 살아 돌아올 줄은 몰랐어. 다들 말은 안 했지만 똑같이 생각했을 거야. 인정하고 싶지 않았을 뿐이지."

스테파노가 나긋나긋 말했다. 고개를 돌리면 진실을 들킬 것만 같았다. 목이 뻣뻣해지는 듯했다. 겨우 돌아보았을 때, 스테파노는 여전히 민준을 바라보고 있었다. 진통제의 여파인지, 기력이 쇠해서 그런지, 스테파노의 얼굴은 비몽사몽인 것 같았다.

"오기로 버텼어요. 뉴소울시티의 지하에 있는 하수관에서. 오물과 쓰레기가 떠내려가는 걸 보며 강 쪽으로 기어갔어요."

거짓말이었다. 하지만 그것이 거짓인지 진실인지 스테파노는 판단할 기력이 없을 것이다.

"이대로 죽긴 억울하더라고요. 내가 여기까지 어떻게 왔는데. 끝을 봐야 하지 않겠어요?"

"하긴, 죽긴 아깝지. 새로운 세상이 기다리고 있는데."

믿는 걸까? 아니면 모르는 척해주는 걸까?

"난 어차피 떠날 사람이지만 자네는 오래 살아야지."

"떠나다뇨. 무슨 소리를 하는 거예요, 요즘이 어떤 세상인데요."

"어떤 세상인데?"

민준은 스테파노를 바라보던 눈을 바닥으로 돌렸다.

"제 말은…… 치료할 수 있는 기술이 분명히 있을 거란 뜻이에요."

"글쎄다. 내가 해주고 싶은 말은, 흔들리지 말라는 거야. 우리의 싸움이 박 선생의 계획대로 잘되면 좋겠지만, 널 흔드는 무언가가 기다리고 있을지도 몰라. 그러니까 마음 단단히 먹어. 다 죽어가는 노인 따윈 잊어버리고."

민준은 말없이 고개를 끄덕였다. 옆에 있던 연성은 언제 깼는지 스테파노와 민준을 대화를 듣고 있었다. 어느새 아침이었다. 아침 햇살이 병실 안으로 들어오기 시작했다. 스테파노는 다시 잠이 들었다.

침대로 돌아온 민준도 깊은 잠이 들었다. 민준은 꿈을 꾸었다. 그동안 겪었던 일들이 지나갔다. 루왁을 품에 몰래 숨겼던 기억, 길섭이 죽을 것을 알면서도 환풍구를 통해 빠져나왔던 기억, 도망자가 되어 폐수의 강에 몸을 던졌던 기억, 쥐독 55층 구역으로 들어온 첫날의 기억, 생존을 건 싸움을 벌였던 기억, 쥐독에서 버티던 나날들, 처음 보는 백린탄의 무자비한 폭격까지.

매 순간이 위기였다. 매일같이 생존을 위한 사투를 벌이며 살았다. 평온한 하루는 오늘이 마지막일지도 모른다. 디데이 후에는 또 다른 세상의 시작이다. 하지만 그 세상이 어떨지는 아무도 알 수 없었다.

*

법원 밖으로 나오던 정호는 디케 동상 앞에서 생각에 빠져 있던 태일을 발견했다.

"제이콥. 무슨 생각을 그렇게 하고 있었어요?"

정호도 태일의 과거를 대충은 알고 있었다. 둘은 꽤 긴 시간 전기련에 대항하며 함께 싸워온 형제나 다름없었다.

"압니다. 곧 벌어질 일 때문이겠죠. 성공할지, 실패할지."

정호는 고개를 돌려 쥐독의 폐허를 바라보았다. 희망이라고는 찾아볼 수 없는, 버려진 땅이었다.

"그런데 우리가 언제 승리를 위해 싸웠던가요?"

물론 완벽함을 도모해도 그들과 싸워 이긴다는 보장은 없었다. 게다가 어제의 패배에 앙심을 품은 폭력단들이 언제 들이닥칠지도 모른다. 그렇게 되면 아무리 민준의 위세가 등등하다 해도 또다시 막아낼 수 있을지 장담할 수 없었다.

"우리 처음 만났을 때 제이콥이 그랬잖아요. 보여줘야 한다고. 저놈들에게."

자신의 동생을 처리한 고객서비스팀과 싸우다가 도망치던 정호를 숨겨준 사람은 태일이었다. 그때 태일은 정호에게 몰래 책 한 권을 건넸다. 어느 학살의 날을 기록한 소설이었는데, 인쇄본이 아니라 손으로 직접 쓴 필사본이었다. 그날 정호는 밤새 그 책을 다 읽었다. 그전까지 정호가 보았던 글은 전부 공장 업무를 위한 설명이나 업무 지시뿐이었다.

하지만 태일이 건넨 소설은 뜨거웠던 초여름의 기억에 관한 이야기였다. 슬프지만 힘이 있었다. 좋았던 추억과 잊을 수 없는 상처가 공존하고 있었다.

그 후로 정호는 태일에게서 종종 책들을 빌리곤 했다. 책을 읽으면 자신을 휘감고 있는 투명한 막이 서서히 걷히는 것 같았다.

태일은 정호에게 말했다. 진실을 마주해야 한다고. 진실을 낱낱이 까발려야 한다고. 뉴소울시티를 무너뜨리고 모두에게 공평한 세상으로 바꾸자고.

정호는 처음에 태일을 공상가로 보았다. 하지만 태일이 빌려주는 책들을 읽으며 블랙컨슈머데이 사건의 전말을 확실히 이해하게 되었다.

정호의 마음에도 분노가 차올랐다. 정호는 쇠붙이가 열을 선도하듯, 일터에서 만난 사람들의 상처를 마주했을 때 그들의 마음속에 씨앗을 심기 시작했다. 그것이 반자본청년연맹의 시작이었고 제이콥의 탄생이었다.

"너무 부담 갖지 마요. 우리의 목표는 승리가 아니잖아요. 알게 하기 위함이죠. 죽음에 대한 경외심을. 제이콥이 우리에게 늘 했던 이야기잖아요. 신이 되었다는 착각에 취해 인간을 한낱 노리개처럼 바라보는 교만을 꺾자고. 인간에 대한 존중을 다시 제자리에 가져다놓을 수 있다면 그걸로 충분하다고. 어차피 우리 이후에도 저항은 계속될 테니까요."

"맞는 말입니다. 그런데 지금은 확실한 승리가 필요하다는 생각이 들기도 하네요."

태일은 약간의 죄책감을 느꼈다. 이기고 싶어졌다. 복수가 모든 걸 망친다는 것을 알지만, 복수만큼 확실한 카타르시스가 어디 있을까.

"도서관에 있는 사람들 상황은 어떤가요?"

"열심히 필사를 하고 있어요. 이렇게 계속 필사를 하다 보면 생각보다 꽤 많은 서가를 채울 것 같습니다."

정호는 고개를 끄덕거렸다. 순간 쌀쌀한 바람이 불어왔다.

"가을도 다 지나가는 것 같네요."

견디기 힘들었다. 그날 이후, 고기를 굽는 냄새는 태일에게 살이 타는 냄새를 상기시켰기 때문이다.

*

낮잠을 자던 민준은 무언가 소란스러운 소리에 잠에서 깼다. 창밖을 보니 벌써 석양에 붉게 물들어 있었다. 민준은 병원 1층 로비로 내려갔다.

로비에서는 사람들이 모여 저녁을 먹고 있었다. 옥수수 통조림이나 먹던 평소와는 달랐다. 테이블들 위에는 식량을 털어서 만든 먹음직스러운 음식이 가득했다. 사람들과 함께 음식을 먹던 혁은 민준에게 손짓했다.

"깼구나. 안 오면 올라가려고 했어."

메마른 입속으로 따뜻한 수프가 들어왔다. 비록 류신의 의장실에서 맛본 음식과 비교할 바는 아니었지만 충분히 맛있었다. 통조림으로 만든 음식일지라도 수프의 따뜻함,

참치 기름의 고소한 풍미, 사방에 켜둔 촛불의 은은한 불빛은 민준에게 내일을 잠시 잊게 해주었다.

태일도, 혁도, 연성도 마찬가지였다. 그들도 현실을 잊은 듯 사람들과 만찬을 즐기고 있었다. 내일이 지나고 나면 언젠가는 지금 이 순간도 꿈처럼 보이겠지. 돌아올 수 없는 시절을 떠올리듯.

그런데 몇 분 후, 건물 바깥에서 요란한 엔진 소리가 들렸다. 식사 중이던 사람들은 전부 동작을 멈추고 숨을 죽였다. 긴장감이 흘렀다. 민준과 연맹원들이 재빨리 총을 챙겨 들고 병원 밖을 나섰다.

사방에서 바이크와 차량의 헤드라이트가 민준과 연맹원들을 비췄다.

"이야기를 마저 들으러 왔다. 며칠 전에 했던 이야기 말이야."

목소리의 주인은 구인회였다. 머리에는 붕대를 감고 있었다. 그가 손짓하자 헤드라이트들이 전부 꺼졌다. 그 옆에는 남춘근을 비롯한 폭력단원들이 보였다. 뒤에는 인원이 꽤 많았다. 얼핏 봐서는 봐선 쥐독에 있는 폭력단 패거리들이 전부 몰려온 것 같았다. 하지만 차량들에 백기가 걸려 있는 것으로 보아 싸움이 아니라 대화를 원하는 듯했다.

병원 로비에선 일종의 대표단 회의가 열렸다. 연맹을 대표해서 민준과 태일, 폭력단을 대표해서 구인회와 남춘근이 나왔다. 로비로 들어서던 남춘근이 테이블에 보이는 음식들을 보더니 혀를 찼다.

"기가 죽어 있을 줄 알았더만, 제삿밥치곤 너무 과하지 않니?"

남춘근의 이죽거림에 민준은 당장 주먹을 날릴 듯 남춘근을 노려보았다. 태일이 민준의 어깨를 붙잡으며 만류했다.

잠시간의 신경전 끝에 남춘근이 입을 열었다.

"당신이 그날 했던 말, 사실이야?"

구인회는 궁금했다. 정말 모두가 공평한 세상을 만들 수 있는지.

"더이상 1구역과 전기련의 빌어먹을 새끼들이 버린 부스러기나 주워 먹지 않아도 된다는 거, 맞아? 사는 것과 죽는 것이 모두에게 공평한 세상, 그런 게 진짜 있어?"

태일은 확신에 찬 눈빛으로 대답했다.

"그놈들을 무너뜨리면 틀림없이 그런 세상이 옵니다."

"어떻게 하면 그놈들이 무너지는데?"

"그들이 소유한 부와 그들의 영원한 권력의 핵심인 소도를 부수고 완전히 제거하는 겁니다."

"소도? 착복식인가, 뭐 신체 바꾸는 곳?"

"네. 저들은 부당하게 얻은 돈으로 성을 쌓고 영원한 생명이라는 기술을 독점하고 있어요. 그리고 우리 같은 사람들을 노예처럼 부리며 영원히 지배하려는 권력욕으로 가득 차 있어요. 생각해봐요. 당신들이 쥐독으로 오기 전에 뉴소울시티에 살았던 시절을. 당신들이 일해서 받은 분각으로 당신들이 만들던 물건을 살 수 있던가요?"

아무도 대답하지 못했다.

"지금은 그때보다 더 심해요. 한 달 봉급으로도 못 사던 것을 이젠 일 년치 연봉으로도 살 수가 없어졌어요. 하지만 저놈들이 쌓은 부는 기하급수적으로 늘고 있죠. 거기다가 착복식이란 기술 때문에 그들의 탐욕에 더이상 제동을 걸 수가 없어졌어요."

"그러니까, 그놈들이 가진 부를 빼앗고 소도를 부수자는 거지? 그렇게 해서 얻는 게 뭐야?"

"죽음."

태일의 짧은 대답에 순간 구인회와 남춘근의 표정이 굳어졌다.

"죽으면 모든 게 끝인데. 그게 공평한 세상을 오게 한다고?"

구인회는 의아했다.

"저들에게도 죽음이 공평하게 돌아가야 합니다. 저들이

저런 초월적 행동을 저지르는 이유가 바로 죽지 않기 때문인 거죠. 죽지 않으니까 다른 이의 죽음을 대수롭지 않게 생각하고, 죽지 않으니까 그들이 우리와는 다르다는 편협한 우월감을 가지게 됐죠. 그래서 우릴 이용하고 필요가 없어지면 가차 없이 죽이는 겁니다. 그러니 죽음이라는 게 원래의 자리로 돌아와야 진정으로 공평한 세상이 옵니다."

구인회와 남춘근은 태일이 하는 말을 정확히 이해할 수는 없었지만, 전기련으로 인해 세상이 비정상적인 것이 되었다는 것만은 알아들을 수 있었다.

하지만 민준의 생각은 달랐다. 태일의 신념이 옳은 것 같으면서도 완전히 동의할 수는 없었다. 게다가 민준은 저쪽에 디데이 정보를 넘겨주기까지 했다. 그것은 돌이킬 수 없는 사실이었다.

"이 작자 말은, 빌어먹을 1구역 새끼들이 지들만 쳐먹으려고 욕심을 부리는 바람에 우리가 이렇게 구질구질하게 산다는 말이디?"

남춘근의 질문에 태일은 고개를 끄덕였다.

"그럼 계획은 언제요?"

"내일입니다."

"빠듯하군."

구인회는 조금 망설이는 듯했다. 그러자 남춘근이 입을

열었다.

"난 다른 건 모르겠고, 우리 아새끼들 먹고사는 것만 해결된다면 찬성이오."

남춘근의 동의는 폭력단원들의 동의를 의미했다. 이제 그들도 전기련에 맞서는 반자본청년연맹의 일원이 되었다. 오만한 전기련의 세상을 뒤집을 혁명이 비루한 쥐독에서 시작되는 순간이었다.

비로소 태일의 마음속에도 불안감이 사라지고 이길 수 있겠다는 기대감이 차올랐다. 반면 민준은 마음이 무거웠다.

사무실로 들어간 태일은 77K로 정보를 받았다.

*

태일은 내일 작전에 대해 민준과 혁, 연성과 마지막으로 논의했다. 강 건너의 누군가로부터 받은 정보를 토대로 한 것이었다. 여러 곳에서 동시다발적으로 소요 사태를 일으키자는 것이었는데, 민준은 이에 반대했다.

"하나라도 실패하면 모든 게 끝이야. 동시다발적으로 하면 그들도 대응할 수도 있어. 전면전은 반드시 패배야."

그럴싸해 보이지만 궤변이었다. 태일은 고개를 저었다

"동시에 공격해야 해요. 숫자가 부족하니까요."

"그러니까 혼란스럽게 해야지. 언제 어디서 무슨 일이 일어날지 모르게 말이야."

태일은 생각에 잠긴 듯했지만 더이상 이의를 제기하지 않고 민준의 뜻에 따르기로 했다. 민준은 2구역 공장 지역에서 지냈던 경험을 토대로 작전을 짰다. 모든 준비가 끝났다.

병원 건물에 마지막 밤이 찾아왔다.

어제와 같은 시간, 같은 자리에서 민준은 염세일을 기다리고 있었다. 염세일이 보트에서 내리자 민준은 아무 말 없이 채혈기를 건넸다.

"결심이 섰나 보죠?"

민준은 고개를 끄덕였다.

"잘 생각하셨어요. 서로에게 좋은 겁니다."

염세일은 민준에게 조그마한 구형 호출기를 건넸다.

"시간에 맞춰 신호를 주십시오. 그럼 우리도 계획에 따라 움직일 겁니다."

작전은 어제 염세일에게서 들은 대로였다. 그들이 무슨 속셈인지 알 수 없었지만, 민준에게 더이상 이유는 중요치 않았다.

"약속은 반드시 지켜야 합니다."

염세일은 채혈기를 흔들어 보이며 미소를 지었다.

"당연하죠. 내일 당신에게 진짜 새로운 세상이 열릴 겁니다."

진짜 새로운 세상. 죽음도 없고 이별도 없는 영원한 세상. 내일이면 다 끝이다. 더이상은 다리를 절뚝거릴 일도 없을 것이다. 그리고 스테파노와 함께 지금보다 나은 삶을 살아갈 수 있을 것이다.

민준은 병원으로 돌아가기 위해 다시 갈대숲으로 사라졌다.

한편, 1구역의 밤. 마천루들은 화려한 네온사인들로 치장하고 있었고 꼭대기에는 빨간색 비행 경고 불빛이 깜빡였다.

소도 1센터는 고요했다. 늦은 시간까지 불을 밝힌 사무실들이 보였다. 소도 1센터 뒤에 자리한 공원에는 띄엄띄엄 가로등 불빛이 켜져 있었다. 그곳을 혼자 산책하던 수석 테일러는 한 벤치에 앉았다. 그 옆 벤치에는 어떤 남자가 후드를 쓰고 얼굴을 가린 채 앉아 있었다.

"내일입니다."

태일의 목소리였다.

"결정한 겁니까?"

수석 테일러의 말에 태일은 옅은 미소를 지었다.

"제가 해야죠."

수석 테일러는 입을 다물었다. 생각에 잠긴 듯 공원 어딘가를 응시했다. 부드럽게 바람이 불었다. 바람은 수석 테일러 자리에서 태일 쪽으로 불었고, 덕분에 수석 테일러의 향수 냄새를 맡을 수 있었다. 은은하지만 가볍지 않은 삼나무 향. 그의 차분한 말투만큼이나 마음을 진정시키는 효과가 있는 것 같았다. 다행이라고 생각했다. 마지막 날에 이런 차분한 향을 맡을 수 있어서.

"후회는 없나요?"

"단연코 제 앞에 놓인 잔을 피하지 않을 겁니다."

수석 테일러는 고개를 끄덕였다.

"믿어도 될지 모르겠군요."

확신에 찬 목소리로 태일은 자신의 결심을 나타냈다.

"전 절대 물러서지 않을 겁니다."

그때 수석 테일러의 포트폴패드로 연락이 왔다. 류신이었다. 그걸 본 태일은 눈이 번뜩였지만 참았다. 수석 테일러는 자리에서 일어섰다.

"우리는 여기까지겠군요. 제 선물은 가고 난 뒤에 확인해보시죠."

자리에서 일어난 수석 테일러는 멀어져갔다. 그가 일어

난 벤치 아래쪽에는 고급스러운 목재로 만들어진 아타셰케이스*가 놓여 있었다. 아마 케이스 안에는 우지UZI 기관단총과 탄약들이 가득 채워져 있을 것이다. 지금 이 벤치에 앉아 있는 태일에게 떨어진 마지막 임무를 위한 무기였다.

태일은 아타셰케이스를 들고 공원의 어둠 속으로 천천히 사라졌다.

*

류신의 연락을 받은 수석 테일러는 소도 1센터 안으로 들어섰다. 늦은 밤이라 센터 안은 엄숙한 느낌이 들 정도로 고요했다. 천장에 그려진 벽화는 옅어진 복도 등불 때문에 기괴해 보이기까지 했다.

본당의 문을 열고 들어선 수석 테일러는 잠시 서서 조명이 꺼진 정면의 제단을 바라보았다. 제단으로 오르는 계단 밑 바로 앞자리에 류신이 앉아 있었다.

류신은 고개를 숙이고 앉아 있었다. 기도하는 걸까. 아니면 후회하는 걸까. 류신의 뒷모습에서 처연한 느낌을 받

* 흔히 007가방이라고 부르는 네모난 서류가방.

은 건 처음이었다. 수석 테일러는 류신 옆에 앉았다.

"이 늦은 시각에, 의장님께서 어쩐 일이신가요? 착복식을 하려고 오셨다면 잠시 기다려주시겠습니까?"

"아니요. 그것 때문에 온 게 아닙니다."

류신의 표정이 슬퍼 보였다. 인생에서 가장 건강하고 아름다웠던 때의 몸으로 살고 있지만 막상 그 안에는 삶의 무게에 찌든 한 노인이 있을 뿐이었다.

"편하게 말씀하시죠. 여기에는 아무도 없습니다."

류신은 쉽게 입을 열지 못했다.

"전 의장님 편입니다. 어떤 결정을 하시든 지지하겠습니다."

"제 딸 말입니다. 수석에게 떠오르는 묘안은 없습니까?"

수석 테일러는 팔짱을 끼며 심각한 얼굴이 되었다.

류신의 가장 큰 걱정은 류시은이었다. 밖에서는 아바리치아를 밟고 올라서려는 녀석들이 호시탐탐 기회를 엿보고 있었다. 그들을 막는 것만으로도 벅찬데, 안에서는 하나뿐인 자식이 문제였다.

"독약이나 다름없는 마약들을 쓰면서까지 악몽 속에서 끌어올리려고 했는데 모조리 실패했습니다. 무슨 방법을 써도 통하지 않더군요. 메모리 패널을 다시 만들면 어떨까 싶은데."

수석 테일러는 고개를 저었다.

"몇 번이고 새 옷을 입는다 해도 결과는 같을 겁니다."

"시은의 소울을 넣을 메모리 패널을 아예 새로 만들자고 하는 겁니다."

"그래도 소용없습니다. 기억은 선택할 수 없다는 거 아시잖습니까. 만약 그렇게 된다고 해도, 시간 공백과 각인된 악몽이 뒤섞여 쐬일 수도 있습니다. 그럼 소울이 완전히 망가질 수 있습니다. 한마디로 코마 상태가 되어버리는 것이죠. 그렇게 되면 지금보다 상황이 더 안 좋을 겁니다. 고통을 극복하려면, 따님께서 직접 이겨내는 수밖에 없습니다. 안타깝지만 지금으로선 그게 최선입니다."

류신은 앞 의자에 두 팔을 걸치고 고개를 땅으로 떨구었다.

"모든 걸 다 이루었다고 생각했는데 착각이었습니다. 영원히 죽지 않는 신체 복제 기술을 만들었을 때, 난 더이상 오를 곳이 없다고 생각했습니다. 신도 두려워할 필요 없다고. 우린 죽지 않을 테니까. 근데 고작 딸아이한테 생긴 문제 앞에서 제가 아무것도 할 수 없다는 게…… 무력하게만 느껴지더군요."

"다른 회원사들은 이 문제를 알고 있습니까?"

"대충 알고들 있습니다. 시은이가 다른 회원사의 자녀

들에게 안 좋은 영향을 끼쳤다고 말들이 많았죠. 우리가 맹세한 착복식에 대한 엄숙함을 망가뜨리고 있다고…… 시은이에게 여러 번 경고했지만, 자식 이기는 부모가 어디 있습니까? 시시해지면 그만두겠지 생각하고 기다렸죠."

"외람되지만……."

의미 없는 대화 속에서 이리저리 부유하던 본심을 수석 테일러가 단번에 움켜쥐어 꺼냈다.

"따님이 없었으면 하시는 겁니까?"

류신은 답을 하지 못했다. 사실 딸은 지금 필요하지 않을 뿐 아니라 방해가 되고 있었다. 의장 불신임안에 있어 류시은의 문제도 거론될 것이 분명했다. 그렇다고 매정한 아버지가 되는 것도 좋지 못하다.

"의장님께선 이미 답을 가지고 오셨군요."

맞는 말이었다. 하지만 사람들은 자신의 결정에 대해 누군가로부터 동의를 얻고 싶어 하는 법이다.

"하지만 이번에 전 의장님께 확신을 드릴 수가 없습니다. 죽음을 뛰어넘을 정도로 기술이 발전된 세상이라 해도, 결국 고뇌는 그 무엇도 대신해줄 수 없는 인간 고유의 몫이니까요."

수석 테일러의 대답에 류신은 실망스러운 표정이 되었다. 깊은 한숨을 내쉬며 일어서는 그에게서 더이상 막강한 뉴소울시티 지배자의 모습은 찾을 수 없었다. 터덜터덜 힘 없이 걸어가는 그는 그저 딸 하나를 어쩌지 못해 전전긍긍 하는 한낱 늙은 아비일 뿐이었다.

류신이 돌아가고 잠시 무언가를 생각하던 수석 테일러 는 제단을 올려다보았다. 착복식을 하는 제단의 뒷벽, 아 무것도 없는 그 자리에는 본디 메시아의 십자가가 걸려 있 었다. 그의 궁극적 승리는 죽음의 잔을 기꺼이 받아들면서 시작되었다. 이는 죽음이 끝이 아니라 거대한 파도의 시작 임을 역설적으로 말해주는 것일 수 있었다.

'죽음이 있어야 인간은 겸손해지는 거야, 류신. 이제 좀 깨달았나? 그러니 경외하고 존중하게. 감히 죽음을 경멸하 지 말고.'

수석 테일러는 여전히 과거는 되풀이되고 있다고 생각 했다. 설령 인간의 영혼조차 실체로 만들 수 있는 세상이 온다고 하더라도, 불을 발견한 자가 승자가 되고, 화약을 발견한 자가 지배자가 되고, 총포의 최신 기능을 장악한 자가 식민지를 차지하는 탐욕의 역사는 반복되고 있었기 때문이다.

시계는 12시를 가리키고 있었다.

디데이였다.

*

새벽부터 비가 쏟아지기 시작했다. 민준은 밤새 잠을 이루지 못했다. 단지 빗소리 때문만은 아니었다.

동이 트기 전이었지만 병원 건물 1층 로비에는 사람들이 분주하게 몰려들고 있었다. 다들 어깨에 거대한 짐을 짊어진 듯 무거운 침묵을 지키고 있었다.

민준과 혁, 연성을 비롯해 연맹원들과 뜻을 함께하기로 한 폭력단들이 한자리에 모였다. 계단 위에 선 태일은 최종 공격 작전에 관해 설명하기 시작했다.

옆에 세워둔 칠판에 붙은 작전 지도는 과거 수도권의 지하철 노선도였다. 그 위에는 타깃들이 표시되어 있었다. 과거 여의도에 위치한 아레스의 금융센터, 소도 3센터, 1구역의 출입구 역할을 했던 2구역, 과거 일산 지역에 있는 데메테르의 농장, 과거 광화문과 종로, 용산구를 중심으로 한 전기련 본부와 회원사들의 본사 건물들, 그리고 마지막으로 광화문 머리에 자리한 소도 1센터까지.

공격 계획은 다음과 같았다.

오전 8시 전까지 임무지의 지하철 환풍구에서 대기한다. 오전 8시를 기해 내부자에 의한 사제 폭탄이 터질 것이다. 그 폭발을 기점으로 구인회가 이끄는 폭력단 연합은 여의도 지역을 공격한다. 타깃은 분각을 저장하고 공급하는 토털 서버가 자리한 아레스의 금융센터와 소도 3센터. 폭력단 연합은 공격 30분 후 즉각 철수한다. 이후 30분 간격으로 나머지 타깃을 공격한다.

두 번째 타깃은 과거 일산 지역의 데메테르 농장. 이곳은 혁과 삼인회 동료들이 담당한다.

세 번째 타깃은 과기 광진구 지역에 위치한 쥬다스의 제약회사 공장. 이곳은 길정호를 포함한 연맹원들이 담당한다.

네 번째 타깃은 과거 공덕동에 위치한 토호의 전력회사. 이곳은 일순간 뉴소울시티의 전력망을 일시적으로 마비시킬 수 있는 중요한 거점이다. 이곳은 연성과 삼인회 동료들, 연맹원 일부가 담당한다.

다섯 번째 타깃은 과거 동대문 지역에 위치한 아라크네의 공장. 아라크네는 뉴소울시티의 원단 시장을 독점하고 있는 기업이었다. 다른 지역에 비해 낙후되고 슬럼화된 지역인데다 상대적으로 거주자들과 근로자들이 거칠다. 이곳은 남춘근 일행이 담당한다.

하지만 디데이의 혁명은 정해진 곳에서만 벌어지진 않을 것이다. 태일의 선언문에 동조하는 이들이 또 다른 공장과 일터 등에서 미리 준비한 사제 폭탄으로 혼란을 일으킬 것이다.

여기까지 세워둔 모든 공격 계획은 다음 타깃을 위한 사전 준비나 다름없었다. 분명 뉴소울시티 곳곳에서 벌어지는 습격을 방어하려고 고객서비스팀이 분주히 움직일 것이다. 그 틈을 타서, 민준과 태일은 1구역으로 가는 길목을 가로막고 있는 아바리치아 고객서비스팀 본부를 공격한다. 이곳은 전기련의 실질적 병력이 상주하고 있는 곳이었다.

과거 지하철 철로를 통해 1구역에 진입할 수도 있지만, 1구역으로 향하는 길을 직접 뚫는다는 것이 의미가 있었다. 혁명은 소수의 우두머리에 의해서가 아니라 사회의 모든 구성원이 움직일 때 진정으로 성공하는 것이므로.

그렇게 물꼬를 튼 후, 민준과 태일은 연맹원들과 함께 류신이 있는 전기련 본부와 전기련 회원사 본사들, 그리고 류신의 핵심이자 급소인 소도 1센터를 타격하기로 한다.

결국 모든 것은 류신이라는 최종 목표를 위해 설정된 것이었다. 사실 이 모든 계획은 민준이 제안한 것이었다. 민준은 태일의 최종 설명을 들으며 침을 꿀꺽 삼켰다.

작전 지시 겸 연락을 위해 팀마다 77K가 지급되었다. 이것으로 모든 준비를 마쳤다. 병원을 나서기 전, 로비에 모인 이들은 모두 검은색 반다나를 착용했다. 다들 아무 말도 하지 않았다. 그래도 아마 생각들은 비슷했을 것이다. 운이 좋으면 다시 얼굴을 보자고.

쏟아지는 비를 맞으며 태일 무리가 강변에 도착했다. 출발도 하기 전에 그들의 옷은 모두 젖었다. 하지만 비에 젖은 옷의 무게가 가슴 속에 자리한 두려움보다 무겁진 않을 것이다.

각 팀을 이끄는 우두머리들은 손목에 찬 아날로그 시계의 시간이 정확한지 서로 확인했고, 준비된 검은색 고무보트에 팀별로 올라탔다.

구인회 일행이 오른 고무보트만이 반대 방향인 여의도로 향했다. 나머지 보트들은 바로 강을 건너지 않고 과거 한강대교 중간 지점인 노들섬으로 향했다.

드디어 쥐들이 쥐독 밖으로 넘어가는 순간이었다.

한편 2구역 아파트에 있던 태일은 깔끔한 슈트를 입고 침대에 걸터앉아 빗소리를 들으며 상념에 젖어 있었다. 잔을 기꺼이 받는다. 회피하지 않는다. 이 길의 끝에 연희가 있다. 훈이도 있다. 둘은 나를 반겨줄 것이다.

태일은 아타셰케이스를 들고 나갈 준비를 했다. 아파트 안은 깨끗했다. 남은 책도 없었고, 그릇도 없었다. 옷도, 신발도 없었다. 이곳에 처음 들어왔던 모습 그대로였다. 이제 다시 이곳으로 돌아올 일은 없다.

태일은 현관문을 열기 전 다시 뒤를 돌아보았다. 텅 비어 있는 집. 가족들과 함께했던 기억들이 벽에 부딪치며 메아리쳤다. 훈이의 목소리. 연희의 목소리. 창문으로 흘러 들어온 석양에 물들던 아이보리색 카펫. 아침마다 급하게 입에 물고 나갔던 토스트의 버터 냄새…….

태일은 성큼성큼 집을 나섰다. 문은 거침없이 닫혔다. 그리고 이곳은 진공 상태처럼 아무것도 존재하지 않는 공간이 되었다.

*

보트를 노들섬 뒤편에 고정해둔 연맹원들은 서둘러 방수 슈트를 입었다. 물에 젖지 않게 총기를 비닐에 꽁꽁 싸매고 어깨에 멨다. 그리고 하나둘씩 강물로 걸어 들어갔다.

수심이 깊어지자 조심스럽게 헤엄치기 시작했다. 그들이 향하는 곳은 철교 위로 깔린 지하철 철로였다. 늦가을의 강물은 생각보다 더 차가웠다. 민준은 다리가 불편했지만 사력을 다해 움직였다.

끊긴 철교 끝에 다다른 연맹원들은 방수 슈트를 벗고 총기를 꺼내 장전했다. 그리고 사방을 경계하면서 철로를 따라 움직였다. 주변으로 보이는 뉴소울시티는 시커먼 공장들로 인해 스산하게 느껴졌다.

그들 앞을 무성한 수풀이 막고 있었다. 선두로 나선 정호가 수풀을 헤치자 지하로 연결된 통로 안으로 철로가 이어졌다. 통로에 진입하면서 모두 손전등을 켰다. 어느 정도 들어가던 중에, 갑자기 태일이 멈춰 섰다. 그와 동시에 일행들도 멈춰 섰다.

태일은 손전등으로 비춰가며 무언가를 찾는 듯했다. 그가 찾던 것은 표지판이었다. 표지판에는 '용산'이라고 적혀 있었다. 용산은 그들의 타깃이 된 곳들이 철로로 연결되어 있는 곳이었다. 태일은 이어서 손목시계를 확인했다.

"시간이 촉박합니다. 서둘러야겠어요."

일행은 말없이 서로를 바라보며 엄숙함과 아쉬움을 나누었다. 혁과 연성, 정호 일행은 각자의 팀을 데리고 지하 통로의 어둠 속으로 사라졌다. 그들이 사라지는 것을 확인한 민준과 태일은 과거 서울역을 향해서 일행과 함께 이동했다.

앞서가던 태일은 뒤돌아서 따라오지 않는 민준을 쳐다봤다. 무언가 작은 불빛이 민준 옆에서 깜빡인 것 같기도 했다. 이내 민준이 태일 쪽으로 다가왔고, 태일은 그제야 다시 일행을 이끌고 걸어가기 시작했다.

한편, 이른 아침 본사로 출근한 염세일은 감사팀에서 따로 만든 상황실로 들어섰다. 상황실은 며칠 전 염세일이 류신의 재가를 받아 마련한 곳이었다.

정면에는 극장 스크린만 한 화면이 자리하고 있었다. 거기엔 셀 수 없이 많은 분할 화면들이 띄워져 있었는데, 뉴소울시티 곳곳을 감시하는 화면이었다.

데스크 앞에는 감사팀에서 전략기획팀으로 차출된 정예 인원들이 앉아 있었다. 그들 앞에도 투명 모니터들이 설치되어 있었고, 모니터 화면에는 스크린과 같은 화면이 띄워져 있었다. 팀원들은 각자 할당받은 구역을 감시하는 중이었다. 전체를 조망하듯 맨 뒷자리에 앉은 염세일 앞에는 커다란 테이블이 놓여 있었다. 그 위에 설치된 파노라마그램으로 뉴소울시티의 조감도가 입체적으로 구현되고 있었다.

모든 것이 완벽하게 준비되었다. 그런데도 염세일은 초조했다.

3 2 1 0

드디어 염세일의 호출기로 숫자가 전달되었다. 민준이 보낸 것으로, 준비가 되었다는 뜻이었다. 염세일의 얼굴에서 초조함이 사라졌다.

비슷한 시각, 고객서비스팀 본부 사무실에서 전투복을

입고 앉아 있던 배지환은 궁금해서 미칠 지경이었다. 염세일로부터 쪽지가 전달됐는데 금일 하루 동안 무조건 자신의 지시에 따르라는 것이었다.

자존심이 센 배지환으로선 자기 후배나 다름없는 염세일에게 지시를 받는다는 게 불쾌했지만 그 뒤엔 류신이 있었기에 따를 수밖에 없었다.

'자신의 지시가 있을 때까지 기다리라는 게 무슨 뜻이지? 내가 모르는 무슨 일이 벌어지고 있나?'

의문을 가져봐야 소용없었다. 지금 이 상황에서 자신이 할 수 있는 건, 팀원들을 비상대기시키는 것뿐이었다.

*

지하에 숨죽여 있던 연맹원들은 각자가 맡은 지상의 타깃을 노려보고 있었다. 민준과 태일이 함께 있는 팀도 마찬가지였다. 환풍구 밑에서 대기하고 있던 연맹원들은 비장한 표정으로 총을 장전하고 뛰어나갈 준비를 했다. 태일의 손목시계는 7시 50분을 막 지나가고 있었다.

전기련 본사 4층 카페에 앉아 있던 태일의 시계도 마찬가지였다. 깔끔한 슈트에 아타셰케이스를 들고 전기련 본사로 온 태일이, 경비 인력들의 검문검색을 통과해 4층 카페까지 유유히 올 수 있었던 건 역시 류시은의 명함 덕분이었다. 태일은 카페에 들어가 창가에 자리를 잡고 따뜻한 카페라떼를 주문했다.

잠시 후 직원이 머그잔에 담긴 카페라떼를 가져다주었다. 갈색의 커피 위로 하얀 우유 거품이 얹어진 것이 보였다. 태일은 순간, 어쩌면 진짜 카푸치노는 이것이 아니었을까 생각했다. 그 싸구려 각성제가 아니라 시간을 누릴 수 있는 커피, 카푸치노. 잠시 여유로운 감상에 젖었던 태일은 다시 고개를 들어 창밖을 바라보았다.

여전히 비는 세차게 퍼붓고 있었다. 1구역의 풍경은 한적하고 평화로운 듯했다. 그러나 이 비보다 더 세찬 폭풍우가 몰아칠 것이었다.

7시 59분이 지나고 있었다.

"구인회 팀. 작전 시작."

8시 정각이 되자 77K 수화기 너머로 구인회 팀 통신병의 목소리가 들려왔다. 그 짧은 말이 끝나기가 무섭게 AK47이 연신 불을 뿜는 소리가 들렸다.

시작은 아레스의 금융센터였다. 연맹에 동조하는 아레스의 직원에 의해 토털 서버실에서 사제 폭탄이 폭발했다. 그와 동시에 여의도 구역 거리에는 경고 사이렌이 울려 퍼졌다.

구인회 일행은 두 팀으로 나뉘어 신속하게 이동했다. 구인회가 이끄는 팀은 아레스의 경비 직원들이 대응하기도 전에 그들을 제압하고 센터 안으로 진입했고, 다른 한 팀 역시 테일러들이 대응하기 전에 소도 3센터를 타격했다. 압도적인 화력으로 무장한 테일러라 할지라도 싸움에 이골이 난 자들을 이길 수는 없었다.

아레스 금융센터에 이어 소도 3센터 또한 불길에 휩싸였다. 여의도 지역은 순식간에 혼란에 휩싸였다.

작전은 순조롭게 진행됐다. 하지만 주어진 작전 수행 시간은 단 30분뿐이었다.

염세일은 모니터로 모든 상황을 지켜보고 있었다. 팀원들은 상황을 보고도 지시를 내리지 않는 것에 의아해했다. 그건 고객서비스팀 본부에 있던 배지환도 마찬가지였다.

"이걸 왜 보고만 있어야 하는 거야! 정말!"

배지환은 소도 3센터와 아레스의 금융센터가 불타는 것을 보며 속이 타들어갔다. 연맹이 공격한 지 30분쯤 되었을 때 염세일로부터 출동하라는 지시가 떨어졌다. 배지환은 다급하게 팀원들을 출동시켰다.

그즈음, 역시 시간을 확인한 구인회는 철수를 명령했다. 그들이 센터 바깥을 나섰을 때 고객서비스팀의 공격형 헬기들이 강을 건너는 것이 보였다. 구인회와 동료들은 철로 환풍구를 향해 달렸다.

그 순간 그들을 발견한 고객서비스팀의 헬기에서 로켓이 날아왔다. 선두에 있던 연맹원들은 환풍구 통로로 들어가는 데 성공했지만, 후미에 있던 동료 한 명이 로켓 공격에 당하고 말았다. 모두가 이를 악물고 탈출했다

"최혁 팀. 작전 시작."

구인회 팀이 철수한 것을 확인한 혁은 동료들을 데리고 지상으로 뛰쳐나갔다. 그들은 계획한 대로 데메테르의 농장을 공격했지만, 스위퍼에 의해 여럿이 다치고 목숨을 잃었다. 하지만 끝내 농장의 경비팀을 제압하고 농장의 창고와 경비 시스템을 파괴하는 데 성공했다. 농장은 순식간에 불바다가 되었다. 하지만 최혁은 스위퍼의 공격을 받아 쓰러지고 말았다.

통신병에게서 소식을 접한 민준은 가슴이 철렁 내려앉았다. 염세일과 약속했을 땐 이런 결과가 나올 줄 몰랐다.

아니, 그건 거짓말이다. 몰랐던 게 아니라 예상하면서도 모른 척했을 것뿐이다. 혁의 죽음은 임무를 기다리고 있는 연맹원들에게 전달되었다. 누구든 죽을 수 있다는 것을 실감하는 순간이었다. 그 사실이 연맹원들을 더 비장하게 했다.

민준은 무언가 이상한 조짐을 느꼈다. 시간상 사태를 진

압하려는 고객서비스팀의 출동은 작전 개시 30분 후였어야 했다. 그런데 데메테르를 공격한 지 30분도 되지 않아 고객서비스팀이 도착했다. 하지만 이제 와서 염세일에게 따질 수 없는 노릇이었다.

연맹의 작전은 계획대로 진행되었다. 공격 후 30분이 되면 계획대로 철수했다. 무방비 상태였던 각 기업의 경비팀은 연맹원들의 공격에 속수무책으로 당했다. 공장은 불에 타고 도시의 통신망은 일순간에 다운되었으며, 거대한 원단 공장은 지역 전체를 모조리 집어삼킬 만큼 뜨거운 화염에 휩싸였다. 쏟아지는 비도 도시 곳곳에 치솟은 성난 불길을 잠재우지 못했다.

"의장! 대체 뭐하는 겁니까! 대답을 주세요!"

의장실에 있던 류신은 아무 말 없이 창밖을 내려다보고 있었다. 도시 곳곳에서 불길이 치솟는 게 보였다. 류신의 포트폴패드는 수도 없이 울리는 알림으로 뜨거워졌다. 아레스 총수 박진형부터 데메테르 회장 김종선까지 연맹의 습격을 막아달라는 응급 요청이었는데, 얼마나 다급했는지 류신에게 당장 의장 불신임안을 제기하겠다고 위협하는 회원들도 있었다.

그러나 류신은 아랑곳 하지 않았다. 도시를 바라보던 그는 포트폴패드를 꺼내 태일의 프로필을 살폈다. 류신도 얼핏 태일을 알고 있었다. 호텔 로비에서 스쳐 지나간 적도 있었고 딸이 틈만 나면 얘기하던 인물이었다. 시은이 좋아하는 선생이란 작자가 쥐새끼들의 진짜 우두머리일 줄은 몰랐다. 이렇게까지 아둔했을 줄이야, 류신은 자책했다.

카페에 앉아 있던 태일은 태연했다. 커피를 비운 머그잔은 어느새 차갑게 식어 있었다. 창밖 도시 곳곳에서 연기가 피어오르는 것이 보였다. 치열한 교전이 벌어지는 소리가 점차 가까워지는 것 같았다.

태일은 의자 옆에 두었던 아타셰케이스를 쳐다보았다. 점점 때가 오고 있었다.

'어서 와라, 내가 너를 위한 사다리를 놓아줄 테니.'

*

드디어 민준과 태일의 차례가 왔다. 선두에 있던 연맹원이 환풍구를 뜯고 밖으로 뛰쳐나갔다. 신속하게 밖으로 나간 민준의 눈앞에 과거 서울역 광장이었던 공원이 등장했다. 공원 뒤로 위풍당당하게 서 있는 건물도 보였다. 고객서비스팀 본부였다. 일제히 본부 건물을 향해 사격을 가하며 접근했다.

본부에 있던 배지환은 예상치 못한 상황에 당황했다. 고객서비스팀원 대부분은 테러를 막기 위해 출동하고 없었던 것이다. 지금 본부에 남아 있는 인력으론 연맹원들의 공세를 막기가 힘들어 보였다.

"죽을 각오로 막아! 의장님께서 다 책임져주실 거다!"

배지환은 권총을 들이대며 남은 팀원을 압박해 건물 밖으로 내보냈다. 그리고 말도 안 되는 약속을 내세웠다. 연맹과 싸워 이기기만 한다면, 죽더라도 류신이 착복식을 통해 되살려줄 거라는 것이었다. 그러나 배지환이 크게 착각하는 게 있었다. 착복식은 배지환이 함부로 약속할 수 있는 것이 아니었다. 배지환의 강압에 못 이긴 고객서비스팀은 건물 밖으로 뛰어나갔다.

생각보다 강한 공격에 고객서비스팀은 당황했다. 치열하던 교전은 점점 연맹에게 유리하게 돌아갔다. 배지환은 자신의 팀원들을 방패 삼아 뒤로 숨었지만, 결국 팀원들이 죽자 두 손을 들고 투항했다. 그의 얼굴에서 신념은 사라지고 두려움만 남은 것 같았다.

민준은 홀로 남은 배지환 앞으로 다가갔다. 그의 얼굴을 보자 제8공장에서 당했던 일이 떠올랐다. 받은 만큼 돌려줄 순간이 왔다. 민준은 무릎 꿇은 배지환의 이마에 AK47의 총구를 겨눴다. 그때처럼, 자신의 생이빨이 뽑혔던 그

공포를 그대로 돌려주고 싶었다.

"투항했잖아! 이러지 마. 니들이 그랬잖아. 모두가 동등한 거라고. 나도 너희와 똑같은 직원이었을 뿐이라니까."

맞는 말이었다. 태일의 선언문이 말하고자 하는 것과 다르지 않았다. 하지만 비열함은 선의를 자의로 곡해할 때 더욱 선명하게 드러나는 법이었다. 태일은 민준의 눈에서 분노를 보았다. 정의감이 아닌 개인의 복수심에서 비롯된 것이 분명해 보였다. 이런 일로 지체할 시간이 없었다.

그때였다. 배지환의 머릿속에서 이상한 의문이 떠오른 것이. 그때 분명 송선우가 민준을 데려갔었다. 그런데 어떻게 여기 있는 걸까? 송선우란 놈은 먹이를 그렇게 쉽게 놓아주는 놈이 아니었다. 도대체 무슨 일이 있었던 거지?

"아니, 잠깐만. 너, 어떻게 빠져나간 거냐?"

순간 싸늘함이 민준의 몸을 스치고 지나갔다. 그때 태일과 동료들이 민준을 쳐다봤다. 교활한 배지환은 민준이 당황하는 기색을 눈치챘다. 순간 배지환의 머릿속으로 진실이 스쳐지나갔다.

"너구나? 네가 오늘의 주인공이었-."

탕!

배지환의 말이 끝나기도 전에 민준은 방아쇠를 당겼다. 배지환은 아스팔트 위로 쓰러졌다.

"갑자기 이게 무슨 짓입니까!"

태일은 민준을 붙잡으며 따졌다. 태일은 주인공이란 단어를 듣지 못했다.

"왜? 이 자식은 수많은 사람을 죽인 백정이나 다름없어! 다들 나를 왜 그렇게 쳐다보는 거야?"

갑자기 성을 내는 민준이 의심스러웠지만 시간이 없었다. 더 지체하다간 고객서비스팀이 이쪽으로 돌아올 것이다. 태일은 앞으로 나아가야 했다. 지금 저 장벽 너머에 류신이 있다.

1구역 게이트를 통과하는 건 어렵지 않았다. 팀장 배지환이 죽자 게이트를 지키던 팀원들 역시 전의를 상실한 듯했다.

민준과 태일은 전기련 본사를 향해 달려갔다. 숨이 차고 다리도 무거웠지만 민준과 태일, 같이 뛰고 있는 동료들은 사력을 다해 달렸다.

이윽고 과거 광화문과 종각 지역에 몰려 있는 마천루들이 보이기 시작했다. 꼭대기가 구름에 잠길 정도로 가장 높고 웅장한 건물이 바로 류신이 있는 아바리치아의 본사이자 전기련 본부라는 것을 알 수 있었다.

다급하게 달려가는 와중에 무전으로 이곳저곳에서 소식이 전해졌다. 좋지 않은 소식들도 많았다. 첫 공격을 제외하고는 고객서비스팀이 예상보다 빨리 현장에 들이닥쳤다. 처음보단 두 번째가, 두 번째보단 세 번째의 급습 타이밍이 빨라지면서 연맹원의 피해는 갈수록 커졌다. 민준은 혼란스러웠다. 조금씩 어긋나던 계획이 걷잡을 수 없이 악화되고 있었다. 민준의 머릿속에서 자꾸만 염세일의 조소가 떠올랐다. 아무렇지 않게 받아들였던 그 미소가 불길한 복선이었던 걸까?

*

연맹의 반란이 시작된 지 세 시간째, 뉴소울시티는 더욱더 혼돈 속으로 빠져들었다. 2구역 거리마다 연맹과 고객서비스팀 사이에 교전이 벌어졌다. 심지어 고객서비스팀은 연맹의 도주로인 지하철 통로까지 추격해왔다.

다행히 연맹에 동조하는 2구역 노동자들의 저항이 거셌다. 그들도 오래전부터 이날을 기다려온 듯했다. 미처 퇴각하지 못한 연맹원들은 2구역 거주자들과 연합하여 고객서비스팀과 싸웠다. 고객서비스팀은 더이상 2구역 거주자들과 연맹원들을 구분할 수 없었고, 결국 대항하는 모든 사람을 향해 K99와 고속 유탄발사기를 난사하기 시작했다.

거리에는 사람들의 비명이 가득했고 골목 곳곳에 시체들이 쌓여갔다. 비에 젖은 도로 위로 피가 흐르기 시작했다. 블랙컨슈머데이라는 악몽이 또다시 시작되고 있었다. 그날을 기억하는 자가 혹시라도 남아 있다면, 분명 오늘 도시의 모습이 그날과 똑같다고 생각했을 것이다. 그리고 비극의 대가가 무엇인지 알기에 자신도 모르게 몸서리쳤을 것이다.

*

민준과 태일은 아바리치아 본사에 다다랐을 때 헬기 격납고 타워 쪽에서 중무장한 공격형 헬기 다섯 대가 날아오르는 것을 보았다. 그들이 날아가는 방향은 쥐독인 것 같았다. 이상했다. 분명 고객서비스팀 본부에 남아 있는 공격형 헬기는 없었다. 민준은 더욱 혼란스러웠다. 태일은 상황이 급변하고 있다는 것을 확신했다. 서두르지 않으면 모든 것이 수포가 될 것이다.

정면에 보이는 저 마천루 꼭대기에 류신이 있다. 하지만 태일은 소도 1센터를 공격하러 가자고 했다. 류신을 죽여봐야 소도 1센터가 존재하는 한 아무 의미도 없다는 것이었다. 하지만 민준은 반대했다.

"소도 1센터까지 가는 동안 전기련의 모든 병력이 이곳으로 몰려올 거야. 그렇게 되면 더 승산이 없잖아!"

"저놈을 죽여 봤자예요! 뉴소울시티를 완전히 무너뜨리려면 소도 1센터를 먼저 박살내야 합니다!"

"그래도 수장이란 작자를 먼저 죽이는 게 먼저지!"

어제처럼 민준은 태일의 의견에 반대했다. 태일은 도대체 이유를 알 수 없었다. 설마라는 말이 계속해서 맴돌았지만 믿고 싶지 않았다.

그러나 민준의 말에도 일리는 있었다. 이제 막 광화문 구역에 다다랐는데 산 앞에 있는 소도 1센터까지 가는 건, 이 상태로는 무리였다.

*

2구역 거주자들이 대규모로 1구역 게이트를 통과하고 중심부로 몰려오고 있다는 소식이 들렸다. 고객서비스팀의 전 병력이 2구역에서의 전투를 멈추고 1구역으로 다급히 집결하고 있었다. 시간상 소도 1센터는 연맹원들과 군중들에게 맡기는 수밖에 없었다. 결국 민준과 태일 일행은 아바리치아, 류신이 있는 마천루를 향했다.

카페에 앉아 있던 태일은 과거 시청이었던 지역을 통과

해 달려오는 민준과 '또 다른 태일' 일행을 보았다. 그 순간, 바로 아타셰케이스를 들고 자리에서 일어섰다. 주저 없이 신속하고 기품 있게 발을 뗐다.

1층으로 내려가자 연맹의 공격에 대응하기 위해 경호팀원들이 정문을 향해 총구를 겨누고 있는 모습이 보였다.

드디어 잔을 들 순간이 왔다. 태일은 1층 로비 한가운데에 섰다. 그러나 모두 문 쪽만 바라보느라 뒤에 나타난 태일은 신경 쓰지 못하는 것 같았다.

태일은 바닥에 조용히 아타셰케이스를 내려놓았다. 비밀번호를 누르고 아타셰케이스를 열었다. 이 케이스 안에는 저들을 섬멸할 기관단총이 들어 있을 것이다.

그러나…….

수석 테일러가 준 이 목재 아타셰케이스 안에는 리모컨처럼 보이는 격발장치만 덩그러니 놓여 있을 뿐이었다. 아마 그 밑에는 반경 일백 미터는 너끈하게 날릴 폭탄이 있을 것이 분명했다. 잔을 피하지 않는 결심이란 어떤 것인지 증명하란 것인가? 결국 그런 말이었나?

태일은 격발기를 집어 들었다. 각오는 했지만 그럼에도 손이 조금 떨렸다. 지금 태일은 아바리치아의 건물을 향해 달려오는 '또 다른 태일'을 생각했다.

한 치의 오차도 없는 유전자 복제, 사고 구조와 기억마

저 똑같은 존재. 우리는 단일체일까, 아니면 각각의 개체일까? 내가 죽고 또 다른 내가 계속해서 생을 이어간다 해도 죽음을 택한 감정의 소용돌이는 오직 나라는 개체만의 문제일 것이다. 그것이 비록 비참한 결과, 하찮은 삶의 소멸이라 해도, 우리 안에 박혀 있는 분노와 복수의 씨앗은 싹을 틔우고 엄동설한에도 열매를 맺을 것이다. 우린 잠시 접점에서 만났지만, 이제 영원히 만나지 않을 방향으로 각자의 세계를 향해 나아갈 것이다. 태일은 조용히 미소를 지었다.

굳은 결심이 선 듯 태일의 손가락에 힘이 들어갔다. 태일은 천천히 격발기 버튼을 눌렀다. 격발기의 전기신호가 벼락처럼 아타셰케이스 내부로 흘러 들어가자, 열기를 품은 폭약은 굉음을 내며 폭발했다.

수많은 강철 구슬이 아바리치아 본사의 저층들을 날려 버렸다. 순간적으로 치솟은 화염과 폭발 위력으로 봤을 때 생존자가 있을 거란 생각은 할 수가 없었다.

*

소도 1센터. 수석 테일러는 수행 테일러들을 데리고 서둘러 지하 지성소로 향했다. 시간이 얼마 남지 않았다. 전기련 쪽에서는 아직 아무런 언질이 없었다.

소도 1센터의 테일러들도 한 시간 전부터 비상대기를 시작했다. 다른 소도들은 이미 2구역 거주자들에게 점령되어 지성소들이 초토화되고 있다는 전갈이 왔기 때문이었다.

수석 테일러는 스스로 결정을 내렸다. 류신의 답변을 기다리기에는 시간이 없었다. 지성소 안에 있는 진기련 회원들의 줄기세포 캡슐과 메모리 패널을 챙기라고 지시하자 테일러들이 이동식 철제 금고 안에 해당 물품들을 옮겨 싣고 지성소 밖으로 나갔다. 다른 이들의 줄기세포 캡슐과 메모리 패널은 두고 떠날 수밖에 없었다.

수석 테일러는 혼자 남은 것을 확인하고는 지성소 구석으로 갔다. 작은 서가를 밀자 작은 비밀 금고가 나왔다. 익숙한 듯 빠르게 비밀번호를 누르고 금고를 열자, 거기엔 누군가의 줄기세포 캡슐과 메모리 패널이 들어 있었다. 수석 테일러는 그것들을 서류 가방에 옮겨 담았다. 그리고는 준비해온 기름통을 들고 구석구석 뿌렸다.

휘발유 냄새가 진동했다. 지성소 문밖으로 나온 그는 라이터를 켜고 지성소 안에 던졌다. 불길이 기름 줄기를 따라 번져나갔다. 그리고는 소도 1센터 앞마당에서 대기하고 있는 수송 헬기에 올랐다.

수석 테일러는 멀어져가는 소도 1센터를 내려다보았다. 불길에 휩싸인 한국의 사그라다 파밀리아는 열기를 버티지 못하고 무너지기 시작했다.

*

민준과 태일은 마침내 아바리치아 본사 건물 안으로 들어왔다. 건물 안에는 연기가 자욱했다. '진짜 태일'은 폭탄이 터져 폐허가 된 지금의 상황을 이해할 수 없었지만, 엘리베이터를 찾던 중에 또 다른 자신의 죽음이 있었음을 느낄 수 있었다.

폐허가 된 1층 곳곳에는 폭발에 찢긴 시신들과 피가 바닥에 가득했다. 그 사이를 지나던 태일의 시선이 한곳에 멈췄다. 태일의 시선을 붙잡은 건 시곗줄이 피로 얼룩져 있는 손목시계였다. 그 손목시계는 지금 자신이 손목에 차고 있는 것과 똑같은 것이었다.

그걸 보자 오랫동안 삭혔던 슬픔이 목구멍으로 치밀어 올라왔다. 더더욱 류신을 만나야 했다.

민준과 태일은 류신이 있는 최상층으로 향하는 엘리베이터에 올랐다. 의장실 앞 복도는 바깥과는 달리 조용했다. 하지만 의장실 문을 열자 기다리고 있던 경호팀원들이 총을 쏘며 공격해왔다. 재빨리 피했지만 민준도 태일도 경미한 부상을 피할 수 없었다. 사력을 다한 혈투 끝에 류신의 경호원들은 주검이 되어 바닥에 널브러졌다. 차가운 대리석 바닥 위로 그들의 피가 번졌다.

민준과 태일은 지친 기색이 역력했다. 그러나 눈빛만은 뜨겁게 불타오르고 있었다.

"어서 오시게. 마침 기다리고 있었지."

의장실 상석에 앉아 시가를 문 류신은 두 사람을 미소로 맞이했다. 적대감으로 가득 찬 태일은 류신을 향해 AK47의 총구를 겨누며 다가갔다. 탄창의 총알이 다 떨어진 민준은 소총 대신 뒤춤에 꽂아둔 권총을 들었다.

"오늘이 바로 뉴소울시티의 종말이야. 더이상 영원한 권력은 없어. 이제 무릎을 꿇고 죽음에 대한 경외심을 받아들여!"

태일은 분노에 찬 목소리로 일갈했다. 하지만 류신은 코웃음을 쳤다. 가죽 의자에 몸을 파묻은 채 여유롭게 시가를 피우던 류신은 호기롭게 연기를 내뱉더니 습관처럼 그 재를 바닥에 털었다.

"무릎을 꿇어? 누구한테? 너한테? 아니면 옆에 있는 놈한테?"

류신은 껄껄 웃었다.

"당신이 세상에 한 짓을 봐. 당신의 탐욕으로 인해 수많은 사람이 고통받는 것을 정말 모른다고 할 수 있나? 당신의 탐욕 때문에 정의가 무너졌다고!"

하지만 류신은 태일을 비웃을 뿐이었다.

"뭔가 단단히 착각하고 있나 본데. 탐욕은 나만의 것이 아니야. 인간 모두가 바라는 것이지. 죽지 않고 영원히 욕망을 채울 수 있다면 누구나 다 그랬을걸? 단지 내가 너희들보다 훨씬 빨랐을 뿐이야. 너희가 나였다면 과연 그런 식으로 이야기할 수 있을까?"

"닥쳐! 그런 말은 궤변이야! 도시의 모든 미디어를 통해 너의 죄를 낱낱이 공표하고 사죄해. 그리고 죽음을 받아들여."

"궤변이라니. 나의 주장을 입증할 증거가 바로 옆에 있는데."

태일은 무슨 말인지 이해하지 못했다.

철컥.

민준은 태일의 관자놀이에 총구를 겨눴다.

"역시 내 판단이 맞았어. 자네는 우리와 같다니까. 그날 자네의 눈빛을 보고 확신했지."

류신은 만족스러운 표정을 지으며 말했다.

"저놈과 거래를 했나요?"

태일의 목소리가 떨리고 있었다.

"저놈들처럼 되고 싶은 겁니까? 우리가 원했던 삶과 죽음이 공평한 세상은 더이상 필요 없어졌어요?"

불공정한 힘으로 만든 자본의 권력. 그 힘으로 불로초를 만들어 자연의 이치를 거스르고 세상을 영원히 발아래 두려는 욕망의 화신들. 정의와 도덕을 오염시키고 권력이라는 쾌락에 중독된 위선자들. 어쩌면 그들은 죽음이 두려워 매번 육체라는 껍데기 속을 옮겨 다니는 비겁한 자들일지도 모른다. 하지만 그들의 유혹은 치명적이다.

"우리가 이 도시를 무너뜨려서 얻는 게 뭐가 있어? 이자를 죽이면 뭐가 달라지는데? 그래봤자 또다시 혼돈일 거야. 이런 놈들은 또다시 나타날 거고. 죽고 죽이는 싸움은 이번 한 번으로 족해. 한 번만 눈감으면 스테파노도 살릴 수 있어."

민준의 목소리도 떨리고 있었다. 태일은 전말을 알 것 같았다. 저놈들이 민준을 잡았다가 풀어줬구나. 그러면서 달콤한 말로 꼬드겼구나. 주변인들 카피바디까지 만들어주겠다고 약속했구나. 그래서 민준은, 죽어가는 스테파노를 살리고 싶었구나. 그리고 본인도 새로운 신체를 얻고 싶었겠지.

"아직도 모르겠어요? 이놈들과 타협해서는 절대 아무것도 변하지 않습니다."

"변할 수 있어."

"이자와 전기련을 완전히 무너뜨리지 않고 우리가 바라는 세상은 절대 오지 않습니다."

말을 듣지 않는 태일이 답답한지 민준은 권총을 든 손을 부들부들 떨었다.

"제발, 그만하자."

"여기까지 오는 동안 많은 동료가 피를 흘렸습니다. 자신들의 분노를, 아픔을 희생했어요. 그들의 피 값으로 우리가 여기까지 올 수 있었던 거예요. 그런데 어떻게 그만하자고 할 수 있습니까!"

류신은 둘의 대화가 흥미로운 듯했다.

"박태일은 영생이 싫다잖아. 그냥 당겨. 그럼 약속대로 해줄 테니까. 앞으로 질병도 고통도 그 어떤 것도 걱정하지 않아도 돼. 이제 더이상 죽음도, 두려워할 필요가 없어."

"저놈 말을 믿어요? 이놈만 끝장내면 전기련의 세상도 끝납니다. 그러니까 제발!"

민준은 또다시 마음이 흔들렸다. 류신의 약속대로라면 나도 저들처럼 이곳에서 도시를 내려다볼 수 있다. 하지만…….

민준은 어금니를 꽉 물었다. 내가 류신의 편을 든다면 절름발이 신세를 벗어날 수 있다. 루왁 몇 알 때문에 비루한 싸움을 벌이지 않아도 된다. 무한대의 시간 속에서 〈리부트 스타〉 우승자인 소녀 같은 인생을 살 수 있다.

방아쇠에 닿은 민준의 손가락에 점점 힘이 들어갔다. 그 순간 뒤에서 그림자가 나타났다. 리볼버를 든 염세일이었다. 그의 모습을 본 순간 민준은 오히려 자신이 속았다는 것을 직감했다.

염세일의 리볼버는 즉시 불을 뿜었고, 그와 동시에 태일의 머리에서 시뻘건 선혈이 튀었다. 전원이 꺼진 로봇처럼 태일은 힘없이 바닥에 쓰러졌다. 류신이 박수를 쳤다.

류신과 염세일이 약속을 지킬 리 만무했다. 민준은 그들에게 쓰레기통의 쥐새끼나 다름없는 존재였다. 민준은 그 사실을 하필 이 순간 깨달았다. 태일의 말이 맞았다. 정의를 농락하고 우리가 죽을 때까지 하늘을 보지 못하는 돼지로 만드는 놈이 바로 류신이라는 것을.

지금, 민준이 할 수 있는 건 총구를 돌리는 것뿐이었다. 민준은 주저 없이 방아쇠를 당겼다.

탕!

민준의 총알이 류신의 이마를 관통했다. 머리가 터지며 류신은 의자에 파묻혔다.

이어서 염세일의 리볼버도 불을 뿜었다. 민준은 머리에 총을 맞고 바닥에 쓰러졌다. 쓰러진 민준은 서서히 숨이 멎어갔다. 시야도 희미해졌다.

온몸의 감각이 무뎌져가고 있었다. 무슨 소음이 들렸다. 프로펠러 소리였다. 점점 가까워지는지 크게 들리기 시작했다.

의장실 옆으로 헬기 한 대가 떠올랐다. 그 안에는 류신이 타고 있었다.

'어? 분명히…… 내가 죽였는데…… 지금이라도 다시 총을…….'

하지만 몸이 움직이지 않았다. 류신은 헬기에 탄 채로 죽어가는 민준을 바라보며 비웃고 있었다. 그때 민준 앞에 채혈기가 담겨 있는 가죽 파우치가 떨어졌다. 거기엔 스테파노의 목숨이 들어 있었다. 염세일은 가차 없이 발로 밟아 부수어버렸다.

염세일은 포트폴패드로 헬기를 타고 있는 류신에게 보고했다.

"둘 다 처리했습니다. 의장님."

"수고했어. 염 실장."

"그런데 이 자가 갑자기 마음을 돌릴 줄은 몰랐습니다. 어리석게 그런 선택을 하다니."

"어차피 그런 자였을 뿐이야. 그냥 쥐. 배고프면 같은 동족도 거침없이 잡아먹을 그런 쥐 말일세. 그런 자에게 약속이라니, 가당치도 않지. 난 기대도 하지 않았어."

"그나저나 다른 회원사들에서 트집 잡을 만한 증거들도 정리해야 되지 않겠습니까?"

연맹의 공격으로 전기련 회원사들이 큰 피해를 입었다. 하지만 묘하게도 아바리치아의 피해는 본사 건물의 화재와 고객서비스팀의 궤멸뿐이었다. 실질적으로 큰 피해는 아니었다.

막상 다른 회원사들은 이윤과 관련된 사업 분야가 초토화가 되었다. 매출과 자산 등 여러 수치에서 아바리치아와의 격차는 뛰어넘을 생각조차 하지 못할 만큼 벌어질 것이었다.

아마 꽤 오랜 시간 의장의 자리를 노리는 일은 없을 것이다. 다만 이 모든 음모 뒤에 류신과 염세일이 있다는 사실은 비밀로 남아야 했다. 그걸 아는 사람은 이제 류신과 염세일 둘뿐이었다.

"그래야겠지. 그래서 하나 더 부탁할까 하는데."

염세일은 류신의 말이 무슨 뜻인지 몰라 어리둥절했다.

"이번에도 뼈를 취했으니 살을 내줘야 하지 않겠나?"

순간 염세일의 머릿속을 스쳐 지나가는 것은 송선우였다. 즉 송선우도 염세일도 류신이 내어주는 살이었다. 염세일이 미처 반응할 틈도 없이 류신이 탄 헬기 앞자리에 앉은 저격수의 라이플이 번쩍였다.

염세일도 민준과 태일이 쓰러진 의장실의 대리석 바닥 위로 고꾸라졌다. 의장실 안에는 쓸쓸한 바람 소리만이 가득했다.

류신이 탄 헬기는 헬기 격납고 타워로 향했다. 도시를 내려다보던 류신은 지난 시간들을 되새기며 이번에는 실패하지 않으리라 다짐했다. 그래서, 딸 류시은도 끝을 내주기로 했다. 모두 다 새롭게 시작할 것이다. 죽음에 대한 공포를 완벽히 벗어던진 권력을 누리는 자리에서.

그 순간 의문이 떠올랐다.

'죽음의 문턱 너머엔 무엇이 있을까?'

거긴 류신도 가보지 못한 곳이었다. 류신은 젊은 시절 읽었던 오래된 문답집의 한 이야기가 기억났다.

자신의 총명함을 자랑하던 제자가 스승에게 물었다.

"스승님은 죽음 이후의 세상이 있다고 생각하십니까?"

스승은 잠시 고민하더니 조심스럽게 답했다.

"만일 있다고 한다면 사람들은 조상에 대해서 예를 지키지 않을 것이고, 만일 없다고 한다면 사람들은 살아생전에 덕을 쌓지 않을 것이다. 그러므로 나는 있다고도 없다고도 말할 수가 없다."

제자는 스승의 우유부단한 답에 화를 내었다.

"스승님, 그런 무책임한 대답이 어디 있습니까?"

분을 내는 제자의 말에 스승은 그저 침묵을 지킬 뿐이었다.

기억을 되뇌던 류신은 피곤한지 눈을 감고 좌석 뒤에 머리를 기댔다. 류신을 태운 헬기는 고도를 높이며 날아갔다.

그날 쥐독은 류신이 따로 준비한 감사팀의 공격 헬기에 초토화가 됐다. 종합병원 구역도 마찬가지였다. 그때 스테파노도 최후를 맞이했다.

연맹이 꿈꾸었던 혁명은 단 하루 만에 끝이 났다.

에필로그

연맹의 저항이 끝난 지 얼마 되지 않아 뉴소울시티는 다시 일상으로 돌아왔다. 말초적인 쾌락이 가득한 예능 프로그램에 대한 열기는 불타올랐고 2구역 거주자들은 언제 그랬냐는 듯 또다시 컨베이어벨트 앞으로 출근했다.

그들 중에는 그날의 실패한 혁명에 대한 아쉬움을 잊지 못하고 집안에 연맹의 선언문을 숨긴 채 매일 밤 선언문을 암기하는 자들도 있었다. 언젠가 다시 돌아올 날을 위해.

석양이 지는 오후가 찾아왔다. 잿더미가 되었던 데메테르의 농장은 씨앗에서 올라온 싹들로 인해 드넓은 초원처럼 보였다.

인수가 담배를 피우며 서 있던 곳 근처에 평범한 승용차가 전기모터 소리를 내며 오더니 멈췄다. 운전석에서 내린 사람은 수석 테일러였다. 뒤이어 조수석에서 또 누군가 내렸다. 태일이었다.

둘은 아무 말 없이 갈대밭으로 걸어 들어갔다. 갈대밭 끝에 다다르자 강가에 정박해놓은 고무보트가 보였다. 거기에 타고 있는 사람들은 그날 살아남은 연맹원들이었다. 태일은 보트를 타기 위해 가다가 멈췄다. 뒤를 돌아서 지켜보고 있던 수석 테일러에게 다시 다가갔다.

"한 번 더 부탁할게요."

나지막하게 속삭이는 태일의 말에 수석 테일러는 깊은 한숨을 내쉬었다.

"말했지만, 제이콥. 이렇게 되면 당신도 그들과 다를 바 없는 겁니다. 그건 우리가 이루려는 목적을 퇴색하게 하는 거예요. 수단이 정당하지 못하면 아무리 좋은 목적이라도 그걸 이루려는 의미가 없다는 거 잘 알잖아요?"

"알죠. 알아요. 하지만 똑같은 실패를 겪지 않으려면 부득이한 수단을 선택할 수도 있는 거 아닙니까? 그리고 그동안 흘린 동료들의 피는 또 어쩌고요. 그러니 부탁드립니다."

복제된 태일들은 모든 면에서 똑같았다. 이번 태일도 이전의 태일들과 마찬가지로 수석 테일러의 말에 귀를 기울이지 않고 부탁을 해왔다. 그러니, 아마 정의로 포장한 복수를 하려는 그의 집착도 끝나지 않겠지.

"신중히 생각해보죠. 저로서도 너무나 위험한 일이니까."

태일은 수석 테일러의 대답이 마음에 들지 않는 눈치였지만 동료들이 기다리고 있었다. 태일을 태운 고무보트는 강 건너 쥐독으로 향했다.

수석 테일러는 태일이 올라탄 고무보트가 멀어져가는 모습을 묵묵히 지켜보았다. 태일을 보면서 떠오른 건 그의 별명이 된 세이콥, 즉 성경 속 야곱의 이야기였다.

그는 장자가 되기 위한 자신의 욕망을 채우기 위해 거짓으로 아비와 형을 속였다. 그러자 신은 그에게 오랜 시간 떠돌아야 하는 시련을 주었다.

'제이콥. 너의 욕망을 위해 정의를 거짓되게 하지 마라. 그럴수록 넌 영겁의 세월을 떠돌아야 할 테니까.'

수석 테일러는 태일과 연맹, 그리고 이 도시는, 어쩌면 희망이란 실체를 보지 못했기에 방향도 없이 같은 자리만 영원히 맴도는 것인지도 모른다고 생각했다.

희망의 실체를 보고, 그 자리에 오기까지 희망의 실체가 입었던 상처를 만져본 자는, 다시는 방향을 잃지 않는다. 그리고 두려움 없이 앞으로 나아간다. 설령 그 끝이 고통스러운 죽음이라 해도.

태일은 도시가 있는 쪽을 보고 싶지 않았다. 그러나 결국 돌아보았다. 도시는 언제 그런 일이 있었냐는 듯 네온

사인으로 점철되어 있었다.

태일은 그 도시에서 시선을 떼지 못한 채 한참을 쳐다보았다. 마치 미련을 버리지 못하고 돌아보다 소금기둥이 된 여인처럼. 그리고 의장실에 쓰러진 싸늘한 시신을 떠올렸다. 인정하고 싶지 않았다. 그의 죽음은 태일, 자신의 실패를 의미하는 것이었다. 태일은 스스로를 세뇌하듯 혼잣말을 읊조렸다.

"다시 시작하는 거야. 다시. 난 실패하지 않았어."

고무보트가 맞은편 강가에 다다르고 태일이 내렸을 때, 쥐독은 달빛도 없는 시커먼 어둠 속에 잠겼다.

잠시 후 자동차 후미의 빨간 불빛들이 쥐독으로 이동하는 것이 보였다. 그건 마치 허기진 욕망을 채우기 위해 어둡고 악취 나는 곳을 헤매는 쥐들의 눈빛, 시뻘건 안광이었다.

2020년 신세계그룹이 설립한 마인드마크는 장르와 미디어를 넘나드는 앞서가는 크리에이티브 콘텐츠 스튜디오입니다. 영화, 드라마, 공연, 전시 그리고 출판에 이르기까지 마인드마크만의 오리지널 스토리로 전 세계 사람들과 만납니다. 마인드마크는 사람들의 마음과 기억(마인드)에 오래도록 남는 감동이자 잊지 못할 경험(마크) 그 자체입니다.

쥐독
© 이기원 & 마인드마크 2024

1판 1쇄 2023년 2월 1일
2판 1쇄 2024년 12월 16일

지은이 이기원
발행인 김현우
스토리IP팀장 서언중
책임편집 원예지
편집 박찬송

디자인 2NS
마케팅 서언중 원예지
마케팅광고디자인 뉴스펀캐스트
제작처 영신사

발행처 ㈜마인드마크
출판등록 2024년 5월 9일 제2024-138호
주소 (06015) 서울 강남구 선릉로162길 35(청담동)
전화 02-2280-1301 **팩스** 02-2280-1398
이메일 mindmark-story@shinsegae.com

ISBN 979-11-988149-1-3 (03810)